图书在版编目（CIP）数据

白牙：刘心武中短篇小说精选 / 刘心武著.—石家庄：花山文艺出版社，2020.1
ISBN 978-7-5511-5049-1

Ⅰ．①白… Ⅱ．①刘… Ⅲ．①中篇小说－小说集－中国－当代②短篇小说－小说集－中国－当代 Ⅳ．①I247.7

中国版本图书馆CIP数据核字(2019)第251737号

书　　名：	白　牙
	——刘心武中短篇小说精选
著　　者：	刘心武
选题策划：	李　爽
责任编辑：	林艳辉
责任校对：	李　伟
封面设计：	琥珀视觉　秦国娟
美术编辑：	陈　淼
出版发行：	花山文艺出版社（邮政编码：050061）
	（河北省石家庄市友谊北大街330号）
销售热线：	0311-88643221/29/31/32/26
传　　真：	0311-88643225
印　　刷：	石家庄继文印刷有限公司
经　　销：	新华书店
开　　本：	650×940　1/16
印　　张：	20.75
字　　数：	240千字
版　　次：	2020年1月第1版
	2020年1月第1次印刷
书　　号：	ISBN 978-7-5511-5049-1
定　　价：	69.00元

（版权所有　翻印必究·印装有误　负责调换）

白牙

BAIYA

刘心武中短篇小说精选

刘心武 ◎ 著

花山文艺出版社

河北·石家庄

目录

菩城雨霏…… 001

小墩子…… 040

护城河边的灰姑娘…… 097

她有一头披肩发…… 134

巴黎长生不老药…… 144

白牙…… 158

人面鱼…… 176

榆钱…… 195

美中不足…… 215

篇目	页码
巴黎街头咖啡座	224
非重点	235
公路旁的仙女	246
蓝玫瑰	257
深谷小溪默默流	267
天伦王朝	278
月亮对着月亮	290
竹里馆	307
最后一只玉鸟	313

菩城雨霏

1

这不通。颜老说。

是的，菩城是个虚拟的地名，雨霏是什么？要么，说雨雪霏霏，说霏霏细雨，总之，霏字不能这样单用，语言要注意规范。

可是，他难以解释。"菩城雨霏"这四个字梗在他心头很久了。

那天，他对鹃说，他要写篇小说，这回，要动真的，不是讲个构思给她听，而是在电脑上一个个字地敲出来，到时候，他会给她软盘，希望在静静的春夜里，雨霏的情况下，她打开那软盘，细细地品。鹃问他，小说什么名儿？他喜欢她这样问，别的人多半会首先问：什么题材？什么主题？而鹃最关心的是题目；他就告诉她，菩城雨霏，为了使她明白那每一个字究竟是什么，他用签字笔在她手心里写下了那四个字，她看清楚以后，脸上漾出笑漪，把写了字的手掌半蜷起来，仿佛怕那四个字像蝴蝶般飞出去。他心里有股暖流淌过。

2

人才市场。

这通吗？他没有问过颜老。真该问问。

从门口就是一锅人粥。二十元一张入场券，在人粥里，他像一枚红枣，随着沸腾的情绪，游动到售票窗，仿佛抢劫似的，用二十元劫来一张入场券。

场子里更像一锅腊八粥。很难接近那些摊位，高悬着的招贤榜倒很醒目，欢迎博士、硕士加盟，两年以上工作经验者优先，双外语优先……那么，像他这样的学士，刚毕业的，如何能竞争上岗呢？

而博士、硕士们也在愤懑。场外大横幅上写着，这里面是百强企业联合招聘会，报纸广告上也是这么招徕的，但摊位根本不足一百，而且，大量的一看就知道在千强以外，几个人们估计确实属于百强以内的摊位，接待桌几乎被掀翻，不少求职者填好的表格散落地下，人声鼎沸中，那企业的工作人员早不见踪影，他们害怕被挤扁，抱头鼠窜了。

出现了抗议者，那是人粥中的旋涡眼，呼喊着退票退票，要主办单位负责人出来对话，给个说法。

他游离旋涡，游出人粥，挤出门，一身臭汗。

天空黄焦焦的，仿佛才烙好的大饼。沙尘暴将至。

菩城雨霏。

想到这四个字，心里舒服些。

3

麦当劳里照例一派兴旺景象。

他和派克对坐，派克要了两客香草奶昔，派克在麦当劳只吃奶昔，称唯有奶昔才能使他精力充沛又灵感勃发。派克是一家小报的记者。小报，这通吗？它的发行量远远超过那几份公认的大报，在街道和地铁的报摊上它处处抢眼，是红男绿女首选品种之一，它其实很大，放个屁，满城飘味儿，但人们却又都说它是小报，它的小，是另一种含意；语言这玩意儿，没法子较真。

派克是他中学同学。说是偶然路过这人才市场，天赐良机，有了好新闻。派克已经把稿子用伊妹儿发往了编辑部，明天就见报。派克把超薄的笔记本电脑放在奶昔旁边，那显然是派克的爱物，倘若能吃，派克一定把它像奶昔一样吞进肚子里。

你愁什么，派克对他说，你有颜老这棵大树好乘凉。

他吃了一个巨无霸汉堡包，啜着大杯可乐，摇头。你还不知道颜老？这世界上完美的事物越来越稀罕，颜老学问不消说了，在他那个专业领域里，谁可争雄？而人品，就拿鹃的求职来说，也是后门不走前门不求，让她自己去张罗的。颜老有口皆碑如许年，到了这酷评成风的年头，谁能对颜老酷出半个不字？就连你们小报，今天糟改这个泰斗，明天开涮那个名流，可是一到刊登关于颜老的文字，却总是捧场，前些天那篇歌颂颜老伉俪情深的文章，署名悄闻，可是你写的？有的细节，只有我能提供，而且我只跟你讲起过……拿给颜老看，颜老很不以为然；当时师母下楼买菜去了，颜老让我把你们报纸藏起来，说别让她看见吧……

派克说自己不写那种锦上添花的东西。他说派克你这家伙何尝写雪中送炭的东西，派克笑了，露出一口四环素牙，说，我不添花也不送炭，我喜欢爆炸性。

他衣袋里的 BP 机嘟嘟叫，取出来看，是鹃的急呼，让他赶紧回电话。他要去店外街头找个插卡电话，派克递给他手机，说你怎么还不置个手机，这可是求职必备品啊；不等他回答又笑了，说你倒也用不着，颜家有女初长成，养在深闺你认识……抓牢靠些吧，别让她跟断线风筝似的飞了，你要随着她飞才好，好风凭借力，送你上青云……以后光颜老的著作权收益，五十年里头就够你们俩旱涝保收！

派克的话他全没听见，接过手机他立刻给鹃拨电话，电话一通就听见鹃的哭声。

4

菩城应该是怎样的风光？

有一条河，把菩城分成两半。河边有些吊脚楼，楼板悬空，用些高高低低的木桩支撑，居民在楼板上打地铺，躺在地铺上，从楼板裂隙间，可以看见江水流动。江水清澈吗？能辨认出游鱼吗？很难想象下去。倘若鹃问，你家乡真的那样吗，他将回答：是，而又不是。应该能从楼板间隙，看到混浊的水流里，有水蛇呈连续的"S"形疾游。

大街上没什么好描写的。百货公司也都改称商厦，楼面使用玻璃幕墙装饰，一楼散布着化妆品柜台，二楼是女装，三楼卖男装，四楼是珠宝、电器、精品、音像制品、文具……五楼是美食城，而地下一层，则是超市。颜老这些年周游列国，据他说全世界的百货商场几乎全是这样格局，而麦当劳的黄M标志总附着在商场某一隅，显示着世界大同的意味。但这世界大同与莫尔、马克思、康有为等所宣谕的世界大同显然并不是一回事。那究竟是怎么一回事？

所以，他要着重描写那独特的东西。雨霏。不说雨雪霏霏，不说霏霏细雨，就是雨霏。

雨霏，这两个字给他心中一份温馨的熨帖感。

就像有人从身后，伸出双手猛然捂住了你的眼睛。那是少年时代常有的事。为什么随着人的成长，这样的感受会越来越少？

猜猜，我是谁？

惊喜不置，或者一猜一个准儿，或者竟没猜中，那扭头相视的欣喜更加浓郁。

刚进大学头两年，这种欢欣还曾有过。

现在却如断了线的，远去的风筝，睁大眼睛使劲眺望，那风筝连一枚黑豆的大小都不及了，很快就要完全没有任何踪迹了。

还没完全结束，就都忙着找工作。开始，交流信息还算真诚，很快，发现彼此是最可畏的竞争者，信息独享就成为最自然的状态了，接着，便发生着越来越恐怖的事情，谁把谁的回函偷偷拆阅并且撕碎扔进垃圾桶了，谁把谁的电子邮件偷偷下载做了手脚并且去李代桃僵了……相逢开口笑，过后不思量，这算文明的了；乌眼鸡似的，恨不得你啄我我啄你，虽然粗鄙，倒还直率；微笑战斗，明是一盆火，暗是一把刀，搂肩膀的手臂里满是阴谋，涂蜜的嘴通往的是充满算计的心肠，那真是防不胜防……谁还会没有任何利益前提地只为着交往的快乐，而从你身背后，伸出他温暖的双掌，猛不丁轻轻蒙住你的双眼，哗，谁？谁？可爱的人儿，你是谁？……于是扭头看到一张欢笑的脸，真诚的欢笑，不打折扣的真诚欢笑，两个人就都双脚蹦，哇哇大叫，你捶我肩膀我捅你胸膛……

菩城雨霏，想写的就是这种东西。

那为什么要雨霏？应该是菩城阳光，菩城彩霞或彩虹……

可是，就觉得，偏要菩城雨霏，要的就是那么个劲儿。

雨霏，鹃，你会喜欢。

5

鹃的哭声似乎被撕裂，很快变成断续的漱口声。他大声问：

怎么了？你怎么了？你在哪里？却完全没有了声音。派克拿过手机，贴了下耳朵跟他说对不起，没电了。他冲出麦当劳，奔向眼中看到的第一街头公用电话，却发现那是个投币式电话机，他没有钢镚儿，懊恼地再往前跑，终于找到个插卡式电话，他把IC卡插进去，往颜老家拨，没人接，再拨，还是没人接；掏出BP机查对，鹃是让往她家回电话呀！他再拨鹃所在的机构电话，占线，连续地拨，永远占线；他来回试那两处，拨来拨去不得要领；终于接通鹃机构的电话，接听者却让他换拨另一号码，不等他多说，那边立刻挂断，而那另一个号码更是永远地占线……

他愤然拨下IC卡，跳向马路边，立刻拦截了一辆TAXI，直奔颜老家。

6

他父亲是颜老的小学同学。但除了在一个小学念过书，他父亲和颜老很少有相似之处。他母亲怄气的时候数落父亲，总会拿颜老说事儿。颜老一路苦读到大学，都四十出头了，赶上改革开放的好年头，还到美国去拿了硕士和博士，学成归国，学术成就骄人。父亲呢，高二就辍学了。母亲不听父亲的种种申诉，总而言之，无论有多大的困难，就是大学不取你，自学也该成才啊，却在辍学后，百般无奈中，从京城返回了家乡，困守一个小单位，白了少年头，又秃了壮年顶。父亲回嘴说，不回乡我们怎么会有这个家？母亲就气更不打一处来，说前世里造的什么孽，让月老硬跟这么个家伙拴到了一处！尤其是，提起颜老，人家大学毕业，分配在京城，多少摩登女郎追求，结果怎么样？到头来还是回老家娶了邻居的贫寒女！那是怎样优美的爱情故事！还看什么言情小说，什么言情电影肥皂剧，看看活生生的颜大师伉俪吧，恩爱夫妻百样甜！父亲就说现在我们离婚也还来得及，你等咱们家乡的什么大师来找你吧！母亲就恨恨地说，你把我榨成了这副鬼模样，倒好意思说这样的便宜话！父亲说你徐娘半老，风韵犹存！还冷冷地提起什么人，那一定是真正有影儿的事，母亲没听说完就急了，尖声叫出一个女人的名字来，指着父亲鼻子说，你不就盼着跟她破镜重圆吗？父亲跳起来说你不要血口喷人，我跟她什么时候是一块镜子？我倒的邪霉，竟跟你做成了一面镜子，而且是生满绿锈的铜镜，居然砸也砸不碎！母亲就高喊砸呀砸呀砸呀，父亲就会用下巴指指呆立一旁的他，说你知不知羞？当着孩子！母亲就哭起来，赌气说我脸也不要了，这日子别过了……他目睹这样的场景多了，也就不再惊悚无措，甚至于，当他在大学宿舍的铺位上，静夜里回忆起这些，竟然憬悟出，那就是他父母谈情说爱的方式……是的，比如上面那样的一场对话的最后结果，并不是双双走向办理离婚的机构，而是母亲叹口气说，今天讲好晚上做条红烧鱼的，却到现在还没走出门去买，那卖鱼的汪胖子鱼档上，怕是只剩下瘪眼睛的死鱼了！说着提起篮子亲去买鱼，而父亲呢，也就找出蒜头，平心静气地坐在厨房间剥蒜，还哼起了一首他听起来很觉新奇的歌子："麦苗儿青来菜花儿黄，毛主席来到咱农庄，千家万户齐欢唱啊，好像春雷响四方……"那旋律极其婉转优美，为什么现在电视里从不演播这首老歌？……

是的，菩城有这样的歌声，从前，是年轻的生命大声地合唱，现在，是一个奔向花甲的老人，剥蒜时不经意地哼唱……雨霏，在雨霏里，菩城的歌如生命，缕缕不绝。

7

几乎每天要吵几场的父母，在培养他上大学这个问题上，却从来没有吵过。现在马上要领取学士证书，他写信回去告诉他们，他正在积极求职，争取在京城发展；父母却不仅来信，甚至还把长途电话打到他们宿舍楼，光是接电话的人去找他，找到他，他提起听筒，已经过去十来分钟，但一贯精打细算的父母却舍得那样地打长途电话，为的是告诉他，他应该考研，他们会一直支持他取得博士学位，每月该贴补他多少钱，都承担得起！还告诉他，已经跟颜老伉俪都通过话，也都支持他们的想法，不要急着进入打工族，能多学点东西该有多好！父母在电话那边你抢一嘴我抢一嘴，他心里计算着这电话费怕快要一百块了，也就不再解释，胡乱地连连回应说好好好是是是……

来京城入学，父亲写了封给颜老的信，其实父亲跟颜老同年，谁尊父亲为老呢？颜老之称却流行好几年了，大概是从获得了那个了不起的头衔以后吧，先从他所在那个机构叫开，蔓延到社会，以及派克那样的记者的笔下，所以父亲也就称他颜老，颜老曾经觉得刺耳吗？不知道，反正当他拿着父亲的信，闯到颜老家里时，颜老只是高兴，还有师母，他们热情地接纳了他，颜老甚至还眼角噙着泪花，回忆起跟父亲在胡同里逮萤火虫的事儿，说是没想到后来失去联系几十年，让这么大个儿子又来挂上了钩！颜老也确实该被叫作颜老，他的容貌可以形容为鹤发童颜，不像父亲，远远看去，剃光的秃头闪闪发亮，身体也不发福，倒像个刚退役的足球运动员。

头一回去颜老家，就见到了鹃，他以为那是颜老的孙女儿，颜老却介绍说是女儿，一对属相，鹃竟比他大一岁！但在他眼里，鹃就是妹妹，而且是小妹妹。鹃的声音娇滴滴的，笑起来头总往一边歪，无缘无故总在害臊。就连这天从电话里传过来的哭声，也活像是小姑娘嘴里发出来的。

8

开头,是每个月去一次,后来几乎每个周末都去。唉唉,那是多么温煦的一个港湾。跟颜老,可称结为忘年交了。

每回,他在颜老的书房里勾留的时间最久。听颜老闲聊真是人生难得的精神宴飨。咳唾皆为珠玉,七穿八达美不胜收。往往,开始的时候,颜师母也在书房,静静地坐在一边,用粗大的棒针织毛活,多半是织毛线帽,织出来送亲友邻居,光给他就织了两顶;颜老跟他对话时,师母微笑地听着,偶尔插进一句评议,一声感叹,一点补充,一个问题……后来,总是无声无息地消失,那是去跟小时工凤妹一起,准备晚饭去了,而在他和颜老谈兴仍浓时,书房门会被轻轻地打开,鹃探进头来,倒好像她是个客人,怯生生地说:"可以打断你们一下吗?……开饭了。"

是从哪一回起,他才和鹃有了第一次正式的单独接触?大概是某一个周末,他去了,鹃开的门,告诉他爸爸妈妈都出去了,是某国大使馆的科技文化参赞宴请,他说,啊,那么我就不进去了,鹃说,对,你别进来了,不过,你等等,我也正想出去走走,我们一起走到大街上,好吗?

他们就一起走出那个楼区,走到大街。到了街口,两个人站住,互相望,他的眼光停留在鹃脸上足有两分钟,鹃却瞥了他两秒就歪过头去,颧骨上泛出樱桃红。他说再见。鹃也说再见。可谁都没马上挪动。他问鹃去哪儿?鹃说还没想好。鹃问他去哪儿?他也说没想好。两个人就都笑了。后来他们进了附近一个公园,那里头有个围着竹篱、摆着农村石碾的露天茶座,他们就到里头坐下来,聊天。不记得都聊了些什么。也没坐多久。鹃坚持要付账,说自己已经工作,挣工薪了。他说尊重女权吧。鹃听了笑得很开心。

有回母亲来电话，居然提到了鹃，而且露骨地表示，他若能娶到鹃该有多好！鼓励他作为男青年应该主动追求，女青年即使心里头一万分愿意，多半也装出若无其事的样子，很少会主动表达什么。他心想难道父亲就是那么主动地追求过母亲吗？母亲曾经心里一万分愿意却装得若无其事吗？人在世上是多么好笑。他就笑对听筒那边的母亲说："癞蛤蟆想吃天鹅肉。"母亲生气了，质问："你骂谁？"他就说骂自己。那回母亲的电话费花得最冤枉。但月底依然接到母亲填写的汇款单，金额比以往还多了五十块，附言里说：你可能会多些花销了，多给你五十，但节约仍是一个大原则。

渐渐地他和鹃有了更多的单独接触，而且是越来越亲密的接触。但那亲密的程度，至今也仅达于拉手散步而已。有一回派克私下里问他，跟鹃亲嘴时，鹃会不会用下唇撩他的上唇？他如聆今古奇谈，对派克正色道："你别忘了她有着怎样的家庭教养！"派克乜斜着眼睛，嘴角打弯儿，不过毕竟唔了一声。

前些时和鹃单独在一起，他提起准备写小说。鹃说那可是个即将灭绝的行当。他说，对，逼近灭绝的东西，有着醉人的凄美。他那小说的题目叫《菩城雨霏》。这题目就很凄美，不是吗？鹃说你这么独特的美学思想怎么形成的？他说独特不到哪儿，其实，凄美说是颜老在书房闲聊时，不经意地道出来的。鹃就说，真羡慕你！他说你怎么羡慕我？应该是我羡慕你，你从小守在颜老膝下，该承接多少颜老的思想火花！鹃说你不知道，这几年里你从爸爸那里聆听到的，比我从小到现在所承接的，要多许多呢。我爸爸喜欢你，已胜过喜欢我了。鹃说爸爸也曾经是个文学发烧友，据说写过两本子诗，一大本小说，还是章回体的，可是后来退烧很彻底，那些东西都自己一把火烧掉了，全身心投入了现在做出骄人成绩的专业，据她所知，爸爸近十年来已经不读任何文学新作，书房里有几格书架上排满老的文学书籍，但也很少翻动，她记忆里，只有《红楼梦》，还有一本薄薄的，西班牙阿索林的散文集，爸爸在静夜灯下品读过。鹃问他，如果《菩城雨霏》写了出来，会先给爸爸看吧？他说不，会先给她看，而且，可能根本不会给颜老看，闲聊时说说题目，道道构思罢了，怎敢真拿那种东西去占用颜老的宝贵时间？

9

怕司机弄不清颜老他们那座楼的位置，他就说，麻烦你开到那条街的银行，司机以为他是要进到银行里去，就问是不是要取外币存款，入股市炒 B 股？不等他答话又说这些天有不少乘客搭他的车到这个银行，看来 B 股要火起来！他说 A 股 B 股都一边去，他急着有别的事，请从银行门口右拐。但这天右拐不了，恰在拐进去的地方，又在挖沟，不知是又要埋什么管子或什么缆线。他付了车钱，跳下车，立即有人迎上来，低声问："您是进，还是出？"还打出手势，大概是表示买汇和卖汇的不同比价。他绕开走，却又有人斜刺里冒出来，快速地告诉他倘若他的外币存款不符合所规定的日限，可以很方便地帮他解决问题，保证他顺利办妥 B 股入市手续，而协理费只需付不多的人民币……他惊异于这些人开辟新生意之迅速之精明，倘若他闲来无事大可约上派克来此明察暗访一番，但此刻他耳朵里还留着鹃的哭声，并且牵动着他的心，一阵阵地有针刺般的惊悸，他就挥动手臂，游泳般地，逃离开那块是非之地，绕开挖开的沟渠，右拐进颜老住的那个楼区，直奔颜老所住的那座楼房而去。

10

颜老所住的那座扁长的四层楼在周遭高楼里显得很扎眼，不能以鹤立鸡群形容，倒无妨说是虎卧驼群，它是一座专家楼，每个门洞里只住八家人，每家都是双厅双卫，他去那里或离开那里的时候，常不免暗自喟叹：将来能成为这种公寓楼里的一个户主，吾愿足矣！尽管这社会上还有住得更神气的富商巨贾，单栋豪宅附带花园泳池，但比起颜老这样的住宅，总还缺乏一种清贵的雅气。

那楼前有几个孩子在绿地间的甬路上踩滑板车玩耍，欢笑声减轻了他心里往上蹿动的不祥之感。他进到颜老所在的二楼，按门铃，没人应答。楼上有位衣着鲜洁、面容修饰得非常仔细的老年妇女款步走了下来，显然是打算出门去，并非因为听到他的动静才特意下来观察。他和那位妇人对视后，不禁问：颜老他……妇人蔼然道：不是去新加坡了吗？颜老出境活动就像一般人常去公园一样，他十多天没来，这样的情况不足为奇。怎么师母她……这回他是自言自语，那妇人却主动告诉他：散步去了吧。妇人身影消失了，他还呆立在颜家门前，推敲鹃究竟为什么呼他，而且哭得那么伤心……

忽然兜里的 BP 机嘟嘟响。取出一看，是派克留的号码。他没心思给派克回电话。他下楼转到有公用电话的地方，给鹃的机构打电话，居然一打就通了，鹃的同事说鹃请假走了，问去哪儿了？答回家了吧，问出什么事儿了？答不知道。他就顺便给派克挂个电话，派克劈头告诉他：颜师母去世了！我正发特稿呢……你怎么还不到医院来？他觉得天塌了一块下来，砸在头上肩上，又碎裂成无数锐利扎人的东西。天知道派克是怎么先于他得到这消息的！

11

派克从医院的那条长长的廊道尽头朝他跑过来，老远就大声问他：嘿，你记得颜老是怎么说的吗？……他根本不要听派克的问题，迎上去一把抓住派克衣袖，大声吼：她们呢？派克反问：你说谁？他抛开派克，朝里边跑去……

乱作一团。鹃已经不哭了，但眼睛肿得像两枚美国布郎。一些人围着鹃，有医生和医院负责人，有颜老所属机构与颜师母所属单位赶来的领导与办事人员，还有派克之类的，以及比派克更莫名其妙的什么人，他挤不到鹃跟前去，更不知道颜师母的遗体被推往了什么地方，无望走到跟前跟师母告个别。一切景象，包括人们的话语及脚步和触碰东西的声响，都显得空洞而荒谬。他有好一段时间完全不能正常思维。

他只能从护士那样的外围，探知到事情的大致轮廓。颜师母在家里突感身体不适，打电话让鹃回家，鹃回到家里，一看这回情况比以往严重，立刻打电话叫急救车，但急救车因为街口开膛挖沟开不进去，急救人员只好卜车跑到颜家，用担架把颜师母抬到急救车上，这样就延缓了对她的抢救，刚送进医院，还没安顿到急救室的病床上，病人就因心肌梗死而气绝，后来任医生们采取什么手段，都无法使她起死回生。派克又靠近他身边，跟他交代一番。原来派克的第三任女伴西米恰好在这所医院工作，觉得派克应该就此抓条新闻，马上与派克联系，派克迅疾赶往现场，派克觉得如要构成新闻，光是某某名人夫人去世不行，必须要有个亮点，于是决定突出报道颜老伉俪生前双双决定逝后把自己遗体捐献出来，供医学解剖使用，为此派克飞快地从网络资料中搜寻出了五年前颜老等十五位学术界名流联名签署的有关文件，现在派克希望他回忆一下，颜老就此跟他有过什么对话？不直接涉及捐躯的话语也行，只要是体现出彻底唯物主义的生命观的言论都可以，一时想不起很具体的，概括平时从颜老那里获得的有关印象也行……

　　他哪里有心思帮助派克完成那报道稿。他只想接近鹃，想握住鹃的手，握得紧紧的。他瞥见鹃在强忍悲痛，应答着身边那些人的慰问。他觉得鹃已经用眼波的余光感知了他的到来，并且也恨不能马上单独跟他在一起，渴望着与他手握手，紧紧地……可是，他无法强挤到鹃跟前，而鹃也无法突围到他身边。他注意到，那位高鼻梁的尤大夫，正紧贴在鹃身边，并且似乎就要用自己的手去紧握鹃的手。一种复杂的况味涌动在他心间。颜师母生前特别看重这位尤大夫，每次门诊总是找尤大夫，有时尤大夫也会出现在颜老家，从某种意义上说，尤大夫是颜师母的专职保健医生。在颜老家餐桌上，他常听见颜师母引用尤大夫的话，比如多吃富于长纤维的蔬菜防癌，人体不可或缺谷氨酰胺什么的。有次他和尤大夫一起被留饭，在餐桌上，他发现尤大夫居然直愣愣地盯着鹃喝完一整碗汤。他可是从来不敢当着二老，把目光在鹃身上久久停留的。有一回他听颜师母偶然说起她们家乡的俗谚：女大三，抱金砖；男大五，入相府。不知怎么的他马上想到了尤大夫在餐桌上当众宣布过，比鹃要高五个属相。为此他胡思乱想了好一阵。难道鹃随了尤大夫，就能入相府？尤大夫这辈子了不起当上他们医院的院长，或者到医学院兼个教授罢了，难道还真能当上卫生部长？

　　尤大夫有什么用？颜师母被送到了尤大夫跟前，尤大夫还不是就那么任她死去了？望过去，那只有几米远的尤大夫，高鼻梁腻脸皮，不知在跟鹃絮絮地说什么，他觉得那真是个祸害，难道他祸害掉了颜师母，还要再祸害掉鹃吗？尤大夫伸手要握鹃的手？

啊，不，是拿过一份什么文件，要鹃在什么地方签字……

那里的每个人都觉得自己非常重要，只有他似乎反是多余的。

12

菩城雨霏，那样的情景下，旧巷中的青石路面，润泽闪光。那些边缘已然变圆的青石板，承接过了多少生命？几多踩踏过它们生命已经陨灭？那生命的记忆，是否嵌入在了石板的深处？

本来，在《菩城雨霏》的整个构思里，只有爱，没有死。像他那样才二十三岁的生命，叩问死的秘密实在还排不上日程。何况，关于爱，该探究的已经太多太多。

在颜老书房，静静的晚上，没有电视机，没有音响，天花板上有个吸顶灯却几乎从来不开，只有书桌灯和沙发边的方几上那盏青瓷瓶为底座有着八角银纱罩的台灯，发出淡雅的照明光，使书房里的亮域与阴暗处边缘暧昧，而那些分布细碎的，似明若暗的光影暧昧处，总让他觉得充满了神秘的，欲说还休的话语。有时候，他一边听着颜老非常随意的谈论，一边凝望着那些氤氲着神秘的角落，以至竟忽略了颜老所述，而把置身在神秘的言说氛围中，当作了最醉心的享受。

雨霏，这两个字摆在一起不通，但也不能说完全没有意义，那意义不过比较暧昧罢了。有一回他提到暧昧，颜老接过去说，暧昧是一种难得的境界。科学研究领域里，有些临界区域，可以说也就是暧昧之处，那是最让科学家怦然心动的所在。他问过颜老，爱与死是永恒的主题，这个文学艺术的命题对不对？颜老回答说，不仅是在文学艺术领域，在科学领域，比如染色体研究，爱与死也是永恒的主题，现在对人体的基因序列快要精确排出，生命的死亡之谜会在生命的情爱之谜之先被揭橥。他就问，爱是生命得以生殖的前提，这个谜底不是早被揭橥了吗？颜老就摇头，用很沉重的语气说，纵观人类，俯视人间，世上多的是没有爱的生殖啊，而与生殖无关的爱，又有谁能从最根本的因果上予以诠释？

也有过那样的时候，他坐在沙发上，因为偏身专心聆听颜老过于低沉的语音，一只胳臂搭在了沙发靠背上方，手掌很自然地扣在了那肥厚的沙发背脊，而颜老说到兴奋处，会从书桌前的皮转椅上站起来，在光亮与阴影间踱来踱去，他也就会把脖颈，随着颜老的移动而转动。有一回颜老说及生命的不可避免其衰老，即使破解了染色体之谜，人类的寿数甚至有望延长至两百岁乃至两千岁，而终于还是要衰老、死亡，感慨万端，恰好走到他所坐的那架沙发后面，顺手摩挲着他的手背，喃喃地说，你这是青枝绿叶啊，多么光润，多么鲜丽，而我呢，其实不过才到花甲，却已经有树皮龟背之态，你不觉得吗？颜老摩挲他手背良久，又用自己那粗糙的手背和他的手背反复摩擦，吟起了古诗古句："人生非金石，岂能长寿考？年命如朝露，人生忽如寄……"他就忽然鼻子发酸，想到只有他，才知道颜老有这种心灵的焦虑，而那些只从传媒上了解颜老的人们，一定会以为这样功成名就的人物，哪里还会有这样的内心痛苦呢？他不知道该怎样回应颜老，愣愣地保持原有的姿势，久久未动。

在菩城，那个还保持着古老的青石板路面的小巷，清晨，雨霏，也还会有古时就有过的，叫卖鲜花的声音响起，那该是鹂那样的嗓音，买杏花来哟……

人无论可以活得多久，最后终有一死。死是不用争取，人人自然都会遭逢的。然而爱情呢？起码从文学经典里，我们就看到了不少没有爱情的生命，到死也没被人爱过，甚至于通过顽强甚至惨烈的一番追求，也还是无爱而终，这有多么可怕？

所以，在《菩城雨霏》里，对爱的不懈追求，将是贯穿其中的旋律。

在那篇小说里，那个反复出现的，还铺着古老的青石板的小巷子里，巷子一边的吊脚楼里，还有那装着才从树上剪下来的杏花枝的竹篮，都会伴随着一声声迢递的卖花的吆喝，永远激动着写作者的情怀。那声音是鹃的，还没有变为成年人的厚重，稚气而缥缈……

13

无论如何也跟颜老联系不上。新加坡那边的邀请单位说颜老已在头一天离开，飞往了香港。有新加坡的签证，在香港可以免签停留一周。颜老曾给家里来过长途，说打算在访新结束后，到香港看看大屿山顶上的天坛大佛。这几年颜老出外访问都并非随一个团，而是独去独回。到新加坡的费用由新加坡邀请方出，到香港一游的费用他自己承担，所以他在香港究竟住在哪家酒店，除非他再往家里打电话，简直无法知道。也许是颜老觉得自己飞来飞去家里人都习惯了，反正过几天也就回到北京，所以到了香港没来电话。

颜师母去世后的第二天，派克的报道就见报了，并且也上了互联网，因为抓住了将遗体无偿捐献给医学院作为教学解剖使用这个亮点，这篇报道迅疾被滚动式摘发。

他竟久久未能实现握住鹃的手，以手温以及皮肤接触时的特异感觉，把他心底里对她的安慰完整而细腻地传递给鹃的愿望。

颜老家的一个厅堂布置成了灵堂，悬挂着一张放大的颜师母照片，堆满了各色人等送来的花圈、花篮、花插、花束，一些挽联被贴到了墙上，一些摊放在沙发上。白天时不时总有吊唁的人跑来，还有想挖掘出更多新闻素材的记者钻进来采访，派克的那个第三任女伴——所谓女伴就是说跟派克有同居关系——西米，说是自动来陪伴鹃，怕她晚上一个人害怕，身体有了不适可以有个懂医的人及时合理照顾处理，不过西米最重要的任务其实是帮助派克搜罗出更多的可资报道的东西，派克已经扬言要立刻动手写一本关于颜老伉俪情深德高操洁的报告文学，其中会配以大量图片，包括医学院解剖颜师母遗体的现场照片。

  他到颜家时，灵堂里有好几拨人。他觉得所悬挂的那张遗像选择得不好，不知为什么偏把这张像拿去放大，照片上颜师母的表情显得迷茫无措，完全体现不出其贤惠慈蔼谦和澄明；有一束花大概是委托花卉公司速递时没告诉清楚用途，完全是喜庆用花的红艳组合，但也被放在了遗像下；贴到墙上的挽联措辞极为鄙俗，而一首精心结撰的悼诗却被扔到了沙发一角……凡此种种，依他的意思都该立即调整，然而却无从下手。最令他不快的是，迎上来和他握手的不是鹃而是西米，瘦尖脸细长眉的西米摇摇披肩发，对他说正等你来呢，快，把颜老那旷达的生命观再给我们讲讲……我们是谁？他没看到派克的身影，西米是在全权代理。他问鹃呢？西米说鹃太可怜，给她吃了安眠药，上帝保佑她睡个安稳觉。西米竟又在全权代理鹃。这真怪诞。

  忽然尤大夫匆匆忙忙走了进来，领带系歪了，换衣服的时候怎么那么慌张？此人一贯是西服笔挺革履锃亮，领带系得中规中矩一丝不苟的呀。也不跟他打招呼，径直靠近西米问颜鹃在哪儿，说必须马上跟她个别谈谈。这就不仅怪诞而且荒唐了。西米，尤大夫，他们算鹃的什么人？他们凭什么操纵她？

  他叫声尤大夫，说我应该先去和颜鹃单独谈谈，颜师母出事情的时候，她马上给我打的电话；又叫声西米，说你别给颜鹃乱吃什么药，她现在最需要的什么，我清楚。说完，他就直奔鹃的卧室而去。

14

  大屿山原来很寂寞。整个香港地区，最大的岛是大屿山，比那个人们从照片和影视镜头里看熟了的有着巍峨楼林的香港岛大许多。现在大屿山建造了机场，又以大桥和香港岛相连，热闹多了。大屿山岛上有山，山顶上有佛寺，寺外顶峰上建了座露天大佛，其体积与轮廓线颇似北京天坛的祈年殿，所以又被人称为天坛大佛。

  颜老顺着通向大佛的汉白玉石阶，款款向上。不时停下来，仰望欣赏。那趺坐在巨大莲座上的大佛被飘动的云朵衬托得格外庄严神圣，心弦不禁为之瑟瑟颤动。忽然想到在阿富汗，塔利班正在动用现代化武器摧毁世界最高的巴米扬大佛，那是玄奘到西域取经时朝拜过的，属于全人类的宝贵文化遗产，但是，极端主义者就能干出这样的事情来。极端主义者不能容忍异教，连在一个空间里和平共存也不行。颜老扪心自问，在世界各种宗教里，最倾心的，还是天主教。颜老父亲是天主教徒，毕业于天主教会办的学校。颜老小学上的也是教会学校。中学入学时那学校也还是教会的，到初二的时候，收归国家，编号称呼。改革开放后有了出国留学、访问的机会，在意大利和法国的天主教堂里，特别是在梵蒂冈的圣彼得大教堂外的圆形广场上，颜老心中腾升出的敬畏感是真诚而浓酽的。天主教也排斥其他宗教，虔诚的罗马天主教徒连同属一个源头的基督教派、东正教派的教堂也是绝不会进去礼拜的，遑论参拜佛寺佛像。但颜老似心里却在最尊天主的前提下，也尊佛道，连摒弃任何偶像的伊斯兰教，也肃然起敬，也曾到新加坡对游客开放的清真寺里去参观过，心灵似也获得了一番沐浴。这种情怀是否该称为泛神论？

颜老笃信建立在通过有严格限制条件下的，反复进行，其成果加以数字化确定的实验，而结晶出来的理性科学。但在穷究不尽的科学之上，冥冥中一定会有值得人类敬畏的神秘力量存在。个体生命之渺小脆弱，能因对那无以名之的永恒存在的敬畏，而获得坚实的心灵支撑吗？

站到天坛大佛下面，山风吹拂着颜老一头花白的发丝，再仰望，已经看不见大佛瑞相，只见天宇高邃，浮云瞬息万变。忽然泪水盈满眼眶。我的生存有多么艰难啊！天哪，天哪，有谁能像我自己这样，知道这一点？承认这一点？理解这一点？体恤这一点？……

参礼完天坛大佛，颜老乘地铁回九龙。地铁车厢里那段时间人不算太多。颜老坐在座位上，仍旧沉浸在礼佛的感悟中。他身旁有个香港居民正翻看着一份报纸，报纸某版下面有一角小消息，源头是派克抛在网上的报道，那条消息的标题是大陆名流带头捐献遗体供医学教学研究解剖使用，消息第一行劈头便提到颜老及其颜师母的名字。但阅报者始终没去看那条消息，更不可能知道消息里提到的丧偶名流就赫然坐在自己旁边。

15

他没敲门也没喊一声就推门进了鹃的卧室。一眼便看见鹃侧睡在床上，脸庞落在枕头窝里，比平时看上去丰满得多；一只手垫在挨枕的脸颊下，那表情姿势充满了卿需怜我我怜卿的意味，令他心漾酸楚的波环。

安眠药果然见效，鹃睡得很熟。他站在床前，俯身望着她，搓着双手，不知该怎么办。

他还是头一回进这间屋子。不由得把眼光从床上移开朝四边张望。整个儿来说，给人一种儿童间的感觉。特别是屋角的那只一米多高的大狗熊玩偶，如果是小时候的生日礼物，早该收进橱柜或者转送别的儿童了，却至今保留着；走过去细看，很新，像是才买没多久，这就更奇怪，而且蹊跷——是谁买来送给她的呢？为什么不是我？我怎么就没想到过送大狗熊？他又注意到屋子里各处地方摆放着大大小小不少的镜框，里面都是各个时期的留影，绝大多数是鹃自己的，也有一些是与爸爸妈妈在一起的，还有跟同学、同事在一起的，咦，这张，尽管搁在了最不重要的一处角落，却对他的眼睛具有强大的杀伤力——是怎么回事儿？颜师母坐在一张轮椅里，一边是颜老，一边是鹃，细辨背景，是在医院的庭院里，这次住院大概是他认识颜家以前的事情，照片上的三位颜家成员都比现在稍微年轻一些；颜师母那回是为什么住的院？这倒不算太重要的问题，问题是，照片上，还有另一个人，不是别人，就是尤大夫，站在了颜老的另一边，靠后些，是个谦虚礼让的姿势。那么，还可以猜测出来，给四位拍照的人，该就是西米了。男大五，进相府，这俗谚又响在了他耳边。他也曾跟颜家三位成员合过影啊，细细搜寻了一遍，绝无镶镜框摆放出来的。他心中膨胀出愤懑与沮丧。

西米走了进来，举起右手食指，朝他左右摇晃，又朝门外弯动，嘴唇里还嘘嘘出声示意他别在这屋里说话。他无奈地随西米走出了鹃的卧室。

16

菩城的闺房虽然简陋，却似乎更有诗意。

在吊脚楼临江的闺房里，竹篾编就的墙体上，只薄薄抹了层灰泥，刷了点白浆，但上面挂了面圆圆的玻璃镜，就是那种最普通的廉价玻璃镜,《菩城雨霏》里的女主角,每天就用它照脸,那是张红扑扑的脸膛儿,动不动,还会害起臊来,于是红上加红,颧骨就红成最熟最熟的樱桃,那樱桃会终于寂寞地落到地下,碾为红尘吗？还是会被窗外飞进的鸟儿,什么鸟儿？喜鹊太大,麻雀太俗,那么,是黄莺儿,究竟黄莺儿什么模样？写小说的人并没真见过,但还是要写,甚至描写那黄莺儿的翅膀怎么菊花绽开般地一闪,就把那最熟最熟的樱桃,生生地衔走了,而写小说的人心就疼了,就写不下去了。

但菩城有雨霏,还是要写下去。那吊脚楼临江的闺房里,墙上还挂着一张照片,对,只挂了一张,而且屋里别处也不挂不摆任何镜框任何照片；那墙上挂的照片,是两个人光着脚在河边卵石滩上追跑,一个男孩一个女孩,女孩在前男孩在后,哎,仔细看看,也许是男孩在前女孩在后,青枝和绿叶,绿叶和青枝,春日丽阳下,活泼泼地,跳腾,欢嬉……

菩城的事情很简单。至少,在远离闹市的沿河一角,那还有吊脚楼的深巷里,还铺着古老的青石板,雨霏时,石板闪出银光,还有穿着木拖鞋的少男少女,手里捧着刚出炉的烤红薯,因为太烫,就不住地把那红薯抛起接住,再翻动抛起,再接住,他们脚下踢踢踏踏响成一片,他们嘴里咿咿呀呀哼着歌,哼的什么歌？是在唱：活着,活着,高兴也活,不高兴也活,人只活一次,所以要快活……活着就要爱,爱你就要说出来,说出来你就要问行不行？好不好？问妥了你就要做……

17

他觉得自己不仅成了多余的人,还成了招人嫌厌的角色。他悻悻地出了颜家,走到街头,进入地铁,他无意于购买小报,可是地铁站台上的报摊陈列的一份小报上，大字标题强行蹦进了他眼里，写着医学院教学研究解剖用尸体紧缺，他就知道那一定是派克快速在电脑上打出的，那部关于颜老伉俪的报告文学的引言。派克的文章一般至少要一鸡三吃，报纸上、网络上使用外，还要扩充注水成书，有时更做到一鸡四吃五吃，比如还投给杂志，发往境外。他忍不住买了一份那样的小报。在车厢里他匆匆扫描了一遍派克的狗屁文章。这个屁一定会有人爱闻，很有猎奇性。天知道派克引用的那些统计数字是真从有关部门抄录来的还是揣摩着编造的，还跟几个西方国家的同类统计数字作了触目惊心的对比。文章里强调在医学教学与研究中解剖人尸的重要性，那行文真能让不少读者因为我国这方面的尸源不够，从而影响医院和医生的整体临床水平，而联想到自身看病时所会遇到的风险，一颗心怦怦乱跳起来。派克称自己上医院看病，总是坦率地问医生学医时单独解剖过尸体没有？倘是限于条件从未有过足够的解剖经验的医生，则他敬谢不敏。这绝不是真的，但读来却极具撩拨性。还写到我国有时利用死刑犯尸体进行解剖。这是敏感话题。而有的读者最喜欢阅读敏感话题，越读越上瘾，越上瘾就越千方百计找来读。派克的文章最后才归结到自愿捐献遗体供医学解剖的重大意义。文末向读者预告他下面将讲述颜老及其老伴的动人故事。这其实也是那本即将上市的新书的广告。

　　他不应该读那狗屁文章，但是却读了。他把那张小报抛在了车厢座位上，但直到出了地铁站，他还觉得被屁味裹挟着。他想回到宿舍楼第一桩事情就是取了换洗衣服马上奔澡堂。

18

　　走回宿舍的路上，沙尘暴又来了。浑黄的旋风使身前身后都仿佛有一群猫头鹰在殴斗，除了飘飞以及钩挂在树杈上的白色塑料口袋，前面什么也无法看清。有时他不得不转过身子倒着迈步，鼻子里嘴巴里都有麻碜碜的感觉。

好不容易回到宿舍，玻璃窗嗡嗡响，屋里到处铺着一层浮土。但究竟比露天清明多了。室友都不在。他马上弯腰去取床下的脸盆，却在一瞥间看到他的桌子上多了些东西，忙撇下脸盆检视，啊，他惊叫一声，是个印着公司名称的信封，旁边有个大芦柑，芦柑下面还压着张纸条，上头写着：冒昧地帮你拿了回来，怕在传达室搁久了弄丢。必是喜讯，祝贺！还签了名。他迫不及待地拆开那封信，是一张正式通知，让他星期一去公司面试。真想不到！广种薄收地寄资料求职，这家公司本是最不敢高攀权当游戏人生才起哄似的寄去求职函的，自己几乎都把它忘记了，却巴巴地来正式公函约去面试！可见人活着都有走运的时候。而睡在自己那架床上铺的室友，在竞争如此激烈的情况下，还能为他想得如此周到，且以一枚硕大的芦柑表示祝贺，心肠如此优美，也是原来估计不足的。可见美丽的事与人不是仅仅存在于菩城的雨霏之中！

把那通知函收妥以后，洗澡时，在喷头泻下的水流中，他感到分外温暖爽快，暂时把沙尘暴和颜家的不幸都置之度外了。

19

在颜老的书房里，尤大夫正与西米密谈。西米大模大样坐在颜老书桌前的那把大转椅上，转至背对书桌，正对长沙发的位置，跷起二郎腿，抽着一根加长女士烟，一脸胸有成竹的表情。尤大夫与其说是坐在沙发上，不如说是陷在了沙发里，双手不住搓动，一脸的麻烦。

小时工凤妹跑进来，为做晚饭的事请示西米，西米严厉地对她说，以后想进来要先敲门！又不耐烦地挥手让凤妹赶快出去，跟她嚷，叫你煮粥就是煮粥，放几杯米还用问我？你以前没煮过粥是怎么的？！凤妹知趣地往外退，西米让她拉紧门，门砰地关上了，西米再把眼光投向尤大夫，尤大夫的高鼻梁上沁出了一些细小的汗珠。

什么情况让你那么揪心呀？西米说，你也算见过不少大世面的人物了，几声乌鸦叫，你慌什么？

尤大夫已经跟西米讲了，先是医院内部，有人提出来，颜师母本人既没有捐献遗体的公开声明，也没有留下亲署的遗嘱，因此不能贸然将她的遗体加以解剖；后来，颜老他们机构也有位领导提出疑问，说是颜老确实是与另外一些名流联署了死后捐献遗体的文件，但那只能认定为颜老有那样的意愿，不能随便类推到他的妻子；这样，究竟颜师母的遗体能不能用于教学与研究使用，就成了问题！

西米一再地跟尤大夫强调，颜老伉俪，是社会公认的两位一体，或者说是两体合一，思想感情绝对丝丝相扣、息息相通，怎么能想象出，在死后捐献遗体的问题上，他们两人会有不同的态度？至于颜师母没签署文件，那是因为她并非名流，再说虽然这几年她常有住院的情况，毕竟都不是什么绝症，这两年看上去更健康，谁能预见到她会突然死于心肌梗死？她自己更没那个思想准备，所以不急于写出遗嘱，都是万人可以理解的！

尤大夫说，毕竟这是个关乎法律上是否成立的问题，你又不是不知道，我在咱们医院负责这方面事务，担着责任的，而我的那几个死对头，你最清楚，他们个个把眼睛瞪得茶杯口那么圆，恨不能揪着我一根辫子，让我不摔个筋斗也脸上添个疤……

西米说，派克的报道已经登了出去，转载成风，好评如潮，这是好事、美事，谁出面反对，谁就是逆潮流而动！等颜老一回来，当众说明这是颜师母跟他口头交代过的遗愿，那些挑你毛病的还不顿时成了小丑！

尤大夫说，我担心的是，颜老如果突然知道这个噩耗，连他也一下子过去了，那怎么得了！其实，还是应该等颜老回来，再料理一切也不晚，派克也太抢新闻了，这样的消息时效性不大，晚几天再登一样有人看……

西米狠狠弹掉一截烟灰，说派克的死对头比你多，再等几天，人家不但消息抢在前面，连书都攒出来了！这年头，谁敢耽搁工夫，动不动就过时、过期、过气，等？长脖老等，就只能喝西北风！

尤大夫叹气，说其实我跟颜师母那么熟，早该找个茬口，闲聊时候试探一下，说不定她听明白了，也就留下个捐体的遗嘱了……

西米说你不是让颜鹃在那份文件上签名了吗？那起码她女儿是认可的。

尤大夫说那在法律上还不能替代本人的遗愿，只是在死者有遗愿的前提下，家属对医院实施的一个认可。而且颜鹃那天当着那么多人，说了她母亲生前没跟她说过遗嘱一类的话，她也是跟我们，还有绝大多数人一样，从她父亲的态度上，推论出她母亲也一定是愿意无偿捐体奉献科学的罢了……

西米不再跟尤大夫争论，她盯着尤大夫细细打量，猛吸口烟，再吐出一串烟圈儿，对尤大夫说，你眼神里藏着掖着东西呢，你究竟还在担忧什么？不愿意跟我说？哼，我今天猜不出，明天还猜不出？你就老实告诉我吧！

尤大夫用食指揩去鼻梁上的细汗，只是说，我还不能判定，不能判定……

20

  他往颜宅打电话，西米接听，他说请找颜鹃来接，西米说颜鹃身体精神状态都不好，有什么话由她转达吧。他坚持要跟颜鹃通话，西米说你要了解什么情况，我都可以告诉你。他问跟颜老联系上了吗？西米说快了。已经通过香港有关机构在查各个旅店的旅客名单，也跟所有颜老在香港可能会见的人士一一打去电话，相信很快就能与颜老联系上。况且颜老随时有可能往家里挂电话，所以希望大家不要再往颜宅打电话，非打不可时也应说话尽量简短，以免颜老来电话时因总是占线便放弃通话。西米说完这些话，不等他气得摔电话，先就挂机了。

  他有奔往颜宅的冲动。西米总不至于把他拒之门外吧。西米算颜家的什么人？他以往在颜家进出自如，何尝有西米什么份儿？西米的进驻当然是派克的巧招，西米一定会牢牢操纵住鹃，并且会在颜老书房里随意翻查颜老的资料甚至日记，为派克速成那本为了骗钱的破书搜集材料。鹃现在究竟怎么样？身体精神当然都受到极大损害，但心里千万要明白啊，不能让西米派克尤大夫他们反宾为主啊！

  但他悲哀地想到，鹃一定是糊涂的。鹃是受惊吓的小鸟，本该到真正的大树浓荫里去休憩，却有那倒竖的脏拖把冒充树木，骗得她躲进那散发着秽气的脏布条里去寻求庇护安慰！哎，鹃啊，鹃啊，我该怎样把你搭救出来？

  这一晚他在铺位上辗转反侧，以至上铺的室友不得不把头伸向他抗议，说你这人，不就得了一封面试通知吗？哪儿就至于兴奋得这样烙起了两面焦大饼！后来他只好强忍着不动弹，但一双眼睛怎么也合不上，便痴痴地望着玻璃窗一角。那一角窗外有树木的枝条在路灯照耀下不住地晃动,他就觉得那是鹃难以平静的心投射出的阴影。面试通知?那东西确实令他短暂地忘情,但在生命中,于他更重要的,还是……

还是菩城雨霏。吊脚楼里的姑娘遇到了可怕的伤心事。卖杏花的竹篮空了,并且掉在了混浊的江水里,水蛇在竹篮内外游动。姑娘的哭声嘤嘤的,如哼唱着一首悲凉的歌。应该有一柄青枝绿叶,轻轻地,给她从头到脚抚慰,但是那青枝绿叶如风筝般飘荡在高高的云层,怎么也降不下来,一股恶浊的气流顶着,不让青枝绿叶降下来,从窗户进入那吊脚楼的闺房。巷子里的青石板也在叹息,一些铁镐在撬青石板,一个声音宣布那里要改铺柏油路面,呀,那里已经成了柏油路面,一些摊档出现在路边,摆着一些大红的塑料水桶,塑材单薄而粗糙,还有好几个专卖小报的报摊,报纸上印着些遗体的照片,还有很大的头像,很熟悉的面容,谁呢?那头像咧开嘴巴,露出一口灰色的四环素牙,派克呀,你怎么跑进菩城来了!这里没有你这家伙的位置!他就掀翻那报摊,雨霏,不,竟下起了倾盆大雨,他走开,找雨伞,有人递给他塑料伞面的伞,他不要,是小说里的那个男孩子不要,男孩子说,我要抹桐油的纸伞,菩城的小巷里还能找到那样的伞,橘红色的,于是手里有了一把,他说,快,躲到我这伞下面来呀,那姑娘就抱着肩膀跑过来了,他们就在一把大伞底下,一路走,肩膀挨着肩膀,一挨就好烫好烫,他就问她愿意不愿意,她就点头说愿意愿意,他就跟她亲嘴……呀,她用下嘴唇撩拨他的上嘴唇,他很惊讶,就揉眼睛,仔细端详,呀,不是那个姑娘,是谁?瘦脸细眉披肩发,西米!你这坏东西,找你的派克去!……

早上他跟上铺的室友道对不起,说我一夜失眠,扰得你一夜不得安宁。室友说你后来睡得很沉呀,呼噜打得很响。他就糊涂了,弄不清自己到底是怎么一回事儿。

21

　　有人喊他去接电话，他问来电话的是男的女的，回答是你想得美呢，是老头儿！他去接，那边喂了一声，他就说爸呀，我马上会给你们写信，有的事情电话里说不清，有的事情一下子还不会出结果……那边酷似他爸的声音却对他说，对不起打搅了，我的通讯录上有你这么个号码，就试一试……啊，他愣住了，是颜老！那边不住地喂喂喂，以为电话断掉了，其实是他因为实在没有想到所以惶惑而失语，十多秒后他才忙问您在哪儿呢？颜老说在香港机场，马上就要去登机，说是昨晚和今早都往家里挂了电话，奇怪总在占线，刚才打过去也是占线的忙音，想必是家里电话没挂好吧；往颜鹃的 OFFICE 打也占线；没什么特别的事，反正剩下的这些港币角子带回北京也没意义，就打这投币电话，打完算了。现在她们那里都打不通，顺便就挂了这个电话，问这几天见到你师母和颜鹃没有，都还是老样子吧？

　　他紧紧握住话筒，手瑟瑟发抖，努力使自己理智起来。他问要不要去天竺机场接机？颜老说你知道我是最主张轻装简行的，从不在外采购什么东西，照例不必来接，我自己叫辆 TAXI 方便得很。听那声气颜老就要挂电话了，他不得不硬着头皮说，颜老您要做好思想准备……颜老没听明白，还在说不必来接，不必。他就鼓起勇气说，颜师母得急病，在医院里……颜老的声音顿时紧张起来，问怎么了怎么了？他先说不要紧，但那声音连他自己听来也很虚伪，颜老在那边就大声命令他，让他实话实说，究竟严重到什么程度？他想到头来总要告诉颜老的，这个打击颜老怎么着也是躲不过去的，与其让别人告诉颜老，莫若由他首先报告，他就说颜老您要撑住，师母她已经在前天因突发心肌梗死抢救无效而去世了！这回是电话那边十几秒没有声音，急得他大声地喂喂喂，但终于那边又有了声音，看来颜老的心脏承受住了这个打击，没有昏死过去。颜老在问，颜鹃怎么样？他说当然非常悲痛，但是别担心，不会出问题。他就接着报告，现在家里设了灵堂，师母单位等着颜老回来商量追悼会遗体告别等活动的安排……颜老说我们早约定好的，无论谁先走了，这类活动一律免了，他就说，理解二老的思想境界，这不，还把遗体捐献出来，供医学教学研究解剖使用，这都是一般人难以做到的，从昨天起有关报道已经见报上网，普遍的反响是敬佩、感动……那边颜老的声气忽然显得非常怪异，什么什么什么谁决定的谁擅自报道的岂有此理……把他着实吓了一跳，接着那边几乎半分钟没有了声息，他觉得颜老在那边机场的公用电话旁这下是实实在在地昏死过去了，他身子不由颤动起来，感到自己闯了弥天大祸。可怎么是好呢？正当他惊惶无措时，却又传来了颜老的声音，清晰而坚定，跟他说你马上替我给医院打电话，告诉他们颜鹃母亲从未有过死后捐出遗体的决定，我们亲属也绝不同意，在我没有赶到医院以前，谁也不能擅动她的遗体，否则我要诉诸法律！我自己也要马上跟医院打电话，不过我角子已经不够续了，时间上也来不及了……接着，电话就自动挂断了。

他愣了会儿神，马上要给那医院打电话，这时两个同学过来说你有完没完，该让我们打了，他说我有急事，那两个同学就说光你的事急吗，我们都是煲电话粥侃大山的？他就让开，转身跑出了宿舍楼，他决定马上叫辆TAXI去医院，那比打电话更有用。

22

大清早颜鹃接到尤大夫电话，尤大夫问西米在不在？颜鹃说派克约她出去了，说定中午以前回来。尤大夫连说好好好太好了，你等着，我马上去，我有重要的事情跟你说，你放下电话以后再别理别的人，有人按门铃你从猫眼看清楚，不是我就别开。颜鹃说西米已经把门铃线拆断了，门外也贴了敬领悼情无力接待请勿打扰改日必谢的纸条。尤大夫说太好太好，我到了会敲门你要看清楚给我开门。

尤大夫很快就到了。头发梳得一丝不苟光可鉴人，脸刮得净若银盘，高鼻梁洁白如玉，一身墨黑的西服，扎一条暗蓝色领带，进得门后就主动用双手握住颜鹃的双手，发现颜鹃的手冰凉，心里不落忍，就弯下腰，想用自己的脸颊去温暖颜鹃的手，颜鹃不解地抽出了自己的手，尤大夫就说咱们找个僻静的角落谈，去你的房间好吗？一看颜鹃很不理解的样子，就说那么去颜老书房吧，但走到书房门口又说别在这儿，万一西米回来，她会马上来这儿的，咱们，要不去厨房吧，颜鹃就问为什么，怎么了，但也就被动地跟尤大夫进了厨房，那厨房颇大，里面有副小餐桌，他们就坐到了餐桌旁。

尤大夫盯着颜鹃眼睛，问，鹃，咱们相处得很久了，你说，我是可信赖的吗？颜鹃不解地望着尤大夫，尤大夫又问，鹃，你回忆一下，我跟你撒过谎吗？颜鹃马上答没有呀，怎么会呢？尤大夫就说，鹃，有个情况我必须告诉你，只告诉你，告诉你一个人，时间有限，也许西米马上就回来，她有你们门钥匙能自己开门进来，我跟你说的，不希望任何人包括西米什么的知道，颜鹃睁大眼睛说那为什么呢，尤大夫就说鹃啊鹃，我单刀直入了，你听了要挺住啊，你知道，在医院里，遗体处理还有尸体解剖之类的事情，包括跟医学院那边协调，技术上都归我管，你妈妈的遗体，现在被派克那么一报道，成了捐献给我们供教学科研使用的了，我还让你在一个家属认定书上签了名；颜鹃插进去说，是呀，这怎么啦？尤大夫说可是现在没能找到你妈妈亲立的捐献遗体的遗嘱啊，法律上有漏洞；颜鹃说，我爸爸回来肯定同意的，我也同意呀，我妈妈她自己也一定有这样的意愿，只是事情来得太突然了啊。尤大夫说，我要跟你说的主要还不是这个，你哪里知道，谁也不知道，现在只有我和我的两个助手知道，我们对你妈妈的遗体进行防腐保存处理，结果，我发现……尤大夫说不下去了，颜鹃望着他，问，发现什么了？怎么回事？尤大夫就说那我就直说啦，颜鹃说为什么不直说？尤大夫咬咬嘴唇，说，我发现，我们都清楚地看到了，你妈妈，她始终还是个处女！她的子宫没有承担过生育任务，甚至于，她的处女膜都没有被戳破过……我也仔细考虑过，有的已婚妇女，后来会因为种种原因，阴道口又长出东西，闭合上，或者是子宫肌瘤所致，但我一再观察研究，我的两位助手意见也一致，你妈妈不属于那种情况，她的子宫和阴道都始终没有病变，我们可以万无一失地得出统一的结论，这是一位终身没有男人跟她做过爱，也终身没有生育过的，性闭锁的妇女！

尤大夫鼓足勇气说完这些话以后，就直愣愣地望着颜鹃。只见颜鹃一动不动，仿佛一尊石像，脸庞渐渐变得比雪还白。尤大夫怕颜鹃昏死过去，随时准备起身过去把她抱住。颜鹃忽然哇的一声哭了，双手掩住脸庞，摇晃着肩膀，连说你胡说你骗人你骗我你吓我你乱讲……尤大夫就起身走到她身后，双手分别搁在她双肩，随着她的摇动哭泣，手掌越来越用力地按住她的肩膀，努力给她一种从物理性转化为心理性的支撑。后来颜鹃和尤大夫双双顺势抱在了一起，颜鹃搂住尤大夫的腰，把头倚在尤大夫肚子上，尤大夫先抱住颜鹃的肩膀，后来又不断用双手抚摩颜鹃的发丝……

颜鹃在尤大夫肚子上哭了一阵，又转过身，使劲揉眼睛，喃喃地说，太可怕了我不信这不是真的这不可能你弄错了你在吓唬我你要害我……尤大夫就抓过她的手，紧紧握住，蹲在她面前，望着她的眼睛，诚恳地说，我很抱歉我这样做很残酷，真的很残忍，我该死，可是我想来想去应该让你知道，一个生命不能在这样的事情上混沌下去，我既然了解到真相我就有了一份不可推卸的责任，我的良心推动我来找你告诉你，再残忍这件事我也非做不可，鹃啊，鹃啊，你要理解我，谅解我，鹃啊，我要郑重地向你宣告，对于你，无论从哪方面，特别是情感上，我一点都不会变，不可能变，没必要变，在漫漫的人生道路上，你可以相信，你至少还有我，永远愿意为你效劳，为你献出一切！鹃，你要坚强起来，面对现实，应对命运……

颜鹃又变成了一具石像，嘴角悲哀下弯的，凄怆的石像。尤大夫望着她眼睛，增加了握她手的力度，对她说，鹃，你要镇静，这是绝密，我们再不能让它扩散，尤其要防止西米、派克知道，绝不能让他们从传媒上捅出去。那两个助手，我已经警告了他们，而且，只有我才是这方面的专家，他们说了也是不能算数的，我出面否认，他们就成了可耻的造谣者，饭碗敲碎，还可以对他们起诉。但是，现在最急迫的，是必须中止遗体捐献的事情，马上安排你妈妈遗体的火化。为此你必须马上跟我到医院去，跟我们的头头脑脑说清楚，现在你回忆起来，妈妈明确跟你说过，她的想法跟你爸爸并不一样，是不打算死去后捐献遗体的，你可以这样解释，就是你知道，你妈妈私下里，始终保持着天主教信仰。

当然，还有个你爸爸什么时候回来，回来以后会是个什么态度的问题。我现在有了新的估计，你爸爸他是不会同意解剖你妈妈遗体的，如果我们快刀斩乱麻把你妈妈遗体火化了，他回来反而会舒一口长气！也许各个方面都会有人站出来说，至少应该等你爸爸回来，跟遗体告别以后再火化呀，你就可以拿出你爸爸联名签署过的那个文件来说事儿，那上面除了表示死后捐献遗体，还有不搞遗体告别，不开追悼会等好几条，你就说除了遗体问题，后面几条是你们家人的共识，这两天家里的灵堂你本来也是不主张搞的，因为朋友们坚持，才让了点步……现在你家的事你完全可以独立做主，只要你肯坚持，谁拦得住？

尤大夫不能肯定颜鹃把自己所说的意思都听全了、听懂了，但发现颜鹃的脸色开始有了血色，不过那血色增加的速度离奇地迅疾，很快颧骨就变成了樱桃红，尤大夫觉得不妙，大声地呼唤鹃啊鹃……

23

菩城的吊脚楼外有枇杷树，开花时候好香，结出果子好甜，《菩城雨霏》那篇小说里的姑娘啊，你在春雨里卖完杏花，还可以在初夏的熏风里卖枇杷，走在那青石板上，你用银铃般的声音吆喝，又大又肥的鲜枇杷耶……在夏日的雷声里，屋檐的水柱像水晶的帘栊，在那帘栊后面，是闺房的窗户，你倚窗而立，你想看清楚，那边的柚子树，树上那些落了花没多久，结出的拳头大的柚子，被雷雨大风劈落刮落了多少，于是那小说里的小伙子，也就是原来的那个男孩，男孩长大了，现在是小伙子了，他就跑去告诉你，没落多少，没落多少，柚子和人一样，要顽强地成长、成熟！秋风初起，满巷里飘着大柚子的香气，那是带着苦味的香气，于是你们就一起摘柚子，数柚子，那些下边尖尖的，只能倒着搁的，是公柚子，那些下边平平的，能正放着的，是母柚子，姑娘问，这有科学根据吗，小伙子就说，有比科学更重要的啊，就跟着我这么说吧，来来来，我们把柚公柚婆搁到箩筐里，我们一起抬出去叫卖，我们一起吆喝，爱吃沙甜的，买柚婆啊，爱吃酸甜的，买柚公啊……姑娘，你抬不动了，你就别抬了，来，让我一个人背，你把箩筐扶上我的背就行了，我的脊背很宽很厚很壮实呢，你要我背的，我全能背，你不要我背的，我也要为你背呢！来啊来啊……飘雪花了，我们卖什么？生活里总有能支撑我们的资源，来来来，我们从窖里取出红薯，我们自己制作烤炉，我们能把红薯里的蜜汁烤得吱吱地流淌出来，哎，好香好香，这又是一种香味，跟杏花、枇杷、柚子都不一样的香味啊，这个世界多奇妙，连香味都有这么多种，就凭这许多的香味，我们也该享受生命啊……

姑娘，你为什么哭了？不要哭。你喃喃地自问：我是谁？我从哪儿来的？你也是问我呢，在我的怀抱里，你要我回答你，为什么你跟我不一样，简直不知道自己是从哪儿来的了？我就告诉你，其实，这并不重要，重要的是，我们都是有尊严的个体生命，我们要爱惜这生命，享受这生命……姑娘啊，每一个生命，都是孤独的，都要孤独地走完人生之旅，为了避免孤独，才需要寻找伴侣，才需要努力融入群体，但首先应该承认孤独，面对孤独，不要害怕孤独……姑娘，你像秋风里的树叶瑟瑟抖动在我胸怀，我是青枝绿叶，并且会很快长成粗壮的树臂，在这树臂的葱茏里，你尽管构筑避风躲雨的巢儿，而且，如果你愿意，那将是我们共同的小巢……

姑娘，你指着那巷子以外，你说，那边是些水泥预制板盖的，千篇一律的房子，还有那些总搞不平整的玻璃幕墙，那墙下有着叫卖小报的摊档，那报上的文字烫伤了你的心，还配着照片，更像刀刃般割着你的肝肠，于是小说里的小伙子心肝也在寸断，而写作者也就写不下去了……

但是，还有比文字，比写作更有用处的方式，那就是用一个孤独者的心，去温暖另一个孤独者的心。这并不一定需要文字，甚至也不需要语言。姑娘啊，社会，人生，人性，有时候确实暴露出那狰狞的一面，我们在意料之外，除了吃惊，甚至恐怖，还应该镇定，应该理智。至少，我们还可以净化自己的人生，淘澄自己的人性。

你反复问自己，我从哪里来的？从哪里来的？姑娘啊，我知道，你那深深的痛苦，根植在哪里。世界上，人类中，一对夫妻抱养别人的孩子，从小瞒住那孩子，施以亲子之爱，甚至爱得超过一般父母，这是常有的事，文学艺术里，已成滥觞，本不足奇，一旦揭破，震惊之余，很快也就可以释然。但是你现在不能再待在原有的那个被称为家的空间里，那里面实在有着太多的东西，包括无数的报刊文章、电视节目录像带，都报道着你父母的堪为人间恩爱夫妻与道德伦理的楷模，他们的夫妻关系，你们三人世界的情况，通过传媒的揄扬，简直成了供全社会使用的一把衡量是否正常、高尚的尺子。你不能忍受这份虚伪。你为他们和你自己感到深深的羞耻。你说，那沦肌浃骨的耻感，快把你的生趣咬啮干净了！

是的，菩城的有着吊脚楼的小巷里，不曾有这样虚伪的存在。姑娘对小伙子说，你父母，他们可以大声詈骂，甚至在气头上，会粗言秽语相伤，但是他们却有着正常的夫妻生活，当他们把热水瓶摔到有裂缝的楼板上跌得粉碎时，所损失的，也不过是一只热水瓶的价值罢了。但我所生活的那个几乎被全社会称颂的空间里呢，一派温情，一片文雅，可是却遮蔽着多么可怕的东西！我的生活里碎裂掉的，怎样估价也不可能充分！小伙子就搂过姑娘的肩膀，抱紧她说，宽容吧，怜悯吧，那层柔纱被扯破后，所呈现的真相也许确实可以用狰狞来形容，但是，吊脚楼外，江边卵石滩上，还有拉纤的纤夫，听他们从胸臆里呼出的号子吧，悲凉啊，人生如拉纤，谁能轻易摆脱社会给你套定的纤绳？他们二老，既早早被社会定为在那个纤位上，不管多么吃力，也只好把派定的角色扮演下去，把那纤绳拉断为止……再说，姑娘啊，生命多样，人性神秘，我们又怎么能断定，他们之间没有真正的情爱，也许，那只不过是，比一般人特别一些，为我们所不理解罢了，想想逝者身前的痛苦，揣揣存者心中的煎熬，我们除了宽容、怜悯、通达、憬悟，还能有别的什么选择呢？

但是姑娘的哭声依然不断，像吊脚楼窗外涨水期的江潮声。那位医生本来说得好好的，可是，秘密还是泄露了出去。医生赌咒发誓，说自己确确实实守口如瓶，但这世界，这社会，有的人实在坏得超出善良人的想象。那位小报记者，及其那个所谓的伴侣，真是无所不用其极，他们对那两位助手，不仅是高档餐厅请一顿海鲜，也不仅是西洋式俱乐部里请桑拿按摩兼夜总会的听歌观舞品XO洋酒，他们给二位办了新马泰的旅游，结果，那天所拍的照片所录的磁带的复制件就落到了他们手里，其中最隐秘处的镜头当然不能使用，但他们既然掌握了证据，也就可以放肆折腾，妙的是他们还是做正面文章，但那切入角度之乖巧，比乒乓球比赛中的擦边球还奇绝，结果他们炮制的那本所谓报告文学大大畅销，铺天盖地覆罩各处，还有据之拍摄电视连续剧的报道，传主还并没有公开做出反应，倒是他们，放出了传主要跟他们打官司的消息，这就惹得更多的俗众奔走相告，一读为快，一时间真叫洛阳纸贵，两位伴侣满盆满钵大丰收，听说已经用那笔丰收买了本田雅阁轿车和城郊的一个跃层式单元。他们真是青面獠牙啊。但医生甚至比他们更狰狞，因为，为什么那天要拍照、录像？为什么没把这个举措告诉给她？医生解释说只是为了自卫，怕火化后透了风声被指控污蔑时说不清楚，说万没想到那两个助手会那样地见利忘义。可这解释说得通吗？为什么为什么，人性之恶，竟达到了这样的程度？包括那些原来对二老崇敬有加的俗众，怎么现在对那种下作的印刷品如此热衷？没读的，听人说，自己再夸张变形渲染得加以传播，那是怎样的一种乐趣？这下才能理解，当年为什么有人爱看杀头的场面，悲苦啊，人，人性……小伙子就对她说，人性里善对恶的征服取代，确实比人生理上的进化要缓慢许多许多啊，姑娘恸哭着说，不，我终于明白了一个残酷的真理，就是人性里的恶，是一种恒定的东西，要么外在有力量抑制它，要么内心有力量压抑它，它才蛰伏，如此而已，你我都不例外的！小说里的小伙子于是把她搂得更紧，用下巴摩挲着她的头发，殷殷地对她说，从如此沉重的思考里解脱出来吧，要知道，我们还有菩城，还有菩城雨霏，还有润泽的青石板路，沿着那路还能找到朴实的空间，诚实的生活，优美的情愫，诗意的氛围……听，空中有黄鹂的鸣声，桂花的香蕊随着霏雨坠落，巷子深处有真切关爱你的人在等候你回家，你屋子里的镜子在微微晃动，不是因为地震，而是它获得了灵性，渴望着迎接你颧骨上的两颗红樱桃……

　　姑娘依然在小伙子怀里哭泣，更加伤心。她说，那个夜晚，她和爸爸抱头痛哭，哭累了以后，爸爸坐在沙发上，她跪在爸爸脚下，她抱住爸爸双腿，哀求说，爸爸爸爸，如果妈妈不是生育我的妈妈，那么，请您一定跟我说实话，您究竟是不是生育我的爸爸？爸爸就浑身颤抖地说，你怎么这样问我？我当然是，我是的，我确实是的！她就摇着爸爸的腿问，那么，生育我的妈妈究竟是谁？她还在吗？她在哪里？爸爸就说她也死了，早就死了，你不要问了，你两个妈妈都死了，你难道还要我也死吗？她就把脸贴在爸爸腿上，请求道，亲爸爸啊，您跟我一起做亲子鉴定吧，做完了我就死了心了，就再也不问为难您的问题了，我们父女俩就开始新的生活……爸爸一下子又泪流满面，一些泪滴落到她的头发上，就仿佛滚油一样烫着她的心，半晌，她听见爸爸清清楚楚地跟她说，我不能，不能，我自己不能，社会塑造的那个我也不能，那是不能够的啊。她就苦苦哀求，爸爸却把她扶开了。她绝望了，站起来，走回自己房间。爸爸跟了过来，敲她关紧的门，她不开，爸爸就在外面高声说，你不要糊涂，难道我们家必须死绝吗？我们都是善良人，为什么我们遭遇得这样惨？她就打开门，擦干眼泪对爸爸说，我不死，您也别死，但是我们不能像以前那么相处了，过几天我会离开这里，我还会不时地来看望您，我永远铭记您和妈妈对我的抚养之恩，还有那许多许多的美好时光，但是毕竟现在那一切都成了过去，我必须携带着永恒的疑问，去走完我自己的人生之路，您就继续让社会完成对您的塑造吧，我却要自己塑造好自己……

《菩城雨霏》那篇小说里的小伙子就牵着那姑娘的手，让她和他并肩站在一起，跟她说，你把一辈子的眼泪都透支了，来，我给你揩干眼睛，啊，你不哭了，你的眼睛不浑浊了，你的眼睛里有了蔚蓝的天空，乳白的云朵，有了春雨中的杏花，夏阳里的枇杷，又有了秋天的金柚，冬天的蜡梅，还有了那个虽然耽误了那家跨国公司的面试却丝毫也不后悔的年轻人，是的，那篇小说的题目不大通顺，甚至是大不通顺，但阅读文字的快乐有时真的能够超越那些死板的规范，我不是把那小说题目写在你手心里了吗，打开你的手心，啊，泪水和汗水已经使那几个字一个比一个淡了，不信你跟着我读：

菩城雨霏
城雨霏
雨霏
霏

2001年3月21日写毕于北京温榆斋

小墩子

姓闻的那家住在里院东屋。屋外有两株洋槐,两株洋槐的树干下面挨得挺近,往上长,就一个东倒,一个西歪。入夏成为两把碧绿的大伞,还挂满一串又一串奶白的洋槐花,香气飘进屋,也溢满全院。

那一年那一天,风过树动,枝上落下白蛾般的花瓣。闻家女主人从院外回来,推门进了屋,一眼瞧见五斗橱最上头一层靠西的抽屉不对劲儿,居然没来由地往里缩了那么一股截,露出抽屉框没上漆的木头原色。闻家女主人到院外胡同口接了一个传呼电话,传唤的大妈在院里呼得很急,她没锁门,就一路小跑着去了。以往也有类似情况,回到家里从未感到过异常,这天却不能不疑惑起来。

她忙去拉开那退缩得反常的抽屉,那抽屉是专用来放零钱的,也就是放毛票和钢镚儿的。抽屉刚一露出来,她的一双眼睛便又不由得一抖。不对头,明显不对头!闻家只有小小的一间屋,就那么几样家具;闻家夫妇都是机关干部,每月就那么点工资;闻家五斗橱最上头那个放零钱的抽屉里的毛票和钢镚儿虽说最富于变化，但女主人对它们的把握却总是精确度很高——于是她飞快地做出了判断：抽屉里少了四毛钱，四张八成新的一角钱票子。

便回想起刚才从外头返回院里时，迎面遇到过小墩子。小墩子家就住在一进院门的地方，她往里院逛去本不算稀奇，稀奇的是她同自己擦肩而过时那脸色那眼神与往常大有不同，通红的脸蛋或许还可以解释为血气过旺，那忍不住往斜里睃的眼珠子，算是怎么一回事儿？

闻家女主人那一年那一天站在五斗橱前足足思忖了一刻来钟。她做出了一个决定，这个决定是相当冒险的。一年多以前院里曾有一家人同小墩子家发生了纠纷，明明是小墩子家理亏，她家却全体出动，这个跳脚骂，那个叉腰嚷，又泼又凶，无人敢劝。占理的人家没争到理，后半夜还有砖头块砸碎了玻璃窗，惊醒后拉灯披衣开门追出去，哪里还有人影儿？天亮以后也不敢再找到小墩子家问，几个月后赶紧换房搬走。

但那一年那一天那一刻，闻家女主人心里头却把四角钱看作是一笔不算小的财产，并且把那样的失去那笔财产看作是一桩非同小可的事情。她决意挽回，并且有信心弥补。

闻家女主人拿口钢精锅装些米，坐到洋槐树下的小竹椅上，仔仔细细地拣起米里的稗子和砂粒来。其实她手指头的仔细是半真半假，一双眼睛时不时瞟向公用自来水管，那才是真正用心所在。

那一年那一天，北京的大杂院里已经盖起了许多的小厨房。说是小厨房，其实有的已不仅是厨房而分明是住房。这样，院子的空旷部分就越变越小，最后全成了些短径弯道。闻家女主人家门口亏得有两株洋槐树，算是留下了一个难得的方形空地。但坐在小竹椅上，朝公用自来水管那里望去，却犹如从喇叭嘴这头，朝喇叭口那头窥视，视野十分的狭窄。

视野虽狭窄，她却有信心捕捉到小墩子的身影。因为她知道每到傍晚此刻，小墩子必会提着家里的铁桶去公用自来水管那儿接水。

果然！小墩子出现了。小墩子显然是想躲避来自她这个方向的视线，因此似乎在尽量紧缩自己的身体。但既称墩子，可见也难缩成麻秆，那拱出的臀部尤其具有叛卖性质。因此，刚一闪露，闻家女主人便轻快地走拢过去，借助自来水砸在铁桶底儿上的声响掩护，凑拢小墩子的耳边说——

"小墩子！来！大姐有几句话跟你说！"

她把水龙头拧上，桶并没有满。但小墩子竟弃桶于不顾，随着她到了她家屋里。

至今回忆起来，闻家女主人还参不透，小墩子怎么会一点儿没有耍赖，没有申辩，没有撒泼……她竟直挺挺站在闻家女主人面前，两只手的指头钩在一起，双眼只盯着自己脚面。

小墩子大概14岁的样子，她头发浓密，发丝粗硬，黑而油腻，乱蓬蓬地堆在头上，到耳边才潦潦草草地编成了两条短辫；她脸庞圆乎乎胖嘟嘟的，皮肤黄黑，但鼓起的脸蛋上却有着两团艳艳的红晕；她没有洗干净自己的习惯，耳后和脖子黑乎乎的，一双粗大的手更是积垢成痂，她的脸颊靠近下巴的地方有明显的癣痕；她的眉毛挺浓，一双眼睛却细长无神，总像没睡醒似的；她的嘴唇厚而丰满，仿佛一磕一碰便会喷出血来……其时她穿着一条明显从姐姐乃至母亲那儿继承来的蓝布长裤，显出肥大，但她穿的旧衬衣却分明是她自己的，多次缩水后已是十分勉强地箍在她丰硕的躯体上，令人惊诧或者厌恶地觉察到她胸部的早熟……

"小墩子！我去接传呼电话的时候，你是不是进过我家？……"

"你是不是开过我家柜子上的抽屉？……"

也许是因为用了十分和缓的口气，面带着十分和善的表情，小墩子只是站着，垂着胳膊，叉着双手手指，紧抿着嘴唇，并没有反抗性的反应……

闻家女主人便越发柔声细气地说："小墩子，头一回吧？这可不好，多丢人啊！可你还小，我看你心里头也在后悔，我不跟别人说，就是跟我那口子，也不说……小墩子，这种事情，可不能再有一回啊，人活在世上，可不能有那个不劳而获的心，人穷不能志短哪！钱，得靠自己老老实实地挣啊！……"

小墩子并不点头，但额头上、鬓角边沁出了一串串、一片片细小的汗珠，她眼睛不再光盯着脚面，偶尔也抬起来睃闻家女主人一眼。她的这种反应，已令闻家女主人十分的欣慰。

语气便变得更加蔼然了："小墩子！你缺钱用，想买个什么，跟家里要不来，你尽管跟大姐说，大姐多了帮不起，三毛五毛的没问题，就是三块五块，实在你需要，也不是不能帮你想办法……"

小墩子的眼里滴出了眼泪，是猛然滴出来的，令闻家女主人吃了一惊。更让人吃惊的是，她并没有"泪落连珠子"，她滴出的眼泪绝不成行，能点出数来，大概左右眼加起来也不过是五六粒，那眼泪大而圆，一下子落到颧骨上，不再往下流，挂在那儿，不一会儿便干了。

闻家女主人心更软了，说："小墩子！我找你来，不是为了问你要回那四毛钱，我是为了你好，提醒你，让你别就这么滑下去……"

小墩子突然弯下腰，用右手去掏，右脚便欠起脚跟，让右手手指好把藏在右脚那只布鞋里的钱抠出来，那四毛钱她已经折成了扁长的一条，黑乎乎的。小墩子把掏出的钱递还给闻家女主人，用一反常态的蚊子样的声音说："……我错了，我再也不了……"

闻家女主人有点犹豫，但最后还是忍住恶心把那从鞋里掏出来的钱接了过去。

"……您别跟人说，我再也不了……"

闻家女主人便使劲点头，"我跟谁也不说，这事只当它没有……"

前院忽然传来小墩子她妈锐利的叫骂声："小墩子！你死哪儿去了！水桶就他妈这么撂着，让人顺走都他妈别吃饭了！……"

小墩子便转身走了出去。

晚上，闻家男的回来了，刚进屋，闻家女主人便一五一十把发生过的事讲给了他听。

那个院子离胡同口不远。至今那个院子的外观内景变化不大。多少多少年前那个院子是一户阔人家的宅邸，但老早老早也就成为杂院了。原来的大宅门砌死了，宅门的门洞也成了一间屋子，住进了人，在原来门洞边的墙上另开了一个院门，供人们出入。那间门洞屋，便是小墩子出生的地方。

当然不仅仅是小墩子出生的地方。她还有仨姐姐俩哥哥，都出生在那个门洞里。在那门洞里住得最久的，是她的奶奶。

胡同里的人们都把小墩子的奶奶叫作祖奶奶。实在她也够得上这条胡同里辈分最高的人。她生在八国联军打进北京的那一年。

闻家夫妇新婚后住了好一阵办公室，后来好不容易分到了这个院里的一间东房。他俩头一回来看房子时，刚走近院门，劈头便看见了祖奶奶，不禁面面相觑。

祖奶奶第一回呈现于他们面前，竟是那样坦然地、安详地赤裸着上身！当然那一年那一夏似乎格外炎热，那一天尤甚，闻家夫妇沿路便看见了无数赤膊的男人，不过他们陡然看见祖奶奶时还是觉得触目惊心。那一年祖奶奶已然年过七旬，她的脸皮已经皱缩，然而她的身体却还壮硕，皮肤虽已松弛，脂肪并未怎样地消退，她坐在院门一侧的大树底下，坐在一把旧藤椅上，摇着一把大蒲扇，两眼眯着，却依然有一对放光的眸子，并且听觉似乎也还灵敏。正当闻家夫妇接近院门时，小墩子和她的哥哥大锛儿追嚷着冲出了院门，这时祖奶奶就厉声叱责他们："干什么哪？一惊一乍的！"

闻家夫妇搬进杂院以后，渐渐也就习惯了祖奶奶，习惯了她入夏以后的做派，习惯了她那"干什么惊惊乍乍"的用之万事而皆准的评论。是的，干什么惊惊乍乍？什么了不起的？值当吗？祖奶奶什么事没见着过？就拿她坐在这院门口的大树下过眼的情形说吧，有用破席卷着尸体抬出去的；有披头散发嚎着冲出去再没回来的；有用红绣幔轿子，吹吹打打迎进来的；有用装着锃亮的黄铜大转铃的洋车送到门口的；有五花大绑着拖出去的；有手铐子铐出去却又坐上吉普车的；有敲锣打鼓把红红的喜报送进院的；有让一群戴红袖章的年轻人推搡着戴上纸糊的高帽子去游街的；有让亮得能照出人影的小轿车接出去又送回来的；有让大卡车来装走所有家当包括一摞子破花盆搬走再不回头的……祖奶奶的话一点儿没错，人应该眼皮儿杂点，耳朵眼儿大点，心眼儿豁点，实在是犯不上见着点什么听着点什么就惊惊乍乍的！

搬进那间东屋不到一个月，有一天就听见小墩子她爹在屋里打小墩子她妈，不知道是徒手还是用了什么家伙，反正打他家窗外一过能听见呼哧呼哧的拍击声，而小墩子她妈便尖声叫嚷着，那叫嚷声并不凄厉，倒有些桀骜，不过听不出叫嚷的内容，也听不见对打的声音。闻家女主人头一回听见便忍不住想去劝止，闻家男人便对她说："那么些个邻居，常年住这儿的，谁都不出面，想必这种情况由来已久，劝也没用……再说，你看——"闻家女主人顺他示意的方向一看，小墩子若无其事地同院里的小姑娘们在一起跳猴皮筋，而祖奶奶更若无其事地坐在院门口的大树底下，嘴里像是含着一枚铁蚕豆，正摇着她那裂了缝的破蒲扇……便只好摇头、叹气，然后回自己家去做自己的事。

闻家的女主人在公共厕所里遇上小墩子她妈。小墩子妈是个大胖子，个头也不矮，说是胖，其实是壮实，祖奶奶也壮实，可祖奶奶是一对三寸金莲，所以走起路来摇摇晃晃，小墩子妈是一双解放脚，足以支撑她那硕壮的身体，走起路来平时不打晃，但那天进了厕所却有点一拐一拐。闻家女主人便问可是给打坏的，小墩子她妈便坦然地撩起衣衫给她看一道道的紫痕，说那才是打出来掐出来的，脚脖子却是她自己躲闪不慎，扭坏的。一块儿蹲着，最宜说些知心话，小墩子妈便告诉闻家女人，小墩子她爹是个老实巴交的好人，一辈子没做过亏心事，待她一向也好，只是她生下小墩子以后，子宫里长了瘤子，因为没钱动手术，那瘤子也就由它去塞满子宫，反正也不碍活着，照样能干家务事。可小墩子她爹不能得着那个乐子了，所以天天晚上喝闷酒。喝的是比二锅头还贱的白薯酒，劳改农场里蒸馏出来的，又托人整坛子地买，所以才合八毛钱一斤。那酒劲头儿忒足，老头子喝了就不踏实，不踏实就拽过她去又打又掐，她就由着他揉搓，可也存心吵吵嚷嚷，让他有个对头，其实那吵嚷里有一半的话倒是让他小心点儿别伤着了自己……闻家女主人便吃惊，及至小墩子她妈问及她男人打没打过她，那表情，倒仿佛在考察她有没有品尝过一道精美菜肴似的，她便感到恶心，说没有，小墩子妈便扬起眉毛，反过来吃惊……

小墩子她爹是个瘦高个儿，夏天也总是光着膀子，他身上似乎没有脂肪，只有骨头棒、瘦肉和筋腱。他堪称壮实，却左右太不对称，他的右胸比左胸高，右胳膊也比左胳膊粗。后来明白，那是因为他在胡同外大街上一家粮店里专管压切面，至少有二十年那店里压切面都用的是一种手动式压面机，而他就至少操作了那压面机二十年，因为右膊右胸二十年里连续吃劲多，因而他的身体便右粗左薄。小墩子她爹罕言寡语，总剃个光头，总刮不净一下巴的花白胡子茬儿，额上脸上有几道刀刻般的深皱纹，细琐的纹路却不多，一眼望去便可认定是一个地道的良民。

小墩子家原来三代合住一间大门洞屋，后来屋当中隔了堵墙，再后来往院里接盖出一间小屋子，大哥自打到地铁工地当工人以后便独立生活了，大姐也早已出阁，闻家夫妇搬进那个院里住时，小墩子家是父母住一间屋，祖奶奶和小墩子合住一间屋（小墩子的二姐、三姐都到农村插队去了），小墩子二哥大锛儿独自住那间搭出的小屋，那小屋也兼他家的饭厅，小厨房便在那小屋一侧。

祖奶奶记年有她独特的方式。她记得是鼓楼烟袋斜街当铺被抢的那一年，小墩子她妈嫁到自己家来的；她记得小墩子生在大槐树上的"吊死鬼"和杨树上的杨喇子特别多的那一年，那年到大暑的时候，胡同里槐树杨树的叶子差不多全给那两种虫子吃得成白丝网子了；她还记得大锛儿惹是生非折进局子里去是胡同里下水道受堵，满胡同汪着臭汤儿，足有半年多才有人来修整好的那年；她也还记得是有辆运西红柿的汽车撞进了胡同口小杂货店里的那年，闻家小两口打这院里搬走，说去住楼房的——那一回从那肇事的车上跌翻了许多筐西红柿，又大又红的西红柿一直滚进了胡同里头，有几个竟至于一直滚到了祖奶奶坐处，停止在她的一双小脚旁边……

院门旁的那株大树是一棵臭椿树，树龄怎么说也有好几十年了，树干粗得一个人张臂抱不拢，蹿得极高。到高出屋顶的地方便开始分杈，又再分杈，再再分杈，结果入夏后便成为一柄巨伞，给胡同那一截包括院子里的一部分铺下好大一片阴凉。祖奶奶喜欢那树，赞那树，说亏得它不是香椿，省去了人们开春以后爬上去摘、用带铁钩子的大竹竿从地上够它那嫩芽儿的罪孽；再说臭椿皮实，虫子难欺，胡同、院里槐树、杨树包括毛桃、核桃、海棠、葡萄全遭"吊死鬼"和杨喇子糟践得厉害的那一年，独他们院门口那棵臭椿一片叶子没损，仲夏开出一树米粒大的青花。不错，是有那么一股不能叫香只能叫臭的气味，可那气味水滋滋、鲜喷喷的，你又不能说难闻，风过花落，一地半绿半黄的米粒大花穗儿，铺在那儿也挺顺眼……胡同里有人议论，说那臭椿是祖奶奶情人栽的，他没娶上祖奶奶，让住门洞的小墩子爷爷给娶上了，赌气，所以往那门口栽了棵臭椿而不是香椿。谁知那臭椿一年年地就长起来了，小墩子爷爷也没砍了它，而且小墩子爷爷死去后，祖奶奶就一年里有三季总在那臭椿树下坐着，在她那似乎恒久不变的生活和思绪里，那种树人究竟占着多大的分量，谁能知道？

祖奶奶记得，是臭椿树花儿开得最盛的那一年，小墩子她二姐三姐相继从插队的农村回了家。祖奶奶和三个孙女儿挤住一屋，倒只有欢喜没有厌烦。小墩子却不大乐意，不乐意的原因固然是住得挤了，但还有别的，谁也不会知道她的心思：她觉得家里人也好院里人也好胡同里的人也好，本来就简直没把她当个人儿，两个姐姐一回来，她就更好比墙缝里的土鳖虫儿，只有见人先躲起来的份儿了。

那时候小墩子已经顶替她爹，到胡同外大街上的粮店里压上了切面。二姐回城不久到公共汽车上当了售票员，三姐不久去了一家百货商场卖香皂牙膏，二哥人锛儿早就在一家工厂的锅炉房里烧锅炉。小墩子她爹她妈对家里这么个情况挺满意，祖奶奶也是，他们常在一家子围桌吃炸酱面时对比："瞧瞧二荷他们家！多挠头！咱们知足吧！"

二荷是住在里院的一个姑娘，年龄同小墩子二姐相仿，同一年"上山下乡"——去了一个"农垦戍边"的兵团，但她去了不到一年就跑回了家来，说是有病。开头也不知道她犯的什么病，后来有一天有人在公共厕所里发现了一个不大成形的死婴，经调查，是从她肚子里掉出来的。让派出所和街道居委会忙乱了好一阵子，更惹出了胡同里院子内外无数的闲言碎语，但终究也拿她没什么办法。把她薅起来吧她也算不上犯了哪条罪，动员她回兵团吧，她是死鱼不开口死猪不点头，你也总不能派人把她押回去，而与兵团方面联系，那边却总无回音……等到上山下乡的大批大批堂而皇之地回城时，二荷要求给她安排工作。但人们一想，一查，又发现她并无任何档案材料、证明文件，连户口都没有；动员她自己回兵团去办理有关事宜，她还是死鱼不开口死猪不点头，因此就长时间没有职业，仍在家里吃闲饭；光是二荷一个人挠头也罢了，还有她那弟弟，如今外号"群龙"，年岁和小墩子三姐相仿……

小墩子听着家里人那么议论二荷，例如："最省事的法子就是嫁个人，可能找着个什么主儿乐意要她呢？一脸死猪相！"或者："嫁个乡下人吧！不过近郊的，像四季青，谁要她呢？嫁到喇叭沟门那边倒差不离！"对此她倒还不怎么不平，可听到家里人一顿讥笑踩乎二荷的弟弟群龙，她就不自在起来了……

二荷长得粗粗黑黑，群龙却长得白白净净。小墩子和群龙，正如胡同里院子里一般的男女孩之间一样，见面也说话，有时候也一块儿玩一阵子，但终究是不大单独来往。小墩子跟群龙的特殊缘分，说起来，是起始于一根三分钱的红果冰棍。

那是他们都刚上中学的时候，在胡同口外头。有一天，小墩子端着碗给家里打甜面酱去了。打了一毛钱的甜面酱，往家里走的时候，她忍不住就把碗凑拢自己嘴边，同时脖子也勾下去，伸出长长的舌头，用舌尖舔那碗里的甜面酱。这其实也是她的惯伎，给家里打酱油打醋的时候，她舌尖也没消停过，因为知道她这个毛病，所以她妈很久都不再让她单独打芝麻酱去，实在也是，小墩子自己也知道，倘若打的是一碗芝麻酱，那她就不仅是舌尖，恐怕手指头也无法消停……

就在那一年那一天那个下午，小墩子端着甜面酱碗打胡同外头往胡同里拐的时候，迎面遇上了群龙。群龙手里正举着一根三分钱的红果冰棍，那一刻映入小墩子眼中心中的红果冰棍晶莹鲜艳，犹如天堂里的佳肴，她忍不住停住脚，使劲地咽唾沫。

群龙招呼她说："嘿，墩子，干什么哪？"

小墩子便把托碗的手往高举举。

"我们家今儿个也吃炸酱面，我也刚去买了甜面酱和肉馅，找回五分钱，我爸全给我了。"群龙不无得意之色，说完舔了一口红果冰棍。

二荷和群龙的父亲是银行的职员，挣的比小墩子她爹多。虽说也多不到哪儿去，但让孩子买东西的小找头能让留下。这小墩子家就不能比，小墩子她爹她妈让她买东西去从来是需要多少钱就只给多少钱，无须商店里找还。小墩子也曾试图用少买的方法挣个三分两分的，但东西拿回来她妈只要瞟上一眼，便立马能判断出来有无贪污，为此小墩子很挨过几顿臭揍。所以只能是用舌头尖对自己稍加安慰……

那一年那一天那个下午，小墩子和群龙就那么面对面地站着。还有相当热度的阳光泻到他们身上，他们都有点汗津津的。小墩子的双眼，只盯着群龙手里举着的冰棍，那冰棍顶端开始融化，泛出坟块般的光彩，银亮亮的；群龙只盯着小墩子的脸庞，那脸没洗干净，可是嘟噜出来的腮帮子上泛着天然的胭脂红，像熟了但并没有熟透的大苹果。

忽然，群龙对小墩子说："这冰棍，给你吧！"随之是一个往前递的动作。

小墩子一愣，后退半步，手里的碗差点儿没托稳。

"干吗呀？"小墩子本能地说，"我干吗占你便宜呀？"

"那……"群龙眼珠略微一转，便建议说，"谁占谁便宜呢？咱们交换，你吃一口冰棍，我吃一口甜面酱，行了吧？"说着，便把冰棍塞到小墩子左手中，伸手从小墩子右手里取过那只碗，伸出舌尖飞快地舔了一下甜面酱。

小墩子便抿了一口红果冰棍。那是她终生难忘的一口品尝，至今回忆起来，她还很是惊诧，那味道何以那般美妙？只抿一口，便有飘飘欲仙的感觉。

小墩子还没有反应过来，群龙已然把碗送回了她的手中，而并没有待她送还冰棍，便转身跑掉了。

小墩子只见群龙的背部，一颠一跳地消失在人丛中。她的心狂跳了一阵。至今回忆起来，她也依然惊诧，何以那群龙的背影，自那以后，在她眼中，便具有了与万人背影不同的味道？

小墩子一手托着甜面酱碗，一手举着那根冰棍，退到了街边商店的屋檐底下，细细地品味了那整根红果冰棍，直到只剩下一根粗糙的竹签，直到把那竹签又舔了个一干二净……

那天晚上，三姐睡觉翻身时被一样东西硌得好痛，尖叫着坐了起来。二姐靠墙睡便拉开了灯，三姐发现是一根竹签，举起来问："怎么回事？谁使的坏？"小墩子睡得很沉，没醒过来。祖奶奶本来就没睡瓷实，睁开眼说："干什么惊惊乍乍的？什么大不了的？有一年屋顶上掉下一长的大蝎拉虎子，径直掉在我奶子上，我也没你这么咋呼过！"三姐随手把那竹签儿扔到了地下，但第二天那竹签儿却又出现在了小墩子的旧铅笔盒里。

后来二姐三姐都下乡插队去了，二荷和群龙都去兵团了，小墩子压上了切面。后来二荷先回来了，再后来有一天群龙也回来了。群龙跟二荷不一样，二荷是偷着一个人溜回来的。群龙却是有人开着小吉普车给送回来的。二荷跟群龙不是一个地方的兵团，所以二荷一点不知道弟弟的情况，群龙也一点不知道姐姐的情况，姐弟俩在家里见面时才互相知道了对方的不幸，而群龙的不幸更甚于乃姊。

群龙回来时没有了双手，是齐腕子那儿截去的。事情其实也很简单，群龙在兵团恋上了一位来自南方的姑娘，据说那姑娘也一直公开地属意于群龙。兵团里的人们都把他俩当作"一对儿"，常开他们的玩笑，但当群龙提出来要跟那姑娘结婚时，却遭到了姑娘的拒绝。因为那时候已经开始刮起回城的风了，姑娘当然盼着快些办回江南，并另有了回城后谋求更佳配偶更佳生活前景的想法。姑娘把自己的想法和打算也都一五一十地跟群龙说了，谁知就在那一晚，群龙跑到高压输电线的铁架子底下，往上爬，决心电死自己。但没想到遭电击之后，他只是发出一声撕心裂肺的惨叫，惊醒了整个连队，而人们跑去寻他时，他并没有被电死，而是被电流击碎了双手，疼痛得在地上扭成一条被火燎过的肉虫儿。后来他被送进医院，截去了腕下部分，成了一个生活不能自理的废人……

群龙被送回家里以后，胡同里的同龄人里就开始叫他群龙，其实他原来的名字是京龙。他有个同龄人认为"群龙无首"这个成语的意思是"群龙无手"，便叫他群龙，一些人跟着叫，从同龄人往两头扩大，开始是小孩子们加入进来，再后来大人们多半为了议及他时省事，一提到他也便说"那院里的那个群龙"。时间一久，他自己也习惯了，叫他京龙他或许还一下子反应不过来，一听叫群龙他便立即转动身子，面对着声源。

群龙回来后的头几个星期没在院里更没在胡同里露面，但后来终于还是露面了，他头发乱蓬蓬的，胡子长得老长，而且也乱，衬衣上净是汤水污渍，衬衫袖口那儿秃噜着。他脸上没有一丝一毫的表情，径直地走出院子，走出胡同，不知道他走到哪儿去，去做什么，也算不清过了多少时间，他从胡同外头径直地走了回来，径直地走进院子，径直地回到后院他家屋里。后来人们知道那是他给自己放风，不过是到屋子外头走走而已，并没有什么危险，无论是对别人还是对他自己。再后来他开始自己上公共厕所解大小便，再后来他开始用小臂提着他家水桶到公用水管那儿接水，有人见了就帮他拧开水龙头，没人帮他他就用小臂尽前头的那一股截开关水龙头，居然也能奏效。他不让水桶盛满，开头是用小臂提小半桶水回去，后来是半桶，再后来是大半桶，不过他再也无法提一满桶水走动了。又过了些时候，他开始提着菜篮子去买菜，零票和钢镚儿都由家里人事先搁在篮子里头，居然也能顺顺当当地买回来；一两年过去，祖奶奶讲话，干什么惊惊乍乍的？人们对群龙的存在不仅已经不再吃惊、好奇，甚至已达到只当他并不存在的地步。

但当小墩子全家围坐在一起用餐时，仍不免有些难听的话扔出来，给二荷，也给群龙。

有一天大锛儿就一边跟爹对酌着白薯干酒，一边红涨着脸说："群龙他妈的还算人吗？给他个老婆他都不知道怎么揍！"

饭桌上，只有他爷儿俩有资格喝酒，并且一盘撒了蒜丁的凉拌黄瓜也单属于他们。祖奶奶、小墩子妈和她两个姐姐都直接喝玉米面粥，就着一大盘炒茄丝和一大碟酱豆腐吃大馒头。小墩子妈嫌儿子话难听，便顶回去："你他妈的倒知道怎么揍，可你那老婆在哪儿呢？"

大锛儿烧锅炉，对象难找，这话窝心。大锛儿又仰脖喝了一口酒，沙哑着嗓子说："二荷他妈的也嫁不出去，瞧那脸上的一窝猪血！"

这话更让当妈的听着不像个样。二荷户口问题、工作问题那时候总算由街道上帮着写信联系给解决了，可二荷的右脑门上确实有块凸出来的红记，像趴着个血蜘蛛。头些年那闺女蓬头垢面的也没人理会她俊不俊嫁不嫁得出去。如今她在纸盒厂上了班自己也挣下了几个钱，学会了使润肤膏烫大花卷子头穿几件鲜亮的衣服，到底也有些个娘儿们味了。说实在的，大锛儿要再没个可对的象，她都打算老着一张脸去二荷她妈那儿试探试探了。当然连这想法也让自己窝心，且不说那"一窝猪血"寒碜，将来那小舅子不得成个大包袱一背到底？想着这些，当妈的更是烦躁，遂又对着大锛儿叫嚷："你也别眼珠子光往外头翻，你们屋里这几个，哪个又是能娶能嫁的？你就得打他妈八百辈子光棍儿！"

二姐、三姐本来没事儿人似的在一边吃自己的饭，这话一出来都歪鼻子斜眼的了，三姐便说："我倒没嫁出去，可我也没往厕所里拉人芽子呀！"二姐也说："走着瞧吧，当我这么喜欢这个家哩！"

小墩子心里只是难过。不为二荷，为群龙。自打群龙回到院里，她就没跟群龙说过话。是群龙不理她。她倒试着要趁个别人都不注意的空儿跟群龙说话，群龙脸上没有丝毫表情，她的话出来了只是不应；有一回群龙又用小臂提着水桶到公用水管那儿打水，她看见了便过去帮他扭开关，打了半桶水，她要帮他提，生让群龙用小臂把她挡开了。她硬要再帮，群龙便用小臂打她的手，打得生疼，群龙管自用小臂提着水桶走了。她望着群龙那又亲切又陌生的背影，左手抚摩着右手被打痛的部位，只觉得心里头酸酸的。

二姐和三姐一齐跟妈拌嘴，三张嘴搅和些什么，小墩子都没听见，末后只有祖奶奶的一声厉喝传入了她的耳中："干什么惊乍乍的？！都给我好好吃饭！"

确实不必惊惊乍乍的。饭当然一定要好好吃。

自那顿饭以后，有一年，二姐嫁了出去。大哥、大姐、二姐三家相继都有了后代，逢年过节就一块儿来家里团聚。屋里盛不下，院里也坐不开，有时一家人爽性就在院门外的臭椿树下支上折叠桌，来个大摆家宴。胡同里路过的人见了有来问的："谁办喜事呢？"乱哄哄中便有指着大锛儿和三姐的，大锛儿便乐，三姐便骂，小墩子心里只是想：怎么家里外人就都没有指着我问、指着我应的？

不久三姐也结婚了。暂时没分到房，说是半年以后三姐夫他们单位就能给房，先在家里将就着。这样便只好腾出一间屋给三姐三姐夫当洞房，剩下两间屋，爹和大锛儿合住一间，祖奶奶、妈和小墩子一间。

大锛儿更没了好气，见天晚上和老子一块儿喝酒，连黄瓜都不就，揪瓣大蒜也算是下酒菜。大锛儿身子骨很像他爹，瘦，精壮，只是左右对称，不像他爹那样畸形。大锛儿自小是个大锛儿头，而且是前后锛儿，也就是说他额头和后脑壳都相当凸出，有人说那是聪明人的相貌，可大锛儿自打上学以来就简直没及过几次格。他那工厂的锅炉房改造成自动加煤自控燃烧的新设备以后，重体力劳动变成了只需用大部分时间看仪表，小部分时间帮着卸煤装煤斗的轻体力劳动。可大锛儿怎么也熟悉不起那些个表盘，他说还真不如跟以往一样抡大铁铲子往炉膛子里撒煤痛快⋯⋯大锛儿碍着三姐夫的面子，不好拿三姐出气，就拿小墩子出气。有一回爷俩儿都喝得烂醉，爹就冲出屋子把妈拉进去一顿臭揍，而大锛儿就冲出屋子不论三七二十一地一巴掌把小墩子打倒在地。小墩子当时正坐在铺板上为自己剪裁一件人造棉短袖褂子，手里还握着剪刀。她便坐在地上，手里挥舞着剪刀，厉声对大锛儿说："你敢再动我一下，我就剪了你！"大锛儿竟满脸狞笑，叉着腰对她说："剪我？你他妈先把你底下那儿剪开吧！你都二十岁了，怎么还跟家里窝着？都找不着个男人把你揍了？！"小墩子狠命站了起来，狠命地朝大锛儿扑去。这时候祖奶奶走进屋子，站在门口大声叱责说："干什么惊惊乍乍的？都给我老老实实待着去！"小墩子便定住在一个攻击性的姿势上，而大锛儿也醒了一半酒，跟跟跄跄出了屋，里屋也停息了喧闹。不一会儿小墩子她妈头发散乱地出了屋，扣着扯开过的衣服扣，也不说什么，坐回铺板上去，继续帮小墩子裁衣服。小墩子也便蜡烛受热般地软化下来，握着剪子和她妈坐到了一处，而里屋不一会儿便传出了小墩子她爹的鼾声，非常之雄壮。

　　小墩子确实二十岁了。有一天，粮店经理在开会的时候念了一封顾客来信，信上说她来买切面的时候，看见压切面的女同志一双手很脏，指甲盖里都嵌着黑泥，像镶了一道乌金边，而且脸上也不干净，像是长着一片癣，她说这样的切面让人怎么买回去吃？……不消说信上所说的那位女同志就是小墩子，经理念信的时候大家就都把目光汇聚到小墩子身上、手上、脸上，小墩子真恨不能有道墙缝可以钻进去。她想起土鳖虫儿来真是感到亲切，为什么人活在世上就总得让别人盯着、说着？土鳖虫儿多幸福，有个小小的墙缝儿一钻，就什么也不用去应付了。

　　那以后小墩子被扣发了一个月奖金，又被调离了压面机，调到一个仓库去了。但小墩子自那以后忽然有了一种鸿蒙初开的自觉性，而且仓库自设的澡堂淋浴起来又很方便，她变得讲究起清洁卫生来，她又按时往脸上擦治癣的药膏，原来那癣也并不怎么难治，没有多久便整个儿消失了。她洗头开始用华姿系列，即香波、护发素和发露一式三瓶；她刷牙用蓝天牙膏，往脸上抹奥琪增白粉蜜。她开始注重穿着，懂得要把腰尽量勒得细点，穿上高跟鞋走路时要尽量挺胸收腹。不知不觉之间，连大锛儿也对她刮目相看了，有一天就眯着眼对她说："这才真算是个娘儿们！可惜还是没人要，跟我一个样儿！"大锛儿虽说把自己也赔了进去，不算骂她，可她心里却有如刀割。她也不明白：为什么就没有小伙子追她？

　　让小墩子反过来想：为什么自己就不去追小伙子？那是有一天她从仓库下班回来，路过胡同外的理发馆时，猛然间脑子里划过闪电一般，突然冒出的一道光，居然照彻了她整个儿的灵魂。

从理发馆里出来一个人，把她吓了一跳。

那是群龙。

真的吓了一跳。因为群龙面目一新。她想不出群龙自从无手以后，那头发那脸上的胡子茬儿，是怎么长了去短的，大概总是他爹他妈或者遇上二荷心情好些的时候，凑合着帮他剪剪刮刮吧。因此几年里头群龙就总是灰头灰脸的没个鲜洁的时候。这天不知怎么的群龙跑理发馆理了发还刮了脸，是全活儿，肯定还洗了头吹了风刮了边抹了油，呈现于她眼前的群龙俨然一个英俊的男子汉。这天他的衣衫也异常整洁，脚上还穿着一双擦得锃亮的皮鞋，如果不特别去注意他那衣袖下的两个空缺，那他不是一个非常完美的人物吗？

她大声招呼："群龙！"

群龙听她招呼才看见她，站住，立即脸红了，仿佛小偷行窃时突然被人抓住。但群龙脸上的红晕迅即消除，整张脸又冷冰冰的毫无表情。

"群龙，你今儿个真帅！"小墩子凑拢他，亲亲热热地说，"你早该这样儿了！"

群龙呆呆地站着。脸上仍无表情，但眼里闪出几分惊讶，几分疑惑。

"群龙，你干吗总不理我？"小墩子心里痒痒的，像有个蛾儿想冲破茧子飞出来，却费了老大劲也总冲不出个缺口，她嘴唇哆嗦着，却怎么也说不出下面的话来。

映入群龙眼中的小墩子，也让他大大地吃了一惊。好多年没正眼看过这位邻居了，现在发现她居然烫了一头小卷卷，脸庞虽说还是黑黄的底子，但洗得非常洁净，脸颊依旧红彤彤的，令人想起已经熟了但还没有熟透的苹果，衣领开得很低，丰满的脖颈下挂着一串不值钱但很好看的绿珠串……尤其令他吃惊的是，为什么小墩子会对已失去双手的他投以那样的眼神，并且好像满心满意要跟他说什么却又居然一下子说不出来……

他本想转身离去，却拉不开脚。小墩子却突然不再说什么，只是两手紧紧张张地在自己的一个人造革挎包里倒腾什么，后来，掏出来一样东西，仿佛贼娃子被迫交出赃物似的，颤抖着举给他看。

群龙看不明白，但他心里开始有爪子在抓挠。当年他跟那个江南女子在兵团里，相会时就有那种爪子抓挠的感觉。他嗓子发涩，他觉得是一种不祥之兆。

小墩子举着那样东西，抿着嘴，望定他，不，是瞪着他。小墩子恨他居然认不出来。

确实认不出来。

小墩子不得不提醒他："那根红果冰棍……现在没那么便宜的冰棍了……那时候三分钱一根……"

群龙还是没悟出来。但心上有尖利的爪子抓得好痒。

"你这个大傻帽儿！"小墩子喊了出来，"这就是那根冰棍的竹签儿！看真了吗？我一直留着没扔，没扔！……看见你没了两只手，回了院里，鬼一样活着，我、我还是没扔……"

群龙只觉得胸膛里那只爪子一下子抓破了他的心，血仿佛从心里喷了出来，阳光下，他发现小墩子手里举着的那根竹签仿佛闪着些十字光芒……

街上过往的行人没有注意他们的。

在这个伟大得不能再伟大的世界上，他们渺小得不能再渺小。

一个是所谓的胡同串子，何况还失去了双手。

一个是所谓的胡同土鳖婆儿，何况才刚刚去掉了指甲上的乌金边和脸上的癣斑。

那一年秋天，小墩子妈发觉小墩子连续两个月没来例假。经盘问，小墩子承认有那么一回事儿。三姐陪她去医院做了青蛙试验，呈阳性反应。妈和姐姐们既轮流又合伙儿问她,究竟跟谁?她只说:"我自个儿乐意的,我不说,你们别再问。我现在也不打算嫁人,你们再来烦我我可就要跟你们闹了。"爹听说了这事一声不吭,大锛儿有一天趁别人都不在就凑到她跟前,很痛心地说:"墩子!是我不好!是我用混话把你激的!我还是人吗?你扇我耳刮子吧!要不我自己扇,替你扇,你要我扇多少个?"说着举起巴掌就真要扇。小墩子一把抓住了二哥的大巴掌,她一生里头一回抓住二哥那巴掌,这才觉出手上都是老厚老厚的茧子。那年月到处都开始讲究学历,讲究尊重知识和知识分子,小墩子他们仓库、大锛儿他们工厂,也都如是。但他们却都在所讲究的范围之外,而且也不大有补救的可能;小墩子毕竟是女的,找个人嫁出去还不算太难,大锛儿就确实难办了——小墩子嘴里没说什么,可已经先一步领略了那个快乐,大锛儿整日里满嘴荤话,一喝醉了更是污言秽语仿佛天字头号大流氓,但小墩子知道,他直到那天可还是个地地道道的童男。小墩子想到这儿就握住二哥的巴掌没有放,也说不出所以然来,却吧嗒吧嗒滴下几粒眼泪到大锛儿的手背上。那眼泪只有几粒,可以数出来,大约不过五六粒,滴到大锛儿手背上却并不马上流动,圆圆的定在那儿足有好几秒。

大锛儿不明白,这是怎么啦?他忙把手从妹妹手里抽了出来,极不得体地问:"谁欺侮你了?是谁?告诉我,我把丫的花了!"

祖奶奶走了进来,照例吆喝说:"干什么惊惊乍乍的?什么了不起的!都给我该干啥干啥去!"

小墩子做人流手术后的那两年,这世界仿佛猛地抖擞着加速了变化,即使是他们那条小小的胡同、那个小小的杂院,也有种毛毛虫变成了花蛾子的感觉。家家都有了电视机,区别只在带不带色儿和尺寸的大小;家家都有了洗衣机,区别只在单缸还是双缸,下泄水还是上泄水;一到夏天大多数人家都有电扇在呼呼地转;

虽说院里的老房子还是那么陈旧，盖出的小房子一再翻修也强不到哪儿去，但房子里头的旧家具大批地淘汰了出去，迎进了组合柜、弹簧床、落地灯和转角沙发；时兴往地上铺化纤地毯或地板革，往墙上悬些个壁挂，往花瓶里插些个人造花；有的家还置了电冰箱和组合音响；到夜里，有的家燃着些红红绿绿的串儿灯，或蓝幽幽金晃晃地转动着变幻着图案的光纤灯具，胡同里院子内外便飘荡着一些邓丽君、费翔的流行曲音韵……

但更大的变化是人。毛毛虫一旦从茧里冲出来，成了花蛾子，谁还认得出来？自己照镜子，也跟做梦一样。

比如二荷，谁知道她是怎么从纸盒厂又跳槽到了商标印刷厂，又怎么跳槽到了一家广告公司，并且天知道她怎么会有所谓的公关能力，并且怎么能学会了英语，虽说至今发音不准，外国人和中国行家都说她有点怪腔怪调，但她偏敢张嘴，而外国人也偏能听懂！又有谁再讥笑她脑门儿上"一窝猪血"呢？如今有那冷冻疗法，激光疗法，外加外科手术，跑了半年医院，她竟将那块记彻底根除了，简直不留什么疤痕。她的发型总那么时髦，喷着最贵的发胶，她每天细心用眼影膏上眼影，描眉，用睫毛器修整睫毛，又细细勾出眼线，她用最好的美容霜，用淡红的唇膏、淡紫的指甲油，她有好几套互相搭配的耳饰、项链和手镯，她只穿从秀水东街采购来的时装，只穿从白孔雀艺术世界买来的皮鞋，肩上只挎手里只提同身上相匹配的珠串包或真皮包。她早已不在家里住，但倒经常回到那条胡同那个杂院看望她的父母和她的弟弟群龙。每次总是坐一辆"的士"抵达门口，先对坐在门口大臭椿下的祖奶奶亲热地打招呼，然后咯噔咯噔用高跟鞋鞋跟敲击着院里的地面，散出一路的香水气味，跟遇上的这个那个邻居点头问好，一阵风似的刮回她的老家去。

但都知道二荷并没有跟谁结婚。她有一套两居室的单元，在三环路边上，独自住着。那单元好像既不是单位分配的，也不是她自己花钱买下的。问她，她说是借住的，但谁又相信有人能白白借给她住呢？

　　毛毛虫变成花蛾子的二荷，自然引出小墩子家新一轮的议论。那时小墩子三姐三姐夫终于分到住房搬走了，但回娘家最勤的是三姐。三姐变化也很大，已成为那个百货商场一层化妆品组的组长，她自己虽然打扮得大不如二荷，但她对各种化妆品那绝对门儿清。那一年那一天她又回娘家小坐，时逢二荷也一阵风地刮进里院回自己老家，三姐便皱皱鼻子说："二荷准不是正路子！她身上的香水连我们商场都没进过货，那只有友谊商店才有卖的，是正宗法国巴黎香水，准是她洋姘头给她的——那香水的牌子叫'毒药'，听听！敢叫'毒药'，得有多贵！她搞什么公关，整个儿是臭婊子一个！"大锛儿虽说还没结婚，但有了对象，正怕人家嫌他野蛮，所以那一阵子说起话来尽可能的文明，便疑惑地问："按说当那个……交际花儿吧，总得盘儿是盘儿，条儿是条儿，二荷她就是把上万块一瓶的香水整天地洒到身上，又有哪点儿招人呢？"三姐便教训他说："你懂什么，如今女的时兴她那么个模样儿，脸盘儿不要圆圆乎乎，也不要瓜子仁儿，倒要带棱带角，也不时兴细皮白肉，倒是咖啡那么个色儿最好，腰身也不要一个劲儿地苗条，讲究三围，就是说腰围虽然要小，胸围和臀围倒越大越好，侧着身看，前头上凸后头下鼓才叫大美人儿……"大锛儿听着不住地点头，心里头暗暗称喜，这么说他那个对象脸盘儿圆圆乎乎，侧面看身条儿上下一般儿粗，不是时髦抢手的货，倒多了几分安全感。小墩子听着却并不关心二荷的美丑，她只在紧张地想：二荷如今自己挣出了脸，手里头也有了几个钱，对群龙也更讲究起姐弟之情来，她会不会给群龙介绍些个有所图的对象，而群龙又会不会动了心依了二荷呢？

群龙的变化也真不小,原来那一年那一天他去理发馆修整门面,是已经得到了残疾人协会方面的许诺,贷款给他先安装一双假手,然后安排他到一个福利工厂工作。他装上那假手以后虽说不能恢复到健全人的水平,到底能自己吃饭、穿衣、梳头、洗澡和做简单的事了;如今要是不知道他的真相面对面地同他交谈,你只会觉得这人怎么不管天热也总戴着手套,是不是有点古怪,而绝不会感到他是一个残疾人……

那一年那一天,二荷没跟家里待多久,就又出来了,后头跟着她弟弟群龙,群龙也穿戴得整整齐齐,是一套灰蓝的西服,还扎着领带。二荷和群龙走到院门口时正遇上小墩子和她三姐,二荷便满面春风地跟她们招呼,三姐便问:"怎么着?是带群龙去见对象吗?"二荷含混地嗯哈着,群龙眼望着小墩子只是不住地摇头,小墩子抿着嘴用两眼直勾勾地盯着他……

门外的出租车一直在等着。二荷和群龙坐了进去,三姐望着出租车说:"嚯,香格里拉饭店的!那可是五星级的,实行跪式服务哩!"

汽车开走了,转瞬消失在胡同口外。小墩子觉得一颗心被剜了出去,胸膛里有一种空虚感。

祖奶奶依然坐在大臭椿树下的破藤椅上,大气很热,她却不再赤膊,穿着小墩子为她缝制的真丝无领无袖衫,她家所有的人都不再当众赤膊,大锛儿也给他爹买了几件汗背心,让他出屋时就套上;但祖奶奶不让家里人给她换把新藤椅,那旧藤椅已经快散了架,便只好由大锛儿用尼龙绳细细地替她又扎了一会儿,补衬进一些个竹片儿;小墩子她爹也拒不换饮比那白薯酒更好的酒,至多只接受二锅头。逢年过节大儿子、大闺女、二闺女、三闺女回家给他提来的好酒,倒都便宜了大锛儿;祖奶奶依然摇着那把旧蒲扇,裂开的地方她都让小墩子妈用线给缝合了,她觉得扇出来的风来一点儿也不比往年差；当小墩子和她三姐望见二荷、群龙坐的那辆出租车消失在胡同口外，转过身来时，祖奶奶便对她们现出一个司空见惯的表情，而姐妹俩便不约而同地代她说出那句必定又要再说一遍的话来："干吗惊惊乍乍的？什么事儿也没有啊……"

有句老话道是乱世出英雄。如今不是乱世，但可称变世，变世更出英雄。

小墩子万没想到那一年那一天她居然成了仓库的英雄人物。

那天下午，一辆运货车运来了六十箱方便面，刚卸下十来箱，小墩子和几个搬运的人就闻着有股子哈喇味儿。小墩子便跟同伴们议论："先别卸了，这面都变味儿了！"

可押车来的人和仓库里一个外号叫"白条儿"的业务经理都吆喝着让抓紧时间快卸。

小墩子便走到白条儿面前跟他说："面都哈喇了，这货不能要，该退回去！"几个同伴站在她左右也都是这么个意见。

白条儿三十多岁，长得细皮白肉，细高挑儿，鼻梁两边的白皮儿上洒满芝麻粒大的褐色雀斑。他对小墩子他们说："你们吃过多少种面？这面就这个味儿，这是个洋味儿，你们不要土老帽儿，外行！瞎掰！给我继续卸去！"

别的人也就懒得跟他论理了，独小墩子一时吞不下这口气。从头两年起，她就最恨人家把她看成无知无识万事不该插上一嘴的土鳖虫儿，再说这仓库已经几回因为发出去的货让销售点判定过期变质给退了回来，最后只好在门口摆摊儿降价大甩卖；仓库作为中转站总赔钱，已经好久发不出一分钱奖金；渐渐又传出了白条儿通过明知过期变质还接收来货自己偷偷拿取厂家回扣的说法……种种因素积累既久，又让白条儿那傲慢的态度一激，小墩子便一不做二不休，当场用力撕开了一个纸箱子上的胶条，几下扒开了箱盖，取出一袋方便面哧地撕开，搁鼻子根底下闻了闻，便传递给同伴们，亮着嗓子说："这还不叫哈喇了吗？"接着她又撕开了几包，扔了一包给白条儿，自己又嚼了口手中的一块，又使劲把嚼的啐了出来。白条儿还在那里狡辩，几个同伴可都发了话："这包装纸也不对头，不光哈喇了，这根本是假货！""任是谁也受不了这份味儿！"有个外号阿臭的小伙子更从他手里的那包发现了一只小虫儿，递给了小墩子，小墩子便将那包有小虫儿的方便面直杵到白条儿鼻子下边。白条儿恼怒了，一巴掌把那包方便面打飞，舞着胳膊嚷："甭废话！这儿听谁的？给我卸！有什么意见卸下来再说！你们不卸，我自己卸！雇临时工卸！"

那押运的人和司机便又开始往下卸，白条儿也果然亲自动手，倒让周围仓库里的人都愣住了。

谁知小墩子略一犹豫，便突然掀开驾驶室的车门钻了进去，一屁股坐到司机座上，又从车窗里伸出头来，高声宣布说："我跟这儿坐定不动了！白条儿，你，你们，敢动我一手指头我就算你们耍流氓！我敢跟你们拼命！信不信？！"又对其余的人说，"大伙儿别慌！听我说，我的意思是打今儿个起，咱们不能再这么糊涂下去了！不能让白条儿跟一些人勾着作弊，坑国家，坑顾客，也坑咱们。他掌着回扣，帮人家往外推这号劣货，让人家把国家的钱赚过去，捅出的窟窿让咱们全仓库的人给背补。都几个月了，咱们谁拿着一分钱奖金了？再这么下去，怕连基本工资也发不出来哩！嘿！你们还愣着干什么？把那卸下的都装回去！阿臭，你去给局里打电话，让他们头头脑脑都来，都来看我怎么无法无天，霸住这汽车不让人开走！……"末了又冲着白条儿、押运人和司机说，"你们看怎么办？是把货退回去，还是等局里来人，还是这就把我宰了？"

车下的人全被她这一番发作弄得目瞪口呆。阿臭倒是刚一回过神来便跑着去给局里打电话了。

结果是白条儿惨败。局里后来进驻了调查组，查出来很多问题，白条儿退赔了一大笔钱，免了职，灰溜溜调到另一个单位去了，他庆幸自己总算没给抓起来判几年。

但那仓库因此也就面临着取消的命运，局里的领导来开了全体会，说这取消不是让大家失业，而是要改变原有机制，绝大多数商品今后都由厂家和销售部门直接挂钩供应，这样也就更可以避免因中转拖拉形成的过期变质问题；他让大家都来出主意，看削减仓储批发任务后，剩余的职工还能开发出些什么对社会有益的经营项目？

在这样一种背景下，便出现了一辆停泊在闹市区街头的、漆成奶白色有蔚蓝色条纹装饰的快餐车。快餐车上设有操作间，有外卖的窗口。一开头，品种比较单一，只卖一种一块钱一串的炸羊肉串，一种当场大桶制作零杯出售五角钱一客的橘子汁，以及一种两角钱一只的小圆面包。快餐车开张以后，生意出人意料地火爆，尤其那烤羊肉串，物美价廉声誉鹊起，吸引了越来越多的回头客。

当年曾跟小墩子他们家同住过一个院子的那对闻氏夫妇，男的早找路子调到报社当了记者；女的虽然还留在机关，但拾起了原来的英语专业，时常参与外事活动，充当翻译。那一年那一天是个星期日，他们带着女儿逛完公园，又沿街散步，结果就走拢了快餐车。买了一把羊肉串，站在车外的空地上歪着头吃，都说这儿卖的羊肉串嚼起来怎么那么嫩，味儿怎么那么香，怎么有种别处都比不了的特殊感受。正赞着，那闻家女主人便对丈夫说："咦，快餐车里头那个女的怎么那么眼熟？"闻家男的望过去，没看真切，他们的女儿便一迭声地问："谁呀？谁？"但直到退回穿羊肉串的钢扦子，离开那快餐车，走得老远了，闻家女主人才猛然一拍手，想了起来:"是小墩子啊!"她丈夫也恍然:"对对对,像是她……"他们的女儿便又一迭声地问:"小墩子是谁?怎么会叫这么个名儿?女的怎么能叫墩子?"父亲便对她说:"你自然不记得,那时候你小,我们又总把你搁姥姥家住着……"母亲便自言自语:"真的,祖奶奶家怎么给个女孩子取名叫墩子呢?……"又不禁自笑,"真的,干吗惊惊乍乍的呢?"

小院那间东屋外面的洋槐树依旧一株东倒,一株西歪,入夏又开出一串一串奶白的洋槐花,溢出阵阵爽人的香气。接续闻家人住的更年轻的两口子到那一年夏天也迁了出去。他们的迁出是二荷的一种安排,二荷通过"房虫儿"给他们倒换到一个楼房里的独居。二荷换下他们那间东屋不为别人,为的群龙,群龙早盼着有间纯粹属于自己的小屋。有了这间小东屋,他可以不受干扰地独处。

那一年那一天的下午,小墩子去那东屋里看群龙。那时候小墩子跟餐车还没发生关系,还在仓库里干活。

小墩子问群龙:"怎么这些天没见着你去福利工厂,是病了吗?"

群龙举举手说:"我这号人,还有什么病不病的,凑合着活吧!"

小墩子打量着小屋里的摆设,俨然一个小书房,两个上头是玻璃拉门下头是木头合页门的书柜。虽说没放满,却也很有不老少的书,都挺新的,也还有几样小摆设。其中最刺小墩子眼的,是两个小洋人造型的瓷器,一男一女,正拱着屁股亲嘴儿;小屋里有群龙的单人床,还有一张挺大的书桌,书桌上居然摆着些文房四宝。

"你倒挺不错的!"小墩子说。

"有什么不错!心没死绝就是了!想用牙叼着毛笔练字儿,

有练成的人，我也试试。可你看我是那块料吗？"

小墩子站在屋当间，窗外洋槐树把一片绿幽幽的阴凉送进来，却并不让她感到舒适。她觉得群龙比以往离自己更远。

"你们那儿怎么样？"群龙问。因为一时找不到别的话说，所以问这个。

"还能怎么样？让那个白条儿弄得一团糟。这不，眼看要撤销了，让自谋出路哩！"

群龙不知道谁是白条儿。他只知道白条儿是一种又叫柳叶窜儿的鱼，差不多凡有水的地方都有，最多，最贱，吃不中吃，看不中看。他就没说什么。

"二荷真是大发了！能把你这么样地供着！"小墩子自己坐到群龙床铺上，面对坐在转椅上的群龙，感叹地说。

"二荷出力不少。可这其实……其实全是我自个儿挣的……"群龙说。

"你挣的？蒙谁呢？"

群龙也不解释，便问小墩子："你怎么就不想点儿法子，也发一发呢？如今谁逮着机会，谁都能发！"

"那么容易发？总得先有本钱，才能发！我要有本钱，我就能发！……"

本是有一搭没一搭地说话，说到这儿却忽然惹出了小墩子的一腔牢骚，她在发牢骚的过程中，也就讲出了她们单位那儿的事：仓库上管局，原先有人承包过一辆快餐车，卖盒饭，现在那承包的主儿办了自费出国，不干了，局里正招新的承包人哩。本系统的人最好，要承包，就辞掉公职，接过去干，但上交款额的标准提高了。另外，谁要承包，这回局里只提供执照，提供餐车，却不提供流动资金。流动资金要自筹，起码得先拿出五千块钱的现款……这话放出来有一个多月了，至今也没找到承包人。想承包的，比如她们仓库的那个阿臭,拿不出五千块钱来,能拿出五千块钱的主儿,却又不想去冒风险承包……小墩子说到最后把大腿一拍:"我要有五千块,我就承包,我就不信偏我穷一辈子,偏我发不了!"说到这儿,小墩子猛地回忆起十多年前,就在这间屋里,发生过的那些事儿。那时候冒险,不过只是为了4毛钱,如今要再冒险,得奔个四千、四万!当然,闻大姐说得对,再别用亏心的法子,承包,那不是如今政府支持的,过了明路的发财路子吗?唉唉,哪里能倒腾出五千块钱就好了!

小墩子万没想到,本是一番闲话,说完之后,群龙的一双眼睛却像手电筒一般陡然亮了起来,而且,竟让她乍听几乎觉得自己是听岔了——群龙面对着她,露出一嘴白牙,说:"五千吗?五千块就行啦?成,墩子,我给你拍出五千!"

小墩子瞪圆了眼睛盯住群龙,群龙又把那意思重复了一遍,小墩子不由得问:"别逗了!你哪儿来的五千块?二荷的我可不要!"

群龙就告诉她:"我有!我拿得出!实对你说,我有两万哩!你别眨巴眼儿,我只告诉你一个人儿,你别再跟别人说去……哪儿来的?命挨的!你不是早就看见了吗?!"说着,群龙便把一双手,一双接在截肢上的塑胶假手,举起来给小墩子看。小墩子一时还是不能明白,群龙激动了,在转椅上挣绷身子,鼻翅儿一扇一扇的。

小墩子就站过去。群龙把转椅一转,用后脑勺对着小墩子,小墩子便用双手捧住群龙的头,把他那后脑勺贴到自己热烘烘的胸脯上,正处于两个凸起的乳房中间……

"群龙,你怎么、怎么了?"小墩子怜惜地用手抚摩着他的头发。

群龙感觉到一种女性肉体所传达出的特殊温柔,并且感觉到了小墩子心脏加速跳动的脉息。他有几十秒钟任小墩子抚弄没有动，但他突然举起小臂挣脱了小墩子的控制，把转椅滚到远处，转回来，面对着小墩子，做了一个让小墩子坐回去的手势。

小墩子坐回床铺了，他这才把怎么一回事儿讲给了小墩子听。

原来，二荷在她的那些个广告业务活动当中，偶然结识了一位海外华人，又接触到了那海外华人的夫人，那夫人竟是当年害得群龙爬高压输电线铁架子寻死，遭电击失去双手的那个江南姑娘！一来二去的，二荷便提出来那夫人应当赔偿群龙的肉体损失和经济损失。那夫人和她那丈夫听了二荷讲述群龙的生活状况后，深表同情……但二荷提出的价码极高，人家最后的回应却是只愿赠予群龙两万人民币。那丈夫出面讲了这样一番话："这是个悲剧，但我夫人没有丝毫的法律责任，因此赔偿一说是不能成立的。况且事隔多年，我们又是两种护照，打官司你也没法子打的；再说也无所谓私了，这事早就了了；只是我们对令弟的境况都很同情，所以愿意赠予他一笔钱，他可以存入银行，每月有一点利息，按大陆的生活标准，一个人过简朴的生活，该够用了……"二荷想了想也是那么个逻辑，群龙当年是自己寻死，人家又没害他，便替群龙应了。但人家最后一定要群龙自己出面接受那笔赠予，群龙开头死活不干，说："我的手早炸烂了，难道到如今还卖它？卖它就这么个价码？一只才一万？再说，我怎么还能见那个娘儿们？她又怎么还有脸见我？"但二荷劝，父母也劝，到了群龙还是去了，就是小墩子和三姐在院门口遇上他们姐弟、门外头有辆出租汽车等着的那一回。他们姐弟去香格里拉饭店，在豪华的西餐厅里接受了那两万块的"赠予"……

小墩子一听群龙的钱是那个当年甩了群龙的女子给的，心里就发堵，她立马说："她的钱！我不要！"

群龙便说："怎么会是她的？到了我手里，就是我的！我给了我爸我妈两千，布置这屋子买这些个东西花了一千，要给我姐一千她说不稀罕，没要。我存了一万的死期，五千的活期，活期正好取出来给你去当流动资金，你快把那快餐车承包下来吧，我保你发，大发！"

小墩子心里活动了，但一时不吱声。

群龙又说："我跟她这辈子再不会见面了！说实在的，我早跟她一刀两断了！那天见着她，我都吃惊，就她那么个娘儿们，也值当我去死？值当我去掉两只手？"

小墩子抬眼望着群龙，群龙也正望着她，她心里一热，只觉得群龙说的是："你才值当我去死！才值当我去掉两只手！"

小墩子便说："好呀！那你就拍出五千块来，咱们合伙干！"

群龙却说："不！你要把我算上，我就不往外拍！你去局里只说你找人借的，要么说你从家里人那儿凑的。跟谁你也不能漏出去，是我拿出来的，我爸我妈二荷他们，我都不说，你能说吗？只有天知地知你知我知！你要发了呢，你就还我，也不许给我红利什么的；你要赔了呢，这五千算我白扔，再让我帮着赔补我也不干了……你都得依着我，你依我吗？"

小墩子不知道群龙为什么有这么一大套的想头，可她觉得群龙离自己反倒又近了，她就忍不住站起来，又要去抱群龙的头。群龙把转椅移开躲着她，她便去插屋门的插销，群龙制止她说："别！不成！我妈随时能来！"

小墩子便又去抱群龙的头，群龙用小臂把小墩子打开了，打得小墩子小臂生痛，小墩子感到惊讶，便问："怎么啦，你？"

群龙就说："别这样，你我不般配，不合适。"

小墩子急了："怎么不般配？怎么不合适？"

群龙脸上没一丝笑容，像是在宣读一道判词似的说："我想过了，咱俩不成，上回……上回那以后我心里头矮了一截子。我打算一个人过，过一辈子。要成家，也只能找个也有残疾的，我心里头才舒服。实话跟你说了吧——你让我不舒服！打心里头不舒服！你自己也该明白！"

小墩子便有点明白。过了十来秒又明白了一大半。小墩子无话。

那一年那一天过去后的第三天，小墩子便承包了那辆快餐车。

后来那个姓闻的记者写了一篇报告文学登在一本什么杂志上，说小墩子的快餐车开张不易，为了让炸出来的羊肉串一炮打响，她愣是大暑天三个月没下车，在高温油锅边连轴儿奋斗，乐不知疲。

这报道基本属实。当然，揪死理的话，也不能说那三个月里绝对没下车，车上没厕所，大小便总还得往公共厕所去。不过除了去办必办的事，小墩子也真是差不多有一百来天整个儿是泡在了那活动面积不过十来个平方米的快餐车上。

小墩子有两个合作者，一个就是阿臭，另一个原是局里的干部，有大学文凭的，外号ABC，简称老A。阿臭是自己愿意小墩子也招呼着的，老A是厌烦局里的古板气氛，用他自己的话说是"为了透口气"，硬凑上来的。小墩子因为拍出了流动资金，承包的时候执照上写明了她是法人代表，所以是名正言顺的老板；阿臭负责跑原料，因为议定了上炸羊肉串，所以羊肉、油料、配料，包括孜然什么的，都由阿臭去张罗。阿臭在张家口有亲戚，这很重要，因为口外的羊筋少肉嫩，又有亲戚照应，就能少花钱多买肉；老A负责成本核算，以及一切账目方面的事儿。

阿臭和老A原觉得小墩子一个女流之辈，特别是老A更心中鄙夷她是个没文化的土鳖婆儿，对小墩子不怎么服膺。

那是快餐车头一天开张卖炸羊肉串，生意正火，忽然来了两个人，板着脸，说是什么什么机构的，问他们的羊肉可经过检疫？阿臭五大三粗，偏偏怯上，一见来人派头挺大，舌头便拌了蒜；老A便迎上去递烟，又满嘴滚珠般地介绍他们的炸羊肉串如何如何别有风味，还让车上雇的安徽小姑娘马上递过几串来让来人品尝，人家都不接，一副公事公办的模样，只是铁青着面皮问可有检疫证明。那时刚开业，阿臭跑来的口外羊都是在德胜门外屠宰后，就近在他家里剁碎穿成串儿，再送到这餐车来开炸的。屠宰场有检疫这一环节，他们的羊肉本是通过了检疫的，但阿臭想不起来开没开过检疫证明，老Ａ也拿不出证据。那两个人就让车里的安徽姑娘停炸，外卖窗口外头的顾客见状便有的散去，已经买到手的便迟疑着不敢下嘴，有的还要求退款。阿臭急了，便欲动粗，老Ａ脑门上也沁出了汗珠子。恰在这时，小墩子从工商局补办完一桩手续回来，她穿过围观的人群，拐到后车门，阿臭便红头涨脸告诉她怎么回事。老Ａ忙把那两位来人介绍给她。小墩子心里头起火，因为快餐车还没开张，就已经除了工商、税务方面，又有市政、市容、环卫、交通、人防、联防、防疫、供电、供水、公汽、煤气、街道、房管……不知道多少个部门找上门来，应付得她脑仁儿抽筋，但现在既然当上了老板，少不得先赔上笑脸，便低声下气问："真对不起您二位，我是法人代表；有事跟我说。怪不好意思的，咱们都亮亮牌牌儿吧……"说着便从衣兜里掏出承包证卡用小夹子夹在衣兜边上，那意思是请两位来人也亮出他们的证件。那两位确实是有关部门的，却偏偏只一位带了证件。阿臭、老Ａ一看便要灭他们的威风，小墩子却一个手势制止住了他们，笑笑说："谢谢您二位对我们的关心，对顾客的关怀。我们的羊肉在屠宰的时候都经过了检疫，检疫合格的蓝戳子就盖在羊肉上了嘛，我特意都拿来存在了这儿的冰箱里……"说着便坦然地登车、开冰箱，取出几块没有剁碎的、恰盖着"合格""验讫"字样的羊肉，展示给他们，并又递给阿臭和老Ａ，让他们展示给围观的顾客和路人……

那两个人灰溜溜地走了，阿臭和老Ａ齐声问小墩子"你怎么会有这么个心眼儿"？小墩子鼻子里哼出一声："你们要当了老板，心眼儿比我还得细！谁能让自个儿的买卖栽了哩！"这件事过去，小墩子的快餐车反得了个"羊肉又精又保险"的口碑，生意一天比一天红火。阿臭和老A对小墩子算是服了。

　　小墩子张罗这买卖也不是光忍气吞声，坚持讲理。有一回离她那快餐车五十米开外的存车处的一个老婆子，打着什么"车管会"的旗号，来跟她交涉。说是她那快餐车左右没有存车处，是不准自行车随便停放的，可净有那骑自行车的人路过，见卖炸羊肉串便停下来买着吃，车自然随便那么一支，因此违反了"车管会"的有关规定；那老婆子说至这儿时小墩子一条眉毛已然挑上了脑门，没等那老婆子把那要罚她款的意思吐露完，她便毫不留情地骂了回去，老婆子脸上搁不住，便回骂。小墩子索性两手一叉腰，挺着脖子骂了个一溜够，怎么荤怎么来——反正那时候快餐车也已经关板，而各行各业的执法人员除了假充水仙的洋葱头"车管会"以外，也都正在家里吃晚饭，过往的行人也闹不清她二位的身份，所以小墩子便借机把多日压抑在心底的郁气尽情泼洒了出来。结果那老婆子只好"惹不起躲得起"地落荒而逃，从此再没有什么"车管会"来人骚扰。

　　女老板小墩子就这样开创着她的业绩。头一天卖完了所有的羊肉串，关板的时候，老A让她点钱。小墩子只坐着笑，不用点，她心里雪亮。羊肉串是一千串啊，那光羊肉串就进了一千块钱，加上果汁和面包，怎么也有一千二百元左右，固然还得扣除原料钱、工钱、税钱什么的才算得上是赚头。可流水一千二，这么大一笔钱一下子就汇聚到了钱匣子里，还是不能不让她激动。车里很热，固然有电风扇，那能抵多大的事儿？她舍不得喝自己的冰冻果汁，也不想喝，她心头暮地出现了冰棍儿，红果冰棍，哦，那时候红果冰棍只要三分钱一根，现在自己的钱匣子里有一千二百块钱，那该是多少根红果冰棍？她心算着，算得心慌，算得心疼，算得心悸……那合四万根红果冰棍啊！四万根哪！把四万根红果冰棍铺到马路上，该有多么大的一片！

那一年那一天那心算出四万根红果冰棍的刹那，小墩子眼里迸出了几滴眼泪，不过周围的人都没觉察出来……

三个月下来，流水过了十万，刨去上交给局里两万，刨去这个税那个捐，刨去再生产的原料预算，刨去电钱、水钱等杂项，居然还有四万之多！小墩子没经细想，就立马给群龙送去了一万，群龙执意只收五千；原来说好阿臭和老A算经理人员，工资底线是五百，既然一赚就这么老多，小墩子便三个月一人给了他们三千。安徽姑娘们招工的时候说好管吃管住，外加工资一百，小墩子想三个月每人给五百，老A便劝她三思而行，因为还有个劳务行市问题，可以多给点儿，算奖金，但不能太离谱儿，否则以后不好办。小墩子就每人发了她们四百，这么归里包堆一总算，落到小墩子这老板手里的，还有二万七千八百元之多！

小墩子挺起胸脯，扬眉吐气地做人了。

小墩子用七千块钱半年的价码包租了离快餐车定点处不远的一个胡同小院，是个独门独院，屋子破旧，院子逼窄，但优点是使用方便，又不招人注意。这样她、老A和阿臭就都有了一间各自的办公室，另外几间屋当了工人宿舍和原料车间。除了原有的安徽姑娘外，又另雇了三个女工两个男工。……小墩子还立马安装上了电话，给阿臭、老A和自己都配备了BP机，又给阿臭、老A和自己都买了辆新自行车，还许愿再过三个月就给他们买摩托。小墩子很快也就能熟练地运用圈子里的行话，例如谈钱，就把十块叫一张，一百块叫一棵，一千块叫一吨，一万块叫一方……暗中给人好处费叫"点钱"，等等。

第四个月里的流水竟比前三个月合起来还多，有十一万！

什么都刨去以后小墩子个人还落下足有五万,她给了爹妈一万。爹当时在喝酒,简直不懂小墩子是在变什么戏法儿,她妈接过那已经为他们存好的各写着二老名字的两个五千块的存折时,手直打哆嗦,不禁像被烫了一下似的嚷起来:"哎哟!拿这个人家能让我往外取吗?别把我给薅局子里去吧?"大哥、大姐、二姐、三姐四家她各给了他们一千,正准备结婚的大锛儿她给了两千。她要给奶奶钱,奶奶不要,她就给奶奶买来了最好最贵的蛋糕,奶奶只尝了一牙就再不吃了。她真不知道发了财该怎么在奶奶身上孝顺一下,奶奶听明白了她的意思便高声说:"惊惊乍乍的!烧包儿!"

　　小墩子还抽空带她妈去医院,大夫说她妈那子宫肌瘤再不动手术就有可能癌变了。她就劝妈抓紧把手术动了,费用她包圆儿。她妈可真是惊惊乍乍的,说:"以往骂人说,挨刀的!我好不秧秧一个人,干吗挨刀去?这么多年,我凑合惯了,就留着那邪肉吧,又没长在脸上!"

　　小墩子发了,别说院子里胡同里的人对她另眼相看,家里人的一双双眼睛里也都增添了无限的敬意。只有两个人算是例外,一个是祖奶奶,一个是她爹。祖奶奶的一双眼里,从来就充满对这最小的孙女儿的爱意,固然无从再予增添;然而她爹呢,小墩子从小就觉得她爹的眼光似乎从未在她身上停留过,更不记得她爹什么时候哪怕是轻轻抚摩过一下她的头发。如今她发了,大发了,爹应该知道,五千块的存折都递给他了,固然是妈接过去的,爹心里该明白,最有出息、最孝顺的,到头来是她小墩子呀,可怎么爹如今见着她,依旧是那么淡淡的,连一句最简单的夸赞的话也没有……

　　生意进入到第六个月,正是越来越红火的时候,有一天傍晚小墩子正在她那办公室的折叠床上眯着,忽然有人梆梆敲门。小墩子不耐烦地起来，拨开插销打开门，一眼看出是三姐，满脸汗珠子，她便问："什么事惊惊乍乍的？我这儿电话号码你不是知道吗？干吗风风火火的亲自跑过来？"三姐也不及进屋，便嘴一咧，"哇"的一声哭着说："爹死了……"

小墩子的爹死得很突然，那天中午他像往常那样喝了酒，又像往常那样披衣出屋，像是要去厕所。可刚走到屋门外头，不知被什么绊了一下，跌倒在地，就再没起来。大镑儿闻声跑过去，一看坏了，急得没了主意，后来在院外大树下乘凉的妈和祖奶奶听见大镑儿嚷嚷，也赶忙过来看。又有一些邻居围上去，乱哄哄中就有人判定是中风了，后来赶紧往医院送。到医院后还有气，但一直昏迷，大夫说是脑溢血，也没怎么抢救，很快就打挺了。

死后第三天就火化。那天全家包括大镑儿没过门的对象全都去送葬，但祖奶奶没法儿去，也不能光留她一个人在家，小墩子就留下来单陪她。那一年那一天的那个下午杂院里并无杂音，一地的臭椿花，小墩子守着祖奶奶在屋里，被静得有点出奇的空气包围着。

爹的死，按说对祖奶奶打击最大，但祖奶奶竟一直没哭，她也并不糊涂。她知道奉养她多年的唯一的儿子死了，还差一岁才七十突然往地上那么一倒就再起不来了，此刻说不定已经被烧成了一堆灰一股烟了……

祖奶奶唯一的反应就是自那晚以来不吃饭，只喝点白水。劝她吃，她说吃不下，又说她过几天能吃，不是打定主意不吃了……小墩子紧挨着奶奶坐着，把头靠在奶奶怀里，还是劝奶奶吃点东西，说："您想吃什么我给您做什么，要不我就去给您买来，您可别什么也不吃啊！"奶奶用一只手抚摩她的头发，像是只对最知心的人才倾吐最知心的话，压低嗓门说："该死的不死，不该死的倒死了……"小墩子就抬眼仰望着奶奶，奶奶满脸蜘蛛网一样的皱纹，嘴巴瘪进去，瘪得仿佛整张脸要从那儿翻成另一面。小墩子心里就酸酸的，她想制止自己的一个想法，可那想法就像春天的游丝挂到柳梢上一样，飘飘荡荡总不离去，那想法就是对于她来说，奶奶比爹更重要，如果非去掉一个不可，那么她倒宁愿去的是爹……

也许因为院子和她们家都一反常态的太静了，祖奶奶反倒渐渐话多起来，她对小墩子说："你爹对两个人最好，一个我，一个你……"

小墩子便说："对您我也没看出怎么特别的好，对我嘛……怎么会是最好？"

祖奶奶没听见小墩子的轻声反驳，只是出神地回忆着："记得是什刹海里闹蛤蟆的那一年，成百上千的蛤蟆大摇大摆地挤着拥着在岸边蹦，往马路上蹦……就是那一年，你爹背着我，一口气足足走了五里地，把我背到了隆福寺庙会，让我逛了庙会……"这事小墩子原先也知道，奶奶讲过，她没怎么在意。现在她长大成人了，发了，才悟出来，奶奶为什么总忘不了，那背她的人去了，烧了，成灰成烟了，可那一年那一天那段事儿，只要这颗心还在跳，这个脑仁儿还能想，就总忆念着，总跟一幅画儿似的，跟电影似的，跟电视里演着似的，鲜丽鲜丽的……是的，小墩子知道，爷爷死得很早，爹还没长大爷爷就没了，奶奶把爹拉扯大，爹长大了，能挣钱养活奶奶了，他就不光是供她吃供她穿，还背着她，走五里地远去逛隆福寺庙会，看拉洋片儿，坐在摊子跟前喝面茶汤儿……小墩子心里"咯噔"响了一下，她就想到了爹，就算爹没怎么在意她，她又多在意爹呢？爹是提前两年退的休，为了让她顶替。她顶替爹以后，爹除了天天在家里喝两顿八分钱一两的白薯干酒，又有什么别的事可干？怎么就从来没去体会爹的寂寞呢？没陪着爹去趟公园呢？没给爹买一笼子鸟呢？没给爹弄一缸子热带鱼呢？哥哥姐姐们没想到没行动，自己呢？自己发了以后，不也以为拍出个五千块的折子，就仙女下凡似的了吗？

"你爹对你，你怕是不知道，你那时候小冻猫似的，还不省人事儿……为了养活你，他费了多大的劲！"奶奶继续絮叨着，小墩子坐直了身子，惊讶地听着。"那年头粮食各人有各人的定量，谁也不够，谁愿意让着谁？偏又添了你，你妈又偏没奶，你爹为了给你妈催奶，经常是半夜里就蹬着自行车往城外窑坑去，捞点子小鲫瓜儿鱼。你爹回来让我熬汤给你妈喝，他撂下鱼篓儿自己一口早点不吃，就又赶着去粮店压切面……有一回趁我不在屋，你妈搂着你睡着了，还没熬透的鱼汤，就让你大哥大姐偷着喝了小半锅，回来让你爹知道了，那一顿好揍！……"

小墩子的心像被一个网子罩住了，网子越抽越紧，她有一种痛楚感，也有一种憬悟感。

"墩子呀，你去，去把那大立柜底下的抽屉拉开——"奶奶命令着，小墩子就过去蹲下使劲拉，那抽屉大概好久好久没拉开过了，发胀，费老大劲也拉不开。小墩子使足吃奶的力气，一个屁股蹲儿，才终于嘎的一声拉开，立刻扑出一股子发霉的气味。一眼望去，里头净是些个早该扔掉而爹妈却一直舍不得扔掉的破旧东西。起皱的干部帽呀，单只的旧袜子呀，破损的套袖呀，装过药丸子的小纸盒呀，生了锈的钉子呀，不足一寸长的蜡烛头呀，边缘起毛的旧鞋垫子呀，补过又破了口子的旧瓷碗呀……奶奶是要让自己找什么呢？她让把什么递过去？

"瞅见旧皮带了吗？没准儿就是那条，对，你拿过来给我瞅……"

祖奶奶指示着，小墩子就把找出来的一条已经糟朽的旧皮带拿过去递在奶奶手里。奶奶认准了，点头说："就这条，你爹的，那时候粮食不够吃，他就在上头紧凿窟窿眼儿，一上饭桌，他就紧到最后一个眼儿,五六尺的汉子,每天干的是力气活儿,你围围试试,紧到最后一个窟窿眼儿,那腰得有多细!"小墩子把那皮带往自己腰上试,使劲勒,竟然用的还是倒数第三个窟窿眼儿,她松开皮带,一头扑进奶奶怀里。她的眼里,迸出几粒眼泪,数目照例不多,大约五六粒,都停留在颧骨上。沉默了几秒钟,小墩子她长嚎一声,哭了起来——这是爹死后她头一回哭,并且哭的时候,她回想起三姐报信以后,她同三姐一起赶往医院,还没走拢太平间,就听见了妈的哭喊声,狼嚎似的,又仿佛唱歌,当时她竟很觉不快,无法理解。现在她心头仿佛有道闪电,猛然照亮了爹和妈相依为命的一生,就在这间门洞屋里,他们养下了两个儿子四个闺女,一个个把他们拉扯大,还一直赡养着奶奶,这才懂得,妈的号哭不是例行公事,那是真诚的,出自肺腑的!人能发财,能有好多好多的钱,但人不是都能付出真情,也不是都能得到真情的……

祖奶奶任小墩子在自己胸怀里痛哭失声,她用鸡皮般起皱的手抚摩着小墩子的厚发,用怜惜的语调喃喃地说:"别惊惊乍乍,别惊惊乍乍的啊……"

按阴历算还是那一年,按阳历算又是一年,爱怎么算怎么算吧,反正小墩子承包那快餐车九个月了。那九个月对她来说已经好长好长,可从旁人眼里看去却很短很短,长长短短本也无所谓,但传出来的话茬儿是:才九个月,小墩子就成了个女大款!有说她已经捞了一百万的,有说她已经买了楼房小轿车的……传言虽然不准确,模糊之中倒也缓冲了人们对她的嫉恨,倘若一个个都清楚地知道她的真实收入和真实状况,比如说闹清楚她还并没有赚到一百万而只赚到了四十万;她还只是包租了那么个破院子并没有买楼房和小轿车;她只不过为自己买了五条金项链、三个金戒指、两副金耳饰、两条金手链而已;除了找"托儿",搞"公关",

自己一般也并不到高档饭馆去享用生猛海鲜、南北大菜，更没到舞厅跳过舞、没到卡拉OK歌厅唱过歌；她那小院的宿舍里除了有一台21英寸直角平面遥控的松下牌彩色电视机，其他家具用器还都极为低档……是的，比如说她以往的同学、同事、邻居把她的这些个情况都搞得很明白很精确，校正了传言中的夸张拧干了传言中的水分，他们就心平气和了吗？

春节逼近，小墩子给男女雇工们都放了假，发放了路费，让他们回乡欢度春节。老A就建议春节期间在北京找临时工应付一段，阿臭也说不能错过春节庙会的大好赚钱机会。小墩子却阴沉着一张脸说："都歇歇吧！你们不乐意回家就跟这院里过节也行，只要不把房子烧了，随你们折腾！"

也实在该歇歇了，小墩子精疲力竭。不光是体力上已经消耗到不停下来歇歇补补就可能哗啦啦散架撂挺，还有个更严重的心力上已然招架不住种种压挤和攻击的问题。

你当赚钱容易吗？

先是有人写匿名信告，说他们那快餐车卖的炸羊肉串之所以有那么一种异香，是因为油里头加了香味洗衣粉和花露水，而这就会产生出致癌物质，那意思简直就是说小墩子他们见天地在街头谋财害命……就真有人来查，来纠缠，弄得他们有大半天不得不停炸停售；这事上老A和阿臭倒跟小墩子特别磁气，仨人一块儿对付，配合着扛，老A就细细地从成本核算上说服调查者，使他们懂得那洗衣粉和花露水倘若真作为一种辅料配进去，那他们一块钱一串地卖那羊肉串就简直等于不想赚钱，因为洗衣粉和花露水的份额价比羊肉还高！阿臭则有意把这话递给了洗衣粉和花露水的厂家，厂家一听也火了，我们的产品会产生致癌物质？这不是诬蔑吗？放出了打官司的风，这就把问题复杂化了，复杂化了对他们快餐车一方就有利。小墩子究竟是更厉害上十分。她一见那匿名信复印件就认出来是白条儿的字迹，好啊，这小子搞打击报复！她就跑回原来工作的那个仓库，点了不多的几张票子，便搞到了白条儿当年留下的字迹，恰好是当年调查组查实他违反财会制度的凭证。这样，当来调查的人第二回找她谈话时，她便当着众人，态度异常地强硬起来，毫不含糊地指出那匿名信便是白条儿写的，而白条儿自己才是贪赃枉法的主儿，并且她那回在仓库抵制白条儿的不正之风，是有目共睹，也是得到局里表彰的。所以白条儿写这匿名信，纯粹是打击报复！人家便问她怎见得匿名信是白条儿写的？她便大吼一声："我这儿有白条儿的白条儿！"大伙一时听不明白，只当她犯浑，她却弯下腰去，伸手去够右脚，右脚跟抬起来以后，她便用手指头麻利地从鞋底上取出来折成长条儿的纸片来，递给人家。人家当众打开一看，是几张当年白条儿在仓库违反财会制度所开出的白条儿即无章非票据收款单，人家只得拿着跟那匿名揭发信对照，周围的人不禁都凑过头去看，后来又传看，只能服了小墩子，没错儿，同出一人之手笔！

　　匿名信算是搪回去了，但麻烦事还有一大堆。还有那没完没了的摊派和刁难……

　　这些都还算不得什么。

　　最大的危机是，那一年那一冬局里就有人正儿八经地提出问题：小墩子那号人究竟怎么算？说她个体户吧，她的执照又分明是局属的第三产业，连集体所有制都不是而是完全国营，她只是那国营快餐车的承租法人而已，但她所作所为所赚，不是比个体还个体吗？这样搞第三产业，路子对头不对头？局里的争论小墩子自有耳目随时向她汇报，为得到这些情报她向那几位耳目每月单开一种"地下工资"，这种"暗工资"又叫"灰工资"，还涉及方方面面的若干人物，倒也还真都能做到天知地知那人自己知和小墩子一总知，真情实况连老A和阿臭都一无所知，只能从旁猜测。小墩子不吝惜这笔为数不小的开支，尤其是给局里向她传递有关争论信息的耳目，她每听到一次耳目汇报心里就怦怦乱跳一次，的的确确，看起来她已经开成了一朵光艳照人的鲜花，但只要用两根指头轻轻一掐，这花就能立马完蛋！

那一年那一冬逼近春节的那几天，腰缠万贯的小墩子心情是黯淡的、郁闷的，但没人能真正了解她、理解她。她觉得一辈子从没那么样地觉得累得慌，当年压切面也好，在仓库里装装卸卸也好，都没产生过这种"活得真累"的感觉。她像一条闯荡过太多风浪的航船，巴望着能驶进家乡的小小港湾，泊下来，再享受一下往昔的宁静和安适。

那一年那个天上飘着云母粉屑般的干雪的腊月尾子，小墩子提着一大堆年货，坐出租车回那条胡同那个杂院的那个家去。

大锛儿头年十月结的婚，如今他俨然一家之主，占据了最大的一间屋子，那屋子布置得相当的堂皇，自然趣味比较低档，比如屋顶上的吊灯过大而且安着些大红大绿的尖头灯泡，组合柜上放着些廉价的造型拙劣的塑料盆景，等等，但确实是处处显示出了他那"鸟枪换炮"的生存状态。另外两间屋，祖奶奶一间兼作饭厅，妈一间还保留着大床，都还用着一些旧家具旧东西。小墩子回到家里，还是主要待在奶奶和妈的屋里，东西旧，可瞅着觉得亲切。

没想到那天小墩子进了家门，甫将年货搁到大饭桌上，便感到有一种异常的气氛，扑面而来。

外屋里不见奶奶，只有大锛儿的媳妇玉娥跟三姐各坐饭桌一方，仿佛正在拌嘴，小墩子推门进去后，各看了她一眼，居然都不打招呼，却又扭头互相恨视着，像一对斗得正酣而抓空喘息的公鸡。隔着塑料珠串的门帘，可以依稀看见大锛儿独自坐在那屋转角沙发上，身前的茶几上的酒瓶子十分扎眼。小墩子就也没理他们，径直往妈那屋去看望妈。妈卧在床上，她刚做完摘除子宫的手术，身子还虚。奶奶坐在妈床边，妈跟她说些个闲话，但奶奶自从爹去世后，耳朵就越来越背，已几近于全聋，她对妈的话肯定是答非所问，但两人各说几句，一来一去的，倒也还能互慰残年。

小墩子进了屋叫完奶奶和妈，一眼就发现妈屋里那台电视机不对头，遂问："妈！怎么回事儿？我给您买的'21遥'呢？怎么换了个旧的？这么小？"

妈就说："你大嫂带着你大侄儿来给换的。他们一窝子人，让他们看大的吧，他们换来的这个也带色儿，我跟你奶奶看这个也一样……"

小墩子就按开电视机，出现的画面色儿特淡，可见显像管已然老化，声音也有点刺啦刺啦的。她重重地关上电视机，气从心尖里往外冒，直冲嗓子眼儿，不禁嚷了起来："这算怎么一回事儿？他们想看大的他们自己买去！要不就找我要来，怎么能这么黑，愣把我给妈的大彩电抱走？"

小墩子冲出那间屋，直奔玉娥和三姐，脸先对着玉娥，问："怎么回事儿？你们怎么能就让他们生这么给掉了包儿？这不是打家劫舍吗？"

玉娥的眼睛还恨着三姐，抱怨说："你问我，我问谁去？谁把我当这家的人了？这不，立马也就要来搬你二哥的家当了！"

小墩子便问三姐："究竟怎么一回事儿？这闹腾的究竟是什么？"

三姐便爽性把话说破："谁让你做事不公！凭什么头一回给钱，我们三户就只得一千，大锛儿他们俩就干得两千？我们都拉家带口的，倒比他们少上一半！"

小墩子只觉得耳朵眼里被塞了颗手榴弹，那手榴弹几乎把她的一颗心炸烂！她的钱，她爱给谁给谁，爱给多少给多少，怎么成了"做事不公"？怎么叫"公"？

三姐还一泄无余地吵骂说："大姐的俩孩子过生日，你给的红包都是整整的一棵，怎么大哥的仨孩子，端午节那天你每人才给了三张？你当你做的事我们不知道，你瞒得了谁？说是各家支援一台洗衣机，怎么二姐那儿你给的就是小鸭圣吉奥，滚筒式的，我们就只是个一般的？……"

小墩子气得浑身乱颤。

"我们这儿的也不是滚筒式呀，"玉娥的用意是跟三姐干仗，但小墩子听来更撕裂心肺，"我们这儿该两台才是，如今这台白兰牌，究竟也没说明白，是我们的还是你妈的，就这么囫囵着合用，我们还亏了哩！"

三姐伸长脖颈把玉娥骂回去："你别得了便宜卖乖，你们跟这儿住着，什么好处不多得一份儿？趁着我们不来家，私下里不知道多扒了多少份儿，光这拿眼睛量出来的便宜，就一撮一簸箕！……"

玉娥也两只小眼睛一瞪，分毫不让地说："大哥那边撂下先不说，你们算是什么？泼出去的水！倒跑回娘家来跟二哥二嫂争！再怎么争，你也争不过我们那口子去，他是她哥！……"

小墩子便乱颤着身子大声喝断她们："你们都给我闭嘴！钱是我的！我爱怎么花、怎么散、怎么点、怎么撒是我自个儿的事儿，我是该着你们还是欠着你们？瞧你们那副嘴脸！"

三姐便站起来跟她争辩："你别过了河就拆桥！你别忘了，要不是二姐跟我赶上了那上山下乡的倒霉事儿，爹那顶替，就怎么着也轮不着你！你去得了粮店？去得了仓库？能让你承包快餐车？你挣的钱里头，一棵里怎么也该有我一张两张的，知道吗？你当我是跟你讨饭啦？"

玉娥也站起来，不像是跟三姐干仗，倒像是反冲着小墩子来劲儿："我们怎么就不该得？多得更应该！大锛儿私下里跟我说了：墩子的流动资金，是大锛儿帮着给筹措的，要不人家就让她承包啦？"

什么？她的流动资金是大锛儿帮着给筹措的？小墩子给气得几乎一口气不上来要当场挺在地上。大锛儿确实跟玉娥吹过那个牛，本是酒后随便说说的枕边版本，不堪公开发行的，没想到玉娥为了压下三姐气焰，无论"化学武器"还是"生物武器"都敢动用，就是有"原子弹"，她也敢扔！

玉娥的话，自然也给了三姐一个强刺激，她跳起来，尖声地嚷："啊！敢情这里头有这么个猫儿腻呀！怪不得！我们都长年不在家，大锛儿跟小墩子成年累月地守着，到底是感情不一般哪！嘿嘿，你当嫂子可得留点神……"

"你这话什么意思？！"玉娥指着她鼻子问。

"你男人的事，你倒问我，有能耐你问他去！"三姐也就伸直手臂把一根挺翘的食指直逼玉娥的鼻子尖。

小墩子回过神来，不由得也双手叉腰，朝三姐怒喝："你嘴里喷的什么粪？"

三姐一看是一对二的阵势，那就不扔颗"氢弹"绝不能占到上风，便爽性一不做二不休，扬着嗓门说："我喷粪？你们还指望我嘴里吐出象牙来吗？自己干下的丑事儿自己知道，那年是谁到医院里刮掉了人芽子？怪不得有人心疼，能给筹措上好几吨！……"

玉娥一时发蒙，小墩子脑袋瓜简直要爆炸，妈在那边屋里听着干着急，厉声吆喝了几下毫不起作用，祖奶奶耳里只有嗡嗡嗡的浊音，只坐在妈床边反复地说："干吗惊惊乍乍的……"大锛儿原来只顾喝自己的酒，后来飘进他耳朵眼儿的话使他越来越难以中立，越来越兜他的火儿，等到三姐居然撕破脸抛出那不堪的暗示时，大镟儿便陡然冲出了珠串帘子，一个箭步窜到三姐跟前，二话不说，挥手就给了她一个大耳刮子，顿时使她的半张脸像下了油锅似的火烧火燎，身子也一晃荡，三姐便立刻鬼哭狼嚎地顺势往地上一滚，撒起泼来："杀人啦！我不活啦！救命呀！仨人欺侮一个，我跟你们拼啦！"滚着嚷着就去抱大镟儿的脚脖子，张开嘴就咬，大镟儿就踢她，玉娥就本能地去拉大镟儿，小墩子就本能地用两手捂着耳朵尖叫……

　　来了五六个邻居进屋拉架，围聚在门外、窗外看热闹的就更多。但拉架的也好，看热闹的也好，一大半却只在心里头拍手称快：该！报应！怎么着，别看你们家小墩子发了，以为你们家就高人一等了，这不，瞧你们这窝里掐的，多火爆！多稀罕！再接茬斗接茬掐呀！咦，我们今儿个可算是真开了眼了，大过年的，哪找这么好的一出戏去，都不用花钱打票！……

　　接着就有人把拉开后的大镟儿、玉娥和三姐分别请到自己家去，让她们坐，倒茶水给他们喝，劝他们别再生气，"一家子骨肉，闹过了就算了，别记仇儿！"当然更主要的是问："究竟怎么档子事儿？"盼着他们能细细地加以说明……

　　当然也有请小墩子到他们家里去的，小墩子都拒绝了，再说她也确实要进屋去安抚妈和奶奶。

　　在妈和奶奶面前，小墩子委屈地哭了。但也就那么几粒大眼泪珠子，很快地她也就从气愤转为了悲凉，从悲凉又转为了冷酷。她觉得这个家如果说像只碗，那从来就不是一只盛满幸福和快乐的碗，但以往不管怎么说总还是一只碗，总能盛着点什么。如今这只碗在她心中是彻底地破碎了，她再不希求从这里得到哪怕是丁点儿的亲情、安慰，她当然也再不会往里头投放哪怕是丁点儿的东西，无论是物质的还是感情的。她便对妈说："妈，您再忍仨俩月,我这就张罗买三环路边上的单元,把奶奶跟您接过去住。他们,我打今儿个起就跟他们四窝子一刀两断了,我不该他们不欠他们,他们以后一个子儿也别再想打我这儿抠去,我就连下一辈的也一个不认,都跟我再没半点子关系,就您跟奶奶,咱们住一块儿去……"

谁知她妈却说:"你奶奶她能去吗?她一辈子没离开过这外头的臭椿树!我也哪儿都不去,你爹死在这儿,这儿就成了油锅把我炸了,成了蒸笼把我蒸了,我也就只认这地方了……你也别跟他们那么一般见识,都打我肚子里爬出来的,还是指望着你们有一天能和好……"

小墩子说:"反正我逢年过节的还是要来看您跟奶奶,他们我是一个不理了,大锛儿、玉娥我也不理,我的心是砸破的花盆,再栽不了花儿了……"

小墩子就离开了那个家。迈出门槛的时候她的心略微酸了一下,但挺起胸脯咽了口唾沫也就压下去了。她到了院里,天已黑净,院里地面已经积了薄薄一层雪,雪停了一阵子,雪地上是些乱七八糟的脚印,她抬起眼睛,从别人家盖出的小厨房形成的喇叭形过道透视过去,看见了有那两棵洋槐树守卫的小东屋,小东屋的灯亮着。

她情不自禁地朝那小东屋走去。

自打她忙着张罗快餐车的事以后,难得到那东屋看望群龙。每次去,群龙总在屋里用嘴叼着毛笔练字儿,他那屋里墙上挂满了他写出的字儿,最大的字儿有蒲扇那般大,最小的也有核桃模样。群龙每次对她拉门而进都既不怎么惊讶也不怎么欢欣,淡淡的,也不问她的生意,只让她帮着品评,究竟哪幅字儿看上去更像模像样?

走拢小东屋的门前,东倒西歪的两株洋槐树,光秃的枝丫在一阵北风里摇晃着，更感到屋里屋外都格外宁静。

她便去拉门，门可能因为发胀，很吃紧。她知道群龙的门里头的插销一般是不使用的，好方便他妈去照应他；同时群龙也相信人们都不忍心去偷窃他那么样的一个残疾人，所以几乎整日整夜都不插上那插销——但这天不知怎么的，门却拉不大开，她便更加用力，一下子把门拉开了，拉开的一霎才发现门里的插销本是插着的，她是用力将那插销的销扣给拉得弹出去了，而在门猛然拉开以后，一个大大出乎她意料的情景忽然在耀眼的灯光下呈现于她的眼前——群龙坐在转椅上，身子并不朝着书桌，而是恰好朝着屋门，一个短发的姑娘，斜坐在他的身子上，一只手搂着他的脖颈，仿佛闻声才惊悚地转过身体，用另一只手扶住转椅把手，以保持平衡；那姑娘的一条腿明显有残，一副拐架，便斜倚在书桌旁边；显然群龙和那姑娘正在亲嘴儿、互相掏摸，被小墩子那么粗暴地猛一拉门，才从缠绵的情乡中被拽了出来。小墩子的双眼同两双惊慌而愤怒的眼睛一碰撞，她便自知莽撞，她本能地把门往前一合，又给关紧，转身便疾走。待她意识上略微清醒过来时，发现自己已在胡同外面的大街上了……

小墩子的心不仅仿佛被一把利刃猛地插了进去，而且，那把利刃就那么滞留在她的心上，还带着沉甸甸的刀把儿……

回到包租的小院里，只见平日用来处理原料的那间大屋灯火通明。推门进去，老Ａ和阿臭正坐在大案子边喝酒，已然喝得半醉。

那间屋在这冬天景象极为滑稽，沿着后墙是一排冰箱、冰柜，用来储藏羊肉等快餐原料的，屋子两侧，却又一边开着一个大号的电取暖器。老Ａ和阿臭面前的案子上摆放着四大盘他们自己炒出的热菜——小墩子进去时已经都有点凉了，另外是些从街上买来的现成的熟食和花生仁儿、鸡味酥、虾条儿一类的小零食，都懒得再切割再装盘儿，就那么摊放在包装纸上或胡乱地撕开口袋后直接倒在案子上；酒他们各喝各的，老A嗜好酱香型的酒，他喝的是全光大曲，阿臭嗜好芳香型的烈酒，他喝的是足有60度的汾酒。

老A和阿臭两人一见小墩子进去，多少有些意外，但不约而同地大表欢迎。

"嘀！掌柜的回来啦！怎么着，跟家吃了什么好的呀？怎么今儿个不在家里歇呀？想我们了吗？"阿臭乜斜着眼，怪笑着。

"是呀，是不是怕我们俩真把这院子给烧了呀？怕我们撬开你屋门，把你保险箱连锅端了吧？"老A也红着一双眼睛，咧着嘴。

"去你们的！"小墩子就在他们对面坐下，细望望桌上，"都有什么好吃的呀？也不敬我老板一杯！"

桌上并无什么山珍海味，炒出的四大盘菜都是猪肉丝，也就是他们快餐车增添了刚一个来月的新项目——快餐盒饭里盖浇的那四种炒肉丝，他们自己称之为"四大快餐肉丝"，即京酱肉丝、鱼香肉丝、尖椒肉丝、干煸肉丝，如此而已。

"怎么都不弄点子新花样？"小墩子问。但因为她其实并没有吃过晚饭，所以望着还是吊起了胃口。

"要什么新花样？我们热爱咱们的这四大肉丝，就着喝酒比什么都香！"阿臭诚心诚意地说。

"可不是！由此可见我们对老板是忠心耿耿。这可是四大摇钱肉丝，立了汗马功劳的！"老A怪腔怪调。

确实，自从上了这"四大快餐肉丝"盖浇的盒饭以后，营业额猛增，猪肉丝的摇钱功能已经超过了炸羊肉串。

小墩子感到饥肠辘辘以后，却只垂涎那边摊开的一只灵芝烤鸡。她便望着那只撕掉了少部分肉的烤鸡说："怎么着，就不先请我这个老板撮点儿？"

"您自个儿拿！爱撮什么撮什么！在您还有什么可说的？我

们连人都属于您,您来跟我们就是赏我们的脸!"老A的油腔滑调里并没有什么真正的阿谀成分。

阿臭便撕下一只鸡腿递给小墩子,又问:"怎么跑回来跟我们过年?"

小墩子不作回答,她确实有点尴尬。老A父母都在外地,阿臭父母双亡,他们把这个小院当作自己的家,原不奇怪,小墩子为了发财,大多数日子泡在这个小院里也不奇怪,奇怪的是,现在歇业了,雇工都放假回家了,她又提了一大堆年货回她妈那儿去,怎么没几个钟头就又回来了,倒像还没吃过饭的模样。

"别光啃鸡腿儿,"老A说,"你也喝两盅儿!"

"对,难得咱们仨这么聚一聚,你也喝点儿!"阿臭也说。

"成!喝两盅就喝两盅!"小墩子忽然豪情迸发。

阿臭给她取来个玻璃杯,说:"喝我这个!"

老A就拿着自己的全光大曲往她杯子里倒:"喝我的!"阿臭还没放下玻璃杯,就躲,老A倒的酒全倒在了案子上。老A瞪阿臭,阿臭冲他咧嘴。

"这争个什么呀!"小墩子就抢过玻璃杯,举起来说,"你俩一块儿给我往里倒!"

"没这么个喝法儿!"阿臭说。

"那叫什么味儿!"老A说。

"好,那就再拿个杯子来,各人给我斟一杯,我轮流跟你们干!"

"行呀!老板!"老A和阿臭齐声惊呼。

小墩子就真拉开架势跟他们吃喝。阿臭脸红得像关公,老A一双眼红得像燃得正旺的煤球儿,小墩子倒只是觉得心尖子有点跳得重,脸上跟没事人一样。

"别光这么干喝!一人来个节目,咱们也热闹热闹!"小墩子两眼闪闪放光，兴致骤高。

"好啊！那就老板先来！"老A拍巴掌。

"老板先来老板先来！"阿臭顿脚。

"先来就先来！"小墩子仰脖喝了杯里的残酒，想了一想，就扯开嗓门唱了起来：

　　水牛儿，水牛儿，
　　先出犄角后出头；
　　你妈，你爹，
　　给你买个香香肉
　　…………

"不是香香肉！"阿臭说，"蜗牛吃肉吗？蜗牛是吃素的！"

"我奶奶就这么教我唱的，就是香香肉！"小墩子瞪圆了一双眼睛。

"老板说是什么就是什么，"老A说，"可光这么两句够个节目吗？"

"还有啦！"

小墩子就又唱：

　　臭椿，臭椿，
　　谁把你栽来谁把你闻；
　　谁说你臭来谁是个混，
　　谁闻你闻到大天亮？
　　谁闻你闻得丢了个魂？
　　臭椿，臭椿，
　　死了也要把你不住地闻！

"咦，稀奇！哪有不唱香椿唱臭椿的？"阿臭又嚷。

"我奶奶就这么教我的！臭椿就比香椿好！香椿的味儿不禁闻！"小墩子眼睛瞪得更大更圆。

"好！唱得好！臭椿万岁！"老A使劲拍巴掌，阿臭便也拍巴掌，小墩子也拍巴掌。

"该你啦，阿臭！"老A便说。

"你！老A！"阿臭冲老A说。

"我压轴儿。你来！"老A用的命令口吻。

"我什么也不会呀！"阿臭挠头。

"随便什么都行！"小墩子说。

"那——好，我就脱给你们看！"阿臭认认真真地说。

阿臭原先练过摔跤，又练过健美，参加过区里的健美队，出场表演过几次。他便坦然地脱了毛衣、衬衫、背心，又脱了裤子、毛裤、线裤，只穿个小裤衩儿，又郑重其事地从冰箱里取出一瓶橄榄油，倒出些往身上抹了抹，完了，便正儿八经地来了一套完整的动作：侧展胸大肌、双展肱二头肌，还有腹肌、背阔肌……乃至腿肌的展示，最后结束在一组连续性的半舞蹈动作上。

他盼望着从小墩子那里得到哪怕是一句的赞美。

小墩子却看着只是哧哧地笑。她从小在底层的劳动汉子当中长大，看见的赤膊汉多了，肌肉再结实块儿再大也引不起她的兴致，阿臭英勇献身完了，她的评论是："整个儿一大块酱肉，腻味死了！"

阿臭灰溜溜地穿上他的衣服。

"该你啦！"小墩子盯着老A。

老A心头便仿佛被鸟翅拍了一下。

"阿臭的脱衣舞都不落好，我还能憋出什么幺蛾子来？"他心里这么想，也就这么说了出来。

"好不好你们就凑合着听凑合着看吧!"

老 A 便从屋角取来了一只吉他,斜搂在胸前,调出了几组琶音后,便扭动着身子自弹自唱起来:

当我离开亲爱的故乡哈瓦那,
亲爱的姑娘,你为什么悲伤?
…………

小墩子盯住老 A,全神贯注地听着,竟至于听到半当间儿,便从眼角滚出了两粒泪珠,停在了颧骨上。

千头万绪,新仇旧恨,一齐涌上了她的心头。不待别人找她干杯,她便一仰脖又喝掉了一杯汾酒……

那一年那一冬那一晚,三个人到头来都烂醉如泥。

不知是什么话茬儿,引发了阿臭瓮声瓮气的一句建议:"都该睡了!老板说吧,你挑,随你挑,你要谁陪着你睡?"

"去你妈的,酱肉!"小墩子只盯着老 A,她觉得老 A 就是群龙,她喜欢这号白白净净的人物,她现在是老板,是大款,是想要谁就有谁跟的女强人,她要占有原来在她生活里很难染指的那些东西,包括老 A 的大学学历,老 A 的高级工程师父亲和主治大夫的母亲,包括老 A 懂得的 ABCD,包括老 A 会弹的吉他,以及老 A 所唱的那个什么哈瓦拉……总之,她乐于通过让老 A 去跟她睡觉达到那样一种心理满足:这些个原来远离我的、小瞧我的东西,如今都拥在我小墩子怀抱里了!

小墩子和老 A 互相搀扶着,消失在小墩子的那间住房里。灯只开了一小阵,便灭了。天上又飘下云母粉屑般的干雪来,把小院地面敷得惨白。阿臭一个人留在大屋子里,他把桌上的东西连吃的带酒瓶酒杯全用手臂胡噜到了地下,趴在大案子上哭了起来……再后来，他爬到大案子上面，摆成一个大字，鼾声如雷……

那一年的仲春，局里提出要小墩子提高她的上缴款额，小墩子从那时候起开始交往律师，律师帮助她根据承包协议里的条款和行文，同局里据理力争，最后双方达成妥协，局里最后应允3年承包期的最后一年再提高小墩子的上缴额，小墩子则应允在不强制规定的前提下，她从第二年起便根据生意发展自动多缴一些款额。她同一个毕业于大学法律系的比她年轻4岁的律师发展着一种引人瞩目的关系。

那一年的初夏，小墩子炒了老Ａ的鱿鱼。老Ａ用自己的钱作流动资金在南城承包了一辆快餐车，卖同小墩子那快餐车一模一样的东西。

那一年的仲夏，小墩子又承包了另一事业单位名义下的两辆快餐车。炸羊肉串已涨至一块五一串，仍大受欢迎，供不应求。

那一年的深秋，小墩子买下了三环路边上一栋高层公寓楼里的一个单元，据说装潢得极为考究，但除她自己外极少有人进入过那个单元。她没有购买小轿车，但凡从一处到另一处她都"打的"。

新的一年的元旦，残疾人协会给包括群龙夫妇在内的四对残疾人举行了风风光光的集体婚礼，小墩子原应允出席祝贺，后称身体不适未能莅临，但阿臭到会代表她发表了简短的贺词，并当场宣布向残疾人协会捐款二十万人民币，成为当天晚报头版和第二天日报二版上的花边新闻。

那一年的春节，小墩子出现在广州的花市上，后来又出现在深圳的香蜜湖游乐园，稍后又出现在沙头角中英街，陪伴她的人身份不详。

那一年的暮春，小墩子赞助了一个报告文学的研讨会，会期共三天，最后在新源里日资康乐园三楼的卡拉ＯＫ餐厅中胜利闭会。

研讨会秘书长姓闻,他宣布闭会后的余兴包括免费在康乐园中的七种浴池中洗浴、到按摩室接受按摩(每人半小时,超时费用自付)、到休憩室中小睡及到娱乐室玩电子麻将等。

那一年的仲夏,小墩子的快餐业除四辆快餐车外又发展到有了一家店面快餐,专卖美式牛肉面,是中外合资性质,外方代理人是位华裔女士,英文名字是 Helen,但签约酒会上有人听见小墩子叫她二荷。其实 Helen 的北京话说得极棒,但仍请了一位姓简的半老徐娘到场承担翻译,前后四小时的翻译工作,小墩子给她的红包鼓鼓囊囊,简女士回家打开一看,是四吨人民币。

那一年九月里,小墩子的母亲去世,死在她居住了几十年的胡同杂院的旧房子里。她的祖母人称祖奶奶的古稀老人除双耳失聪外尚属康健,祖奶奶比她母亲更固执地不离开那臭椿树覆盖下的旧屋,小墩子无法将她带到楼房单元同住,便同房管所达成协议,掏钱重新翻盖了她家的旧居,使她家原有的房屋成了两组并列但互不中通的结构。一边由她的二哥大锛儿一家居住,一边由她奶奶居住。她为奶奶雇了一位保姆,与奶奶同住,照料奶奶一切,工资从优。奶奶现在不用从院门出去,直接从自己的住宅门出去,劈头便是那株已粗壮高大得惊人的臭椿树。至今从那胡同路过的人,仍可经常看见祖奶奶坐在那臭椿树下的一架轮椅上,或若有所思,或正在念叨"干什么惊惊乍乍的。"

那一年深秋,小墩子被控告偷税漏税严重,传说有关部门的人提着手铐去铐她,她跟着走了,但手铐并没铐到她手上,仍由带去的人提着……又传说当晚她便又回到了办公处,神色自若,深夜还同她的亲信阿臭在一起喝酒,大声唱歌……

那一年冬天,小墩子作为被告上了法庭,但经过几次审理后,只判她罚款一万余元便结了案。据说她的辩护律师不仅舌如利刃,口若悬河,且英姿勃勃,潇洒风流。

再一年春节后,有传闻说小墩子同那比她小四岁的律师同结连理,飞往南方共度蜜月去了。但后来被当作谣言辟掉。稍后证实那律师已到美国自费留学,且上的名牌学府。律师当年的大学同学纷纷议论,都猜度此事小墩子出资不少,但亦不能知其究竟。

那一年有相当长一段时间完全没有了小墩子的消息。原来常可在她的快餐车和快餐店中见到她亲临现场检查快餐质量和服务态度的身影,那一段时间里却杳若黄鹤。但她的快餐车和快餐店依旧正常运转。

那一年的仲夏,传说小墩子的最早合作者阿臭死于摩托车车祸。善后事宜的详情无人能够说清。

直到那一年的初冬,小墩子才又经常露面。她总爱身着一袭爱德康服装店出的墨蓝色套装,浅施脂粉,表情严肃,再听不见她像以往那样大声吵嚷吆喝,她的语音低沉,语调却变为柔和。人们发现她办公桌上常立着一个黑色的镜框,里面是一个男子在进行健美表演的照片。私下里,有人说那照片上是阿臭,有人说绝对不是。

1992年6月26日写毕于北京安定门绿叶居

护城河边的灰姑娘

把化验单递给了大夫,大夫看了一眼,说:"住院检查吧!"

彩妹还没回过神来,太太已然惊呼:"什么?为什么?……门诊手术不行吗?"

大夫眼也没抬,只是说:"不住院细查,怎么能断定是良性?门诊手术怎么能乱做?出了问题谁负责?"

彩妹问:"住院……多少钱?"

大夫答:"先放一万押金吧!"

太太再次惊呼:"一万!"

大夫这回抬起眼睛,看了太太一眼:"你女儿……他们单位参加大病统筹了吧?"

彩妹说:"她不是我妈……她是太太……"

大夫再抬眼,这回眼光停在太太的胖脸上没马上挪开:"太太?!"

太太便解释说:"彩妹是我家的小保姆……她叫我太太……不是'老爷太太'的那个太太,是……她今年十八,她妈十六岁生的她,今年才三十四……她奶奶今年才五十一……我是个退休的教书匠,今年六十七了,按辈分算,我比她奶奶还高一辈……有的地方叫祖祖,有的地方叫太太……她愿意叫我太太……"

大夫垂下眼帘:"原来这样……那你们自己合计吧……反正现在不敢给她做手术……我这也是为了负责……"

……出了医院,太太和彩妹一时都没说话。两人若即若离地走出了医院所在的那条小街,来到了热闹的大街上。

太太很为难,脚下再挪不动,嘴更张不开。

彩妹明白太太在想什么。她说:"太太,您别为我担心……我就先辞了工……回老家去……再想办法……"

太太松了口气,爱怜地望着彩妹,说:"……一万!连我们也住不起!……你脸上的这瘤子,总不管它也不是个事儿!……怎么这几个月里头,眼看着它在往大里鼓呢!……实在不是我嫌厌你……拖下去,我们也负不起责……"

彩妹坦然地说:"闹不好,能传染给你们。"

太太脸红了,摇头,说:"不不不……这东西恐怕是不传染人的……我是为你想,也许,回到小地方,镇上卫生院什么的……一样有不错的、负责任的医生……那收费会少得多的……"

彩妹低着头:"唔……"

马路对面,过了人行天桥,有一家"麦当劳"。太太说:"彩妹,走,我们去一回'麦当劳'……"那口气,有点像共约赴汤蹈火似的,"……我请客!"

"麦当劳"的这家分店开业有半年了,太太并没进去过。彩妹连进去一趟的想法也没产生过。太太既下决心,彩妹当然不拒绝。

……下午三点多钟,按说大人多在上班,小孩都在上学,可"麦当劳"里还是有不少食客。

太太给自己只要了一只麦香鸡汉堡包、一杯红茶;却给彩妹要了一份包括巨无霸汉堡包、大号炸薯条和大杯可乐的套餐;彩妹道了声谢,先是尽量小口,后来便禁不住狼吞虎咽起来。太太望着彩妹左脸颊上那触目惊心的瘤子,反胃,叹息,想再说点什么,说不出来;心想:瘤子边缘还算齐整,该还是个良性的血管瘤……常规检查得不出恶性的结论……可大夫也有他的道理,不住院细检观察,怎好贸然割掉!……这彩妹本来就不水灵,一米五出头的小个子,体形还有点横胖,五官原来勉强过得去,左颊那儿原只不过是豌豆大的一个红痣,现在……像飞来个紫红的知了,趴在她脸上再不想走……唉唉……这餐"麦当劳"只当是跟她道声"对不起"……实在是爱莫能助了啊!……

彩妹把套餐吃得星渣不剩,可乐也喝得干干的,满足地舔着嘴角。

"还……再来点吗?"

"不不……谢谢您啦……真的……您待我太好啦……"

太太便从钱包里掏出一张百元一张五十的票子,递给彩妹:"……收好!……你要是……实在需要我们帮助……你就再来按我家门铃……"

彩妹这一年多,每天下午五点去太太家,为太太和太太老伴老两口做一顿晚饭,也兼干点别的家务活;晚饭当然一起吃;工钱是每月一百五。到这天,这个月并没满,太太仍给彩妹一百五,再说,到医院看病,挂号、化验全由太太花费,对此彩妹确实感谢。这天太太让她早来,一起去医院,彩妹就猜出来,有辞工的可能,但没想到会在"麦当劳"里"两清"……

"你在别家的工……我不便干涉……可我真是希望,你先回家去……"

彩妹忘记了先前安慰太太的说法,挺直腰,抹抹嘴,坦然地说:"……还剩两家没辞我呢……能干什么先干什么吧!……回老家我能有什么办法?在这儿……也许我能挣出住院做手术的钱呢!"

太太张开了嘴,可顿了一下,把蹿到喉咙的话又吞了进去。彩妹不住她家,跟同乡的姑娘合租着城里人盖的"小厨房",虽然那"床份儿"钱一月好几十,可彩妹这样的农村姑娘进了城,一般并不愿意住到一个雇主家里,只挣一家的钱——再给得多,能多到哪儿去?——她们大多愿意以一家为主,然后用剩余的时间,再找一些雇主做钟点工,按小时算,行情到目前大约是每小时两元左右,这部分收入加起来,往往超过了比如说在太太家固定做事的数目——不过,当然,这部分的工作时有时丢,不稳定。太太细想了一下,自己只是想辞掉彩妹,以卸可能会派生出的莫名责任;彩妹还想继续在北京奋斗,且由她好自为之……

两人在"麦当劳"门口分手。太太没朝自己家的方向走。她是去街道办事处的家庭劳务介绍所,以求再物色到一位保姆。这彩妹并不是从那介绍所来的;彩妹是辗转由私人推荐来的;如今从农村流入城市的劳动力,约有一半是并不靠职业介绍所一类机构,而是靠先来一步的老乡,利用他们与受雇单位或单独雇主的关系,推荐试用,获得工作的。太太这回决定不再靠亲友邻居推荐,而是从"正规"渠道去雇一个新保姆。她边走边想回头望一下,可终于没有回头望。她想到,彩妹在她家厨房里,甚至当着她的面也会把锅铲什么的落到地上,"咣当"一声吓她一跳……"彩妹是个漏手!……是个漏手!……"把思维烙实在这一点上,她心里松快了一些,也就再不想回头了。

彩妹却朝太太家所在的那个方向走去,那是位于护城河边的一片居民区。彩妹在那个居民区现在还剩有两家"钟点工"雇主。所约定的时间，都不在每周的这一天这下午时刻，可彩妹还是往那边走。

到了护城河边，这是古老都城仅存无多的护城河残段。十来年前有过一番疏浚修整，现在河道两岸有水泥墙的护壁，沿河两岸各有一条绿化带，再往上，高处，马路边，又有一条绿化带；绿化带中的树种主要是垂柳，灌木则主要是单瓣月季；这护城河应当说基本上是个美丽宜人的所在，可惜的是其中的河水还是免不了被污染，除了从泄水管中冒出的脏水，路人抛入其中的种种废弃包装物，更是刺目的"痈疽"……不过彩妹虽常在这护城河边走来走去，却从无什么欣赏其景色的心情；她那故乡的小河，还有那些树林、田原，比这护城河漂亮多了……

护城河边的马路与人行道上，车辆行人都不多。初秋时节，下午的阳光暖意十足，却并不灼人，彩妹身上笼着酥软的热气，脸上的那个瘤子，痒痒的。

护城河边等距地排列着十座居民楼，两端是十八层的"大裤衩"形状的塔楼，当中是十二层的"大板楼"。彩妹朝其中一座"大板楼"走去。她乘电梯到了十层，按响了一家的门铃。

里面门铃的响声，彩妹听得很真切，可好一阵都没人来开门。彩妹懂得，这些个雇主都不喜欢你连续地按他家的门铃。她重按一次时总是非常谨慎。她估计到门上的窥视镜那头，已经有雇主的一只眼睛在朝外窥视，她便顺下眼帘，身体一动不动。

她等着防盗门上的拉锁响。果然响了。门开了约三分之一，里面是雇主，也是一位相当于太太的退休妇女，可是这位瘦小的女士不让她称太太，而坚持要她称阿姨。彩妹几个月来，每周三上午八点半至十点半到她家来干活，内容包括洗衣服（该家虽有洗衣机，但需先用人工将衣服的领、袖及其他脏处搓一遍，再放入洗衣机处理)、收拾卫生,以及将主人家买来的鸡、鱼收拾清爽,等等。

"孟阿姨!……"她主动招呼着。

孟阿姨满脸不想掩饰的不高兴,被皱纹裹得紧紧的小眼睛瞪成两个正三角形,不仅没往里面让她,握着门锁拉环的手还把门的开放度缩小了一些,愠怒地说:"你怎么现在来这儿?我不是跟你说过多次吗?除了我们商定的时间,你不要来按门铃!……其实这也不是光针对你……我们家对未经事先约定的来访者,是概不接待的!……"

彩妹抬眼望着孟阿姨并不怎么吃惊,这位孟阿姨从未对她笑过。不过工钱倒是严格地按钟点算给她,比如说她某一天十一点才把活干完,那孟阿姨便会按两个半小时,给她五块钱。有时候她干到十点钟便把孟阿姨交代的工作干完了,那孟阿姨便会搓着手,想出一种可做的事来,让她干,以使她能做满两小时;有一回加了一件事,还剩十多分钟,孟阿姨便又让她擦皮鞋,她觉得还可以再擦时,孟阿姨却坚决要她停止,说:"我不能让你白干,我也不愿花更多的钱来让你干,所以你到此——STOP!"STOP是彩妹在孟阿姨这儿学会的一句英文。孟阿姨说得最多的一个词儿是"市场经济"。彩妹从未听懂过孟阿姨的那些"咱们按市场经济规律办事"的逻辑,但她却从中意会到不少的东西。

"……你来有什么事?"孟阿姨脸上的两个等边三角形抖动着。

彩妹便把一经太太辞退时便产生的想法吐了出来:"阿姨,我是想问问,您能不能……以后……多让我干点活儿……上回我听您跟孟伯伯说,想找个每天到早市给买菜来的人……我能起得老早,能买来最便宜的菜……我是不会贪污菜钱的……"

孟阿姨一眼将她觑破:"别家把你辞得差不多了吧?你想

从我这儿把损失掉的找补回来?……可你脸上的瘤子眼看着在膨胀!这叫作'进行性血管瘤'!……从市场经济的供求关系上说,你这样一种状况,当然会失掉卖方市场……而从买方市场来说,既然可以从容挑选,那为什么非要选取这样一个不健全的劳动力呢?……你懂吗?"

彩妹忽然感到脸上的瘤子火烧火燎的。

"……我不能雇你每天一早买菜……不过,我暂且还保留你每周两小时的钟点工……市场经济是既要讲……又要讲……的!……我们虽然并没签约,更没公证……可我不想轻易改变原来说好的半年为期……这也是出于人道的考虑吧……"孟阿姨这些话钻进彩妹耳朵眼里,蠕动着,往她脑袋里爬,但很难爬进去……彩妹只觉得心头有个大虫子在拱,那是她自己的虫儿!

彩妹猛地抬起下巴,朝着孟阿姨脸上的那两个等边三角形,说:"按市场经济……我不想在您这儿干了!我不会再来了!您也别什么……道……什么考虑……了!"

说完,彩妹转身就走,彩妹自己吃了自己一惊。她也不知道自己怎么会忽然这样。孟阿姨的这一惊更非同小可;这戏剧性的转折太匪夷所思,她不禁对着彩妹脊背大喊:"彩妹!你等等!"

彩妹没去坐电梯,从楼梯往下跑,就像有只可以伸得无限长并且能拐弯的手,在她身后追着抓她后脖领子似的……

气喘吁吁地冲出了楼门,楼外的光线刺得她睁不开眼,她把右手遮在额头上。

心里很乱,她茫然地顺着河沿走,猛然看到一个人,就在眼前。

那是蚓蚓,脏兮兮的,一条腿歪着。

怎么会撞到了他跟前?

蚓蚓是同乡,两家所在的村子只隔着一条小河。那河里总有成群的鸭子和狮头鹅在游动觅食。她满十六岁那年,听见爷爷和爹爹在议论她的婚事，奶奶妈妈也在一旁；他们想把她嫁给谁呢？就是这个蚓蚓。妈妈没吱声，看样子虽不满意，也不想阻拦。只有奶奶高声抗议："蚓蚓？他那条腿啊！胎里就歪啦！彩妹嫁谁不行，嫁他？！"

她当时心里也没怎么太难过。因为她知道只要她敢犟到底，爹爹到头来也不至于牛不吃水强按头。

她听见爹爹大声地跟奶奶说："娘，哪天您去看看他家给蚓蚓盖起的楼！不是随便那个腿直的后生都能有那么个楼的！"

她过河去看过蚓蚓的那栋楼。耸起来了，完工了，可是还没粉刷装修。确实挺气派。

后来她来了北京，再后来蚓蚓也来了。蚓蚓家出了祸事，他那楼顶给别人家了。蚓蚓来北京，在护城河边拾上了破烂。拾破烂，主要是拾废纸和能回收的瓶罐什么的，居然可以挣到比当保姆还多的钱。彩妹知道这情况后，心里很不忿。然而，她可绝对不愿意拾破烂。

护城河边有一列垃圾桶。蚓蚓每天下午都赶在垃圾车来敛垃圾之前，翻腾这些个垃圾桶。河边楼里人家大都小康，经常会购进些用大小纸箱纸匣纸盒包装的东西，那些不想保留的纸制品便当作垃圾扔掉，而且瓶罐也多，因此"含金量"颇高。这里已成蚓蚓的"势力范围"，为此他付出过旁人难以想象的代价，可谓得来不易。

蚓蚓拥有了一个平板三轮车，就好比出租汽车司机拥有自己的"的"一样。

此刻蚓蚓的车上已堆积着不少的"战利品"。他隔老远便看见了彩妹，和以往看见彩妹一样，他脸便发热，心里有蚂蚁在爬。他常和彩妹在这护城河边邂逅，但以往彩妹要么真是看不见他，要么即便瞄见了他，也赶紧把眼光移开，从他身旁过时脚步必走成一个大弧线。他曾喊过："彩妹！老乡啊！"彩妹头也不歪，嘴角也不歪，竟置若罔闻。蚓蚓便下了决心，要发个大财，先给这彩妹看。

彩妹这回不知怎的，没老远就走弧线，并且及至走拢，猛然煞住脚，瞄了一眼，发现是蚓蚓后，没有不屑地将眼光一移便再不回顾，而是一瞄之后，眼光闪开，复又回转，并从上往下扫了一遍……蚓蚓正惊诧间，只听彩妹说了句："该打气了哇！"

彩妹不知怎么消失的。蚓蚓沉浸在她那句话里，好久好久，仿佛醉了似的。一辆大巴从路上开过，庞然身影掠过蚓蚓，他才回过神来。细一寻思，才知彩妹是说他那三轮车的一只轱辘瘪了。闭眼一回味，彩妹的整个人形没出现，只觉得有一瓣西红柿模样的东西悬着……她出血了吗？……快去打气！

彩妹走得离蚓蚓老远了，头一回，思维里还牵着点蚓蚓。蚓蚓的一张脸没毛病啊。虽说身上脏兮兮，那脸上眉毛倒肥肥的黑黑的，腮帮子硬硬的光光的……他一月能捡出多少钱来？几个月的钱才够住院检查开刀的？……

彩妹看看腕上的电子表，往日这时候该在太太家厨房里了！……也没怎么太留恋太太家的厨房，她从覆盖着青草的斜坡来到了紧挨河边的甬路上，这一段甬路绿化得最好，一株垂柳一棵塔柏交替地排列着，都发育得很高大壮实了，沿河岸还有些朝水上俯生的灌木……她走过了一对躲在大柏树裂缺里搂抱的情侣，无动于衷；那显然是一对城里长大的时髦青年，她对城里的同辈人还没有什么强烈的了解欲与对比的习惯；她大体还是更关心属于跟她一类的外来农工的种种情况，并且大体上只是习惯于拿自己的情况，跟特别是同乡中的同辈人来做对比，从而派生出她的爱恨羡妒……

她想尿尿，四面望望，都不见人影。她蹲在两丛灌木间尿了尿，尿完她赶紧离开。她在一处有阶梯通向河面的地方，走下去，坐在了最靠下的台阶上。她双手搂住双膝，享受着初秋快要收敛的阳光。她盘算着，不能说是非常焦虑。当然不回老家去，这个城市也是她的。保姆干不了了，干什么？……总还能找到事的。住院？手术？一万元？……她当然不能让这个什么"进行性血管瘤"在她脸上进行！她早晚是真能揣着一万块钱住进医院里的！不光做手术拿掉它，她还要美容呢！……不过，她也不急……她现在有多少钱？……她忽然想点一下钱。她先朝岸上望，左右都不见有过来的人……

她和三个姑娘合租一间屋住着，她们都不把钱留在那屋里。她总是把钱放在睡觉时也不脱掉的那件妈妈亲手给她缝的内衣的暗兜里，那些钱用三根橡皮筋箍得紧紧地，总是带着她的体温，浸着她的汗水。当然，一般每过两三个月，她便去邮局给爹爹寄一回钱。爹爹要加上她寄的钱，给家里盖新房。虽然她知道新房是为弟弟盖的，却从未觉得自己寄钱是吃亏。世世代代，他们那样的农家，没出阁的姑娘都是要为兄弟的新房出力的，那是天经地义的事。嫁出去以后，当然再有兄弟要盖房，也就可以不管了。想一想，如果在老家嫁出去，所住的新房，也一定会有大姑小姑出的力，所以心平气和。这两年来，她一个月差不多能挣到四五百块钱，她每次给家里寄钱，最多的时候达到过一千，最少也有三百。最近她快三个月没给家里寄钱了……脸上鼓出来的地方痒痒的，她想，这回写信告诉爹爹吧，要治病，少寄些，别生气……现在一共是多少？寄多少，留多少呢？一时没处吃不收钱的晚饭了，还得留出饭钱来呀！……她怀念起太太家的晚餐来……

在太太家吃晚餐时，她基本上也不花什么吃早饭和午饭的钱，因为早上所去的干钟点工的人家，有时会给她一个馒头，甚至面包；而中午结束了钟点工活路的人家，有的也会给她一点吃的。

当然，偶尔，她实在饿了，或馋了，也会买一个煎饼，甚至坐进小饭铺吃一碗兰州拉面，当早点或中饭……太太家的晚餐，在失去后更显出对她的重要性，平日她的热能、营养，其实主要是靠这一餐饭撑着的啊！……现在她不能不先留出足够的钱来，代替太太家的这一餐饭……她掏出那一扎用橡皮筋箍着的钱，贴着心窝清点……虽然她实际上十分清楚那个数目，可她还是想在这儿再清点一下，何况，她外衣胸兜里还有太太在"麦当劳"给她的一百五十元，那是该也归到这一扎里的啊……

"彩妹！"

这声叫唤扎扎实实吓了得她全身一抖。

一抬眼，才发现有条小木船划到了她跟前，船上是董大大。

董大大是捞河脏的工人，来自河北农村。虽算不上同乡，可在这护城河边挣钱的农工们无论男女老少，大体上都认识。他们不会使用"社会族群"一类的"文明词儿"来思维，但他们的思维里，大体上彼此引为同类，也就是互相多少有些个认同感。这董大大住在绿化队给临时工用的工棚里，离彩妹她们租的民房很近，所以更熟一些。董大大，按岁数彩妹该叫他祖祖，可是别的姑娘都叫他董大爷或董大大，所以彩妹也叫他董大大。

董大大手里拿着个抄网。他那船里有些个抄上来的塑料袋、易拉罐、软包装盒什么的。董大大瘦高个儿，脑袋像个足球般大的核桃。

董大大笑着说："彩妹，亏得遇上的是我，要不，非把你当成个刚扒了人家钱包的小贼了！……你怎么闲得这么自在？自顾自地显摆上你的财了！……"

彩妹从领口把钱放回内衣暗兜，她忽然哭了。董大大是个她可以放心地当着面放钱和哭泣的人。

"你怎么回事儿？你有那么多钱，还哭！"

是的,她的钱很可能比董大大多。董大大当这临时工,一个月才三百块钱的工资,绿化队只管给张床住,不管饭,更不管别的什么。她听董大大说过,每天光是吃馒头,他早上三个,中午晚上各五个,每个三毛钱,一个月下来就得一百多块;总还得吃点菜吧,他又还忍不住要喝点酒,就算只吃咸菜、熬白菜,只喝最便宜的红星白酒,一个月又得一百多……你说还能剩多少?听说董大大这么大岁数,还没娶过老婆,老家也没最贴近的亲人了,又没什么文化、手艺,所以在这城里也始终不可能找到再好的工作;新来的绿化队头头对他很不感冒,想辞掉他,又不好明辞,便专找他的碴儿,比如说检查他清过的河段,说没把河脏捞净,罚他钱,最多的一回,罚了他一百块!意思是让他自己赌气,走人,可董大大硬是宁愿受罚也不走。是哇,他可走到哪儿去呢?他老家连间自己的房都没有,回去谁收容他?

"怎么回事?还是为你脸上那个东西?"董大大直来直去地说,"又不碍着你吃饭、干活!愁那个干什么?"

"都把我辞啦!……要住院动手术去了它,先要放一万块押金!……"

"为这个就辞人?他们雇的是你的脸还是你的手?……住什么院? 一万块?买条命也用不了这么多!……我在老家给铁匠拉过风箱,那王铁匠腿上也是鼓起了这么个东西,比你这个大多了,他就拿烧红的通条猛地那么一烙……没过两月,好啦!也就留下一块平平的疤瘌……我不是说你也那么烙一下……我是说,在这世界上,不当美人儿,照样能活!你还年轻,日子长呢,谁说得准谁今后一定怎么着?依我说,你挺起腰杆儿,再找你的辙!……"

彩妹不哭了,可心里还是发堵。

"……你就再试试别的……给人家当保姆也算不上多美的差事!……要不,先到我们这儿来,听说还缺给沿河花池子捡脏的人手……工钱是低,先拿点也总比没有强是不?……你别伤心了,这么大个京城,没有饿死你我的道理!……我知道你那些个钱轻易不能动,你爹妈还等着你寄呢……这些天你实在没得饭吃,你就先来跟我搭伙!我不再买他们食堂的馒头熬菜了,不合算;如今我自己煮面条吃,我在德胜门早市那儿买了几十斤干挂面,比别处都便宜,才一块二十一斤;我又炼了一坛子大油,撒上了盐粒和花椒;每顿煮点儿,搭点食堂摘下不要了白给的菜叶子,吃着挺香!好在食堂的灶火他们让我白用,有时候剩的折箩也给我……你不乐意?不落忍吃我的?你能多大胃口?下面时候添一把就够啦!"

彩妹站起来,愣愣地望着董大大。只感觉脸上不那么刺痒了,心上像有个暖而不烫的熨斗熨过。她没说什么。董大大也不期待她说什么。

董大大看见那边有人在往河里扔喝光的矿泉水瓶子,伸长脖子朝那边吼起来:"怎么回事儿?没看见刚捞净那边吗?什么毛病!改改吧你们!"吼完,放下抄子,划桨,船就离开彩妹而去了。

彩妹回到坡上路边。夕阳西下了,残阳的光芒给护城河抹上了胭脂。近旁居民楼的底层是家装修得颇为豪华的海鲜酒家,一面大玻窗显露出三层水族箱,里面的游水海鲜确实生猛;酒家门外已经停了些小轿车;有的食客衣衫时髦,从车里钻出来时,还把"大哥大"贴在腮帮上,不知在跟哪儿的什么人说着什么样的话。彩妹经常从这酒家路过,她从未对它产生过兴趣,不仅从未有过进去吃那些海鲜的幻想,而且连走进去张望一下的欲望也不曾有过。没有艳羡,也没有比如拿董大大的伙食与之对比从而生出的愤懑不平。这类事物近在身旁,但跟她又是在两个世界里。她知道,连太太,还有孟阿姨什么的,能雇她的人,也没怎么进过这种酒家。

然而彩妹也不是全然无视这酒家。在她眼里,酒家的种种景象几乎都被删却，只有那在酒家门口立着的迎宾小姐，凸现在她的眼里。唯有酒家的这一部分多少牵动着她的心。那立在门口的小姐大体上还属于她的同类，也是从农村来的姑娘。彩妹刚到京城时也试着去应过招聘，别的先不说，她的身高就不合格；按说站在门口迎宾，或在门内等着领座，或在包间大堂端菜布菜，你要个身高还说得通；可彩妹只求在厨房里洗碗打杂，老板却也还嫌她个头太矮，这就让她和跟她一样的矮个子姑娘不明白了！

现在立在酒家门口的小姐穿着个旗袍，身上还斜背着个宽宽的绲着金边的艳红披带，那带子上写的金字彩妹认不出，可她懂得一定是讨顾客喜欢的话。那小姐跟彩妹对了个眼，脸上便出来个跟迎宾无关的表情，彩妹也就还了她一个表情。不过那小姐没接彩妹的这个表情，彩妹带着那表情离开了酒家门口，直到走拢桥边才抖掉了那表情。

护城河上的这桥，从沿河的马路与河道上跨过去，与环路上的立体交叉桥连为一体。桥下马路两边的人行道光线很暗。在靠河的人行道上，有几个人席地而坐，在那里有说有笑地啃西瓜。彩妹离两丈远就认出来，那是在立交桥一带活动的乞丐帮的几个头头。他们的下属这时候正在各自的规定地点卖劲地讨钱，因为正当工薪族下班时间，"油水"正肥。丁哪行也是当头头的活得自在。丐帮头头聚在桥底下啃的西瓜当然不是讨来的，更不是偷来的，而是他们堂堂皇皇拿钱买来的。彩妹还遇见过他们聚一起啃"和路雪"冰糕。刚进城时彩妹也不懂得丐帮的事，后来董大大指教了她，意在让她千万离他们远些个，切莫入了那个圈子。

丐帮的总头儿是个老太婆。为什么是她？连董大大也说不出个道理。老太婆一身脏兮兮的中式粗布衣裤，扎着裤脚，一双大脚这季节便穿着毡子鞋；头上裹块蓝头巾，脑门那儿勒得紧紧地；身上斜背着一个老式的打补丁的黑色人造革包；她身材矮小，满脸褶子，然而一双眼睛滴溜溜的，又尖又锐。彩妹知道，认识她的人都管她叫万吐。为什么这么叫？据说她亲自上阵乞讨时，从洋人手里讨到过美元，那洋人给她钱时，说了声"万"，递了她一张票子，又说了声"吐"，再给了一张；很长一段时间，她每晚点钱时，都要专门把那两张洋钱蘸着唾沫，一声"万"，一声"吐"，清点好几遍；据说是三美元，合人民币差不多三十块钱；后来不见她那么点了，有的说是她手里的洋钱已经不只"万""吐""吹""佛"那些个小数目了，也有的说是她在"差那搬克"（就是中国银行）里有了外币折子……不管怎么说吧，人们就都叫她万吐，都服了她了。她每年秋后便回老家去，来年开春再带些个人来。

彩妹想穿过桥底下，她没想到万吐会招呼她。她不记得万吐什么时候认得她的，万吐是招呼她坐一处吃西瓜。

万吐他们是四个人，两男两女，两个老的两个不算老也算不得年轻的。彩妹眼睛只对着万吐。在"麦当劳"里吃的套餐早已离开了她的胃，她不仅饿了，也渴。万吐举到她面前的那块西瓜红得厚实显得滋润，她实在不能拒绝。于是她道了声谢，蹲在万吐跟前，接过那块西瓜啃起来。

"丫头，给人辞了吧？这时候闲逛荡！……呔，你这脸上！……哎呀！你脸上有真瘤子，你要到那过街天桥上一卧，保准哗哗哗地来钱，我敢说还不是那听着脆响其实没啥味儿的钢镚儿……说不定有好些个整张的大票子！……丫头，别愁，跟我们一块儿挣吧！……"万吐盯着她，兴奋地议论、动员着。

彩妹噎住了，她咳嗽中吞进了两枚瓜子。

一个比彩妹小些的脏丫头，手里拿着个脏兮兮的搪瓷缸，风风火火跑了过来。跑拢叫了声奶奶，便伸手要瓜。

万吐抓过丫头手里的搪瓷缸，放鼻尖底下看看，便说："就这几张毛票？我不信！"

丫头嚷:"不信,您自己去试试!这些城里人,全是瓷耗子!"

万吐教训那丫头说:"你是怎么趴在那天桥上头的?跟你说了多少回,你这人不残,要趴得让人看着比残还残,就得这个样……"说着身体力行,做了个样子:先跪正,然后撇开双腿,下身缩得让人看不见,整个上身紧贴着地面,再把脸歪贴在地上,屁股尽量往下压,双臂双手则尽量藏在身子底下,眼睛半睁,乜斜着收钱的搪瓷缸子,嘴里发出奄奄一息的呻吟声……

那丫头说:"我比您还卖力啦!累死我了!"

万吐恢复原状,眼睛不看那丫头倒看着彩妹,说:"干哪行不累?不过,真有瘤子,那倒用不着这么费劲儿了!"

那丫头便盯着彩妹问:"她哪儿来的?先给她瓜吃!"

旁边几个人嘻嘻哈哈地乱说什么。万吐递给那丫头一块瓜。彩妹趁这时候,站起来,拍拍屁股,走了。

万吐在跟她喊什么,那几个人和那丫头也发出一些怪声。正好有辆大面包车从桥下马路开过去,行驶声在桥洞下发出浑浊的回响,还掀起些灰尘。彩妹小跑着离开了那些她不想为伍的人。

跑到了桥那边的河沿。那边的一片楼盖的年头久了,布局很不规范,还有一片平房区,彩妹跟人合租的小房子就在那平房区里。

天还没黑。彩妹从小跑变成快走,又变成常速,再变成慢踱,最后她停了下来。

难道这就回住处去?那住处只有六平方米,里面除了一张她和别人合睡的铺板床,便只有一摞原来装饮料瓶的纸板箱——那分别是她们放日用品的地方;她有个大蛇皮口袋,装衣服的,搁在了铺板底下;脸盆什么也都只好塞在床底下;剩下的地方只够三个人转身。以往她都是天黑以后,才从太太那儿回住处,回来洗把脸也就睡了。现在她回那儿干什么?

彩妹正站那儿发愣,忽然听见一个熟悉的声音在招呼,不是招呼她,是在招呼一只狗:"霍克斯!……乖乖!……"

迎面来了个遛狗的姑娘。她老家跟彩妹属于一个专区。头回来北京,她们在火车上正好坐在一处。到北京以后,她们又都在这护城河一带当保姆。那姑娘比彩妹大两岁,她叫银娣。银娣运气好,三个月以前到现在这家当了整日工。雇主是从国外回来定居的,在河沿尽头的商品楼里,买下两个单元,打通了住。银娣在他们家有自己的房间,房间里还有专给她看的电视呢!虽说是台主人换下来的旧彩电,尺寸小,颜色也不那么鲜丽了,可究竟是专给她一人看的,想想那是什么条件!这家主人养了条蝴蝶犬,一年光交养犬费就好几千!这蝴蝶犬天天都要带下楼来,在河边遛弯儿,主人没工夫,这任务便由银娣来完成;光是为这么个活计,每月主人便多给银娣好几十!……银娣在这家当保姆,挣得多吃得好住得宽倒还算不得什么,难得的是没过多久,她就不仅穿着打扮越来越像城里人,那做派更渐渐比一般的城里人都洋气,比如现在牵着蝴蝶犬霍克斯遛弯儿,她穿着女主人给她的长袖恤和牛仔裤,头发剪成个男孩子似的"运动式"——这也不算多神气,可她会把一件毛线衣不是穿在身上,而是搭在腰后,两只袖子再系拢在身前,你说这算什么档次的做派了?彩妹讲不出来,心里模模糊糊知道,这是很"那个"的了呀!……

霍克斯奔彩妹脚下来了,摇来摆去确实像只黑黄红的三彩大蝴蝶。

"霍克斯!……"银娣眼睛望着彩妹,眼里装着好多"那个",比那边海鲜酒家门口迎宾小姐眼里的"那个"更多,都快满出来了!彩妹只觉得心里有个小拳头在捏得越来越紧。

"STOP!"彩妹猛然大叫一声。胆小的霍克斯马上退后,咳嗽似的吠着。

彩妹的这一声"STOP",让银娣着实吃了一惊。原来眼里的"那个"，顿时消掉不少。

"彩妹！你怎么在这儿？"银娣问。

彩妹脱口而出："我……取飞机票去！"

"飞机票？！"银娣一双眉毛飞起老高。

"唔……"彩妹说，"我要回去啦！这回不想坐火车，要坐回飞机呢！"

"你怎么这时候回去？你家里……"

"谁家里都挺好！我……不为什么，想回去呗！"

"真坐飞机？"

"你以为……就你……真的！"

彩妹说完这句，转身就走。

霍克斯缩到银娣脚边，咻咻地吠着。银娣呆呆地望着彩妹走远的背影，银娣撇撇嘴，忽然拍了一下自己脑袋，喃喃自语："她脸上……怎么搞的……啊……"

彩妹往回走，就又回到了桥边。万吐他们都不在桥底下了，剩下一堆瓜皮和瓜子。

彩妹登上桥边阶梯，上到与护城河垂直的大马路上。这可是车水马龙的繁华大街。天刚麻黑，一些商家的霓虹灯已经闪动上了。人行道上来往的人，有时得侧身而过，因为有些下岗职工和本来就没职业的人，在人行道上摆小摊叫卖东西，占据了一些空间；所卖的东西有拖鞋、发卡、松紧带、梳子、恭桶坐垫套子、BP机套子、指甲刀、耳挖勺、弹簧秤、拖把头夹子、过期杂志……还有卖鲜花的和卖自制糖葫芦的……也还真有不少路人停住脚挑选购买这些东西。

彩妹在稠密的人群里看见了顺顺。

她跟顺顺在一个村里长大。顺顺家算是村里最穷的了，顺顺爹死得早，寡母带着他三个姐姐和他，很艰难地过日子。前些年，村里差不多家家都陆陆续续地盖了新房，只有顺顺家还住着茅草顶的房子。可是他妈和他姐姐拼着命地供他上学，一直读完第八册，实在撑不住了，才辍了学。辍学以后，有一回北京来了几个拍电影的，说是来选景，一家伙看上了顺顺家的茅屋，搓着手赞："哎呀呀，现成的呀，多有味道啊！"……电影拍完，作为条件，那些人把顺顺带到了北京，开头让他帮着搭布景，后来，那电影厂不景气，顺顺就自己转到了建筑公司。几年过去，顺顺已经盖过了四座楼，现在他在这离护城河不远的一座商厦工地上干活，他已经是个熟练工、小领班了。年初彩妹在护城河边遇上了顺顺，从此有了些联系。

"顺顺！"彩妹主动叫他。

顺顺大概刚下工，还戴着个奶黄色的安全帽。他一见彩妹很高兴，问："你也去邮局吗？"

那前面是有个邮局。也是彩妹和顺顺，以及其他一些同乡，经常会碰到的地方。可是此刻彩妹并无那个计划。不去邮局，她又是去哪儿呢？她自己也糊涂了。

可顺顺只当彩妹是去邮局，不作他想。顺顺说："我帮你填单子……我连带着给你办了……你放心！……"

彩妹只上过一年半学，第三册还没学完就辍学了，所以每次给家里写信、寄钱都很费劲，填好的汇款单经常让邮局营业员掷回来："你这是些什么字呀？……这也是对你负责……你愿意寄丢了吗？……改清楚！……"顺顺曾帮她填过汇款单的，她怎会不放心？可是今天……

彩妹此刻愿意跟顺顺在一起，她和顺顺去了邮局。

邮局里人很多。汇兑窗口外排着不短的队，晃动着不少的黄帽子，显然，都是顺顺他们那个工地上的民工。这天工地开支，许多民工习惯于开支后只留下必要的生活费，其余的马上寄回家。

这是可以理解的——他们那几十个人合住的工棚,无论现金还是存折,都很难收藏保管。

进了邮局,顺顺先买来两个空白汇款单,问彩妹:"这回你寄多少?"

彩妹说不出这回不寄的话,她嗫嚅地说:"……唔……三百吧……这回……不多……"

别的顺顺用不着再问,他让彩妹先去窗口排队,便埋头填单子。

彩妹刚过去,还没站稳,里面的女营业员就站起来大声地吆喝:"嗨,别排了别排了!明天再来明天再来!"

可是彩妹后面又有三个人排上了。

女营业员确也有她的苦衷。这些民工填写的汇款单字难认,有时你退回让他重写,递过来反倒更难认了;你替他描改吧,问一句:"你这是什么乡?是'童河'还是'董河'?"他答出来的更让你莫名其妙……因此给这样的农村人办一个单子,往往得费给城里人办两个以上的工夫!……快到下班时间了,窗口外面的排队还在增长,她能不急吗?

女营业员的吆喝这回没能奏效。好几个"黄帽子"在跟她嚷:"我们就要今天办!"又因为正在办着的那位民工递进去是一把小票,女营业员更是心烦,她也嚷了起来:"这是些什么呀?你干脆寄一笸箩钢镚儿算了!……"于是窗外的人便说她态度不好,排在后面的有的给她提意见,有的嫌提意见的耽搁工夫,又"内讧"起来,一时乱作一团……

可能是有个民工说了她一句:"你别端城里人的臭架子!"女营业员便站起来,挥着手,激动地说:"废话!你们别没良心!我们城里人帮助你们还少吗?……我不光在这儿给你们服务,上个月给河北灾民捐东西,我连去年才买的衣服都捐了!……没有我们城里人扶贫,你们能富裕起来?……"

女营业员的话激起了更大的波澜。彩妹也被她的话激怒了,不由得嚷起来:"你才废话!……"

这时顺顺挤到了窗口前,大声地说:"现在才六点十分,你们六点半关门,在六点半以前进来的人,都该得到服务嘛!……我们也知道,您这工作挺辛苦……可您今天的话实在得罪我们了!是呀,城里人帮了我们,我们谢谢啦!……现在不说我们在城里盖了多少楼,给城里人干了多少活……您自己算算看:我们进城的民工,每月给农村寄回了多少钱去?那肯定比你们城里人捐的多了不知道几百几千倍!农村扶贫,我们自己扶的这一把,才是最有劲的一把呀!……"

……顺顺的话不但镇住了女营业员,更令窗口外的民工们大佩服……彩妹一时忘记了自己的不幸,只觉得胸舒气畅……

出了邮局,彩妹跟顺顺一起往回走。顺顺这才问:"你脸上……要紧吗?"

彩妹这才又感到脸上痒痒的。不过她不愿意把自己的不幸在这个时候告诉顺顺。她在邮局见顺顺寄回了两千元,才知道顺顺如今挣得真不少了。她问:"你家盖新房了吧?是起的楼吧?"顺顺告诉她:"今年春节你没回去……我亲自指挥,上的梁……是个小楼吧!我大姐、二姐也都嫁出去啦……三姐,打算招进个姐夫,还没定呢……"彩妹便问:"你不回去啦?"顺顺坦率地说:"是。我妈他们都愿意我留在城里……他们都过得不错了……以后我也就不用再寄那么多钱回去了……我想把钱用在念书上……我还想学电脑呢……"见彩妹低着头,只顾走,顺顺问,"你呢?你什么时候回去?还是……也留下……发展?……"

彩妹忽然悲从中来,鼻子一酸,眼睛便潮了。

顺顺停住脚问:"你怎么啦?"

彩妹便跟他说:"我脸上这个瘤子……也不知道怎么搞的……

越来越……说是什么进行性的……人家都把我辞啦……要想住进医院，开刀……先要交一万押金！……我哪儿来的一万？……我可怎么办呀？……"

顺顺吃了一惊，他原来并不觉得彩妹脸上那块东西有什么了不起的。他望着彩妹，一时说不出话来。天黑了，路人也稀少起来。身后一家日用品超市的霓虹灯绿光罩住了他们。顺顺十分同情彩妹。他该怎么帮助她呢？给她筹措，一万块钱？那不是件简单的事。心里乱乱的，他用右手摩挲着下巴上的胡子茬。

彩妹抬起下巴，反过来安慰顺顺："瞧我……不该这么吓唬你……其实也没什么了不起……会有办法的……我能想出办法来……"

顺顺说："让我替你想想，替你想想……我们一起来想办法……你现在完全失业了吗？你还有钱吗？我先给你一点？你手头紧就别客气！……"

彩妹说："我还有，还有！……我实在不行了，再来找你！"

顺顺说："那当然！我们这楼今年完不了，我们那工棚，你还记得吧？你从有丝瓜架的那个门口喊我，我的床正对着那门……我不在，你就留下话……我会去找你！……"

他们分手了，彩妹心里不那么空落落的了。

彩妹回到护城河边。河边路灯光影朦胧，车少人稀。被污染了的河水散发出阵阵浊气。河边，隔不远，便有耐心的钓鱼者坐在小马扎上，静静地垂钓；他们很难钓到鱼，哪怕是指头长的"柳条儿"；显然这些钓鱼者的乐趣主要不在鱼，而在钓。

彩妹朝所租住的小屋走去，那小屋在一片亟待改造的危房区里。那里曾是某撤销单位的宿舍，一排排的平房原先还算整齐，相互的距离也算合理，后来各家都往房前屋后搭建起了小房子，这些小房子规格、用料五花八门，乱糟糟地挤在一起，弄得房屋之间只剩下窄窄的通道。这几年，有的人家便将自盖的小屋租给了外地来京的各色人等。彩妹是和同乡阿吉与水水合租着一间小屋。

彩妹不打算把自己遭太太辞退的事告诉阿吉和水水。她在走拢那小屋之前便尽量把表情调整得仿佛什么事也没有发生一样。

可是她刚望见小屋的小窗那昏黄的灯光，便发现水水迎着她小跑过来，并且跟她说："躲着点吧！他们姐弟俩吵得好凶！……"

彩妹愣住了，她听到从她们合租的小屋那边确实传来尖厉的吵骂声。

水水把她拉到巷子外头，在一株大槐树下，把怎么一回事大概其地告诉了她。

原来，阿吉的弟弟阿祥这一阵的营生是蹬着平板三轮车给几家小饭铺送啤酒。啤酒是批发商的，阿祥每次从批发商那儿装上一车啤酒，然而给饭铺分送。送去的同时，换回成箱的空瓶，同时领取应得的现金；阿祥再到批发商那儿用空瓶换来等量的瓶啤，并将应付的现金交讫。虽说阿祥挣的只是个大批发和小批发间的差价，可是因为流量大，所以一个月算下来，也有好几百的赚头。今天却撞上了怪！阿祥去要啤酒量最大的那家饭铺，车蹬到门前，发现竟关板停业；进去找人也找不到；咋天还不见迹象，怎么一夜过去居然"和尚"跑光！那家饭铺前两回该给钱的时候没给钱，本来说好今天一准付他六百块钱，现在可跟谁要去？阿祥跑进去，只在空荡荡的厨房里扭住了个老头儿，阿祥逼他说出饭铺老板去向，又逼他说出房东在哪儿，老头说自己只是个临时看房的人，其余一概不知道，阿祥急了，便要老头儿拿钱赔他，老头儿当然不干，阿祥一时怒起，便砸了那厨房……哪知道阿祥再跑出来时，他放在门外的三轮车，连同二十箱啤酒，全不见了踪影！……阿祥急得抓头发……后来阿祥反被老头儿叫来的"联防"队拘了去，为砸厨房的事挨了训不算，还被罚了款……阿祥要人家给他找回三轮车来，人家说可以找，但他车放门外不上锁，自己有责任；阿祥要人家给他找到那卷逃的饭铺老板，讨回啤酒钱，人家要他拿出凭证来，他又拿不出……晚上阿祥来找他姐姐，说自己还该着批发商五百块钱，非要阿吉先拿几百块钱救急，阿吉骂他笨蛋，说他是自作自受，阿祥便回骂，说了好些个不堪入耳的话，甚至说他姐姐跟做工那家的男主人"不干不净"，"别以为我不知道！"阿吉气急了，便打了阿祥一耳光，阿祥虽没回手打他姐姐，却似乎得了个大理，非要翻出阿吉的钱来，让她"赔偿"不可……水水开头还在一旁劝，后来见闹到这番地步，屋子又小，便只好逃出……

彩妹听了，还没来得及多想，就听那边一阵咚咚咚好重的脚步声，是阿祥大步冲了出来，后面阿吉在哭喊着追赶他……彩妹和水水都不敢阻拦阿祥，阿祥冲到她们身边时还扭头跟阿吉暴嚷了句什么，她们急急地闪开……阿吉追到大槐树下，脚下一绊，摔了一跤，彩妹和水水赶紧去扶她，阿吉猛挣着，哭着、喊着，还要去追已不见踪影的阿祥，彩妹紧紧地拽住她的胳臂，一刹那间，彩妹意识到，还有别的人，比自己更加不幸！

……彩妹和水水好不容易才把阿吉劝回了小屋。

小屋里一派狼藉景象。原来，阿祥狂怒中竟把她们三个撂放在一起的放日用品的纸箱，不分青红皂白地给搬了下来，也不弄清哪一个才是他姐姐的，蛮横地薅了个乱七八糟，大概是想找出阿吉的钱来……水水一见这情形先生起气来，一边忙着收拣自己的东西，一边大声埋怨："这算怎么回事？你们姐弟吵架，也不兴抄别人的东西呀！"阿吉只是坐在床上，哭倒不哭了，愣愣地，大喘气。

彩妹心里也发堵。她收拣自己的东西，忽然看到，自己的一面小圆镜子，是初来北京的时候，妈妈给她的，虽不是什么好东西，可她总是珍藏在纸箱子里，没怎么照过；现在镜面却给跌得裂了一条纹！镜子背面的玻璃更跌得一拾起便掉下玻璃碴……那背面，镶着一个印着古装美人儿的圆纸片,那古装美人虽然印制粗糙,颜色也不正,可是每回彩妹凝望时,总觉得有说不出的一种快意;现在这美人儿却在她拾起镜子后,便飘落在地,并被水水一脚踩上了!彩妹心里一痛,也便大嚷起来:"作孽啊!哪兴这么胡来啊!杀人啦!"

彩妹那声"杀人啦!"其实是由古装美人被踩而发的,阿吉听了,却不能忍受。阿吉被蛮横的弟弟弄得心肺欲裂,正需要别人的安慰与帮助,没想到水水和彩妹都埋怨起她来,一声比一声难听,尤其彩妹,竟喊出"杀人啦!"来,阿吉不禁狂怒,她一下子蹦起来,指着彩妹脸上说:"谁杀人?谁杀了谁?你这瘤子是我杀出来的吗?你才杀人呢!你长的是毒瘤子!你传染我们!你杀我呢!你别在这儿住!你滚!不许你在这儿杀人!听见吗?你滚!杀人犯!"

彩妹自己本遭不幸,心里淤的浊气尚未散尽,阿吉这么不管不顾地一顿恶骂,且正磕在她最痛心之处,怎么忍得,便伸手要打阿吉,水水连忙拦开,小屋里乱作一团……

水水把彩妹暂且劝出小屋,好让阿吉冷静冷静。这时有另一个人闻声来到她们屋外,见状便把彩妹让到了几米外他那屋里。

那人这一带的人都管他叫马靴。他确实常穿着一双这城里少见的旧马靴。他也租了一间小屋住着。彩妹被他带进了他那间小屋,他请彩妹坐在椅子上,又倒了杯白开水给彩妹,劝彩妹说:"在家靠父母,出门靠朋友……你们仨离乡背井,同住一屋,同眠一床,便比朋友还亲,可以说形同亲姐妹了!……不管发生了什么磕碰,总是尽量谦让着的好!……你且平平气……那阿吉她此刻心里头恐怕正后悔呢……都平平气,过一会儿还是亲姐妹,大家抱成团继续过日子!……"

彩妹喝着白开水,气渐渐平了些。

忽然有人在巷子里问:"哪儿是甲三十五号?"

其实巷子里的这些乱盖的小屋子并没什么编号。但马靴在自己租的小屋门楣上却钉了个甲三十五号的牌子。

马靴迎声出去,招呼着:"这儿这儿!……您请进请进!"

进来了一个男人。瘦瘦的,高高的,衣装干干净净的,戴着顶宽檐旅游帽,大晚上的,还戴着个墨镜。

彩妹站起来,一时出不去,便站到椅子后面。

来人张望着,问马靴:"你是大夫?"

马靴点头。

来人又问:"不是说老军医吗?"

马靴笑了:"不像吗?"他跺跺脚,说:"老,不是说年纪一定多么的老……我打十六岁就进部队……从卫生员干起……后来经过培训……别的不敢说……治治您这样的毛病……那真算不了什么本事!……现在复员了,这也算一技之长嘛……"

来人用下巴点点彩妹:"她是谁?"

马靴不眨眼地说:"我的护士!"

马靴请来人坐在椅子上,自己穿上一件白大褂,又递了一件白大褂给彩妹,使眼色求彩妹成全,彩妹便接过穿上。

马靴坐到来人对面的椅子上,隔着一张旧书桌,亲切地说:"我先不问您……我知道,您的这毛病,其实去正规医院看,那条件好得没法儿比了……如今社会开放,正规医院的大夫不会大惊小怪,您自费,他也不至于去跟您单位反映……可您还是有心理障碍不是?……来我这儿,您心里也不会太踏实,对不?我不问您的名和姓,您对我的姓氏名谁也不感兴趣……您想的是:第一,这家伙究竟会不会治?其实,一般来说,您自己也能治……主要的办法,无非就是注射青霉素嘛!好,第二,这家伙的青霉素是真的假的?第三,是不是用的一次性针管?干净不干净?第四:收费,宰人不宰人？……好，我来告诉您吧，一句话：放心！……我要真处理不了，我也不敢瞎糊弄，我还得劝您去正规医院呢！……怎么样？您想好了没有？您要信得过我，那咱们就……先到帘子后头，让我查查！……"

那人犹豫了一下，便跟马靴到小屋一角的白布帘后头去了。临进去以前，马靴还煞有介事地对彩妹说："你准备一下……消毒……"

…………

彩妹还是头回进到马靴屋里，并目睹了他这位"老军医"的医疗过程。马靴没费什么力气就挣了五十块钱。根据马靴的说法，那男子至少还需要来十次。那光这一个患者，就要付他五百元。

戴墨镜的男子走后，马靴盛赞彩妹，说她真像个护士。又说他其实真的很需要一个护士。问彩妹现在在哪儿挣钱？愿不愿意来给他当护士。彩妹想了想，就说还在太太家做晚饭，另外还到好几家去做钟点工。

彩妹问："打这个针……能治好我脸上……这个瘤子吗？"

马靴逼近了看，看完说："其实，无非都是个用抗生素抑制其生长的问题！有什么难的！"

彩妹便说："医院大夫说，麻烦着呢！要我住院仔细检查……然后动手术拉掉它……一进去就得先放一万块钱……"

马靴吹了声口哨，说："真敢要价！你打算给他们一万块吗？……你要信得过我，我给你打针化掉它！我优惠你，每针我只收个成本费，二十块钱……不过你这瘤子起码得打一百针……一天两针……"

彩妹动了心："准能化掉吗？"她算了一下，这样治，也才两千块钱便解决问题了。可是，需要……差不多两个月的时间啊，这两个月里，她又怎么挣钱呢？

马靴搓着手说:"这样吧,今天,我就先给你试一针……你要明天有不良反应,咱们就停……这一针我也不要你付钱……你得便时,帮我去各处电线杆上,贴点这样的招贴就行了……"他从书桌抽屉里拿出一张来,递给彩妹看,那上头有个红十字,还有些个大大小小的字……想必头一行便写着"老军医……"什么的……

彩妹打了一针,谢了马靴,出了那"甲三十五号",往自己住的小屋去,隔着小玻璃窗,她看见屋里只有阿吉一个人,躺在床上,睁着眼,脸上还淤着怨怒……水水到哪儿去了呢?……便且不进屋,而是走出了巷子,走过了大槐树,又走到了护城河边。

夜晚的风,小跑到彩妹脸上,好像也觉得绊脚。彩妹拢住袖管,心里堆积着一窝灰。

胳膊上的针眼,隐隐作痛。马靴的针,还要不要打下去呢?

彩妹不知不觉,又在护城河边走了好远。

忽然,一辆三轮车在她身后刹住,只听有人惊喜地在叫:"乡亲啊!"

彩妹闪身、扭头,一望,光凭那两只眼、一嘴牙,便认出是蚓蚓。

"你!……你吓死我呀!"

蚓蚓跳下车,指指车轱辘说:"我打了气……"

彩妹听不懂这是什么意思。她质问:"你想干什么?做坏事吗?"

蚓蚓委屈得不得了:"你乱想!我……我刚去洗了澡、理了发……特意去找你……你不在……水水说,到处找不见你,她还着急哩……"

彩妹打断他说:"扯谎!我还找不见水水了哩!……"

蚓蚓说:"那我们一起回去,对对嘛!……水水说你在马靴那儿……她方便回来,屋里没你,马靴那儿也不见……她让我骑车到河边找找……离老远，我就认出是你……"

彩妹说："你找什么？我就是走走……我一会儿就回去！……没你什么事儿！……"

蚓蚓说："……我，我……我就那么讨人嫌吗？……"

蚓蚓的声调，在寂静的护城河边，伴着昏暗的路灯光，摆动的垂柳丝，还有河里闪闪的碎月亮，让彩妹的耳朵和心眼都软了下来。

"你找我干什么？"这一回口气大不一样了。

"……我，我……我晓得……你，你还没吃晚饭呢！……"

"……没吃，又怎么样？"

"我，我……请你吃……我也没吃……我们一起去……那边……东坡楼……吃夜宵……"

"咦……你怎么晓得……我没吃？我在太太家吃得饱饱的！……"

"……我知道了……太太把你辞了……董大大说的……"

"她辞了，我就饿死了？我下了馆子，吃的涮羊肉！"

"……你没吃，你饿了……我不愿意你饿……我也饿啊……"

彩妹忽然感到很饿、很饿。她站在那里，犹豫着。

"来，你上车……乡亲嘛……我们去东坡楼！"

彩妹皱皱鼻子："我又不是垃圾！"

"你看！我洗过……还铺了干干净净的塑料布哩！……"

彩妹仔细看，果然。

"上吧！乡亲！"

彩妹便耸身坐了上去。蚓蚓心里原来猫爪子挠般难过，一下子变得猫舌头舔般舒服……

……他们到了河那头的一家饭馆东坡楼，那里的夜宵卖四川小吃。坐到一处角落，蚓蚓让彩妹敞开胃口点。彩妹只点了碗担担面，蚓蚓便又为她点了珍珠丸子、叶儿粑、赖汤圆。蚓蚓很内行的样子，说自己一点不怕辣，点了担担面、钟水饺、红油抄手，全是辣的。彩妹说："你想喝酒，尽管喝！不要因为我不喝，就不好意思！"这话让蚓蚓心里比喝了酒还暖。蚓蚓说："你还不知道吗？我从来不吃酒，也不吃烟哩！"彩妹望着他，只是撇嘴，不信，说："男子汉，吃点烟酒才硬气，只别过分就行……"蚓蚓便要了一听罐啤。

担担面上来了。彩妹拿起筷子，说："不要你请。我们各人管各人的。"

蚓蚓说："那哪儿行？这没几个钱。"

彩妹说："你发了多大财？什么口气！"

蚓蚓说："实话，还没发大财。不过……先吃，先吃……"

两人便吃那担担面，都觉得格外好吃。

吃完面，别的几样也上了桌；蚓蚓且不吃，跟彩妹说："……我都知道了……你脸上……医院要你放一万，才许你住进去……"

彩妹埋怨说："又是董大大告诉你的？这个糟老头儿，以后我再不能跟他说什么！"

蚓蚓说："他是好意哩！他知道我们是乡亲……他也想帮你哩……"

彩妹说："帮什么？不用帮……我自己……能解决……"

蚓蚓说："你哪儿拿得出一万块？"

彩妹说："谁说非用一万块？我打针消掉它，两千足够！发发狠，两千我还拿得出……"于是讲了马靴给打针的事。

蚓蚓叫了起来："哎呀！你信他的！我早认识他！他在每个地方，从来住不满一个月……他那叫无照行医，查出来就要取缔的！他除了给人打针，什么也不会！他那些针药，全是些过了期的！他那些针管，说是一次性使用，其实每管起码要用上十几回! ……他总是不等上当的打完他说的那个针数,捞了些个钱,就跑了……当然啦,他跑,更是为了躲查抄的……他上个月还在阜成门那边嘛……现在又到这儿招摇撞骗! ……你快别让他给你乱治了! ……正经医院收费是高,那它真能给你治好呀! ……"

蚯蚓说得彩妹心里又乱乱的,仿佛撒上了花椒。胳膊上的针眼又隐隐作痛。

蚯蚓又说:"我就不信马靴这些个狗屁大夫! ……我信大医院,信正经大夫……我这条腿,你知道的吧? 我妈生我的时候,让接生婆生给扯断的,后来又长起来,长歪了……我爹怕我活不了,所以给我取名叫蚯蚓,那蚯蚓命大啊,锄成两段,它还活,两段都活! ……我家前年连死了两口人,你是知道的,弄得把盖好的楼都顶了债……我在这儿奋斗了这么久,总算把家里的债都帮着还清了! ……你说我现在想的是什么? ……盖房? ……不! 我也是要挣钱进医院哩! ……我挂专家号,看过这腿……大夫说,我这腿能治……就是把长得不正的地方,弄开,重接……你这毛病,人家只问你要一万,我这毛病,人家说,住进去要先交两万哩! ……"

"你挣够两万啦? "

"不到。不过……呀,都冷了……先吃! 吃吧! "

两人便再吃,暂时无话。都在边吃边想,心里都绕着好些个圈圈。

吃得差不多,蚯蚓抹抹嘴说:"……我……两万是没有……原来一万也不到……可是,告诉你吧,就是上星期,我真运气! ……你猜也猜不到! ……告诉你吧,巧了! ……"

于是蚯蚓告诉彩妹,他上星期有天捡垃圾时,捡到个圆圆的蛋糕盒子,里头还剩得有好大一块蛋糕,看看并没发霉长毛,闻闻也还很香……当然,他没吃那块蛋糕,他扔了它……他把盒子拆了——他总是要把捡的纸盒子拆成纸板，归拢一处的——结果，他发现那盒子里放蛋糕的那层垫纸底下，有一摞钞票！多少钱一张的票子？开头，他不是太兴奋，因为那票子看着小，显然不是常见的一百块或五十块的，甚至不像十块的……仔细看，才发现，都是洋票子，是哪国票子呢？一时弄不清；那是多少钱呢？他看来看去，那一摞十张，张张上头印着一样的人头，还印着1后面两个0，呀，张张都是一百块，一共是一千块呀！……这可把他高兴坏了！他原来已经存下了六千块钱，这么说，一家伙就变成七千了！……前两天，他到银行去，把那张票子拿出来给人家看，才知道，那是美国钱，每张都合人民币八百多！……呀！加上这摞美国钱，现在他蚓蚓有一万五啦！你说这运气不运气！……

彩妹听呆了。听完，她不信："蛋糕盒子里哪儿来的大洋钱？做蛋糕的都是些跟我们差不多的人，装蛋糕的也一样，谁得了疯病，往里头放钱？就是得了疯病，往里放钱，又哪儿来的洋钱？……"

"我想过了……钱是买蛋糕来送礼的人放的……他原以为人家吃完那蛋糕，就能见着那钱……"

"他想送人钱，送就是了！放在蛋糕底下做什么？……就为了让你捡破烂的发财？"

蚓蚓不想再讨论这个问题，他从胸兜里掏出一张美元来，递到彩妹眼前，说："看呀！……上面那个人头，是美国总统哩！……你看这儿，是不是1后头两个0？……"

彩妹接过，细看，心想："这么一张小纸头，怎么会就是八百多块人民币呢？"看完，她把那美元递还蚓蚓，蚓蚓接过去，却又掏出另外九张，都塞到她手里，说："你留下，给你。不是借……是……我送给你了！你再添，一千多，就能住进医院了！"

"不不不不不不……"彩妹觉得那美元烫手，拼命往蚓蚓手里回送，蚓蚓躲闪，把没喝完的啤酒杯都碰倒了……

"蚓蚓,拿去!你先用来治腿!"彩妹把那摞美元搁回蚓蚓那边。

蚓蚓把那摞票子又搁回彩妹这边,说:"我不忙!……我这腿又没让我失业!……你动手术要紧!……"

彩妹便拿起那摞票子,做出一种夸张的样子:"你不要,那我……全撕了!"

蚓蚓这才从她手里取回那摞票子,脸涨得红红的,牙筋不住抖动,垂下眼帘说:"就因为……是我的……你才不要!……我没坏心……你别以为,我是总想着……我爹你爹的那个想法……我不会强迫你的……我是个歪腿,我懂……其实……刚才我是骗你!……医院大夫跟我说的是,像我这么个情况……没法子动手术正过来了……"蚓蚓吸了下鼻子,挺挺胸,好忍住眼泪。

彩妹心软了。她说:"蚓蚓,谁疑你不是好心?……我是……我不能随便拿别人这么多钱啊!……再说,这钱……太怪……不能算挣来的啊……蚓蚓,我谢你了!……这钱,你先留着……你容我想想啊……我真需要的时候,再来问你借!……"

蚓蚓抬起眼睛,望着彩妹:"……你快想好!……好,你借!……我一不要利息,二不定还期……什么时候你在这京城里闯出了一番事业,想还的时候,你就还!……"

彩妹嘴角透出笑了:"闯出一番事业?我?"

蚓蚓肯定地说:"就是!……这城里立一番事业的人,都是爹妈把他生在这儿、传给他家业的吗?……我就不信!"

彩妹笑出了声来。蚓蚓望着那笑容,听见那声音,心里像有鸭子在春水里嬉……

……他们出了东坡楼。

蚓蚓走到自己的三轮车边,刚开了锁,便发现前轱辘瘪得没有一口气了。他惊呼起来。下午刚打的气啊!再细看,气门芯被拔了。"准是那些坏孩子干的！"蚓蚓骂出粗话。河沿上确实有些个顽皮的孩子，不仅专爱拔停放的自行车、三轮车的气门芯，还专爱抠掉汽车上的商标饰件。

蚓蚓本来是要蹬三轮车驮彩妹回去。驮不成了，蚓蚓便执意要推着三轮车护送彩妹回去。彩妹坚拒。彩妹说："不要！……不能这么来往！……你以后别再这么找我！……我要你帮忙的时候，我会找你的！……"说完，扭头便走；走出几步，回过头，补充说："蚓蚓，我谢你！……真的！……我有事会找你！……"再扭过头去，便一溜烟地消失在夜色中了。蚓蚓用拳头捶捶自己的歪腿，大声叹气……

……护城河边好冷清。夜气带来丝丝凉意，往衣领衣袖里钻。彩妹缩起脖子，双手拢在袖子里，往住处小跑。

忽然，一只大手按住了彩妹肩膀，她还没来得及做出反应，另一只大手用一张胶纸猛地拍在了她嘴上，使她呼唤不得；紧跟着，一个比她高更比她宽的肉体将她挟持到了路灯光区外的阴暗处……彩妹从烟气、酒气和体臭中意识到那是一个强悍的男性……她拼命挣扎。然而，那人的胳膊和手就像铁杠和钢扳子，令她难以反抗……她被那人拖到了护城河边大柳树下的灌木丛里……

……那人撕彩妹的衣裤，彩妹再次拼力反抗……当彩妹感觉到那人的大手将她内衣暗兜中的那一摞钞票扯走时，她的愤懑达到极点……那人万没想到，彩妹会忽然爆发出那么强大的力量！她的全身：四肢，肩，腰，腹……乃至脖颈、头颅，都仿佛炸开了似的，排拒着那人的强暴……结果，竟一下子让那人滚到了一边……彩妹不失时机地，鱼儿般地挺蹦而起，并立刻向光亮处跑去……她的喉咙一直地猛抖……她意识到了那封嘴的胶条，于是边跑边用力撕扯……

……那人没有追赶彩妹……跨护城河的桥上有巡逻的警车驶

过……同时有几个在迪斯科舞厅蹦跳完的年轻人嘻嘻哈哈地骑着自行车冲过来了……

……彩妹狂跑了好一阵，终于跑到了桥边，她本能地跑上了桥——桥上的马路要亮得多……她直到跑上了桥，倚在桥栏上，才终于站住，用力地扯下了那封嘴的胶纸……她觉得嘴唇和嘴唇周围火烧火燎的……低头一看手里揭下的那块胶纸，寸多宽，巴掌长，上头挂着湿淋淋的血丝……她不懂得保留罪证，她怕那胶纸上的血丝，便像抛掉毒蛇般地将它抛到了桥栏外……

……彩妹本是想喊，想叫，想骂，想哭……可是扯掉了那胶纸以后，她只顾大喘气，却一时喊不出，哭不出……她整理衣裤……当她摸到那藏钱的地方，一把抓空时，她觉得天在转、地在旋……可是她的意识里还能抽出这样的丝缕：幸亏没拿蚓蚓的那一千块美元……万幸！……

……桥上和街上这时没什么行人了，一些载着客和亮着"空车"红灯的出租车从桥上穿梭而过……前面大街上有一家豪华俱乐部，门面上的霓虹灯滚动扫描出来回变幻的图案……几辆只有晚上才许驶进城的运水泥车轰隆隆地开过去，驾驶舱后的巨大水泥罐还在转动搅拌着……一对情侣满不在乎地勾肩搭背并行骑车而过……

……彩妹想哭，那悲苦都蹿到喉咙口了，却冲不出来……她俯身看河水……河水里浮动着的幽幽光影，让她忽然觉得，只要朝下一跳，那么就什么都会变得很简单了！……

……一腔幽怨，没能化为长嚎哀哭，却使彩妹翻肠倒肚地朝河里呕吐起来……她觉得自己的一颗心，就快要呕出体外了……

……呕得什么也呕不出来了，彩妹深呼吸着，抚着自己的胸口。这一天的种种遭遇，虽然在意识中成了碎片，却汇聚飞舞在她的心头，冲撞得更加细小尖利，使她的心流血……

有个在桥那边绿地中练完气功的离休干部，回桥这边时，发现了桥栏边神色异常的彩妹，便走近她问："小妹妹……你不舒服吗？要我帮忙吗？……"

彩妹的视觉从朦胧中聚焦，当她发现面前有一张陌生的脸时，不禁畏惧地后退一步，然后便跑开了……那人望着她的背影，缓缓地摇头……

彩妹往前小跑……开始，她也不知道自己要跑到哪儿去，后来，她心头只存有一个想法，那就是，她要跑到能给她温暖，给她安慰，给她帮助，特别是能赋予她安全感的地方去……那个地方在哪儿呢？在哪儿呢？……

……彩妹跑动的轨迹不是一条直线，也不是一条方向大体不变的曲线……她忽然又改变方向，甚至扭回头，往回跑……但在潜意识的驱使下，她终于认定了一个目标……那目标是一袭瓜棚，是散发着家乡气息的丝瓜……

……彩妹深一脚浅一脚地跑到了一座工棚前，那工棚的窗户里已经没有了亮光……彩妹只听见自己急促的喘息声……她慌慌张张地伸手摸索着，睁眼搜寻着，并且用一颗狂跳的心祈盼着……

……啊！是这儿，这儿！……彩妹的手触到了工棚外的一个瓜棚，几根上身细细、下身胖胖的老丝瓜模模糊糊地映入了她的眼帘，她的心被一阵狂喜包裹住了……她穿过那瓜棚，对着瓜棚后的窗户，大声地呼唤起来："顺顺！顺顺！……顺顺啊！……我是彩妹！……顺顺，我是彩妹！……顺顺顺顺顺顺！……"

……工棚的窗户亮了，不止一盏灯，盏盏灯都亮了……工棚里不少小伙子从被窝里坐了起来……顺顺惊醒过来，听真切了，大喊："是我老家的姑娘……她叫彩妹……她准是遇上什么事了！……大家帮个忙！我要把她迎进来！……"

……顺顺麻利地穿上衣服，跟他挨着的哥们儿也都穿衣下床……离得远些的,有的仍然坐在床上,披上衣服,把铺盖拉到胸脯……

……顺顺把彩妹迎进了工棚,让她坐在仅有的一张小桌边,仅有的一把破椅子上……彩妹看清眼前站着的确是顺顺,便"哇"地放声痛哭起来……

顺顺和几个小伙子围住彩妹,有的给她递开水,有的给她递毛巾……有的急着问她究竟怎么回事……顺顺对小伙子们说:"让她哭透……"

彩妹痛痛快快地哭,哭得就像唱歌一样……这哭声使围在她身旁,以及那些被惊醒还坐在床上的建筑工人们——也不完全是小伙子,其中也有已经过四十的壮年人——心弦全都不同程度地颤动起来……这是进城的乡下人的哭声,是无数难言的艰辛、复杂的况味、坚韧的奋斗、屡屡的挫折、层出的惶惑、叠加的疑问、无尽的期盼、不屈的情愫……汇聚交织成的汩汩心音!……

……彩妹哭够了,这才把她所经历的事,尤其是那最恐怖的一幕,讲了出来……

顺顺会怎样地安慰她?顺顺和他的伙伴们会怎样地帮助她?……在这京城的秋夜,这其貌不扬、矮个子,并且脸上膨胀着一个瘤子,更在遭遇暴徒踩躏的过程中,致使那瘤子边缘渗出了血水,并且嘴唇也挂着血丝的,来自遥远的村庄,尚未与这大都会融为一体的姑娘,她将怎样地在这里继续生存、发展?……

难以叙说清楚。

但非常清楚的是,在北京火车站,在这秋风吹拂的夜晚,又有若干从到站列车上下来的农民,包括年龄在彩妹上下的农村姑娘,扛着被窝卷,挎着提包,怀着巨大的希望,从检票口拥了出来……

1996年11月24日午夜写完

她有一头披肩发

他是在日光岩上遇到她的。

日光岩是鼓浪屿的最高处，站在日光岩上，既可以回望厦门半岛，也可以眺望大担、二担两个岛。

日光岩上有人出租望远镜，五分钟一角钱。为计算时间，出租者手里提一只闹钟，每隔五分钟响铃一次。

他想租，但望远镜正被别人占用着。

他本是随便地朝持望远镜者一瞥，但这一瞥，却使他怦然心动了。

那是一个年龄大概与他相仿的少女，腰身极为袅娜。厦门的姑娘们，据说是全国最善打扮的一群，从这一点来说，上海淮海路和广州海珠广场上的姑娘们，同她们一比也难免要逊色。这主要是因为厦门姑娘们不但穿的衣服料子好，多是港澳、国外带进来的，而且她们极善进行色调上的搭配，或浓如一片秋叶，或淡如一缕轻烟，或雅致之中忽以外露的尖领形成谐谑，或强烈对比之中却以一条腰带构成和谐……这位举着望远镜的姑娘，身上只穿了一件淡绿色的连衣裙，其余装饰一概舍去，却显得格外优美华贵，细加端详，就不难分析出，这主要是因为她有着一头黝黑浓密的披肩发，那不受发卡约束的长发，随着微风自然地掀动着，在阳光照射下泛着黑亮的波晕……

她久久地握着望远镜，并不变换角度，似乎是望着白鹭形的厦门岛那"鹭喙"的尖突——那儿能有什么神奇的事物，值得她这样地倾心呢？

她望着远处，他在近处望着她。周围的一些国外游客都没有注意到他们。唯独出租望远镜的人在毫无表情地望着他们。那也是一个姑娘，不过她许是厦门姑娘中的例外，长得既无特点，穿着也极为平常。

闹钟响了，五分钟到了。有着一头披肩发的少女不无遗憾地放下了望远镜。租望远镜的姑娘指指他，对那长发女郎说："你给他吧！"

他却连连摆手："我不租了，不租了！"

出租望远镜的姑娘莫名其妙，长发女郎无所谓地将望远镜递还给她，连瞥也没瞥他一眼，便朝下岩梯而去。

下岩梯很窄，下面有人正往上登，所以她不时要侧身躲让，而她那一头秀发，便在每一躲让中极为可爱地抖动着。

他望着她的身影。当她的身影消失在通向古避暑洞的拐弯处时，他便突然拔脚下岩，他在窄梯上笨手笨脚地碰撞着上岩的游客，使那些游客不由得发出怨愤的"啧啧"声。

他终于从窄梯上下到了宽阔的山路上，小跑着穿过阴凉的古避暑洞，用目光四处搜索着。

短短的一分钟里，他竟失却了她。

他感到无比沮丧。

他已经二十六岁，他需要一个稳定的"她"。他自身的条件是优越的，有许多个"她"主动找上门来，希望博得他的欢心。他妈妈甚至已经代他定下了一个"她"，是爸爸妈妈老战友的小女儿。他并不讨厌"她"，因为"她"很聪明，正上大学，攻读耳鼻喉科的医术，门当户对加上学有专长，过去又常在一起玩，互相都了解。按理说，应当可以肯定下来了吧，他却至今拒不表态，使他妈妈想起来便要心绞痛发作。爸爸妈妈都极其严肃地追问过他：究竟哪点儿不满意？他被迫讲出了真话，结果挨了一顿臭骂。

可是，他有什么过错呢？

他来厦门出差，他希望在这里，能有一次关键性的奇遇。这是他在厦门的最后一天了，正当他濒于绝望时，竟出现了这么一位绿菊似的披发女郎。

他热爱古往今来所有的关于一见钟情的故事。他相信，科学界很快就会揭示出类似这样的秘密：原来，一见钟情是异性间生理感应场的某种强烈吸引。一切社会学的恶俗解释，以及一切冬烘式的感情分析，都统统滚到一边去吧！

他与这位披发女郎之间，显然，就存在着一种神秘莫测的交相感应的引力。

他不可能失去她，既然他们已经接触过。

他快步走到了人群开始稠密起来的日光寺，在俗称"一片瓦"的佛龛前，有一些或真或假的善男信女在弥散的香烟中向观音菩萨揖拜。他向那边瞥了一眼，欣慰地证实了那一群中并没有她。他走出日光寺的山门，朝山下走去。

他在山道上拐了一个弯。啊，他看见了她。她正袅袅婷婷、不紧不慢地朝下走着。她那淡绿的连衣裙的下摆悠悠然飘动着，细长的腿下,是一双穿着珠贝色高跟鞋的轻盈的脚。她右肩上挂着一个乳白色的人造革挂包,有着银色的金属封口,她屈着一双胳膊,用两只小手护着那挂包。而最令人炫目的,自然还是那一头微微掀动着的披肩长发。

他尾随着她,心跳急促起来。显然,不仅是下山太紧迫的缘故。

鼓浪屿的这座骆驼峰并不高,她很快便走到了山下。在山下的一丛三角梅下,她站住了,似乎在考虑继续朝哪边前进。这么说,她也是一个悠闲的游客,并没有什么紧急的事待办。太好了。

她站了几秒钟,便索性一歪身,在三角梅下的一条石凳上坐了下来,仰起头,两手轻轻抚弄着她那一头秀发。他看见这镜头,全身的血都化作酒了。

机会不可再失。他简直是鲁莽地冲了过去,突然闯入她的意识,站在她的面前,气喘吁吁地说:"让我们,让我们认识一下吧!"

她被惊吓得一下子站了起来,本能地扭过了身去。

"对不起,真对不起你……"他赶忙道歉说,"你别怕,我不是坏人,我只不过,只不过想同您认识一下。"

少女回过头来,一张脸仍旧没有恢复血色,恨了他一眼。然而从一恨之中,她看出他的确是满脸憋得红紫,满眼愧悔与自责,两手在胸前互绞着,确乎不像一个流氓。她站在那儿没有动。血色渐渐回到了她的脸颊。她眼里消逝了恨意,开始漾着一种考察的波光。几秒钟后,她竟完全镇定了下来,用冷静的语调问他:"你是谁?你这是什么意思?"

他解释着,事后他竟不记得都解释了些什么。他只觉得她的脸颊不是一般意义上的美,甚而可以说,是不符合一般的美的要求的:眼睛虽大,颧骨似稍宽;鼻梁虽直,下颌似又稍尖;兼以鼻梁边有着些微雀斑,竟使得她具有一种不美之美,而这样一副面颊,被她的一头披肩发衬托着,便使得她恍若是从天而降的仙女了。

天哪，仙女竟向他微笑了！尽管那仅仅是浅浅的、淡淡的、不露齿的一个朦胧的微笑，然而，这就够了！

他认识了她。或者说，她接受了他的认识。

他们一同到海滨的菽庄花园去玩。在著名的四十四桥上，听海涛拍打着桥下的岩石，看海鸥在海面上蹁跹飞舞，他们越谈越投机。啊，相见恨晚！

自然，他们先谈这鼓浪屿的风景，继而谈电影，谈小说，谈诗……怎么这样巧呢？他们都不甚喜欢日光岩，而更喜欢这菽庄花园；都并不佩服陈冲，而赞赏刘晓庆；都讨厌巴尔扎克，而迷醉于雨果；都欣赏不来惠特曼的《草叶集》，而又都会背诵朗费罗的这些诗句：

平静些吧，比伤的心！且休要嗟怨；
乌云后面依然是阳光灿烂的春天；
你的命运是大众的共同的命运，
人人的生活里都会落下些无情的雨点
…………

他们走完四十四桥，在招凉亭小坐，便登上草子山，进入了补山园。在棕榈树的荫庇下，在白玉兰树的芳香中，他们逶迤而前，娓娓而谈，终于来到了著名的"十二洞天"。这是仿照苏州园林格局布置的一处假山，在有限的空间内，以巧妙的方法形成盘旋升降、七穿八达的一种无限的幽深丰富感。

他邀她一同去领略那迷宫似的假山。她在入口处却步了。

"不，"她忽然抬眼直视着他，微微退缩着，"不。"

"为什么？"他坦率地望着她，不理解她这突如其来的游移。

"我不要进这里头去，不。"她的脸颊蒙上了一层神秘的神色。

"你害怕吗？"他想了想，便转身说，"那好，我们就不逛这'十二洞天'。你也许是累了。我们到那边坐坐，好吗？"

她点点头。于是，他们便折回去，在一株乌桕树的伞冠下，坐在那残破的石凳上。

他探究地望着她。她低着头，长发覆盖着她的脖颈，她的睫毛显得很长，两手紧捏着膝上的乳白色挂包，紧抿着嘴唇。

"你怎么？"他小心翼翼地问。

"我是头一回跟生人在一块儿玩。"她小声地说。

他不愿撒谎，他可不是头一回。但他宁愿这是头一回，并且，也是最后一回。

"我怕受骗，我更怕自己骗了别人……"

"你别这么说，"他真诚地向她剖白，"我可不是花花公子。我是很认真的。我都有点不敢相信，这么巧，我遇上了你……我明天就要回北方了，我建议，我们继续保持联系，我把我单位的地址，家庭的地址，都留给你……并且，我要告诉爸爸妈妈……"

"你弄明白我各方面的情况了吗？"她抬起头来。并不望着他，蹙眉凝注着对面山坡上的一丛巴茅草，问。

"当然，我们都还需要加深了解。不过，我……我喜欢你本人，这就够了。你能有什么把我吓退的其他情况呢？"

"有的……"

"有也不怕。"他信心百倍地说，"你要相信我，我是不受世俗的那一套约束的！"

"你知道我是做什么工作的吗？"

"做什么的都行，就是待业的，也没关系。"

"我是饭馆的服务员，真的。你刚才不是问，我在目光岩上用望远镜望什么地方吗？我就是用它找我们那家饭馆，我真把它找到了……"

"我不嫌你是饭馆服务员，真的，这有什么关系？再说，我们还可以想法子调换……如果你自己不愿意调换，我肯定无所谓。你和我都喜欢朗费罗的诗，这就够了。"

"我有海外关系……"

"那太好了，如今在一般小市民眼里，这是求之不得的好处呢！你怎么反而为这个担心？又不是四年前那种世道……"

"我姑妈在香港，摆摊卖沙茶面的。她可不是那种能给内地亲戚带什么录音机、电视机的阔太太……我问她要一样东西，她费了好大力气，还借了钱，去年才给我带回来……你知道那是什么东西吗？"

"咱们干吗说这些？我对她带什么东西给你没有丝毫的兴趣。咱们今后只需要她的祝福，那就够了，不需要她任何的礼品……"

"我身体不好……"

"那可以补养……"

"我得过病，插队的时候，我差点病死……"

"可你不是活过来了吗？你活着，而且你现在很美……"

"别说这样的话！你不知道，我……我有后遗……"

"我都不在乎！我跟你起誓，就算……就算跟你好了以后，我们没有孩子，我也不后悔！"

她仿佛吃了一惊，扭过头来望着他，大睁的眼里汪着泪水，脸颊绯红，咬着嘴唇，半晌没有说话。

"咱们再散散步好吗？为什么非说这些严肃得让人受不了的话？这些话，可以以后在信里再说。"他建议。

她默默地站了起来。

他们出了菽庄花园，就在海滩上慢悠悠地散步。那片海滩叫港仔后浴场，如今已是深秋，尽管岸上的树还是那么绿，花儿还在轮番开，浴场却已经没有了游泳的男女。夕阳西下了，海天相接处，飘着镶银边的紫红色的云。正在退潮，掀动的海浪滚成一条变幻不定的泡沫的曲线。晚风挟带着湿润的桂花的气息，沁人心脾。

她低着头，在沙滩前缓缓前行，任微风吹动着她浅绿的裙裾，以及她那秀美的黑发。

他同她并肩前进，不时侧目注视着她苗条的侧影，特别是那飘拂的黑发。他真想挽住她那莹洁的胳膊，抚摸她那柔软光润的长发！然而，他不敢。

终于，她站定了，偏过身来，眯着双眼，仿佛在透视他，耳语般地发问说："你到底为什么愿意跟我好？"

"因为，你是我理想中的姑娘，我敢说我以前梦见过的，就是你……"

"你别花言巧语，我知道，你只不过是图我……图我长得漂亮！"

"我当然爱你的容貌，可我更爱你的灵魂！"

"我们才认识几个钟头，我们怎么可能看清楚对方的灵魂呢？"

"当然，所以我们才需要通信，我们还要争取再见……"

她收拢双眉，眉尖耸动着。他不知道她为什么那么痛苦，那么犹豫。倘若她是一个根本拒绝浪漫色彩的爱情经历的姑娘，她又何必这么长久地同他单独在一起游逛？

"我该回厦门去了。你呢？"她叹了口气，冷漠地说。

"我就住在这儿的招待所里。"他对她说，"可是，我可以陪你到摆渡码头去。我希望，在那儿，你可以告诉我你的通讯地址。"

在走出菽庄花园的时候，他已经把自己的通讯地址告诉了她。他决定走到码头再为她写一遍，以免她忘记。

她不再说话，任他把自己送到摆渡码头。码头上人很多，尽兴畅游完毕的游客们，都急着坐渡船离开鼓浪屿，到厦门市去吃晚饭。

他和她找了一个离开人群的角落。那里有一大幅商业广告，大概是宣传日本 TDK 盒式录音带的。他和她都没有瞟那广告一眼，他们只是对望着。

"人家都说，"她缓缓地说，"你们这样的干部子弟，要么要门当户对的，要么就只图漂亮……"

"我不是那号'衙内'，听我说……"

"先听我说，你们，要么门当户对，可不把妻子当回事，另外去找别的女人；要么只图漂亮，一时喜欢，可骨子里又看不起人家……"

他急了："我怎么办？把胸膛撕开，掏出心来给你看吗？"

她竟微笑了，一个凄楚的、神秘的微笑。她对他说"不用，很简单，我给你这个，我早准备好的，早准备着有一天遇上你这样的人，好让这样的人去慎重地决定……"

他看见她从那乳白的挂包里，取出一个密封的信封来。

他伸手去取。她拿信封的手本能地躲开了。望了码头一眼，这才一下子送到他的手中，并且郑重地嘱咐说："你必须等渡船走了一半，才能打开看！"

说完，她头也不回地朝码头跑去了。他看见她挤进了拥向渡船的人群，她的披肩长发，闪动着，闪动着……

他紧紧地捏着那只信封，痴痴地站在那里。渡船开动了，缓缓地离开码头，调头，朝对岸开去。

他想从渡船上显露的人头中找到她的那一头披肩长发，然而没找到。她为什么要躲起来？难道她不想远远地望着他，观察他看信的表情？

天色晦暗了，海水的腥味使他增强着怅然的情绪。

他恪守着她的命令，直至渡船明显地驶过海峡中部了，才小心翼翼地撕开了那封信。

只见信上写着：

> 我也许永远得不到幸福，因为我必须向你坦白：我在得伤寒病的时候，把头发全掉光了。你所看到的头发和睫毛，都是我姑妈好不容易从香港给我带回来的。你真的是你自己所说的那种人吗？如果是，我等着你的来信。我的地址是……

他没有看完。

路灯亮时，码头边有个买香蕉和福橘的老太婆看见，一个衣着讲究的小伙子，把一些纸片撕碎，并且掷进了海峡之中。

1980 年 11 月 26 日从鼓浪屿归来后写

巴黎长生不老药

我住在北京一个新兴居住区。

一条新街从楼群中笔直地穿过。

新街上有一家饭馆，饭馆门口有个个体修鞋的小摊。

每当我在家写作感到疲劳时，便下楼散步，散步主要是沿着新街的人行道走。人行道上的馒头柳栽得很好，长得很快。我一般总是先朝东头，在街东头的书店里转转，出来再朝西走，走到那饭馆门前，不免有点累了，便常坐到鞋摊闲置的马扎上，同修鞋师傅随便扯扯。

修鞋师傅是个黑壮的汉子，除了刮大风下大雨，无论冬夏，他总来摆摊。他一天能挣很多钱，少说一个月也要进三四百元。不过究竟挣了多少，他保密。

除了我常在他摊上闲坐，还有一个比我去得更多、屁股更沉的人，是个老头儿，几乎成为他那鞋摊的一个固有的组成部分，如同那个用铁管支起布篷，或那个搁放鞋料的铁丝筐一般。

老头儿究竟多大年纪，我没问过。总之一定很老了，因为他的皮肤已然完全萎缩，连像样的皱纹都不多，望去犹如发黑变质的鸡皮，所以他那张脸很难看。不过，他的眼睛相对来说还看得过去，眼白还没有完全变为青黄，中午饭后，他那双眼睛还能有些闪光。他的牙也没有全掉光，嘴巴还不算瘪。

我去鞋摊，坐着同修鞋师傅闲扯时，他总默默地坐在另一个马扎上，眼睛也不望着我们，也不开口说话，仿佛在想他自己的心事，又很像在打瞌睡。

来了修鞋的人，他总是抢先站起来，把马扎让给修鞋者，自己走开去。修鞋的来多了，我自然也得让位，但同时来两位以上的情况也并不多，因此常常是他让开了而我仍留着。

有一次，趁他走开，走远了，我便问修鞋师傅："这位老大爷是干什么的？退休的工人吗？"

修鞋师傅并不停下手里的活计，告诉我说："不是，不是退休的工人，他连这城里的户口也没有。"

"那他怎么住在这儿呢？"

"是住这儿，具体住哪座楼，我也没问出来，反正住这儿。他一大早，天麻麻亮，就出来了。一大晚，天黑净了，才回去睡。"

"他干吗整天待在那头呢？"我问，"中午也不回去午睡吗？"

"不回去，中午他一准来我这儿。我们俩一块进饭馆，我吃四两，他吃二两。我请他，他不干。他自己买二两面吃，每天如此。吃完了，他就跟我在摊上这么一坐。有时候他就倚在那墙角打瞌睡。对了，他三顿全吃这饭馆。反正他是全天都靠这饭馆了，顿顿吃最便宜的，夏天是凉面，冬天是汤面。他也吃不腻。"

"他干吗顿顿在饭馆吃呢？家里晚上也没人做饭吗？我看他

身体也还好嘛，腰板还挺得很直的。没人给他做饭，他可以自己做嘛，反正管道煤气，弄起来也方便。"

"是呀，我也这么劝过他。"

"他不能也摆个鞋摊什么的吗？挣钱倒在其次，总可以消磨时间嘛！"

"他倒也有这个心，可没户口，他能办来执照吗？现在他就是每天给这饭馆门口扫两回地，饭馆给他点钱。所以偶尔他也喝上杯酒，因为多了这点钱。"

老头有老头的生活轨道。

修鞋师傅有修鞋师傅的生活轨道。

我有我的生活轨道。

我们的轨道只在摊前交叉。

我出国访问一趟，去的是法国，主要访问了巴黎。

当我忙完了回国的汇报，写出了五六篇访法散文以后，才得闲在我们那条新街上散步。

人行道上的馒头柳依然绿得那么可爱，小书店中的书架上依旧是那些书，饭馆门口依旧是那个鞋摊，鞋摊上依旧支着白布篷子，修鞋师傅依旧不紧不慢地修理着手中的鞋。而老头儿也依旧坐在一旁的马扎上。

我走了过去，循例坐到一只空闲的马扎上。

修鞋师傅抬眼一望，是我，露出个浅浅的微笑，问："好些个日子没见你露面啦，是出差了吗？"

我说："可不，这回去得远啊！"

他稍停又问："去深圳了吧？如今有能耐的都往那儿跑。"

我说："比深圳可远。去的是法国，巴黎，知道吧？法国的首都，巴黎。"

修鞋师傅问："去干什么呢？大任务吧？"

我说:"我们这号人有什么大任务!也就是见见同行,看看戏!"

"看戏?"修鞋师傅笑得双眼成了两根鞋钉,"出国看戏去!你还说你不能呢!中国人能有几个,出差到法国看戏去!"

我说:"嗨,我干这一行嘛,我是编剧本的。"

修鞋师傅一边给高跟鞋换跟一边随口问:"在法国都看什么好戏啦?有《玉堂春》《凤还巢》什么的吗?"

我笑了:"哪儿有!自然都是法国戏。有出戏倒挺逗的,叫《巴黎长生不老药》,讲的是——"

正在这时,来了个修鞋的,修鞋师傅便主动招呼主顾,而一旁的老头儿便条件反射地站了起来,我也这才注意到他。在我同修鞋师傅闲扯法国、巴黎、外国的时候,他毫无反应,显然他连起码的好奇心也没有,他的灵魂假若不空,都装着些什么东西呢?

那修鞋的走开后,老头儿复又坐到那让出的马扎上。

修鞋师傅摆弄着那只刚接过的鞋,跟我唠叨起如今的鞋如何难修什么的,我本打算把那出《巴黎长生不老药》讲给他听听,看他兴趣只在与鞋子有关的事情上,便也作罢。

这条新街对面,正对着饭馆,有家百货店,百货店一楼一进门有个家具部,正在卖一种样式颇为新颖的组合柜。我偶然地朝对面望去,正望见一对夫妇买出一套组合柜来,指挥着帮助搬运的人往一辆"130"大车上搬送。

修鞋师傅和老头儿也都朝街对面望去。

那对夫妇,指挥帮助者时,不仅声调高昂,而且胳膊、脑袋乃至身体的摆动幅度都很大。我们这条新街平时比较安静,所以这声音、景象引动得街这面的人都朝那边望。

修鞋师傅说:"你看,人家两口子过得多红火。那一套组合柜少说也得六七百块。"

老头儿也说:"多地道!"

老头儿难得开口。我不禁朝他一瞥。他双眼闪着平时不多见的光。我似乎从偶然掀开一角的帷幕缝中,窥见了他那衰老的灵魂——原来他也有艳羡之情:对于一对与他毫不相干的正处于红火无虑状态的中年夫妇。难道他也幻想着购买一套如此的组合柜吗?

忽然,我身不由己地站了起来,并本能地朝马路对面跑去——我认出来了,那购买组合家具的丈夫,是我中学时的同桌马金稞!

人生的轨道便是如此难以预料,我同马金稞再也未见过面,我几乎把他忘记了。

可是我们又在新区里重遇,双方的生活轨道,戏剧性地又一次交叉。

马金稞告诉我,他们搬到这里也有一年多了。现在他们决定把原有家具统统淘汰,对家里实行一番彻底的革新。他和他的爱人都热情地邀请我去他家做客。

几天后的晚上,我应约而去。

当我朝他住的那幢楼走去时,关于中学时代的一些回忆涌上了我的心头。

马金稞鬼聪明,他的数理化特别好。

他特别会捉弄人。我们的俄语老师——是个中年妇人,不知怎么搞的,患了一种很怪的病,叫"恐球症"。也不是所有的球类,像足、篮、排那样的大球,或西瓜一类的东西,她是不怕的,但凡比鸡蛋更小的球类物体,她便怕得不行。又尤其是小而富于弹性的球,如豌豆,她见了,先是全身皮肤起鸡皮疙瘩,然后便气短、胸闷。倘若看见一把豌豆撒向桌面,弹起而流动,她竟会昏厥乃至休克!据说全世界当时发现的"恐球症"也不过二十八例。有一回马金稞没预习好课文,俄语老师抽查他,让他当堂朗读,他读不顺，老师给他记了两分，并让他补习好以后，再去办公室单独朗读，马金棵只好去了。老师让他朗读，他假装找不到俄语课本了，便把书包里的东西掏出来摆了一桌，末了便把书包倒提起来一抖，结果从书包里掉出了足有一百颗豌豆，在办公桌上又蹦又滚，有十几颗更蹦到俄语老师身上，俄语老师当场惊呼而昏厥……

当时，我们几个男同学正趴在办公室窗外朝里望，所以看见了这个场面。马金棵自然因此倒了点霉，但霉不大，看来这事并没影响他后来一帆风顺。

如今他是某设计院的工程师，他有大学文凭自不消说，又赶上了重视知识分子的大好形势，很得重用。他分到了一套比我那单元好得多的住房，并且娶了一位显然是门当户对又俊俏能干的妻子。他告诉我他有个长得像洋娃娃一般的儿子，在北京最好的幼儿园里全托，他家可以说已基本上实现了现代化，所以他真诚地欢迎我去他家"喝喝咖啡，听听音乐，叙叙旧"。

到了他家里，我立刻产生出一种羞愧感。

人家真会生活！我啊，只能算凑合着过日子。

他屋里换的全是成龙配套的家具。一间屋子布置成暖色调，另一间屋子布置成冷色调。举凡彩电、组合音箱式收录机、电冰箱、洗衣机、落地式风扇、电器驱蚊器、负离子发生器、电饭煲、台灯、壁灯、落地灯……应有尽有。这倒也还不算什么，难得的是他们两口子从哪里弄来了那么多的大大小小的摆设，组合柜的多层格里有唐三彩马、仿古双耳瓶、白瓷观世音、枝型烛台、抽象派风格的木雕……墙上有挂盘、铁画、国画长轴、精印的西欧印象派画选大挂历……在席梦思床的床头，甚至挂着一块金字塔图像的小壁毯。

更不用说他那排满一面墙的大玻璃门书柜，那有弧形活动百叶罩的写字台,那支架下装有电镀球的皮转椅……

总之一句话——他的家庭整个是件艺术品。

坐在柔软的沙发上,呷着他夫人煮得恰到好处的正式非洲咖啡,在低音节的立体声美国乡村民歌伴奏下,一同回忆我们那天真烂漫的中学时代,为豌豆的蹦跑而哈哈大笑,为可怜的俄语教师频频叹息……说真的,我们还有什么不满足的呢?特别是他——"美满"两个字,他算是享受殆尽了!

原来他前些日子也出了一趟国,去的澳大利亚。他给我形容了一番悉尼大歌剧院,就是那远看活像一群海蚌张壳的著名建筑,我自然也就讲到了巴黎,讲到了香榭丽舍大街,讲到了巴黎圣母院……最后也就讲到我看的那出戏——《巴黎长生不老药》。

马金棵和他的夫人毕竟不同于那修鞋的师傅,他们对戏剧的兴趣浓于对鞋子的兴趣,他们俩一迭声地要求我把这出荒诞派的戏剧讲给他们听。

我便讲了起来。

这出法国戏,以极为夸张的内容和形式,表现了世界上发明了长生不老药后所出现的混乱。当电视台中止正在播出的电视连续剧,突然宣布长生不老药现已发明,并已生产出头一批一千份长生不老药后,整个法国,随之整个世界发生了大骚动。议会里展开了激烈的辩论,这一千份长生不老药该如何分配?闹成一团;黑社会立即行动,去抢劫那一千份长生不老药,结果同警方展开了一场混战;巴黎的医生和护士大游行,抗议发明和生产长生不老药,因为这等于取缔了他们的职业;世界各国舆论哗然,认为长生不老药属于全人类,而不能由法国独享;发明者虽早已被防暴队保护起来,不许苍蝇般的记者接近,却终于还是被一群暴徒劫持……正当法国政府一筹莫展,联合国安理会召开紧急会议讨论这一事态时,消息传来,首批长生不老药已被巴黎疯人院、低能人收容所和恶性刑事犯监狱中的犯人吞服，他们将凌驾于世界亿万人之上，率先获得一个不朽的生命……

马金棵和他的夫人穿着宽松雅洁的晚服，安逸地倚在沙发靠背上，一边听我讲，一边不停地发笑。

他夫人在我讲述时插进来问过我几个问题：

"已经是老头儿了，吃了那药也起作用吗？"

"你不是说那药叫长生不老药吗？老头吃了不死，就只能叫'长生药'，不能叫'不老药'嘛！戏里是怎样解释的呢？"

"人类今后真能发明出这种药来吗？"

马金棵代我解答最后一个问题说："戏是瞎编的嘛！这戏不过是借题发挥，伤时骂世罢了。哪能有什么长生不老药？万事万物都不可能不运动，都不可能不经历一个从新到老、从生到灭的过程。今后的人类有可能延长寿命，但不可能不死。你想想看，光生不死，那还得了！不要多久，地球上非挤得像上下班时间的公共汽车里一样，那多可怕！"

说着环顾一下屋子，仿佛真有那么个威胁似的说："咱们这个单元到那时起码还得塞上二三十个人住！"

他夫人把双手一拍，耸耸肩膀说："乖乖！你别说！吓死我了！现在我就够烦的了！老头儿、老太太总活着，年轻的还有什么意思！"

我便开玩笑说："咱们都会老的呀！再过二十年，我和金棵不就是老头儿？你不就是老太太？那时候，年轻人也会怕我们吞了长生不老药，败他们的兴呢！"

我们三个全笑了，笑得喘不过气来。

关于巴黎长生不老药的话题，在我以后几次造访马金棵夫妇时，仍在闲聊中占据着一定的比例。

可是尽管我也想把那出法国的戏讲给修鞋师傅听听，却总也讲不下去。不是他有意不听，实在是他对巴黎之类的话题没有丝毫的兴趣。

有一天，我又去他摊上坐着。那老头儿照例早已坐在摊旁。

我见他身旁左右搁着好几双修好的鞋，手里又正忙着给一只高跟鞋修跟，便捧场地说："今儿个你又挣不少！"

他嘴里含着八枚铁钉，所以说起话来呜呜噜噜，不过我还能听出他说的是什么："那儿呀！就数今儿个不进财——这全都是义务活！"

所谓"义务活"，就是亲朋好友、熟人们送来的活计，倒不一定是人家想占便宜，一般这些主顾取鞋时也都掏出钱来，但修鞋师傅总是双手平挡，坚决不收。

他用锤子敲着那只鞋，把嘴里的铁钉一一取出钉到鞋跟上，这才笑着说，露出一嘴结实的白牙，用下巴指指一旁的老头儿说："这不，这就是他拿来的义务活！"

我以为修鞋师傅开玩笑——因为他手里拾掇着的，是一只红颜色的高跟鞋。可老头儿却认认真真地望着手里的活计，并且说："多地道！"也不知是夸修鞋师傅的活计，还是夸那只高跟鞋，很可能是二者并在一起夸。老头儿并且说："咱们公事公办，该多少是多少。"

修鞋师傅笑呵呵地说："公事公办！你拿来的一共是男女大小四双半，我打个八折也得要你五块钱，你得扫多少天地，才够得上这个数儿？"

老头儿却一本正经地说："你别打八折，十块钱也行，就是得地地道道，别打马虎眼儿。"

修鞋师傅还是嘻嘻哈哈："我还非打马虎眼不可——这里头哪只是老哥你穿的？要是你脚上的，我准跟绣花似的细细给你拾掇！"

我瞥了瞥修鞋师傅指点的那些鞋，式样都极为时髦，看上去似乎也并没怎么旧，不知都有了什么毛病，须得拿来修理。

入城随城，入乡随乡，在修鞋师傅的摊上，就得谈鞋。

我虽是专业编剧，可偶尔也写点别的东西。你说多巧，一家文学杂志约我写报告文学，我本来对报告文学这玩意儿最怵头，谁知人家点的题目，竟恰恰是马金棵！还有什么说的哩，我揽了这个活儿。

马金棵在单位里担任着一个科研项目的负责工作，他们那个组的确成绩斐然，而他起的关键性作用，也确实值得我秉笔讴歌。

这样，我去他家喝咖啡，就更理直气壮，也更有滋味了。

有一天晚上在他家一聊聊到十点多，临告别的时候，外头下雨了。他夫人忙打开壁橱，给我拿伞。我那么偶然地往壁橱里瞥了一眼，不禁更加叹服——他家连壁橱里头也摆放得井井有条，并且显示出一种精心安排的艺术性，比如说，里头搁着的以备不时之需的折叠床，还有一摞被褥，都巧妙地与其他物品组合成一种悦目的图案……

从他家出来，我打着伞朝自己家里走去，路过那业已打烊的饭馆时，我发现门檐下有一个熟悉的身影，细一看，是那老头儿。

修鞋师傅自然早已收了摊，回了家。不知为什么那老头儿在那么晚的时候，还在那白天摆鞋摊的地方，倚墙站着。

我便走过去招呼他。我想或许是因为下了雨，他没带伞，所以一时回不了家。我便对他说："老大爷，我送您回楼吧！"

他说："不用，您走吧。这雨不大，不碍事。"

我心里多少有点纳闷，雨确实不算大，而且好像一两个钟头以前并没下雨，他为什么不回家去呢？他家里的人不见他回去，难道不着急吗？下雨了，就该打着伞来接他呀！

我坚决要送他回去，他执拗地推辞着。最后他对我说："我还有点事儿,我还要在这里站站,您先回吧!"

这么个晚上,他一个老头儿能有什么事呢?

下着雨,还有点小风,连我身上都觉着有点凉,我便对他说:"您还是快回家吧。什么事那么要紧?等人吗?看别让身子骨受凉!"

他说:"不碍事。再说,老薛也借了我这个。"

老薛便是那修鞋师傅,我这才注意到他身上披着修鞋师傅的铺单。

我只好由他待在那儿,自己回家去了。

我脑海中飘过一个念头,要真有巴黎长生不老药,真该先给这老头儿一副吞服……

第二天,我路过鞋摊,见老头儿正端着修鞋师傅喝水的茶缸,仰脖子吞药片。显然,他感冒了。我便走过去招呼他说:"昨晚上受凉了吧?怎么还不在家歇着?吃了药该上床卧卧。"

老头儿摆头说:"一卧就坏事了。我这辈子白天就没卧着过。不碍的,多扫扫地就好了。"

我因为有事,没在鞋摊上坐,站着跟他们聊了几句,便忙自己的去了。

又过了几天,我那报告文学的初稿出来了。晚上我到马金稞家去,把那稿子念给他们夫妇听,他们很满意,马金稞大人还特意端上银耳汤款待我。她笑吟吟地说:"这是北京长生不老药,喝吧,不一定比巴黎长生不老药效果差。"

我又是十点多才告辞。可我回到自己那栋楼,站在自己单元门前时,一摸兜,傻了眼。

我找不到门钥匙了。

偏那天我爱人带着孩子到天津看姥姥去了。我急出一头的汗,双手摸遍了全身,门钥匙掉在哪儿了呢?

最后,我判断出,一定是当我坐在马金稞家的沙发上高谈阔论时，门钥匙从我裤兜里，滑落到他家的沙发上了。

我便折回他家去，按他家的电子门铃。

我想他们从门上的窥视镜，能看清叫门的是我，尽管他们会觉得好笑，总能马上把门打开的。说不定他们已经发现了我落下的钥匙，正等着我回去呢。

可是，他们竟很久都没来开门。我不得不用手敲门，呼唤起来。

门终于开了，但只开了一条缝，门缝里露出马金棵夫人一张惊惶的脸，她问我："怎么？！怎么回事？"

我连连告罪："真对不起，真抱歉——可我不得不来，我一定是把门钥匙掉在你们家了……"

马金棵夫人没有请我进去，她仍旧只开着一条窄窄的门缝，脸上仍是惊惶的表情——并且不仅是惊惶，还有掩饰不住的不快。她用肯定的语气说："没有，你没把什么钥匙落在这儿，这儿没有，你一定是掉在别的什么地方……"

我想起过去的情况，钥匙从裤兜里掉了出来，掉在了沙发靠背和坐垫之间的夹缝中，那是不细找绝对发现不了的……

彼此本是熟人，我又实在不能不找钥匙，于是我在情急之中，冒昧地往门里走去。马金棵夫人不知是要挡我没挡住，还是要让我时没站稳，她趔趄了一下并发出一声不快的呼唤——我在几秒钟内已然闯进了他们的单元，并且几步走到了做客厅的那间屋子。马金棵似乎惊惶地站在屋子当中，望着我，我却嘴里一边本能地说着："打搅打搅，我这就找到——"一边到我坐过的沙发上找了起来。我很快便找到了那门钥匙——果然在我预料的处所。

我攥住钥匙，一边继续道歉，一边往门外走。走到门外，转回身，发现马金棵夫妇二人在半合的门内，双双表情复杂地望着我。我忙点头哈腰地说："打搅打搅，恕罪恕罪，找着了找着了，再见再见！"马金棵在两秒钟内恢复了正常的表情，笑着骂我：

"你这家伙！真有你的！'马大哈'！"他夫人随之才舒了一口气，也笑着说："快走吧快走吧，我们可不欢迎唱'二进宫'！"

我往楼下走的时候，心里好不是滋味。

我在"二进宫"的过程中，分明看见他家的过厅里支开了一张折叠床，床上坐着个老头儿。尽管那老头儿背过了脸去，一动不动，细想起来，绝对不是别人——分明就是那白天总在饭馆门口鞋摊上坐着的老头儿。

出了楼，我觉得口涩、胸闷。

虽然我手里拿着门钥匙了，我却不想马上回家，顺着新街朝东走去。

新街东头的路灯底下，天天晚上聚着一群人打扑克，下棋，总得十一点多才散得净。他们大都是附近几家工厂的工人，有的是利用上夜班前的时间，有的是利用下中班后的时间，在那里聚一聚、玩一玩。也有一些住在附近的居民，参与其中。

我走拢那路灯下的一群，一眼看见了修鞋师傅——他正弯着腰，背着手，看别人下象棋。我过去把他肩膀一拍，如获至宝。

他抬头见是我，有点吃惊。

我把他拉到一边，问他："那老头儿到底是怎么回事？"

"什么老头儿？怎么了？"他莫名其妙，愣愣地望着我。

及至他把我的问题弄明白了，便告诉我说："他究竟住在哪栋楼，我始终也没弄清。他原在乡下，老伴死了，孤身一人，所以来投靠三女儿女婿。他从没说过女儿女婿的坏话，可我听他断断续续说出来的那个情况，可觉得不公。女儿女婿给他粮票，给他饭钱，供他衣穿。你看他，吃是吃得饱的，穿得也干净整齐，还经常洗澡、理发，一点儿也不埋汰……可就是有一条难受。女儿女婿跟他讲明了，白天一大早，没别人去家里的时候，就让他出来；晚上要等家里所有客人走净了，才许他回去，就是说，晚上有一个床位，白天可没他的地盘……他说那是因为女儿女婿都为国家干着大事，白天不该打搅。我心里揣摩着，准是女儿女婿嫌他老，土气，搁在家里碍眼，所以不乐意让客人们看见他……要我的女儿女婿这么待我，我早反了。他对小两口可是忠心耿耿……你打听这些干什么？你这是怎么啦？直眉瞪眼的？"我没有回答修鞋师傅，转身就快步往家里去。不知为什么，我心里最后悔的，是不该给马金稞夫妇讲那巴黎长生不老药的法国戏……

报告文学我没有再写下去。

我也不再到马金稞家去。

在修鞋师傅摊上，还总坐着那老头儿。我连那鞋摊也总绕着走。

1984年夏写于北京垂杨柳

白牙

  我决心做一个试验：整整一个月里，一句话也不讲。

  头一天进行得很顺利。上班的时候，无论在大门口、走廊上、办公室和餐厅里，我都做到了不吭声，虽然有人同我讲了几句简单的话，但我只用点头、摇头、微笑、板脸，也就打发了他们。回到家里，妈妈照例在饭桌上唠叨，我只是低头扒饭，根本不去听。爸爸和弟弟本来就很少跟我说话。吃完饭，洗洗漱漱，我就倚在床上看书，然后睡觉。做了几个梦，梦里我也没开口。

  第二天，我就开始遇到困难。困难并不来自客观，而来自我本人。下午在办公室里，我渐渐变得烦躁起来。本来似乎是应该同事们感到惊讶：我怎么两天没开口说话了？可到头来是我对他们感到惊讶：他们怎么连我两天没开口说话都毫无察觉？

  刚刚五点半，各办公室的人就散得差不多了，我们屋的老詹、彭大姐和我还没走。

  我忽然觉得，我不能只以消极的形式进行这项试验，我应当采取一些积极的手段，引诱别人来同我对话，而我坚决以不吭声的方式对待。如果在这种考验中我能不破戒，那我可就服了我自己了。

于是，我立起身，把一摞报表送到老詹面前。

老詹是我们的副处长，他当了八年副处长了。处长已经换了三个，他却仍是副的。他没希望升为正处长，而且我相信他自己也不确立那样一种希望。他的头形总使我联想到古董店里的阔口红釉双耳瓶。

老詹望了我一眼，似乎有点吃惊。从来都是他催我时我才会交上报表，这回……我以为他会开口问我句什么，但他却很快收回了眼光，坐在那里，双手握住那摞报表两端，在办公桌的玻璃板上反复地将其垛齐。老詹的办公桌永远井井有条，所有可以垛齐的东西他总是悠然地垛呀垛呀，然后齐齐整整地搁在一旁。

我那报表并没有填完。老詹却只顾垛齐、放好，并不检查。末了他说："好，明儿早上交上去。"说时眼睛并不看我。可见并非要同我说话，我只好走开。

我故意走到彭大姐办公桌对面，拉过一把椅子坐下。彭大姐只顾收拾东西。她有一根毛线针找不到了，正运动着全身在找，活像个上足了发条的铁皮关节人。她终于从座椅底下找到了，舒出一口气来。这时候她注意到了我，便认认真真地对我说："这么好的棒针咱们这儿可买不着。"这话是用不着回答的。要考验自己得另想办法。于是我便把一张当天的报纸推到她面前，用手指弹了弹头版上的某条消息。那是一条关于某个省里精简机构的消息。

彭大姐仿佛是突然看见了一条毛毛虫，身子微微朝后一躲。头几天我在这办公室大声地议论过："咱们这个机关，整个儿就该精简！"彭大姐当时也是这么个反应。那回她收回厌恶的表情后，还同我略微争论了一会儿，她的逻辑是："谁精简谁呀？精简了不也得照发工资吗？既然照发工资，那就不如还让来办公室上班；

既然还来办公室上班,那就不如再分点工作做;既然分点工作做,那就不如还把原来做惯了的分来做;既然这样,也就无所谓精简。我见多了,精简一次恢复一次,恢复一次扩大一次,扩大一次精简一次,精简一次再恢复一次,恢复一次再扩大一次……"说到最后她望定我,我明白,那意思是我就是因为精简后恢复,恢复而扩大,才进到这个办公室来的。也确实是那么回事儿。

彭大姐躲开那条消息以后,轻轻叹了口气,微微对我笑了一下,然后就立起身来,准备打道回府。我从她表情上看出来,她对我只是指指报纸而没开口朝她议论,由衷地感激。

我紧闭着嘴唇回到家里。妈妈看见我,脸上挂着我看腻了的那么一种希望加失望被二除的表情。我又按时回家了,这说明我还没交朋友。我恨死"大龄女青年"这个莫名其妙的概念了。谁兴出来的?

那晚上在家里倒很顺利地坚持住了不开口。因为我确实不想开口。

直到第五天才有人发现新大陆似的问我:"你怎么不活跃啦?"

问我的是我们的正处长。他风华正茂,官运亨通。盛传他即将提为副局长。他的升官之道既不在才干出众,也不在巴结钻营,而在于异常平庸,平庸到单位里对立的几派在互相攻讦的同时,都来承认他无害,乃至都说他正派。在提名或推荐新的副局长人选时,鉴于必须排斥对立面的人选,以及实在抵挡不住对立面对自己这方面的人选的抵制,到头来双方可以达成协议的人选便是站在我面前的这位敝处正处长。

我很感动。而且他这句问话令我对他刮目相看。整整五天里别人都没针对我的缄默发过问,倒是他给了我这么一句温暖的话。他也许并不如我估计的那么平庸。

以往我觉得就连他的相貌也平庸得拎不出一个特点来形容,

此刻我忽然发现他鼻翼一侧有颗小小的黑痣，一下子点活了他整个面孔，看去同以往不大一样。

我差点儿开口说出话来。

我们站在走廊里。有几个同事从我们身边绕过去，似乎对我和正处长面对面站在那里有点吃惊。

我想，如果正处长请我进他的办公室去，那我肯定破戒。但是正处长并没能那样做，尽管我们遇上的那个位置离我们办公室还稍远而离他的办公室倒很近。

我在迟疑中听他这样对我说："……你们老家的鱼丸真不赖，在那儿天天吃我也没吃腻。听说最好吃的东西是'佛跳墙'，可惜没吃上……"

正处长一周前从厦门出差回来。他肠胃里的鱼丸残渣也早该排泄完了，可他见了我只找出这样的话来说。

也许他底下会说些别的？

他似乎把话已经说完。他掏出一方折得方方正正的蔚蓝色手帕，揩了一下鼻子和嘴巴，于是我发现他鼻翼一侧并没有什么小黑痣，那大概是他吃早点时沾上的一粒焦芝麻。他的整个面孔又变得没有任何特点。

他进他的办公室了。我仍呆呆地站在那里。

我怎么不活跃了？他希望我活跃吗？那份我满腔热忱写出来的改革方案，在他出差前十多天就交给他了，他始终没有看吗？最大的悲剧恐怕在于他看了，却决定并不跟我就那个方案进行对话。他知道我把那方案复印了好多份，几位局领导都送了。他一定仍然把我给他的那份不表态地转给了局领导们。

他是一个耐心等着人家把"佛跳墙"端给他吃的人。他是绝对不跳墙的。

真该一辈子不跟这种人讲话。

我进了我们那个办公室。我听见半句紧急煞住的话:"……犯不上跟我们过不去呀!"

煞住话的是我的同龄人,性别跟我不同。在目前中国的这种社会环境里,他其实远比我更容易生存和发展。可是近来他防我如防贼。无非是前些日子我宣扬我那个改革方案时,非常坦率地当着众人跟他说过:"其实,咱俩的工作完全可以并起来一个人做!"

他整个人总使我联想起某种可以散发出水汽和某种香味的落地摇头电风扇。在炎热的时候他令你心旷神怡,在寒冷的时候则令你望而生畏。记得去年前局长住院时,他自费买了一束昂贵的美国石竹花去看望,那时候盛传我们58岁的局长将擢升为副部长。可是今年当我得知迈进五十九岁并提出离休且永远不再擢升的前局长又发病住院,约他一起去看望时,他却满面春风地说:"哟,真是的,真该去,可我实在是有事去不了,你见了他一定代我问候!"

我一进屋,都不出声了。我真想跟同龄人说,我提出我们两人工作并成一个人做,绝不是想自己留下来而排挤走他的意思;我是早就想走的,世界很大,机会很多,特别是在南方;我暂时没走,是因为我知道我走了以后,仍会有另一个人来填补我的位置,那完全没有必要由两个人来做的事,就更得由两个人为做而做地做下去。

同龄人从耷拉下的眼皮里透出光来检视我。老詹又在轻轻地、持久地垛齐一摞什么报表。彭大姐停止修改手头的一份简报,把压在她茶杯口上的一个福橘毫无必要地旋转了一下。我忽然意识到,正处长那句"你怎么……"的话,正来源于同龄人的某种虽经精心策划却出之以漫不经心的"小报告"。我为他深深地叹息。我要是他那么个男人,我或者一跺脚走人,或者一举臂在这里招呼一番。总之，干一桩真正的事业。现在他捧的这个饭碗就值当那么视若珍宝吗？

我的沉默试验坚持到了第六天。中午在餐厅就餐，桑桑风风火火地跑过来跟我凑在一起吃。

桑桑从我认识她起就梳着个克利奥佩特拉头，即埃及女王头。这发型曾引出局里各类人等的各种议论。桑桑和我不在一个处。我们的交往常常是在餐厅里。

桑桑一坐到我旁边我就预感到我的沉默试验遇到了最严峻的考验。以往我们两个人讲话时总是不断地互相截话茬儿，而且调门越来越高，常惹得周围人侧目。在整个局里她算是最和我谈得来的人。不过桑桑是个接近文艺界的人，这一点我跟她全然不同，我的三亲四友同窗邻舍没有一个是搞文艺的。

桑桑刚落座就跟我讲起"文艺界的苦闷"，其实那地地道道是她的苦闷——因为她新交的男朋友是个刚登上文坛的新星，而且，据她说："……中国文学要走向世界那可是太难了。搞绘画的，搞作曲的，搞电影的，使用的都是人类通用的符号系统，可是文学，得用方块字一个个地拼接起来，外国人里头又有多少个认识方块字的呢？就说翻译吧，两边的社会制度和意识形态差异太大了，难死人！像'土改那阵''反右那年'咱们小说里挺平常的叙述性句子，人家翻译起来就犯愁，非加个长长的注释不可，一注释，谁还有兴致读小说呀？再说像'大跃进'的时候，有个外国人就问：什么是使劲一蹦的时候啊？……"

我一边小口小口地吃饭，一边微笑着听着。我很同情桑桑，尤其同情她那男朋友，他们向往走向世界，向往永恒，向往不朽。合情合理，令人钦佩，可是横亘在他们面前的那障碍竟是那么巨大……

我很奇怪桑桑为什么不惊讶于我的一言不发。她似乎没觉得我同往常有什么不一样。她滔滔不绝地倾诉下去，她那碗里连菜带饭都凉了。

"……我建议他写写咱们这儿，灰色的办公楼，灰色的日子，灰色的表情，死气沉沉，毫无生气……我给他出主意，把这一切都象征化，意象化，寓言化，肯定全世界的人都看得懂，因为全世界的官僚机构和官僚主义都是同样的，'帕金森综合征'嘛，可是他不揽这个瓷器活儿，他说人家才懒得看这个呢，他最近追求的是蔚蓝色，近乎无限透明的蔚蓝色……"

我真差点打断她的话茬，因为我记得在一份什么文学杂志上看见过一篇什么文章，里面好像说有个什么日本作家老早就写过一篇《近乎无限透明的蔚蓝色》，还得过一个什么文学奖。

"……我在咱们这儿可真待腻了，他也在给我找合适的地方……可说到底，在这个社会里，咱们这儿的优点也真不可忽视。正经的正局级单位。外国人可以不感兴趣，他们弄不懂，咱们可不能糊里糊涂的。县团级等于室处级，地市级等于司局级，省级等于部级……是什么级就有什么待遇，处级等于三室一厅，局级等于四室一厅，副部级等于五室一厅，部级等于四合院儿……处级可以报销硬卧，局级可以报销软卧还可以报销机票……在外出差处级等于8块钱的床位，局级等于15块钱的床位，我说得不准吗？还有，得病住院处级等于一室八个人，副局级等于一室四人，局级等于一室二人，副部级等于一室一人，部级等于一室套一室一人……还有坐车子的待遇，安电话的待遇，出国换外汇的待遇……唉，连他都跟我说，去干个体户拼命奋斗，挣出十几万块钱买一套三室一厅，跟在这样的机关里钩心斗角，当上个副处长分它个一套三室一厅，走后一条路子还容易点儿，就是住进了那三室一厅，也不用掏修理费……苦闷啊，真苦闷！可这就是咱们的日常生活……"

她苦闷到这个程度才意识到我一直没说话,她停止苦闷咏叹,扬起眉毛问我:"你今天不舒服?"

我笑着摇头,她也就算了。她吃了口饭,嚷声"太凉",就端起碗走了。

轮到我苦闷了。我这才意识到,以往我们俩谈话,看起来很热烈,其实她不过是要宣泄她的,并不一定要听我的;我呢?我很后悔我总是认认真真甚至心急火燎地把我的反应告诉她。

那一天下班我才意识到是个星期六。每个车站都淤满了等车的人。我决定走回家去,这样可以晚一点到家,让爸爸妈妈觉得我毕竟有过一个什么约会,以满足他们那其实完全不必有的与我有关的自尊心或干脆说是虚荣心。

人行道上行人如过江之鲫。有时甚至不得不偏着身与人交错而过。我突然很怕有个人突然向我问路,那我是绝不能保持沉默的。在那么个情况下中断我的沉默试验可太不值得了。没有,没有人向我问路,甚至没有人看我一眼。在匆匆流动的人群中我产生了这样的想法:其实人与人之间的交流是被逼出来的,就人的本性而言,人是宁愿独处的。瞎子、聋子、哑巴三者中,最少痛苦的是哑巴。

快到家的时候我突然想起该买一块香皂。我以前买这类日用品的时候经常是并不说话,我指一指柜台里摆的香皂,递过钱去,售货员自然会递给我香皂,找给我钱。

我走进百货商场。卖香皂牙膏的柜台那儿没什么顾客。我走过去,倚在柜台上,静静地等售货员走过来。两个售货员正在离我两米处的地方聊天,我等着,她俩看见我了,可是依旧在那里叽叽喳喳。我想,她们有来招呼我的义务。可她们也许在想,我有央求她们的义务。既然我们双方都不想尽义务,那就算了吧。我转身走了,这时我听见她们当中有一个从牙缝里挤出来这样的声音："神经病！"

搁在平时我一定生气，可是这天我心平气和。我的沉默试验也许的的确确应当归入神经病之列。

我又绕了一个弯儿才回到家，爸爸妈妈在过厅里看电视。我一进屋妈妈就迎上来问："你吃过啦？"

她眼神里饱含着期待。

我饿，可我点头。

妈妈的表情松弛下来，她接着问，故意用一种仿佛不经心的口气："一个人吃的？"

我摇头，于是妈妈迅速地同坐在沙发上注视我的爸爸交换了一个眼色。

我朝自己的房间走去。我看见弟弟在他的房间里，背对着门，坐在书桌前，双手捂住耳朵，在那里背书。台灯光把他的前剪影勾勒得活像一只大蜘蛛。他已经上到高三，过几个月就要参加高考了。尽管已经传来消息，今后大学毕业生国家不包分配，但这丝毫不减弟弟发誓考上大学的气概，更丝毫不减爸爸妈妈供弟弟上大学的决心。弟弟对我这样议论过："其实，如今又有哪个大学毕业生不是在托关系走门子给自己找好窝儿呢？连找到爸爸这儿来的还有哩。谁稀罕国家统一分配？分配你去中学教书，真去？怕都怕死了！"还干脆不怕刺痛我地这样说："前两年你上电大补文凭时的那副惨象！我还是把文凭捏在手里头自在！"我忽然又想起午餐时桑桑开列的那些等式，其实还可以凑上：中专文凭加年头等于科级等于讲师等于两室一厅，大专文凭加年头等于处级等于副教授等于三室一厅……如今人们交往不久半生不熟时，就可能互相提出这样的问题："你哪儿毕业的？""你们单位是哪一级的？""你那职称相当于副处、处级还是副局级、局级？""你住的几室一厅？"围绕着官本位人们可以问得很粗鲁也很细致，却很少有人问你有什么特别的见解、大胆的抉择。

真想为我弟弟一哭。他才18岁。可我知道，他根本不想同我对话。他学了一大堆应考挣分的杂碎，可还是个不懂得灵魂交流的"心盲"。

第二天，星期日。一早我就起来开动洗衣机，为全家洗衣服。洗衣机工作的时候我坐在沙发上听音乐。我爱听弗兰克的管风琴曲。管风琴的声音使我有一种腾飘到太空中的感觉，渐渐地我就觉得大地、人群和我自己都是那么渺小。于是我就产生了一种寻找依靠乃至拥抱什么坚实东西的欲望……听到一组最浑厚邈远的旋律，我忽然产生了一种犯罪感。我为什么要进行这种沉默实验？为什么在至亲骨肉之间，我也不能敞开心扉，同他们做促膝谈？

音乐陡然中止了，我仿佛从空中猛地跌到地下。我看见弟弟按下停止键的那根手指还撅着，满脸凶狠地站在我面前，厉声地说："烦死了！别妨碍我背单词！"

我本能地从沙发上跳起来，气得发抖。可是弟弟转瞬已消失了。

我朝洗衣机走去，这时我听见妈妈同爸爸在进行惯常的"耐心争吵"。他们几乎每隔两三天就要寻找一个最无聊的题目没完没了地抬杠，双方并不真正动气，但也绝难主动收场，而是非常韧性地把那杠一直抬下去。这回他们是为了刚打开的一听沙丁鱼罐头。爸爸认为味道不如上回买的那一听好，妈妈则认为味道完全一样。罐头厂每批的产品质量并不整齐。人家有质量检查制度岂能马虎。怎么味道就是差多了，简直糟糕。恐怕是你味觉出了毛病，不辨好赖。如此等等。

我把洗好的衣服晾到阳台上，妈妈催我吃饭，我们星期日照例吃两顿。爸爸和弟弟各自雄踞饭桌一边，都宣称不吃沙丁鱼。妈妈坐下以前把碗橱上的三封信递给我。信是她下楼取报纸时带上来的。她是故意要当着全家把信递给我。

我逐一把信拆开，摊在桌上，慢悠悠地看。我听见碗筷响和咀嚼声。我知道起码有四只眼睛不时往我脸上和我面前的信纸瞟。

　　我的爸爸妈妈啊，如果你们主动地、亲切地问我，并愿同我娓娓地谈心，我是完全可以打破沉默的……

　　我听到一个僵硬的声音："你下午在家吃饭吗？"

　　我摇头，并从容地把信收好，装进衣兜里。

　　下午我去逛了书店，傍晚我在一家快餐店吃了饭。

　　第一周过去以后，保持沉默对我来说不但绝非难事，甚至给我带来了某些乐趣。唯有在较持久的沉默中，人才能认清世界和他人。

　　第十六天，老詹把我两周前交给他并由他垛得绝对整齐的报表退给了我："还差五行没填完。"

　　既没有对我玩忽职守的批评，也没有对他缺乏检查的自我批评，也没有让彭大姐或我那同龄人引以为戒的意思。总之，没填完，绕了一圈，历时两周，拿回来，请我填完再交。

　　到第二十天，我受到一个绝大的冲击。我们那个系统出了很大的一个事故，造成了很严重的生命财产损失。我是在刚走进单位大门时就听到这个消息的。正好碰上桑桑，她很激动。她对我说她的男朋友已经立即决定抓住这个题材不放。据说眼下最时兴的文学样式倒是纪实性的东西。近乎无限透明的蔚蓝色要继续搞，这种灾变纪实文学也要抓。

　　我们办公室里自然也少不了这个话题，但充盈着祥和的气氛。彭大姐说这使她回想起二十几年前的那桩事故，其中很有一些神秘色彩，三个人紧挨在一起，左边一位当场死亡，右边一位终身残疾，而当中一位安然无恙，灾难对他偏秋毫无犯。同龄人说这可能与天外的某种电波有关，而且与艾滋病显然同出一源。老詹把他新带来的一种安徽六安瓜片分给大家沏茶，同时蔼然可亲地嘱咐大家："事已如此，也无可奈何。听说有的兄弟单位认为我们单位也有一份责任，昨晚已被局领导们驳回。为避免传出去引出误会，大家就暂不议论此事吧。"

当我突然摔门而出时，他们一定目瞪口呆。不，也许他们反倒相视一笑或一叹。

我去敲正处长的门，没人应，也推不开。我直奔局长办公室。我想直截了当地告诉他：从现有法律角度或刻板的行政责任角度，我们单位与这次事故可能确实无大关系，但如果把我们与几个平行单位视为一个功能系统，把我们单位视为网络结构中的一个必要的网结，我们能这么心安理得吗？要么，我们也有不可推卸的责任，要么，我们这个单位根本就可以取消！……而且，甚至我就是头一个应当被追究罪责的，因为，我交了一份未填完整的报表，如果这报表非准时完成不可，那我是严重渎职，如果这报表可有可无，那早就该把我的岗位撤销……局长应当很容易听懂我的逻辑，我那早就递上去的方案他至少浏览过一遍……

我扭动门把手直接冲进局长办公室，局长正坐在很厚重的一张办公桌后批阅一个什么文件。我站在门口，他抬起头来，我俩面面相觑。

"你走错屋子了吧？"

表情和语调都毫无恶意。

我却一下子从头凉到了脚。我恢复了沉默意识。

"啊啊啊啊……"局长站了起来，并绕过办公桌，站到离我两步远的地方，他脸上显露出了抱歉的神情，语调亲热起来，"你看你看，我这记性！你不是……处的……吗？活跃分子嘛！对了对了……听说你最近不怎么活跃了，还是要活跃一点嘛……啊啊啊啊，你那个方案，我看过了，看过了，你很有改革的热情嘛！是呀是呀，现在我们都在一个改革大潮当中，中央决心很大，很大，像你们,下面的同志,尤其年轻人,劲头也很大,很大……关键就在我们这些人身上!搞不好要'中层梗阻'咧……"

听到这儿我心软了一下。倘若局长请我坐下,或者我们可以认真地谈一谈,但他仍旧保持着一个自己不坐也不请我坐的姿势,而那间宽敞明亮的办公室里摆着一套比利时沙发,还有一个相当漂亮的镀铬支架玻璃几。

"……既要解放思想,又要实事求是嘛……大家都来提方案,我们都来动脑筋……不过每个人的位置毕竟不同啊,我们要看看左邻右舍,要考虑得周到一点,你们也应当理解嘛……"

电话铃响了。他立即去抓电话。

我扭身出了屋。

我极其冷静地度过了中午和下午。视而不见,听而不闻。在沉默中我只想到我自己。

下班后我步行离去。我带了个单放机。我用耳机听弗兰克的管风琴曲。我的灵魂又腾飘到了太空中。大地旋转着,渐渐变成模糊的色块组合,变成越来越小也越来越远的水的球体,幽深的墨蓝中闪烁着无数的亮点,于是我又生出对于我们这个星球、我们这些血肉之躯构成的群体、群体中那个渺小而痛苦而惶惑而充满缺憾与弱点的自我的大悲悯,我产生出比以往更强烈的拥抱住一个坚实的东西的欲望。

妈妈那个星期日递给我的三封信,两封后来我撕掉了。有一封我一直保留着。他让我去,他说这回要好好跟我谈一谈。他是唯一对我有吸引力的男人。或者我真能和他进行我所期望的那种谈话。我以前试过,似乎难以如愿。不过也许主要是我这方面有心理障碍。他快达成可毕竟尚未最后达成离婚协议。

他是借了个地方暂住,敲开门以后我吃了一惊。他仿佛自发信后一直守在门里边等待着我。门刚在我身后合上他就粗鲁地紧紧搂住了我，我本能地挣脱着。他对我说："谁也没有，就我和你，谁也不会来，就我和你。"

他简直是把我抱着挪进了屋。这是个很严谨的单元，家具很少但足够使用。

他给我脱下外套，脱下毛衣，刚脱完他又紧紧地搂着我。他确实是一个活生生的坚实的东西。我也紧紧地拥抱住他。他是我内心情欲最向往的那种男人，他脂肪很少而筋腱很多，棱角很多而圆弧很少，须发浓密而不细加修剪，毛孔粗大而血管凸起，他身上绝无香皂发蜡润肤膏樟脑丸一类气息而洋溢着自然体臭。他肩膀很宽而腰肢颇细，胸肌厚实而颈肌灵动，他的亲吻粗鲁而真诚，抚摩凝重而热切。

我用眼睛同他说话。我提醒他许诺了我什么。

"本来约你来谈一谈，商量一下最后该怎么办。现在不用谈了，离成了，上午彻底离成了。我自由了，我是你的了。你尽情地享受我吧，我也要尽情地享受你。"

他开始解我的衣扣，我忍不住抚摩他的脖子、锁骨……我的手指触到了他的衣扣，但我把手指停止在了那里，我用另一只手拨开了他的手。他有点惊异地望着我。

我用两眼望着他。我想他应该问："你为什么不说话？"

可他不问。他的手又开始动，我又把他拨开了。

"你不愿意吗？"

这不是我期待的话。

我用眼睛告诉他，我期待的是什么。其实，很简单，他为什么不问我一下，要不要喝杯水？要不要洗个脸？饿不饿？……既然这是一个安全的港湾，既然已无障碍，为什么要这么着急？我们可以慢慢享受，而且难道我们相互享受，仅仅限于这一方面吗？

他竟不能懂得。他又一次搂住我，并解我的衣扣，我用力把他推开了。

他愣愣地看着我。

我灵魂里起了一阵风暴。这真是一个生死存亡的关头。我的企望其实很低很低。只要他说："让我们坐下来谈谈……"

"你不爱我？"

我并没有点头。

"你不愿意？"

我点头。

他显出几分狼狈。像他那么一个男子汉真不该有哪怕是几分的狼狈相。

我仍旧期待着他说出那句最普通的话来："我们好好地谈一谈……"

可是他把双臂抱在一起。他用真正男子汉的气派和语调说："我是绝不会勉强谁的。"

我把解开的扣子扣上，把毛衣穿上。

"你非得看我那离婚协议书吗？"

我的心碎了。

"你为什么不说话？"

他刚注意到我沉默的分量。

我把外套穿上。

他猛地扑上来，抓住我的臂膊，脸对脸地同我相持。

"你说话！你开口！"

他嘴里的热气喷在我脸上。

我张开了嘴，我确实想出声。

"天哪！你的牙真白！"

他突然发出了一声带颤音的赞叹。

在那一秒钟里，我期待着他紧紧地亲吻我的白牙，或者迸出"咱们好好谈一谈吧"的呼喊，只要他那样，我立刻属于他……

他却突然把我一放一推，同时我听见一句万万想不到的话："算我没福！"

……我在街上走着，人来人往。我强烈地希望能和一个有相应愿望的人好好地、好好地谈一谈。可这个人在哪儿呢？街上没有哪个人注意到我。我在一家商店橱窗外停了下来。商店已经关门，橱窗里的灯还亮着。橱窗里布置成黑丝绒的背景，站立着几个穿裘皮大衣的模特儿。我的身影映在橱窗玻璃上，仿佛是面大镜子。我咧开嘴巴，我头一次发现我的牙齿是那么整齐，那么洁白。我的嘴唇血色也很好。我的双眼很明亮。明眸皓齿，红嘴白牙。我从来没有像这时候那么怜惜自己。

一个几乎没有下巴的金鱼眼男人凑到我身边，小声问我："你有兑换券吗？"同时打着某种代表比价的手势。

他的牙很脏。我感到恶心。

"那……你要兑换券吗？"他眯着眼，改变着手势。

我扭身走掉。

长街上路灯黯淡，远处孤零零地有几处霓虹灯寂寞地亮着。

我不想再步行了，我朝车站走去。

迎面来了个小姑娘，一眼看出是从外地农村来的。她系着此地早已过时的花格头巾，提着个旅行包。我要让过她，她却截住我。

"大姐姐，你帮帮我哟。"

我以为她是向我讨钱。

不是，她把旅行包搁到地上，递给我一张纸条。她是问路。我接过纸条，就着路灯光看。那上头写着的地址大体上在这一带，但具体该往哪个方向去找，我也不知道。

我把纸条还给她，摇头。

"你要帮帮我哟，我找得好恼火哟，你莫跟他们一样要我哟。"

她从四川来，比我矮半头。她仰起脸望着我，并不望着我的眼，而是望着我的嘴。没有心计的人才这样望着别人。

"我是来帮人的。"她又递给我一封信。我不想接可还是接了。我草草地瞄了一遍。有的人信不过"安徽帮"，也信不过"劳动服务公司"，就给老家亲戚写信，让老家的姑娘来当保姆。这的确是最稳妥的路子。我忽然发现那信上的落款日期，距离这天已有半年多之久。我望了她一眼。

她把信收回去，从容地对我说："我晓得，你要问我为啥子不早点来，为啥子不先写个信来，为啥子不叫他们接我……才刚还有个娘娘，说是别个怕早就有了保姆了，用不到我了，劝我转回去算了……你们哪个晓得，我来得好不容易哟！我们那个地方，好远哟，好穷哟，好闭塞哟……进步倒是在进步，好慢哟。哪像你们这里，好多电灯哟，好亮哟。你莫嫌我哟，我心里头有话要讲给你哟，你哪个晓得哟，我有个堂伯爹哟，我堂伯爹是在中学里头教物理课的，他的物理是他老师教他的。那个老先生是在成都上过师范的。我堂伯爹教过好多年的电学，讲电灯电话电路电机，你哪个晓得，他一辈子都是照到课本上写的画的，他老师讲给他的，教给学生，他自己一辈子也没见到过电灯……你莫不信啊，哪个骗你哟，1970年电线才扯到我们乡里，他病倒在床上，就盼到电灯亮起来，他屋里头也扯了线，也装了灯泡儿，他就是张起眼睛，嘿，总望到那电灯泡儿。哪晓得通电头一天，他就死了！真的死了！我就是从那么个乡里来的，我上过初中，我毕业的时候是全校第七，我在课本上晓得有火车飞机大高楼，我还没见到过，所以我要跑出来……他们要是有了保姆了，我就另外找事情做，我要见见世面，闯一闯。大姐姐，你要帮帮我哟！"

我开始细细地打量她。她长得不好看，眼睛太长太细，她一双手粗大得跟她整个身躯不相称。但她的牙齿很白，如同一处地方的厕所状况是衡量那个地方文明程度的最准确的标志，一个人的牙的洁净程度便是那个人内心对文明追求的努力程度的显现。

我感到梗在胸中的一大块冰冷的东西在开始融化。

"大姐姐，你听不到我说话吗？"她开始熟练地打起哑语来，同时嘴里还在情不自禁地说，"我哥哥嫂嫂都是聋哑人。我们一起种责任田，啥子意思都讲得明哟。"

我用自己的双手紧紧地握住她的双手。

她咧开了嘴巴。这对她来说是个意外。也许从她落生以来从未有人与她以这种姿势相处。

我那二十天没有振动过的声带开始振动，我听见一个滞涩然而清晰的声音从我灵魂里冒出来——

"你的牙真白呀！"

…………

1988 年

人面鱼

她一眼认出来，是他。

他也一定认出了她，在一瞥之间。

那是在昆仑饭店大堂外的风雨廊中。出租车排着队，等待饭店门口行李生的召唤。他的那辆旧丰田平稳地滑了过来。行李生帮她把旅行拉箱装进了自动弹开厢盖的后备厢里，盖好，又忙给她打开后车门，她坐了进去；就在她一弯腰坐进车里时，司机很自然地扭头朝她瞥了一眼，那大约不足一秒钟，然而足够了……

她告诉他，去机场。

他把车开动起来，不一会儿，车子已经驶上了通往机场的高速公路。

会不会是……一种错误联想？

她仔细推敲他的侧影。不会错，二十几年过去……他的脖颈还那么强劲有力，那从衣领里傲然挺拔的脖颈，略显粗糙的皮肤上，还显现着那几条让她难忘的纹路……那肥厚的耳郭，线条刚硬的腭骨，特别是，那右颊上的一粒绿豆大的扁痣……当然是他！……

头发还是那么浓密蓬乱，鬓角长长的……并没有发胖，肩膀还是那么宽阔厚实……

他也在后视镜里，偷窥自己吗？

也许，他认不出自己了。毕竟，自己有时对镜，思绪里猛然掠过往昔的雨丝风片，只觉得如梦如幻，连自己都会望着镜中人发愣：那是我吗？……是谁？哪一位？……

她要不要开口？……不一定马上唐突地发问，可以闲闲引入，谨慎试探……现在北京的出租汽车司机一般都很愿意跟搭客聊天……她从哪儿跟他聊起？今天的天气？这机场路的国际水平？……可他为什么一声不吭呢？仅仅因为她是一位女客，还是因为……他知道她是谁了，因而，在等待她首先开口？……

她的身上，氤氲出丝丝缕缕法国香水的气息……她自己本是对之已无嗅感的了，此时却忽然觉得有大量的气味回送过来，刺鼻，令她难堪，甚至于心中惶悚，仿佛犯了什么错误……她下意识地并拢双腿，抚平紧绷在腿上的短裙，那是一条价格不菲的意大利名牌短裙，与她上面的无领长袖外套同属当季的最新款式……她又下意识地看了一下腕上的手表，那是一块外表古朴，却属于极品级的英国百达翡丽表……表盘为她显示的似乎并不是此刻的时间，而是一种钻心镂肺的荒谬感……

是的，也许，他的不敢确认，恰恰就是这香水的气息，以及这一身包装……然而，我依然是我呀，我也不仅并没有发胖，而且，难道我显老了吗？……是的，女人一过四十，那就连那曾经跟她那么样那么样亲近过的人，都会认不出来了！……天哪！

……那是个多么古怪的傍晚啊！……人们都说夕阳是玫瑰色，或类似那一类的颜色，然而，那个傍晚的夕阳却分明是绿色的，淡绿色，嫩嫩的淡绿，就像初春从树皮里蹿出来，并且颤巍巍地绽开的小叶芽儿，充满着透明感的那么一种淡绿色……

他们去插队的那个村子，在那个深秋，本来已然整个儿没有了绿颜色，庄稼地里是一派深褐，稀稀拉拉的树木上，要么已然只剩枝丫，要么那些没落下的叶片都仿佛是薄薄的铜片，风一吹过，便发出令人心里只有黑灰两色的寒音⋯⋯

　　⋯⋯她朝村边那座茅屋走去，那一刻，她觉得夕阳是绿色的，它给万事万物，都沐浴着淡绿，不，嫩绿，不，像透明的叶芽儿似的，那么一种绿雾，绿霰⋯⋯

　　⋯⋯那是一个猪场。茅屋是猪倌熬猪食的地方。老远，从那茅屋里就发散出浓烈的猪食气味，那气味无法形容，全凭每一个吸入者的主观感受，而大体上可以归纳为，比如说催人呕吐的秽气，比如说令人觉得是正常发酵的气味，再比如说是联想到圈满年丰的愉悦气息⋯⋯那一晚，那扑鼻的猪食气味，于她而言，仿佛是树上无数新芽溢出的，绿色汁液的味道⋯⋯

　　⋯⋯他被派作猪倌。他在那茅屋里，站在土灶边，面对着奇大无比的一口边沿有裂缺的铁锅，用一把大铁锹，搅拌着锅里的猪食⋯⋯

　　⋯⋯她走进去，他一时没看见她。她在门边望着他，他赤裸着上身，把本来穿在身上的一件又旧又破的枣红色绒衣，两条袖子紧紧地系在腰上，起劲地，甚至于可以说是极其快乐地，两只脚一颠一颠地，用大铁锹在锅里搅和着⋯⋯灶眼里，发射出夕阳般的光芒，然而，奇怪吗？那一晚，连那灶眼里的光芒，竟也是绿色的！浓稠，鲜嫩，透明而抖动的淡绿色啊！⋯⋯

　　⋯⋯他发现了她，两眼闪出惊奇的强光："你没去？！"

　　她没有去。几乎是，村里所有走得动的人，当然首先是他们"知青户"的其他成员们，都赶到镇上去了，那里晚上有县里"样板团"的演出，而且演出后还要放映电影，是关于西哈努克访问的彩色纪录片⋯⋯她知道他任务在身，今晚不去，于是，她推说实在不舒服，发烧了，也没去……她的确发烧，她自己能感觉到，她鬓前的发绺在走动中撞击着她的面颊，不知是发绺的感觉还是面颊的感觉，总之，那感觉传递到她心尖上，有些个烫……

……其间的过程很简捷……为什么会那样简捷？……真不可思议，却又值得在整整一生中时不时地反刍，不断苦苦地，不，甜甜地，思之，忆之……

……是的，那是千真万确的，是她，而不是他，十二万分地主动……她一下子扑到他身上，紧紧地搂住了他……她能够非常精确地，把正在沸腾的猪食的气息，与他的体臭，严格地区别开来……那是一种她渴望已久的气息，她把自己的脸庞拼命地挤靠在他那似乎失去边际的强韧而汗渍的胸膛上，摩擦着，同时感觉到他的双臂，如同巨藤般缠箍住她的脊背，并且一次次地收紧，使她体验到一种新奇的痛楚……

……他把她抱到了茅屋中的大炕上，那是滚烫的一张炕，满屋弥漫着嫩绿……他们无师自通。为什么无师自通？……其实，有许多隐蔽的"师"，比如人们的脏骂中，比如"破四旧"没破尽的那些缺皮少页的卷角旧书的文字中，比如《赤脚医生手册》里的插图，比如拷贝已然放烂的《列宁在1918》里的某几个一闪即逝的过渡性镜头里……而最好的老师，是他们自己身体上那逐渐膨胀的部分，是他们在开始时可以说只是不经意地朝对方一瞥，后来是说不清有心还是无心，在远处，或稍近一点的地方，对方没跟自己对眼，甚或全然没有注意到自己时，自己却下死眼把对方的一脱衣、一挽袖、一弯腰、一扭身……乃至于做某件事的全过程，呆呆地看了好一阵子……再后来，便是双方眼波的撞击，从一撞即移，到撞而移后复撞，到撞后竟胶着在那里，难解难摘……生而为人的那个位居首席的"师"，正在自己的肉中灵内啊……

车过四元桥了。她定神再往前左方细加端详……当然，绝不会错，是他。

她都几乎要呼出他的名字了……却终于还是没有呼出。

……在那个淡绿色的傍晚，以及紧随之的那个充满叶汁气息的夜晚过后，第二天一大早，忽然村里响起了不寻常的声音，那是一辆小轿车，具体来说，是一辆奶白色的苏产伏尔加牌小轿车，开进村来的喇叭声，以及驶过坑洼不平的村道时车轮摩擦出的怪声，还有村里孩子们跟着那车后面乱跑的叫嚷声……

事情可谓"意料之外，情理之中"……她披着衣服从宿舍里跑出来，脸还没洗，头还没拢，脑子里还储留着斑斑绿影……妈妈从那车里出来，犹如一粒豌豆从熟透的豆荚里迫不及待地跳出……她听见妈妈大声地跟她，同时也跟拥簇在她身边的村干部和"插友"们朗声宣布："你爸解放啦！……我们昨天下午就出发了，往这儿赶，通宵'马不停蹄'……走，跟我回城！……"

"插友"们的反应是多种多样的，或含蓄或强烈，她却一律顾不得观察回应，她只是倏地一下感到，有一种东西飞走了……啊，是飞走了绿色，一丁点绿色也没有了，深秋的太阳从东边送来一片光芒，是啊，可以说是玫瑰色的，然而为什么是这种颜色？难道该是这么样的一种颜色吗？那心爱的颜色，那些本来布满心臆的嫩绿，透明，并且流动着的，青芽汁液般的可以抓挠的活生生的存在，怎么一下子荡然无存？……

她慌乱。一定是有许多幼稚可笑的肢体语言，"文法不通""佶屈聱牙"，因此引得"插友"们窃笑……她听见妈妈用亲昵的语气在斥责自己："还收拾什么！都留下、留下……你爸爸这一结合，什么又都会有的！·走，跟我走……"

她稀里糊涂地已经坐进了车里，妈妈紧紧抓住她的手，仿佛她还是个上幼儿园的小姑娘……汽车开始移动，车窗外晃过一些各不相同的目光……她不在乎任何目光，只是，她的心紧缩起来，他，他呢？……她对司机说："往那边，那边……"她心里指的是那座茅屋，村边那个小湖边上的茅屋，那儿有个猪场，茅屋是猪倌住的地方……司机不明所以，妈妈问她："你说什么？你还有什么事要办？"她嗓音干涩地说："那边，那边……湖那边，猪场……"她给司机指点着，司机便把车往那边开，车外有人在大声地说："错啦错啦，反啦反啦……"司机还是把车开到了湖边，离茅屋和猪场很近的地方，她紧张地朝茅屋望去，那门根本没有关紧，露着一条明显的缝，然而，门没被拉开，里头没人出来……她有一种要下车去的冲动，妈妈把她抓得紧紧的，她听见妈妈在跟司机解释："……孩子锻炼得不错，对这劳动过的猪场恋恋不舍呢……好，再看一眼吧……"前面没有路了，司机倒车，离开了那湖边……她没有再回头张望，只是忽然掩面而泣，妈妈赶忙把她往怀里揽，她挣脱了……车子又开过知青们的宿舍，朝村外的公路驶去，有小石子打在小轿车的后玻璃窗上，不知是小孩子们扔的，还是从车轱辘下迸溅起来的……

……后来，大家都回城了，她得知，他也终于回城。

又是一个傍晚，一个有些绿意的傍晚，她往他家住的地方去，找他。

他家住在这个城市的西北角。那里有一条比一般大街窄、比一般胡同宽的穷街。他家住的地方，院子不是院子，排房不是排房，在她眼中，那是很古怪的，具体来说，是街边有一个简陋的公厕，公厕一侧，有一个歪歪扭扭的通道，往那通道里走，两边是些歪歪扭扭的古旧平房，那些平房里，密密匝匝地住着些芸芸众生。

她走近那地方时，恰巧他从通道里走出来，上厕所。他没有看见她。她移到街对面一个小商店门外的布篷下，呆立着。尽管他是去往一个不雅的地方，可是，他的身姿步履，依然令她心醉，陡然间，天光绿润润的了……后来，她看见他走出厕所，回到那通道深处去了……

……移时，她鼓起勇气，过马路，走进那通道……她四顾着，不知他该在哪扇门里……忽然，她惊喜不已，因为她隔着一扇镶着死玻璃的老式平房窗户，看到他就坐在窗边，侧着身子……啊，他是在看电视……在屋子尽里边的柜子上，有个黑白电视机，正放映着某种节目……依稀可以看到另外几个人的身影，是他家什么人？……

她找不准那屋子的门，于是她呼唤他的名字，呼到第二遍时，他在窗里扭过了脖颈，满目惊奇……她还没定住神，他已经出现在她身前，并且立即把她引开……

他们来到那条给排水系统都还很不完善的穷街上。

她问："你干吗不让我……进你们家？"

他说："那不是我家。"

她问："那么，是谁家呢？"

他说："邻居家。"不等她再问，又补充说，"我家没电视。"

停了停，她说："带我去你家吧。"

他想了想说："以后吧。"又反过来问，"你找我干吗？"

她抬眼，责备地望着他。

于是他说："我猜过，你也许要来。"

她移得离得更近些。

"咱们走走吧。"他说。

于是她跟着他走。

他们走到一处僻静的地方。那里有一个杂乱的小树林，还有一个早该清除，却一直没人来清除的垃圾堆。

天光暗了下来，她心里漾着绿。她主动，她移得离他只差一指。他们的体臭互相准确无误地进入了对方的鼻腔。

她责备他说："你都忘了。"

他回答:"那怎么会?"

她问:"我走那天,你怎么不出来?"

他坦白:"我睡得死死的,没醒呢。"

她再问:"为什么不给我回信?"

他说:"回过……"

她问:"回过?!我怎么没收到过?"

他说:"写了,没寄……"不等她翕动的唇里再吐追问,忙补充,"也都没留……都扯了,扔那湖里……让人面鱼吃啦……"

人面鱼!……

汽车开过温榆河了,温榆河里泛着的波光,令人想起那个小湖……

他写过信,没有寄,大概自己反复地读过,然后扯碎,扯得很碎很碎吧,扔进那个小湖,像一片银闪闪的浮萍,然后,陆陆续续地沉落下去……那条人面鱼,真的会吞咽那些浮萍般的纸屑吗?……

……还记得,那个晚上,在那个小树林里,离那个垃圾堆不远的地方,当他们又紧紧地拥在一起的时候,他忽然说:"……插队的时候,我们毕竟是平等的……"

她试图反驳他,然而十分无力。实际上,无法反驳。

……后来,出了小树林,他终于带她去了他家。在那个公厕后面,那个歪歪扭扭的通道的顶头上,一间只有十来平方米的小屋里……他父亲,一个拉排子车的搬运工,为了他"顶替",提前退休了;确实说什么也该提前退休了,因为患着肺气肿,不仅说话,连喘气都透着痛苦;他母亲,年岁并不算太老,脸部却已然皱缩成了核桃般模样……真是家徒四壁,竟看不到一件稍微亮堂点的器物……这还都算不得什么,最令她震惊的是,因为屋子太小,只能放一张大床父母来睡,他呢,每晚便只能在屋尽头的一个农村式的大躺柜上，挪开了什物，铺上褥子睡……

把她送出来，往公共汽车站走的时候，他对她说："'文化大革命'对我们家来说，并无所谓……你下乡，是受苦；回城，是苦尽甘来；我回城，是随大流；其实，我下乡，倒是给家里减轻了负担……对于我来说，下乡起码有了自己的一个固定的铺位……现在你该明白，我为什么要主动当猪倌了吧？那座茅屋里，我一个人霸占着好大的一铺火炕啊！在那上头滚来滚去，多痛快！……"

是啊……滚来滚去……那一晚，他们曾尽情尽兴、尽力尽时地在那铺大火炕上滚来滚去！……

那是美好的，极其美好的，因为都是发自内心的，偏又极和谐，极默契，极自然，极圆满……高潮渐来，层叠起伏……终于波涛汹涌，天摇地撼……并不是每个生命个体，都能有这样的一次初夜……

……可是，当她在快到车站时，逼问他："……难道你……不想……再……吗？"

他满脸的痛苦，那是一目了然的，但嘴里吐出的话语，却坚硬而冰冷："……地方呢？我们现在能在哪儿？……"

是的，在哪儿？在他家？……那么，在自己家？自己家现在虽然占有一个独门小院，有十多间屋子，可哪间也不可能像那座猪场前的茅屋般，令他们可以便宜行事……那还是二十几年前，到饭店宾馆开房间，或租买房屋，是连其概念也没有的……小树林里吗？怎能冒那个险？……其实，就连靠得那么样近地走到公共汽车站，也足够让人指斥为"臭流氓"的了……

"我们……结婚以后……总有地方了吧？"她说。

"我们？……结婚？……"他停住脚步，惊异地望着她。

她忽然觉得消失了所有的绿色。一下子心里堵满沉甸甸而搬移不开的，晦暗东西。她无言以对。不要往任何别的人别的因素上去推诿。最最要命的是，她明白自己，到头来，她是不会坚定这个信念——跟他结婚的。

……他们在那个车站分手。

她告诉他，恢复高考了，正复习，准备考北大西语系。他为什么不考？

他说他不考。他要做的是，捡些砖头、木料，或者说偷些砖头、木料，紧贴着他家的小屋，再盖出一间小屋来。那必要性和紧迫性是不言而喻的。当然，这是违章的。居委会的老娘们儿几回到他家来，威胁他父母，说是盖起来也得给拆了，并且还要罚款。可是居委会的娘儿们却不敢当面跟他说。这就说明，只要他坚持盖，居委会，乃至派出所，谁也不能把他家怎么样。他盖那间小屋，会很省料；因为有一面可以借那公共厕所的后墙……

她想问他，他父母可还健在？那条穷街的住户，应该早已都拆迁了吧？他现在迁往何处了？他该早已经结婚，并且有孩子了吧？男孩女孩？上中学了吧？说不定都已经上大学了！……

可是，想到一直会有另外的女人，特别是作为他妻子的女人，合法地享受着他那……确实非常……怎么说呢……为什么说不出口？有什么说不出口？……起码，说不出，可以想象出……那并不一定是每个男人，每个丈夫，都能具有，并焕发出的……她竟油然生妒。她愣愣地望着前排司机座上的他。这辆车虽然像北京市许多的出租车那样，前后排之间也装了隔离栅，然而今天他却偏偏把那隔离栅取掉了，也许他很多天前便取掉了……确实，像他这样的一个男子汉，一望而知是勇武有力，并且饱经锤炼的，何须用一道金属栅来防范不轨之徒……拆掉了隔离栅，她在后排把他看得很清楚，不仅他的右侧面历历在目，从前窗内上方的后视镜中，也能看清他的眉与目……这样一个男人，曾与她在那个湖边，那个猪场的茅屋里，那铺大火炕上，那样销魂地互相享用过……而现在，比如今晚，当她在所乘坐的美国西北航空公司的班机上迷迷糊糊时，他呢，却会在北京某处的一张床上，与另一个女人，他的妻子，合理合法地，如此那般……他能得到畅快的满足吗？……

现在她是一个美国公民。

那是一条可以说相当顺遂，却也堪称艰辛的路途。一路披荆斩棘、过关斩将，常常是峰回路转，也往往柳暗花明，既殚精竭虑，也担惊受怕，不过总算天道酬勤，也真是吉人天相……从踏进未名湖畔，到接着来自美国常春藤学院的录取通知；从找定经济担保，到在秀水东街的领事馆拿到赴美签证；从在纽约肯尼迪国际机场受困，到终于开着二手车在高速公路上急驶；从面试失败后一筹莫展，到加盟大公司后步步高升；从接到汤尼的第一枝红玫瑰，到终于跟他到祖传的别墅中共度良宵……在时间的流逝中，那村落，那茅屋，那小湖，那些曾充盈着嫩绿色，仿佛初春枝条上，叶芽的那种近乎纯透明的淡绿色，那样的空间，仿佛被推到了极远极远的地方，成为一个缥缈的存在，或简直并不曾存在过……

……那个傍晚，她和汤尼建立了那样至为密切的关系后，汤尼请她坐上一辆豪华的加长林肯，把她带到了那个有名的湖边，湖边有个格调极其优雅的俱乐部，他们并坐在一把油红色的日本式大伞下的座席上，每个座席都离得颇远，他们点了不同的鸡尾酒，先是默默地啜着杯中酒，把肩膀靠得越来越紧，聆听湖边的一个小乐队奏着旋律美如珠帘徐垂的乐曲……后来，汤尼搂住她的裸膊，轻轻吻着她的香鬓，对她说："……本来，那是你个人的隐私，我不该问的……可是，亲爱的，我既然决定向你正式求婚，那么……可以告诉我吗？……你……那先于我的……第一个……在什么时候？他是谁？……"

这是她早料到的。也早准备了答词。然而……她虽然自以为已经极其地西方化了,事到临头,却还是有些个慌乱……她被一口酒噎住了……略咳了几下,她想妩媚地一笑,却不承想鼻子一酸,眼圈儿发热;汤尼即刻怜惜地将她搂紧,吻过她的两个眼窝后,试探地,也很自信地,在她耳边说:"是……'文化大革命'?……下乡插队的时候?……理解,可以理解的……好好好,你不要说了,我不要你说了……好,让我们说些别的、别的……"

竟如此轻松地度过了那一关。她曾在常春藤学院里,读过原文的《苔丝姑娘》,托马斯·哈代笔下那位英国姑娘的遭遇,曾令她心中发紧……一般中国人总以为美国人人都钟情于"性解放",其实,像汤尼这样的家族,他们在婚外性关系上是持保守观点的,倘是考虑到结婚,那么,他们更加慎重,一般来说,新娘子是必须为处女的!……

那个有小乐队伴奏的夏夜,星星在夜空闪烁,而且也在湖水里闪烁,汤尼不仅没有对她紧追穷问,还柔柔地说:"我的……受了苦的小姑娘……好,跟我讲讲你那苦难历程里,比较不那么沉重的故事吧……甚至于,趣事,对,趣事……你知道,即使在莎士比亚的悲剧里,也穿插着一串串的趣事呢!……"

她便给他讲趣事。是的,趣事是有的,即使在最荒芜的岁月、最贫困的地方,也有趣事呢。她告诉汤尼,在当年他们插队的那个村子旁,有一个小湖,湖里有很多的鱼,真的很多,你往湖边一站,鱼儿便往你脚底下游过来,他们不怕人,不怕人的倒影。那个村子很穷,人们"糠菜半年粮",平时根本吃不上荤的东西。那他们为什么不捞鱼吃?那是因为,在那个小湖里,在那些鱼当中,有一条最大的鱼,一条年龄据说比村里的寿星还要大的鱼,是人面鱼。怎么讲?人面鱼?什么意思?那是因为,那条鱼如果游过来,你可以清清楚楚地看到,它长着一张人脸。也就是说,你能从它的头部，看出来那上面有人一样的眉眼、鼻子和嘴巴！这很奇怪，是吧？它怎么会是这样？按你们西方科学的分析，这也许是一种遗传变异中产生的怪胎，是一条畸形鱼罢了。可是那村里的人，把那条人面鱼看成是一条仙鱼。他们崇拜它，惧怕它，因此不但不敢捞上它来，把它吃掉，也连带不敢捞那湖里别的鱼吃。据说曾有人偷偷地捞那湖里的鱼吃，结果，吃了肚子剧痛，疼得在地上打滚，滚了一阵，很快地，就死掉了。按说，"文化大革命"要"破四旧"，"四旧"之一便是"旧风俗"，插队的"知识青年"们刚进村时，也有人试图破这个"旧风俗"，从那湖里捞鱼吃，结果有一个"插友"就在捞鱼时滑进了湖里，差一点给淹死……后来也就都不再去惹那些鱼了，当然，更不敢惹那条人面鱼。湖里那么多鱼，总没人捞，它们岂不是越长越多，淤得满满的，那还了得吗？可是，很奇怪的是，那湖里的鱼，仿佛总是固定的那么个数目，从来没觉得太多，当然也从来没觉得减少……

是的，这真有趣。汤尼听了，非常开心。汤尼把她搂得很紧，仿佛她便是那条人面鱼，生怕她会从他胳膊里滑出去，游走似的……

教堂的管风琴发出婚礼进行曲的轰鸣，她身披白婚纱，那裙裾拖在身后，在通向祭坛的台阶上，铺伸了好几级……汤尼把结婚戒指轻轻地套入她左手的无名指……在那大得令她感到有些个恐怖的宫殿式卧室里，特别是在那张大得惊人的、有古典式幕罩的婚床上，她与汤尼的新婚之夜，并没能使她感到满足，其快感远小于她抛出关于人面鱼的故事的那个傍晚，在那个别墅中的那次尝试……

那实在不是偶然的。汤尼比她小三岁，属于苗条、白皙型的绅士。汤尼绝对没有毛病，然而汤尼却注定不能令她销魂。这也许并不是什么糟糕的事。中国俗谚："女大三，抱金砖。"这话应在了她的身上,不过,不是因为有了她,汤尼抱了金砖,而是她因为有了汤尼,而抱上了金砖……他们过得富足、体面,先有了汉克,后有了露茜……

汤尼没有绯闻,她也确信他没有外遇,然而汤尼越来越多地出差,越来越多地一个人在书房里睡……

婚后不久,甚至在与汤尼同床共枕时,她的思绪里就曾经飘飞过这样的丝缕:要是,汤尼能和他一样……要是,换成了他……宁愿这下面是那张茅屋里的大炕……宁愿那边就咕嘟着一锅猪食……而且,甚至于,她切盼那体臭,那种勇猛的进入,还有那一份强悍,都是他的,她闭上眼,在幻觉中努力提升自己的兴奋……而往往是,不那么和谐,不那么对劲儿……特别是,眼里呼啦一下是歪着嘴在努力的汤尼,便一下子有浓酽的罪感、耻感,翻肠倒胃地直奔心头,令她立刻汗流浃背,并顿时索然、悚然……

天哪,天哪,我的上帝……常常地,在她独处,并且心头浮起那座遥远的,并且不知是否还存在的茅屋,以及种种不堪聚焦般呈现的镜头时,她便频频地在胸前画着十字……而她又深切地自知,她并不能真正成为一个基督教徒,因为,她虽然极虔诚地读过《圣经》,却始终不能在心底里相信,耶稣基督死后复活这一关键性记载……她在胸前画十字,只是因为她的肢体语言,已然进入了该种文化的系列,并且,无论如何,这总能让她多多少少减少些罪感……

出租车开到了高速公路收费站。他伸出手臂交费。那手臂还像当年一样,溢出充沛的阳刚之气。

出租车过了那彩绘牌楼的收费站,向天竺机场飙去。很接近了……这段行程即将结束……她若再不跟他对话,那这次的邂逅,当不白白地……白白地怎么样?……唉唉,无论捅不捅破这层窗户纸,二十几年过去了,又能怎么样呢?……

她从价格极昂的路易·威登手袋里，掏出妆盒，打开，匆匆地朝小镜子里瞥了自己一眼，居然绿雾升腾……她心旌摇曳，难以自制……

　　……倘若那时候,她真的破釜沉舟,跟他结婚,会怎么样？……她是单纯地追求肉欲吗？不不不，那将是一条极其艰辛的生活之路，却并不是一条只等着晚上绿光流溢，叶芽胀破绒壳，欣然挺伸的浅薄之路……事实上他们会有很多很多心灵的撞击与融合……是的，那条人面鱼知道，他曾给她写过好多封信，那上面有很多很多的方块字，每一个方块字里，都包含着丰富的意蕴，那是由二十六个字母无论如何地拼合，也难以企及的……当然，他到头来没把那些方块字寄给她，而是，几乎一字一字地分裂开，让那人面鱼吞吃掉了……汤尼给她写过信吗？细想起来，这真古怪，汤尼给她打过不计其数的电话，却从来没有给她写过一封真正的信函。当然，那种算不得真正信函的卡，就是已经印好了一定套路的简单话语，配有图画或照片的卡，只需在上面潦草地签个名，便可寄发的卡，汤尼是给她寄过的，然而那算得了什么呢？这样的卡，就是碎成很小的香屑，抛到那个小湖里喂人面鱼，人面鱼也一定不吃吧……

　　……当然，那种情况并不多见，然而，即使是偶一出现，她心里也总是非常别扭，需要拼命地克制、克制，才能保持住脸上那据说是"极其迷人的东方式微笑"……

　　……在长条餐桌边，汤尼，还有汤尼的父母，有时还有汤尼的兄嫂什么的……黑人女佣苏珊端着硕大的银托盘，里面是一条完整的加拿大式烟熏三文鱼，或一只法式红酒焖羊腿，轮流走到每一位的右侧，微屈腰身，于是每一位都斯文至极地，用那托盘中的银叉银刀，切下薄薄的一片，放入自己面前的餐盘中……轮到她，她也只切薄薄一片，甚至比其他人所切的更薄；可是，往往就在这时，汤尼的父母，有时还要加上汤尼的兄嫂什么的，便都把目光集注到她的脸上，显现出无比怜惜的情愫，他们并不说什么，餐室里静寂无声，餐桌上的大花钵里，满钵的大百合都散发着淡雅的幽香；然而她明白无误地懂得，他们那一刻都不约而同地在心里感叹："啧啧啧……这个在穷乡僻壤里受过苦的……小美人儿……汤尼给了她什么样的幸福啊！……"这还算不了什么，可是，他们很显然接着还要在心里自言自语："……可怜的小美人儿……在那种可怕的地方……该受到过什么样的蹂躏啊！……"一瞥之中，甚至于连苏珊，在似乎不动声色的面具下，也附和着汤尼一家的思维……

你不能说汤尼，以及他汤尼的父母，还有汤尼的兄嫂什么的，包括那个黑人女佣，有什么恶意；你更不能否定，中国的"文化大革命"，还有"插队落户"，确实给中国，给包括她这代人在内的几代中国人，造成了许多的繁难痛苦与遗患隐忧，然而，实际上一切都并不那么简单，比如，她在那个小村，那个小湖，那座茅屋，那口煮猪食的大锅，那张热腾腾的大土炕，那样的一处空间中，就曾经享受过绿色的阳光，绿色的火苗，青春的热欲就曾极其酣畅淋漓地得到过满足，仿佛早春的叶芽，痛快地蹿破树皮，顶穿绒样的薄壳，裂开，舒展，任透明的汁液循环，乃至渗出……

而汤尼，在那样的场合，曾自以为高明，完全不知她内心里是极度地尴尬，建议说："……讲讲那条人面鱼……那一定会令他们吃惊……"她呢，便只好压下心头的不快，强颜欢笑，讲述起来，那回送到她自己耳中的声音，令她觉得诧异，她的灵魂在羞赧中涨红了脸，可是她在收住讲述，并听到汤尼一家极有礼貌也极为节制地轻轻鼓掌，并发出叹息声时，外表上却显得极为愉快，并且，仿佛很为自己能用他们的那种语言，娴熟地把人面鱼的故事讲述得那么样的生动活泼，而欣慰，而自豪……

为什么，这一切究竟都是为了什么？她的人生道路，为什么非得这样地走？这样的幸福，曾是她切盼，并为之奋斗，得来不易的；也是令她父母引以为荣，并被众多的亲友，乃至并不怎么相干的邻居们，所艳羡的……可是，有时候，当她一个人静下心来，面对灵魂时，便幻想到，故土上一张简单的餐桌，对，无妨就是那种廉价的，可以折叠的，蓝色烤漆腿的折叠桌，桌边坐的不是汤尼，而是他……她把煮好的面条，从热锅里捞出来，盛在大碗里，就是那种最普通的大瓷碗，递给他，而他，接过去，从餐桌上的另一只大碗里，舀出好大一勺现成的炸酱，用筷子搅拌着……她把洗净的黄瓜递过去，他边吸着面条边接过去，一筷子面，一口脆黄瓜……于是，她也盛一碗吃……他们也许会说起那条人面鱼，那该是怎么样的一种交谈啊！……他吃着炸酱面，喉结一上一下，额上沁出豆粒大的汗珠……他才是令她心醉的唯一存在……

不过，个体生命的存活，实在不是那么简单……倘若，她当年真的义无反顾，那么，很可能，不是他被引进她家的那个小院，而是她把自己送进他盖起的那个小棚屋，那个借用公共厕所一面墙的违章建筑里……她真的吃得消吗？……就算她与他能始终极其地和谐，可她能与他的父亲和母亲和谐相处吗？尤其是，在那么一个狭窄的空间里……

当然，他们可以联手奋斗……事态的发展证明，这个都市里的大多数人，后来都提升了他们的生活品质……他现在开上了这种一公里两元钱的出租车，主要到大宾馆门口等客，这已经算是这个都市里收入较丰的职业了……倘若他们联手，也许他现在从事的职业会比这个更好……

她觉得眼睛发痒。她找出揩面纸，揩眼窝。她承接到一粒泪珠。

她现在已是有夫之妇。意识到这一点，她悚然，罪感又迅即弥散开，充满她的胸臆。然而尽管她拼命地压抑、压抑……那些罪罪过过的碎思裂绪，依然玻璃碴子般地划着她的心尖……如果汤尼突然消失——这在车祸乃至空难频仍的美国，实在算不得是一种玄想——而他，居然还并没有结婚，或已然是个鳏夫，那么，难道她不可以找到他跟前，与他鸳梦重温、花开并蒂吗？……或者，她竟在某一天，走进汤尼的书房，跟汤尼和盘托出：她并非什么"文革"中"插队"时"失身"的"可怜姑娘"，恰恰相反，在那诡谲的时代里，她偏偏主动出击，获得了生命历程中最隐秘而甜蜜的极乐……她坦然地提出离婚，而吓晕了的汤尼，出于自尊，加上被那种文化熏陶出的一些个思维杂碎，居然爽快地应允了，于是，她不仅重获自由，并且依然会富有，她会骇人听闻地飞回这个城市，追到他的身边，让他清醒：唯有他们才相谐相配，他们本是上帝专门制作的一对啊，他呢，也便惊世骇俗地，割弃现有的，与她重辟新境，构筑一个绿茵茵的，再不云散的两人世界……可是，天哪，她猛然想起，汉克和露茜，那可是她的生命中已然不可舍弃的东西，他们怎么办？……

她身子瑟瑟发抖。她本无辜，而且她的这些思绪并无他人知晓，然而，她却在心底里自己告发了自己……她自己既是上帝，也是罪人，她自己执鞭笞挞自己……

出租车越来越接近机场了。透过车窗可以看到正在升空爬高的巨型喷气客机。

她瘫靠在后座椅背上，两眼如醉如痴地盯住他的脖颈。现在他们又一次离得这样近……他既然也认出了她来，为什么这样地残忍，竟一声不吭？为什么非得她先开口？是因为，那个绿色夕阳映照的傍晚，那个绿波叶汁般流溢弥散的晚上，是她冲过去，主动搂定了他吗？……

其实，为什么他们不能，就在这个时候，互相招呼，并且勇敢地做出决定，暂时把他人，乃至整个世界，都抛到一边……在今天的北京，驶到任何一座星级饭店，开一个房间都是很便当的事，只要你有钱……更何况，她持有美国护照，她是外宾，是到处抢手的投资者……他们为什么不趁彼此都还不老，都还有火力，在绿色夕阳的映照中，重新体验那销魂熔魄的颠鸾倒凤？……

……可是，此时的他，会有着同样的想法吗？……

她脸上火烧火燎的。不仅是罪感，而且，耻感也火星似的炙烫着她的心。她用上帝之鞭，更严厉地答挞自己那被热欲炙烤得吱吱冒油的灵魂……为什么啊为什么，越答挞，那欲望却越如滚刀筋般顽犟？人，究竟是一种什么东西？……

生命啊……悲苦！

她号啕大哭——在饱受煎熬的灵魂深处——却无一丝声息。

出租车掠过一排巨大的广告，机场近在眼前了。

1997 年 11 月 14 日于绿叶居

榆钱

1

没尺子不要紧,咱们就用手量。把右手食指和小指使劲张开,绕着她的腰摆了几摆,不到四拃!您信不信?就那么苗条!

就在那间小屋里,我跟苗香发生了关系。

2

那间小屋在一个农民院里,西厢房。有出古戏《西厢记》我当然知道,在那间西厢房里,确实也有关于那出戏的联想。我们之间也有红娘,不过那红娘是个男的,是我的战友。提到战友,您就知道我当过兵。当过整整五年的兵。战友王建东不仅是我的红娘,他首先是我的大恩人,大恩人在古戏里很多,可是我一时想不起拿什么戏里的角色来打比方,就不比方了吧,反正王建东对我恩重如山。我们一起复员。他老家在安徽,我老家在河南。他来自一个地区市,我来自农村。他回老家有城市户口,我回老家就还是农村户口。结果他帮了我好大的忙，让我跟他去了他那个市，把我的户口落在了他家所在的那个派出所。您问花了多少钱？别这么问，怪那个的，我不也不细问您的事儿吗？

那间小屋在一个农民院里，西厢房。当然，是临时租的。啊，当然，我说的那间西厢房，是在北京郊区的一个村子里。可是要把事情捋清楚，还得说另一处西厢房，就是安徽那个市里一个偏僻角楼落里的一个院子里的西厢房。简单地说吧，王建东回去就结婚了。洞房占了西厢房的两大间，另一间连着的小屋子堆东西，也支了一副铺板，我就睡那上头。各间屋子之间的墙壁不隔音，加上我又把耳朵贴到墙上去听，那洞房里的响动就让我心里头仿佛有只小锅在扑腾，锅里也不知煎熬些个什么，又酸，又甜，又苦，又粘……后来王建东看出来了，有天就笑着跟我说，你也该真的吃点荤的了……

那间小屋在一个农民院里，西厢房。不过在那里头吃荤的，所吃的，还不是王建东当红娘让我捞着的。您必得听我一步步往下讲才闹得明白。其实也好明白。都很简单。

在安徽那个市里，王建东帮我落下了户口，还提供了睡觉的地方，可是工作他让我自己去找，我也很快找到了一份工，是在他家附近一家饭馆配菜。在部队我当了两年炊事兵，刀工非常好，打这份工用一句文辞儿，叫游刃有余，对不对？王建东自己的工作当然比我强，他在那里有丰富的社会关系，没费什么劲就当了一家大商场的业务员。他给我介绍的对象，就是他们商场的收银小姐。这位小姐不是腰细腿长的苗香，她脸庞挺中看的，腰身没有苗香那么妖娆，名字就免提了吧。她跟我交得也挺深的，搂搂抱抱，亲嘴摸乳，都是有的，只是没发生那种关系。她跟我聊天，给我印象最深的话是，她最恨大额钞票，倒不嫌弃钢镚儿。想想也是，顾客递上大额钞票都得放验钞机上验，有时就验不出来，但是往银行送，人家银行却验出来了，这就要追究收银员的责任，往往还要扣工资赔上；可是钢镚儿就不用验，银行收的时候过秤计值，也还没发现过伪造的。一个不爱大钞的姑娘，想想真难得。我跟她单独见面没几次，她就带我去了她家。平常人家。她爸她妈对我都不错。我把她的照片也寄回河南老家，给我爹我娘看了，扬言我这个有了城市户口的人，将会带着个城里的媳妇回乡下，让他们以及我们整个家族在村里脸上红光耀眼。可是临到谈婚论嫁，她爸她妈很干脆地跟我说，只要我拿得出三万块钱来，婚事马上可以张罗。我哪儿能一下子变出那么多钱来呢？我就说让他们等几年，我拼命去挣。他们问你几年挣得出来？他们里头，自然也包括那姑娘本人，她眼泪汪汪，可是掐着手指头帮我算了算，就凭我配菜的工资，到手后一分钱不花，也得六年以后才能达到三万，她可实在等不起啊！我跟她说，也许我能换个法子，挣得更多些，她等的时间，也就兴许能短些，她就问：你抢银行去啊？问的语气倒是软绵绵的，可像尖刀一样刺得我的心汩汩喷血。我跟她的最后一面是瞒着她爸她妈，约在公园外头墙根下见的，那天下午飘起雪花，我觉得天空是件巨大的被撕裂了的羽绒服，雪花就是从裂缝里抖出来的鸭绒毛，落得我满身满脸全是，不觉得冷，只觉得热，热得心上发麻。记得我问她：你不是不喜欢大额钞票吗？她点头说，是不喜欢百元大钞，不过如果有一手提箱的钢镚儿，数出来够三五万的，她会非常非常喜欢。我说你嫁的是人还是一手提箱的钢镚儿？她说你不能怪我，更不能怪我爸我妈，如今结个婚，三万是最起码的数目，连这个数目也没有，谁敢结婚呢？我听了头脑立刻清醒起来，觉得头上脸上落的不是鸭绒，是能融化的东西了，她就手里捏着手绢，给我擦脸上脖子上的水，我就跟她说，也是也是，王建东结婚花了五万，房子还是家里现成的……我就祝她幸福。

榆钱

197

您说根本没有撮合成，王建东算不得红娘，我不那么认为，我觉得王建东比红娘还红娘，他甚至想借我一万块钱，还借我那间小点的西厢房，他对我真是太好了。可是人家觉得不能那么凑合。确实也是，怎么能那么样凑合呢？我就问王建东，他广州有没有亲戚什么的，他说哎呀没有，问我是不是想往广东去淘金？我说必得试试去了。第二天我拎个包就往广州去了。

3

您一定急着让我讲苗香。您是搞文艺的，我懂，您要搜集素材。可是我的这些事儿不够格儿当素材。我看电视，看连续剧，不有好些个都市言情剧吗？有的挺抓人，勾人看完一集还想再看一集，但那都够不着我的生活，不，该这么说，是我的生活够不着那些个电视连续剧。我的生活就这么笼统着往下说，也还是毛刺太多，让您觉得太不清爽，太不艺术，而且，意思也太简单，没个深刻劲儿。对不起，没办法，我就这么活过来的，恐怕也还要这么活下去，拖泥带水，肤浅庸俗。您还愿意听？我也还愿意讲。

我到了广州，下了火车，已经是晚上了，街上灯火辉煌，越往前走，两边来往的人就越显得体面，穿得好，手里提的东西，无论是黑亮的公文包，还是鼓鼓的有外国字的购物袋，也都让我越发觉得自己穷酸，对，穷酸，原来我知道有这么个词儿，可是，只对那个穷字有体会，对酸字就没感觉，现在可好，我对穷酸这个词里的酸字，体会深刻，深深地刻进心窝里去了。我盲目地往前走，哪儿灯火漂亮往哪儿去，可是越漂亮的地方，就越让我心酸。我不知道该在哪儿停下来，睡在什么地方。那一晚，我把腿也走酸了，整个人成了一棵醋熘白菜，真是棵白菜也好，可我分明又不是，我是一个人，但我这算是一个什么人哪？那晚我对自己说，你知道了吧，你是一个多余的人……

　　但是我第二天傍晚就找到了工作。我挨家挨户去问那些商店、餐馆，要不要我干活？我会开汽车，会配菜，更不消说浑身是力气，搞卫生扛东西打杂更不是问题……问到第三十七家，是个不大不小的中档餐馆，老板接纳了我，让我配菜。后来跟老板熟了，问他怎么那样爽快地接纳了我？他说第一眼看见我那一米八的个头，立刻觉得我是一条好汉，再加上我递给他的复员证，他对当过兵的青年总多些个信任，发现我的年龄不到二十五岁，脸上还存着些孩子气，就更喜欢我了，因此毫不犹豫，当天就收容了我。广州毕竟是广州，在这样一家中档餐馆里配菜，工资比在安徽那个城里的高档餐馆里当同样的配菜工还高出一截。但是收工以后，一个人默默算计，还是觉得难以很快地挣出娶媳妇的钱来。您问为什么不下个决心回河南老家去娶个媳妇？怎么这样问我？我不是有了城市户口了吗？我好不容易成了一个城里人，怎么能忍受回老家落户的结局？在广州，有人说我是外来民工，外来民工指的是农村来的没城市户口的人，我就总是耐心地纠正他们的说法，告诉他们我不是外来民工，我是易地工作的城里人，为的是这边工资比我户口所在地的工资高，水往低处流，而人往高处走嘛。

　　好了，苗香马上要出场了。

4

　　我坦白，第一眼看见苗香，我心里一震，就有想搂住她亲嘴、跟她上床睡觉的冲动。这样的冲动，说出来，就叫调戏，做出来，就是流氓，如果人家不依，告了你，就是犯罪，要抓起来判刑，这我当然都懂。但是我心里一震以后，心弦嗡嗡嗡地私下里抖擞，但是嘴里不说，手脚不乱，更不去强迫人家，那就是个好人，对不对？您见了中意的人，心里也会这么一震，对不对？如果您说绝对没有过，那我就不懂了。

第一回见苗香，是在医院里。不是我病了，是有个老太太病了，那可是个有身份的人物，她一个人住一个病房，那病房里有卫生间，有彩电冰箱什么的，还有一套沙发。说她一个人住一个病房，是她有那么个资格的意思，实际上是两个人住，另一个人就是苗香，苗香晚上睡在那个长沙发上，她不是医院的护士，是病人家属另请来陪床的护理。我去那医院，是按老板的吩咐，给老太太送一样菜去。医院的伙食很不错，可是老太太还想吃些特色菜，她的亲属就在我们餐馆订了菜，让给送去，以前都是派个服务员送，那天不知为什么老板忽然让我跑一趟，我拿着提盒进了病房，苗香走过来接，我俩顿时身体之间的距离近到两尺以内，我以为一下子嗅见了她的气味，不是香水香皂什么的气味，是她身体本身的气味，你不信？病房里会有消毒液什么的味道，一定掩盖了所有其他的气味，何况那病房里还摆着些看望的人送去的花篮、花插，气味该是很混乱的，确实，后来我也感觉到了那个混乱，但在苗香走过来接我手里的保温提盒时，我鼻子里却只有她的气味，哎，活人的气味，活女人的气味，年轻的活女人的气味，真让人迷醉啊！

那天晚上，我就在自己被窝里靠想象跟苗香一起睡了。这没什么不好意思的。后来苗香跟我坦白，她也曾在被窝里靠想象跟我睡过，只不过那是在跟我接触到第五回，看见我在篮球场上光穿着汗背心打篮球之后的那个晚上。那天我难得地轮休一天，却并没有送菜的任务，于是我管自提了些水果去那老太太的病房，老太太睡着了，苗香接过水果，也不问我以什么名义，那水果究竟是给老太太还是给她的，只是抿着嘴笑，然后告诉我老太太再过些天可能就要出院了，我就凑拢她身前跟她说我要跟她保持联系，她就给我留下了一个电话号码，我刚把电话号码记下来，就有老太太的也不知道是女儿女婿还是儿子儿媳妇来探视了，我忙抽身走了，也不知道人家问没问苗香我是谁，以及苗香怎么圆的谎。我下了楼，医院绿地那边篮球场上正有些年轻人在打篮球，我就过去跟他们一起玩，也没人细究我是谁，我玩的时候就总觉得远处那楼房高处有扇窗子里有张放光的脸，死死地盯着我，那就是苗香，为了她，我玩得格外花哨，一会儿勾手投篮，一会儿跃起盖帽，有时还爽性双臂吊到篮球架的横挡上，像练单杠那样奋力引体向上，我觉得浑身肌肉都在像花朵一样怒放……

5

苗香也不是广东本地人，跟我一样，也不是外来民工，也属于易地工作。她来自甘肃一个县城，跟我不同之处是，她是跟哥哥弟弟结伴来的，哥哥弟弟都进了工厂，在流水线上干活，她一直做杂工，换过很多活路，最后才找到这份护理工，虽然二十四小时都得随时伺候病人，但工资是每天六十元，比哥哥弟弟挣的还多，也不用另外租房子住，随着病人订饭吃，自己不用花什么钱。有的病人要接屎接尿，频繁地给翻身、擦身，有的病人像我见到的那位老太太，能自己去卫生间方便，只要注意扶着就行，所以这活路也不能说是非常艰苦。我后来抽空去医院，都是趁病人睡觉，又没有医生护士查房，亲友什么的也没来探视，就把苗香叫到病房外大回廊上，站着小声说些话。现在也不记得究竟都说过些什么话，只记得她眼睛仰望着我，闪闪的，嘴角朝上弯，分明是喜欢我，而每当我不得不离开时，她眼睛就晴转阴，嘴角有点朝下撇，分明是舍不得我。

那个老太太出院后，苗香又伺候了另一位半老太太，但这位半老太太是癌症后期，完全丧失了自理能力，也不向餐馆订菜，加上她的亲属频繁地来病房探视，我就很难再见到苗香了。

这时候发生了一件极不愉快的事情，就是我发现我的身份证丢了。老板是个很认真的人，他说我应该回安徽补一个身份证。确实应该回安徽去补。我给王建东挂了一个长途电话，他说那你就快回来吧。回安徽以前我想无论如何要跟苗香见一面，我就硬闯到医院去了，结果发现那个病房里换了个病老头，还有个呆头呆脑的男护理。说是那个得癌的女病人死了。女病人的护理，姓苗的姑娘呢？人家说不晓得。我就去住院处查，那里有所有护理工的名单，上面有苗香的名字，但注明她回家待命去了，就是这期间没有女病人需要她护理了。我就马上给她打电话，接电话的人说的广东话，大意是这人现在不住这儿了，搬哪儿去了不知道。放下电话，我就觉得身体成了个掏空的腔子，这样一个空腔子，还要身份证干吗呢？

6

到头来我还是回到了安徽，回到了那个给我带来城市户口也带来伤心回忆的地方。下了火车我就去王建东家。他不在家，他媳妇说他临时被派到连云港押货去了。一年过去，我发现他家重新装修过，比结婚时候更漂亮了。那间原来堆东西、给我住的小厢房，跟大厢房打通了，布置成了育儿间。当然最大的变化是王建东有孩子了，她媳妇把我让进屋里没说上几句话，就抱着胖儿子喂奶。本是熟人，风俗上女人喂奶也不避旁人，那媳妇在我对面沙发上坐着，露出一只鼓鼓的白奶子喂那孩子，我见了心里酥痒，有伸手去摸那奶子的冲动，当然我并没有真的干那样的事，那是绝对不能干的，我只是在想象里摸了一下。

王建东媳妇对我不咸不淡的，问我在广州是不是发财了？我如实告诉她，那边工资高一些，但我就是拼命地俭省，也还是存不出多少钱来，加上说话上跟一般人难以沟通，因此找到更好的工作也难。王建东媳妇忙着照应孩子，连杯水也没给我倒。她喂完孩子以后，就拿出我存在她家的户口本，搁到茶几上，意思是让我拿去补身份证，以后也就由我自己保存。她还说，其实现在哪儿都有给人做身份证的，广州肯定做得更像真的，价钱总比坐火车跑来回省吧。我就说我还是要真的。她淡淡地说了句，就跟这儿吃晚饭吧。那时候才下午四点多，我听了就明白我在这个厢房、这个院子里也成了一个多余的人。后来我在那个小城的街道上走，心里头重复着刚到广州那天的感觉，那种感觉还挺像心尖上粘了些捏不下来的苍耳子。我本该去派出所，却朝相反的方向走，也不是故意的，实在是我也不知道自己命里的这步棋该怎么走了。忽然我发现有两个身影跟别的身影不一样，别的身影对我没有什么意义，这两个身影却从许许多多的没意义的身影里跳了出来，跟浓墨泼出来的似的，使我马上想到三万这个数目……说准确点，那身影不是两个人而是三个，是一对老头老太太推着个儿童车，儿童车里睡着个孩子。当然啦，您猜出来了。我停住脚步，呆呆地站在那里，也不知道他们的身影是什么时候消失的。夕阳裹在我身上，先是觉得发热，后来就觉得发冷。后来，我转身疾步朝一个地方走去。不是去派出所，也不是去小旅店，是去了火车站。

7

　　您以为我回广州了？不是，我去了合肥。
　　在合肥下了火车，我发现随身的挎包裂了一条口子，肯定是我在火车上迷迷糊糊的时候，让人用剃胡子刀片给拉的。损失极为惨重。一个放着我全部积蓄的厚信封没了，户口本也没了。我垂头丧气地在车站外广场上，靠着广告牌的立柱痴呆了好半天。后来所有知道这事的人都给我放马后炮，说我怎么那么笨，为什么要带着几千元现金旅行，应该去银行办个通存通兑的活期存折嘛，设了密码的折子即使被人盗去，他也取不出来，你通过报失也还能追回损失。

　　说实在的，丢了那么多钱，我却并不特别悲痛。您已经知道，我丢失过更为宝贵的，而且不止一次。风吹到我身上，头脑清醒些，我到僻静处清理自己的东西，发现复员证、驾驶证都还在，仔细想想，我那户口存根在那派出所也该还在，我丢的只是钱。我一个二十六岁的年轻人，一米八的个头，浑身是力气，我可以再去挣钱。我不想再去饭馆配菜了，我决定去职业介绍所。我想起来我裤子腿的卷边里还藏着一张百元的票子。这是离开广州时我自己缝进去的。后悔当时没多往里头搁两张。这招数是餐馆里一个洗碗工教给我的，他说有回他把别的全丢了，好在还有裤腿里的一百元，让他渡过了难关。当时我是嘻嘻哈哈当着他面缝的，只当好玩。我以为我这么个一米八的壮小伙子，我不抢别人罢了，别人谁专从人堆里挑出我来抢啊？再说我当过兵，最警觉的，偷我也难。但是偏偏就让人给偷窃了。

　　那裤腿里的百元大票功劳真不小。我去职业介绍所，交了二十元的中介费，又租到一间临建房，预交了五十元房租，兜里净剩三十元，我想凭这三十元我起码能撑十天。没想到登记的第二天我就找到了活儿，是在一个仓库扛包，这活儿虽然累，可是一天苦干八九个小时，把定额完成，能挣三十元，算下来一个月挣的比在广州配菜还多。但是人家不是马上把钱给你，要干足一个月才给你结算一次。我自己仅有的三十元怎么撑得了一个月呢？我就买了一捆大葱，每天就着大葱啃馒头。干那力气活，特别耗费体力，也就特别能吃，从仓库食堂买馒头，比外头便宜，三毛钱一个，我一天怎么也得八个才行，这样一算，无论如何撑不到一个月，一个老师傅，本来他听我去过广州，跟我开口借过钱，我把自己丢钱的事告诉了他，他就跟别人去借了，临到他发现我连吃馒头的钱也没了，反倒帮我借来了三十块钱，这样我就撑到了发工资的那一天，一下子拿到了九百三十块钱，还掉三十还剩九百，我就马上去银行办了个有密码的通存通兑的折子。

8

我知道，您急着要听西厢房里的故事。北京那间西厢房，在一个农民院里，小小的，里头也没怎么装修，挺简陋的，可是，在那些日子里，它就是我的天堂。

从扛大包到进这间厢房，当中还有一千多天的事情。我换了很多工作，辗转了许多地方。最后，来了北京。有个算命的，偶然遇上的，他跟我说，我不适合在南方发展，我的运气在北边。这就是我闯北京的主要动力。您笑我迷信？其实也不一定是迷信。到北京，我有自知之明，就是我这么个条件，根本没办法在市区生存，我只能到远郊找机会。也是转悠了几圈，最后才到了这个榆景园。您是榆景园的业主，您比我更清楚，如今北京这样的商品房小区很多。户口真是不重要了。您不就是外地的户口吗？城市户口跟农村户口的区别也越来越有限，特别是对于年轻人来说，钱就是户口，只要你有大把的钱，就可以在北京买房子、买车，立下脚来。最近不是还有这样的政策出台吗，就是只要你在北京投资或者纳税达到一定数额，特别是能为北京下岗职工提供一定的就业机会，那就欢迎你申请北京户口，批准起来很快。

这榆景园真是个好地方。人气很旺。您的概括很对，这里的基本状况是：一对夫妻一套房，一辆汽车一条狗。夫妻大都三四十岁，有的跟我一边大，有的比我还小点儿，大部分是从外地来的，在北京做点不大不小的生意，发了点不大不小的财，就买了这不贵也不便宜的房子，安下家来，他们的私车也没几辆高级的，大半不过是捷达、富康、桑塔纳，有的更不过是夏利、奥拓；有的养了孩子，有的，用您教给我的那个话，是不要孩子的丁克家庭，但是却几乎家家养了狗，现在连我对这些宠物狗的品牌也很熟悉，什么吉娃娃、贵宾犬、斗牛犬、松狮犬、腊肠、沙皮、斑点……说实在的，我知道北京比这富贵的地方、家庭多的是，离榆景园不远就有茵梦湖别墅，里头全是单栋的小洋楼，那里头住户的私家车最差的也得是别克、本田，休闲设施可不是光有网球场，人家那边有好大的带高架网棚的高尔夫练习场，每天光往里头送鲜花的保温车就总有两三辆，可是那并不让我羡慕，我知道那是我一辈子也够不着的，但是我羡慕咱们榆景园里的买下小单元、开上奥拓、都市贝贝的同辈人，他们的今天，就该是我的明天，那是我下把狠力气，能够得上的啊！

  我是前年秋天来榆景园开物业班车的。每月工资九百元，管吃管住，这是这么多年来我最满意的工作。住的虽然是集体宿舍，楼房的地下室，跟电工、管子工还有保安队的住在一起，睡上下铺，但是卫生条件不坏，有洗热水澡的地方。都是差不多大的小伙子，我算里头年龄大的了，都管我叫哥，处得挺好的。吃的也还可以，起码不用自己再张罗了，走进食堂，什么都是现成的，热腾腾的。开班车这活儿对我来说挺轻松的。坐我这班车的基本上是些老头老太太，还有进城上学的中小学生，大家都有座位，文文明明，对我挺尊重。物业公司发给我的工作服是黑颜色的西服，雪白的衬衫，还有带榆景园标志的淡蓝色领带，再配上雪白的手套，往驾驶座上一坐，我就觉得自己不是多余的，而是必需的一个存在，心情格外的好。

您急了不是。您怪我怎么还没说到那间西厢房，还有那腰身细细的苗香。您是怎么说的来着？楚王爱细腰，宫中多饿死？我不懂那是什么意思。幽默？什么叫幽默？更不懂了。但是苗香确实就要再次出场了。

9

去年夏天忽然接到一个长途电话，来电话的是个女的，她问："还记得我吗？"我立刻惊叫："苗香！你在哪儿？"原来她也在北京！您说这叫得来全不费工夫？对我来说，当然，真是天上掉下来一个现成的仙女，可是对苗香来说，她可是费尽了工夫才找着了我。大概其地说，她是先从广州我配菜的那家餐馆，打听到我的户口所在地，又从那里联系上王建东，再通过王建东得知了我在北京榆景园打工。我庆幸自己一直跟王建东保持着联系。想起王建东媳妇，觉得是块冰，但是想起王建东，就觉得永远是块能烘暖我的红炭。

苗香跟我联系上没几天，就大摇大摆地到榆景园找我来了。我们物业公司的哥们儿，比我大的都有媳妇，只是媳妇在老家罢了；比我小的也有在老家娶了媳妇的，也有在北京娶了外地来打工的姑娘，在附近村子里租农民房安了家的；还有正讲着恋爱，筹备着婚事的，睡我下铺的管子工小焦就跟小区超市的一个售货姑娘正打得火热；我没媳妇，也没交上女朋友，这个情况大家都觉得很奇怪，坐班车的老大妈、老嫂子问起来，更觉得难以理解，他们说我一表人才，帅哥儿，是不是眼光太高啊，怎么会都快三十了还没娶媳妇？有的还说要给我介绍，我也真等着他们介绍，但始终并没有真来给我介绍的，我自己肚子里明白，真要是北京正式户口的姑娘，听到我这么个外地打工仔的情况，没自己的房子，没医疗保险，没养老保险，更别提只有初中学历，又不是做生意能发财的，谁愿意跟我呢？至于外地来打工的姑娘，没结婚的，一般都比我小五六岁，先别说她们也想嫁个有钱人，就是钱财上将就点的，也嫌我老，宁愿去跟小焦那样的年龄相当的凑对子。老大不小，媳妇还八字没有一撇，这是我在榆景园里的大苦闷，也影响我在别人心目里的分量。苗香的从天而降，让我心里的阴云一扫而空，物业公司同事和业主们纷纷跟我打趣，说我原来是故意跟他们隐瞒，敢情我不但有对象而且是个天仙般的美人儿，真是够有艳福，也够能装蒜的，听到这样的反映，我下巴不由得总往上仰，真有点得意忘形，仿佛我那以前真是故意在跟他们卖关子似的。

苗香来了，我就到园外村子里租了那间西厢房。您知道这榆景园就是外头那个村子的村干部把土地的使用权卖给了开发商，那么盖出来的。房东见了我总要发些牢骚，说卖村里的地，得了大把的钱，村里干部现在都坐上了奔驰车，盖起了大公馆，可村民一分钱好处都没有，这算怎么一回事儿？我心想那几个村干部就是坐宇宙飞船也就让他们白坐去吧，我眼前有了苗香就够了！房东又叨唠说那开发商不过是三十岁的小媳妇，也并没有北京户口，自己兜里没几个钱，也不知道怎么就有那么大的能耐，一家伙从银行里贷出了那么大笔的款子来，除了这榆景园，还开发了好几处地方，人家就是有后台，有关系呀，瞧吧，指不定哪一天，揪出个贪官来，就把你这小媳妇连带着薅出来！我没听完就离开了，心想那开发商爱有什么后台什么关系就让她有去吧，反正都跟我没关系，她就是被薅出来也不关我事，只要榆景园新换的老板还管给开工资，那我就都无所谓，而且，有了苗香，就是榆景园破产了，乱套了，我跟苗香另外找地方挣钱就是了，也都用不着我皱眉叹气。

10

　　在那间西厢房里，苗香跟我上床前，说先要跟我说明白。她掏出她的身份证给我看，原来她比我大一岁。我笑了，说这算什么问题呢？再说你看上去比我至少小三岁。她就说，傻子，这么大的女人，到处混事，还能给你个没破的瓜吗？我还没反应过来，她又说，不过你别紧张，我很自爱的，破是破了，一点脏东西没染上的。我就搂过她，亲她的脸、脖子。她就问我："你呢？这之前，回数多吗？"我说从没有过，光是靠想象跑过马，她就反过来搂我，把我箍得紧紧地。

　　在广州那家餐馆打工的时候，男工友们，有时候加上老板，常在一起说些荤笑话，有时候他们用广东话说，我就听不大懂，有时候大家都用普通话，我就听得很过瘾，其中出现得最多的词汇是——床上功夫。跟苗香上了床，我深刻地体会到了这个词的内涵。作为一个成熟的女性，她一步步引导我走向高潮，而她也就享受到了最高潮的极乐。我这才懂得可以有那么多的体位，那么多的方式，并且可以把享受的时间维持得那么长久。

　　白天工余，我挽着苗香的细腰，在榆香园里散步。我跟认识与不认识的业主主动打招呼。人家都以善意祝福甚至羡慕赞叹的目光表情回应我。您知道榆香园所以取了这个名字，是因为原来这片农田里有棵老榆树，开发设计时以它为中心，布置成了中央绿地。我把苗香带到那棵榆树前头，把钉在树上的标明那是北京重点保护的古树的铜牌指给她看，告诉她榆树的树形虽然不是多么美好，但难得它活了那么久，至今每到春天还是能结出满树的榆钱，熟透的榆钱会在暮春风过时袅袅飘下，撒得人一头一身。那棵古榆原来我的两条长胳臂怎么使劲伸开去抱，也还总是差一截才能手指相碰,有了苗香就好了,她往树背后一站,我蹲下伸出胳臂去够,一手够到她腰左,一手够到她腰右,两个人合起来,恰好把那棵古榆树围成一圈。这不是很吉利吗?

11

我跟苗香谈婚论嫁。我把存折拿给苗香看,几年来我已经攒了三万多块钱。苗香夸我,说不容易。她可知道我这样的打工仔,就是挣得比我多的,也难攒下这么多钱。我基本上不吸烟、不喝酒,也就是说除非人家非要递我一支香烟,或者逢到聚餐什么的,才抽一支、喝两杯;更不参加赌博,不吃零食,必要的开支上也非常俭省,与浪费两字绝无缘分。她说她如果节省的话,这几年能攒下比我更多的钱,但她现在手上统共只剩万把块钱。其实她也没乱花,她花费得比较泼洒的一是买衣服二是买化妆品,我觉得她那么个美人儿,就是在衣服和化妆品上再多花费些也理所当然。我跟苗香说,我们可以过得很不错。她就别再在城里打零工了,尤其是别再在医院里当看护,我可以找物业经理,请他给她介绍到售楼处当售楼小姐,那工作很体面,基本工资虽不多,但每推销出一套房子都能提成,如今榆景园口碑不错,净有主动来看房的,推销起来并不吃力……苗香听到一半就问,你们这榆景园多少钱一平方米啊,我报出价来,她就说,那我们现在手头的钱,合起来也只够买下个卫生间罢了。我说是啊,就是我们再努力几年,恐怕也还是买不下这里边最小的一套啊。她就问,那我们住哪儿啊?我说可以在村里租房子啊,当然,要租比现在这间西厢房好的,她听了就皱眉头,没说什么,但那意思很明显,就是那能算安了个家吗?我就跟她说,北京的房价太吓人,但是把在北京挣的钱,拿到外地一些地方去,买套小单元就不那么困难了,比如,可以到我户口所在地那里去买；她就说，那是什么鬼地方？跟我姓苗的一点关系也没有；我说我可以跟你去甘肃，在那里买房子肯定更便宜，她就说你干脆回河南老家去吧，在那里盖所房子不是更省事吗？见我一时说不出话来，她就说，我是不能这么样回甘肃去的，你不也不能这么样回河南吗？总得在大城市站住脚了，风风光光地回去，才算混出了个人样儿，对不对？后来我就又理出个思路来，说咱们为什么总给别人打工？应该用攒下的钱当本儿，去做生意，两个人齐心合力共同创业，只要选好了项，说不定就能发财，也不用发太大的财，发到也能到榆景园里来住，一套房子一辆车，一个孩子一条狗，不就幸福美满了吗？她听了，红扑扑的脸上散发出阵阵香气，不是脂粉的香气，是肉香，女人的肉香，我们就又紧紧地搂在一起，恨不得揉成一团了。

12

苗香回城里去了，说定一个月后再来找我。她留下了电话和联系地址，我也可以主动跟她联系。

她走后我给她打过电话，那是一位高干家里的电话，她在那家当保姆，接听不大方便。过了一个月，她没来找我，我打去电话，是那家的一个年轻人接的，说她到医院陪床去了，我问哪家医院，人家没接话茬，挂断了电话。我就按她留下的地址写了封信，让转给她，但是等来等去没有回音。我有点心慌了。同事、业主，包括物业公司的经理，常问我："怎么样？什么时候请我们吃喜糖？"我只能笑笑，而且那笑越来越苦，我能说什么呢？

就这样，到了今年春天。我成了一个苦瓠子。好在人们总是先顾自己，很少真正把别人的事情总挂在心上，渐渐地，经理、同事、业主，似乎也就把我曾经有过一个苗香，准备吃我的喜糖什么的,淡忘了。只是有一天,在园外村边,遇上了那西厢房的房东,他把我叫过去,悄悄问我:"要不要小姐?保证没病,打一炮,六十块钱。"我差点把眼珠子弹到他脸上,拳头也差点捶过去。他忙往后退,摆手说:"算我没说,算我没说……"我啐了一口,转身走开,他在我身后还叨唠:"人家是个好意嘛,你那对象不是没跟你嘛……"我觉得自己跟只火药桶似的,马上就要爆炸,可我往哪儿炸呢?除了自己,还炸谁?

13

忽然苗香来了电话。直接打到物业公司经理室,是经理本人来叫我去接的,而且,我接电话时,经理不但走开了,还掩上了门。

把电话耳机凑到耳边,就像举起个千斤顶。刹那间我觉得仙女又要下凡了,一颗心激动得直往喉咙眼撞。但是我听到的头一句话明明白白是:"我要结婚了,请你来参加我的婚礼……"您以为我又变成火药桶,而且这次立刻爆炸了?不,她这句话出来,不知怎么的,我很快平静了,我自己都奇怪,我回答她的声音那么正常,超级正常,我说:"好啊,好消息,我祝你幸福,祝你们白头到老。"她说,你也别问老公是什么人了,反正,有房子,一百八十多平方米,复式结构,车是奥迪;我就还是说好啊好啊,很好很好,祝贺祝贺,她就用特别特别认真的口气跟我解释,说她想来想去,结婚归结婚,结婚还是要一步到位,能一步到位为什么不一步到位呢?也不是她一个人这么想这么做,实际上凡自身条件好点——我听得懂这主要是指相貌和床上功夫,甚至只是指这两样——的姑娘,都会这么想这么做,然后她就坦率地说她跟以前一样地爱我,希望我们能继续做朋友,做最好最好的朋友——我也听得懂,最好最好的朋友是什么意思,就是有机会她还愿意跟我上床，那当然绝对免费，甚至还会倒贴；她说的话我都耐心地听完，她问我是不是生她的气，我说不生气，真的不生气，没有理由生气，我反复祝她幸福，她最后一再强调要我出席她的婚礼，是在香格里拉饭店，说如果我不去她那天的幸福感觉就会打折扣，我就说为了她获得不打折扣的幸福，一定会去，即使请不下假来，误工也要去，她就一迭声地谢我，最后她让我记下她手机的号码，她一再问我准备好纸笔了没有，把那号码连说了三遍，我根本没用纸笔去记，却跟她说记下来了记下来了，她叮嘱我要经常给她打电话，我说当然当然。

14

第二天我接到了一个艳红色的大信封，拆开，里面是一份带香味的请柬，那是非常矫情的一种香味，完全没有人身体上的那种自然的气息。

黄昏时分，我一个人来到那棵老榆树下，一阵风来，榆钱纷纷落下，旋转着落到我的头上、肩上、衣服上、鞋面上，我觉得那些圆圆的干榆钱真像钢镚儿，于是我马上回想起安徽小城的那个姑娘，那个不喜欢大额钞票，却希望能有一手提箱钢镚儿的姑娘，我心平气和，觉得她和她父母提出的条件，她的好恶，她的追求，实在都很合理，而且她那个一步到位的一步只估价为三万，真的非常人道，只怪我当时还不能成人，无法入道；我把那份玫瑰色的请柬，连同那个艳红色的信封撕得粉碎，扬起一片，让那些红色的碎片跟榆钱混杂在一起，于是从头一回见到苗香，直到在那间租来的西厢房里经历过的种种事情，就也都碎片般飞舞在我的心中，我依然心平气和，我替苗香设身处地地去想，如果不是为了最终能一步到位，她何必从那甘肃的小县城跑出来呢？其实，我何尝不想一步到位，但是男青年比起女青年来，一步到位的可能性实在是太小太小了……在这个世道里，我并没有资格责备苗香……

15

昨天，我开的班车在路上跟一辆奥迪车蹭上了，我和那奥迪车的司机都跳下了车，我们互相指责，不但动口，最后还动了手……您当时也在班车上，您和别的业主都很吃惊，一贯稳当而且从不发火乱来的我，怎么忽然变成了另一个人？交通警来了，我还朝那个小车司机脸上挥了一拳……最后我被带到了派出所，第二天才由榆景园经理去领了回来。

经理对我非常失望。业主们提起我也都摇头。宿舍里大家走过我身旁都不由得踮起脚尖走路，仿佛我是头猛兽，闹不好惹着我就会被咬上一口。

只有您，约我来聊聊。我也正想找个人吐吐肚子里的水儿，也不能说都是苦水，什么滋味都有，对不对？

明天还接着聊？对不起，我已经跟经理辞职了。这地方我再没什么好留恋的了。明天一早我就离开这地方了。到哪儿去？人不一定非想清楚了往哪儿去才走路，我已经有很多次经验了，走哪儿算哪儿。灰心？心里头是塞了些灰，一把把抓出来吧。我还是想找个媳妇，一个不指望一步到位，而是愿意跟我携起手来，分很多步往前走，走出房子、车子、孩子，也许还有一条沙皮狗什么的，那么个局面来的媳妇，那时候我会把她带回河南老家，看望父母，拜访亲戚……其实我的想法，我的追求，就这么简单。

明天您见不着我了，但是您无妨去那棵老榆树底下转转。我的一缕魂儿，钻进那榆树里头了……

2002年3月5日写毕于绿叶居

美中不足

各位看官,这里三个故事看似各不相连,但合起来却相辅相成,恰好成为一篇小说,并集中表现了一个主题,用《红楼梦》里的一句话来说,就是——"叹人间,美中不足今方信"。

2006年初夏应邀到美国讲《红楼梦》,回来写成三个故事奉献给大家。《石头记》甲戌本"楔子"里有这样的话:"那红尘中有却有些乐事,但不能永远依持;况又有'美中不足、好事多魔'八个字紧相连属……"请注意:曹雪芹故意把"多磨"写成了"多魔"。第五回里那句"叹人间,美中不足今方信"大家更不会忘记。这三个"冰糖葫芦"般的故事如此命名恰切否?请大家读完评说。

第一个故事

他一再叮嘱我,到了纽约,一定要当面问她,还记不记得挪开暖瓶的那回事。

他和她,三十几年前,和我,同在工厂一个车间。他们是正式工人，我是教师，下放劳动。我比他们大十岁，但很合得来。我跟他学镟工活儿，叫他师傅。她是统计员，那时梳着俩鬏鬏，走过来跑过去，扎着红头绳的大鬏鬏前后晃荡，使人联想起硕大的蝴蝶。

工间休息的时候，在那间更衣室当中，大家围坐在一张长方形的大案子，说说笑笑，用大搪瓷缸子，大口喝水。大案子上，常放着几只大暖瓶，是最粗糙的那种，铁皮条编的露着瓶胆的外壳，漆成浅蓝色。

我当然还记得那张大桌案，甚至记得那是因为工会会议室里买来了新桌案，才把那旧的淘汰到车间更衣室来的。也记得那种胖高的暖瓶，北京人又叫作暖壶，也就是热水瓶，这种东西在中国现在也越来越不时兴了，现在多半是喝饮水机上不断更换的桶装水。在外国，特别是西方社会，暖瓶，甚至开水，对他们来说都是陌生的概念，在他们的日常生活里，如果不喝咖啡，那在家就喝自来水，在餐馆则喝大杯的冰水。

他在我面前回味过很多次，就是挪开暖瓶的那件事。他非常喜欢她，休息时，却不敢坐在她近旁。她总大大方方地坐在案子一端，他呢，那天选择了一个离她最远的位置，就是案子的另一端。那天大家究竟议论些什么，我已经记不得了，只记得那天他话多，正当他高谈阔论，她忽然大声说："哎，把暖瓶挪开！"我坐在案子一侧，离暖瓶比较近，就把一个暖瓶挪了挪，他还在议论，她就更大声地对我说："劳驾，把那个暖瓶也挪开！"我就把两个暖瓶都挪到一边地下去了。这些细节，经他提醒，我都还想得起来。

她要求挪开暖瓶，是因为暖瓶挡住了她的视线，使她不能看清楚大发高论的他。挪开了暖瓶，她就睁圆一双明亮的眼睛，直盯着口若悬河的他，两个鬏鬏静止不动，仿佛一对敛翅的春燕。

"她非要把我看清楚，你说这是不是别有意味？"

他问我多次。我的回答永远是肯定。

后来社会发生了很大的转折、很大的变化。我们的人生也随之发生了很大的转折、很大的变化。我成了所谓的作家。她1978年考取大学，1983年赴美留学，1990年获得博士学位，现在是美国一所州立大学的终身教授。

他下岗后做过很多种事，现在比较稳定，是一家大公司的仓库管理员。那家工厂早已消失，原址成为一个华丽的专供"成功人士"享受的商品楼盘，底层是商场，商场附设星巴克咖啡厅，我和他正是在那里会面的。他知道我要去美国讲演，打电话说要见我，托我个事。我就约他到星巴克，他喝不惯咖啡，甚至闻不惯那里头的气息，他说完他的心事，就离开了。

我已经年逾花甲，他和她也各自都早已结婚有了子女，我们应该都不算浪漫人士，但他却还是希望我能在美国见到她，并私下里问她，还记不记得挪开暖瓶的事情？那是不是意味着，在他们生命的那个时段，她喜欢他，以致他说话时，她不能容忍任何障眼的东西，她不但要倾听他，还要注视他。他只希望她在我面前表示，她还记得，确实，她那时候喜欢过他，然后，我回国把她的回应告诉他，他就满足了。

我把他的嘱托，视为一个神圣的使命。甚至于，从某种意义上说，完成好这个使命，不亚于要把我那演讲的任务达到圆满。

人的一生有许多美好的瞬间，使这些瞬间定格，使其不褪色，可以永远滋润我们那颗在人生长途跋涉中越磨越粗粝的心。

我演讲那天，她没有来。当地文化圈的人士聚餐欢迎我，她也没露面。我给她打去几次电话，都是英语录音让留言，但我留了言也没有回应。

直到回国前一晚，再拨她家电话，才终于听到了她的声音。

她的声音一点没有变。她很高兴。说他们全家到欧洲旅游，昨天才回来。她说看到报道，祝贺我演讲成功。我就引导她回忆当年，提到好几个那时工厂里的师傅，其中有他，她热情地问："都好吗？你们都还保持着联系吗？"我就先普遍报道一下那些人的近况，然后特别提到他，提到他那时如何喜欢高谈阔论，那时候我们给他取的外号是"博士"……我都提到那张旧桌案了，她一直饶有兴味地听着，还发出熟悉的笑声，但就在这关口，发生了一个情况，就是她先道了声"sorry"，然后分明对她那个房间里另外一个人，估计是她的女儿，大声地说："朱迪，你把那个花瓶挪开，我看不到微波炉了……"虽然她马上又接着跟我通话，但我的心一下子乱了，我都不记得自己究竟是怎么跟她结束通话的。回国很多天了。我没主动给他去电话。他也还没有来电话。如果他来电话问我，我该怎么跟他说呢？

第二个故事

十九年前，我在美国参加了若翠的婚礼，是在她夫君的牧场，给我印象最深的，就是牧师在他们那栋雪白的住宅回廊外为他们举行仪式，众宾客围贺后，婚宴就在露天排开，长长的餐桌两边，就用许多收割后压榨紧凑切割整齐的牧草垛当长凳，坐上去非常舒适，而且，还散发出特殊的清香……

十六年前，我在北京接到若翠的电话，她说跟夫君一起来北京。下榻王府饭店，没时间跟我见面了，问我可好？我简单说了说自己的状况，顺便问起当年跟她一起去美国的几个熟人，她说，哎，那几位呀，还只是在华人圈子里混，她说她现在几乎不跟华人接触，交往的都是跟他夫君相关的白人，她说他们从不去唐人街，她现在习惯了看英文报刊英文电视，在派对里，那些白人用英文俚语表达的幽默感，她已经可以共鸣。我就问了她一个俗气的问题：你们有孩子了吗？她并不见外，说明年会落生，他们会让那孩子受最好的教育，健康成长。

九年前，我第二次去美国，妻子晓歌跟我一起去的，若翠在牧场接待了我们三天。她夫君去欧洲了，就她和她的女儿翠茜在家。翠茜那时已经七岁，上小学了，每天她开车送接，我们接触不多，但离开她家后，私下里不禁感叹：这孩子怎么那么傲气？对我和晓歌，爱答不理的，若翠说翠茜能说简单的中国普通话，她爸爸一再强调，孩子今后还是能掌握英、中双语为好，但无论若翠怎么动员翠茜跟我们说中国话，翠茜就连"你好"两个字也不说，但她跟她妈妈，却总在叽里咕噜地说英文。

三年前，若翠来北京料理她父亲的丧事，我们在家里招待了她一次。我们劝她节哀。她说母亲在她出国前就过世了，想起来很伤感。父亲以八十多岁高寿睡眠中离世，按中国传统说法，是白喜事。她夫君和女儿为什么没一起来奔丧，我们没问，她倒主动说了出来。夫君正所谓"商人重利轻离别"，原来他不仅有从祖上继承来的很大的牧场，也还涉及多种商业投资，总在飞来飞去地忙他的生意。翠茜么，她叹了口气，说已经进入了反叛期。有一天，她独自在家，忽然来了快递。是翠茜从网上订购的一件恤衫。她打开一看，大惊失色！那恤衫上用英文印着："我要杀死母亲！"我和晓歌听了大感不解，若翠说美国法律没有明文规定卖那样的"文化衫"非法，人家就可以在网上兜售，购买者可以选择内心想杀死的任何一个人来要求印制。我们就奇怪，你对女儿那么好，她怎么会内心里那么痛恨你呢？若翠忍不住落下眼泪，她说，那是因为，有一个问题她永世无法为翠茜解决，那就是，翠茜一直上的是高尚社区的学校，那里的学生里没有亚裔孩子，绝大多数是白人孩子，剩下有些黑人孩子，开始，翠茜觉得自己跟别的孩子没什么不同，都是美国孩子嘛，但渐渐地，她就从别人眼睛里发现，她的皮肤、眼睛、鼻子……跟那些美国孩子差距越来越大，她自己也就越来越自觉地去发现，她还有哪些永远不可能跟同学们取平的特征，而这些特征，都不是来自父亲，而是来自母亲！为此，她无论如何不能原谅母亲……

今年，2006年去美国，若翠来听了我讲《红楼梦》，后来，我们在曼哈顿上城一家咖啡馆聚谈，她先到，谈了一阵后，她夫君也来了。她夫君粗通中文，但跟我沟通，还得赖她翻译。她夫君的意思是，希望我能帮助他们的翠茜"认识中国"。她把那意思跟我更具体地展开。她说她原来那种"既然到了美国就要彻底进入白人圈"的想法大错，对她自己造成的损失且不论，对翠茜那是毁灭性的选择。翠茜现在的心理危机，实质上是一个身份认同问题。现在她决心促成翠茜利用假期到中国留学，学中文，了解中国，从血缘上、文化上认同中国。她说翠茜学校前些天举行了一场"喊叫大赛"，参赛的学生要当众高喊自己憋在心里的一句话。翠茜参赛那天他们两口子都去了，事先他们也不知道女儿究竟会喊出什么。翠茜那天拼足全身力气喊出的一句话是："我是美国女孩！"

回北京的那天，在纽瓦克机场，我惊讶地发现，若翠和她夫君，还有一位亭亭玉立的姑娘，居然也来给我送行，那姑娘当然是翠茜。若翠告诉我，翠茜在"喊叫大赛"中得了冠军。赛后不少同学找她谈心，说这才知道她内心里有那样的压抑感，也才知道他们有意无意中伤害过她，表示从今往后大家要更多地沟通。可是，翠茜却拒绝领取奖杯。她自己用蹩脚的中文对我说："现在，我问我，那是，谁在喊？那个人，她是谁？"她没表达尽的意思，我已经了然。

翠茜将在暑假来北京短期留学。我和晓歌会尽力帮助她。

第三个故事

　　大秦是那种年过花甲，依然可称为师奶杀手的成功男人。那天在新泽西州他家，举行欢迎我访美的派对，我觉得不少"西施"其实是冲着他来的，不仅单身的见了他就露骨地表达爱慕，就是跟先生一起来的，有的也是明摆着对他欣赏不已。那晚许多女宾简直完全忘了我才应该是派对的焦点，完全围着他说笑打趣，他呢，神采焕发，妙语连珠，肢体语言十分生动，不要说女宾们绝倒，就是我们男客，也不得不承认他学识丰富、幽默风趣、风度迷人。

　　热闹到接近午夜，大家才陆续告别离去。梅兄开车载我回纽约。在纽约期间我一直住梅兄家。我们是二十年的老朋友了，无话不谈。路上我就发感慨，说大秦对于他那个圈子里的女性来说，可谓"大众情人"，他真不该结婚。梅兄说，他结婚三十多年了，男大当婚，结婚不奇怪，奇怪的是——这是圈子里好多人，包括男的也包括女的，私下常叹息的——他那婚姻竟然一直持续到现在，他好像把吸引诸多女性让她们欣赏只当成一种登台表演般的乐趣，而严格地跟娶妻生子过日子区别开来。我笑说，哎呀，你看，才离开他家没一会儿工夫，秦太究竟是怎么个模样儿，我竟已经想不起来了！倒是那几位女宾，音容笑貌还宛在眼前，恐怕回到中国也难忘怀！

　　我继续发议论：俗话说"家有丑妻是一宝"，如果大秦那么个美男子娶了个丑妻，大家可能反而会觉得必有其道理，现在令人纳闷的是，秦太不美不丑，是十足的平庸，你看在派对上，她似有若无，虽然不时地给大家递送饮料、小点，众人也不时地跟她道声谢笑一笑，何尝有人特别地去跟她攀谈？

　　梅先生说，你是主客，你也太不厚道，别人忽略她倒也罢了，你怎么也不去主动跟她聊聊？我说你批评得对，但也无法补救了。梅先生说，其实大家也只不过是偶尔在派对上见见，谁真正了解谁呢？大秦夫妇婚姻那么巩固，一定有其内在的道理，只是我们不得而知罢了。

那晚回到梅兄家已经是后半夜了。进入客房，简单洗漱一下，就上床了。糟糕，久久地失眠。于是乎对自己说，想些乏味的事吧，努力想一些本来用不着去想的事，好比从一数到一千，据说是自我催眠的最佳方案。就努力地去回想头晚派对，怎么跟秦太见的头一面，大秦是怎么把她介绍给我的？好像用了"拙荆"那么个文绉绉的词儿……她眉眼究竟如何？……递给我西柚汁以前，问我要不要加冰块？……往大茶几上放一只大瓷盘，里头是她亲手制作的多味小吃，全插着牙签……对了，有个小插曲，就是我从裤兜里掏手帕时，把一粒胶囊掉到地毯上了，我还哎呀了一声，当时大秦就问我怎么了，我告诉他算了算了，把那粒胶囊拈起来，搁进水晶烟缸里——那烟缸只是个摆设，大家都进入了后现代文明，没人在屋里抽烟——也还有其他人问我：那是什么？我就说是救命的东西，但是这粒弄脏了，不要了……这是些什么值得记忆的细节啊！打个哈欠，我昏昏入睡了。

第二天我遭遇不幸。一起床就觉得不对头，必须吃带来的胶囊。去旅行箱里取，呀，搥下自己脑袋——我把整个小药匣，忘记在休斯敦朋友家了！没错，我在那边玩完了，回纽约的时候，整理东西，忘记把它装回箱子里了！我记得是把那小药匣搁在朋友家客房的书架上了！那里面最重要的就是那种胶囊，我那毛病发作时，必得吞那胶囊救急！昨晚我裤袋里怎么会掉出一粒……那是从休斯敦往圣安东尼奥游览时，我怕犯病，特意用干净手帕裹上了一粒……我怎么就那么马虎呢？为什么用那么笨的办法带药？又为什么不另准备一方打喷嚏时好使用的手帕？……梅兄招呼我到厨房去吃早点，我只好瞒着他，我这种短期访问者，怎么敢到美国医院去看病？也不敢到药店乱买药，那种胶囊是国产的，美国目前也买不到……本来上午梅兄要陪我去参观大都会博物馆，我就说实在太疲乏，而且梅兄也应该顾及他那公司的生意，岂能总是为陪我玩而耽搁他的正事？梅兄就让我在他家休息，开车去他公司忙他的生意去了。

我一个人在梅兄的宅子里，越来越不适，越来越恐怖，这才深刻地体会到，千好万好，不如自己家里好，而一粒国产的胶囊，于我是多么珍贵！他家的电话响了很多次，我都没去接，因为那应该全是找他的，很可能对方还说的英文。但是，熬到中午时分，门铃响了，我去开门，是快递公司送东西来了，我代签了字，留下那东西，搁到茶几上。

就在我几近崩溃的情况下，梅兄回家来了。他说给家里拨过电话，我竟不接，怕我出大问题了。我告诉他有快递，他拆开那个封套，里面有封信，还有个小纸匣，他看完那信就惊呼一声，然后把信递给我。原来是秦太写的："梅兄速转刘兄：我想刘兄在客途中，也许所带来的每一粒药都是重要的，所以，我找出家中的空心胶囊，细心地把昨天他不慎掉到地毯上的那粒胶囊里面的药粉转移了，一早就让快递公司给递过去。希望对刘兄有用。祝刘兄旅途愉快！"

药到病除。我给秦太打电话致谢，她语气平淡地应对了几句。在离开美国之前，我再没和梅兄议论过大秦的婚姻。

巴黎街头咖啡座

秋天的巴黎,迷人的巴黎。

来巴黎已然一周。再到何处去领略巴黎的佳妙?

悠悠塞纳河。你那 39 座长桥,座座都值得徜徉复徜徉,听说第四十座桥正在修建中,它将映入河面的,应是哪种风格的身姿?

巍巍卢浮宫。你那举世闻名的画廊里,陈列着多少动人心魄的精品。再一次去端详蒙娜丽莎的神秘微笑?或许,去到那常被人忽略的角落里,细品那相对不那么知名的雕塑?

圣母院的钟声,从塞纳河的城岛上飘来。圣母院啊,你那高大的穹隆,以彩色镶嵌的玻璃,把阳光筛成空灵幽暗的光束,配合着管风琴的轰鸣,把人们的情思,执拗地引向何处?

高耸入云的埃菲尔铁塔,仿佛一个顶天立地的汉字:"人。"庄严肃穆的凯旋门,你那右侧的《马赛曲》浮雕,和你那门洞中日夜不熄的"阵亡将士纪念灯",给瞻仰过你的人们,留下了难以磨灭的印象。协和广场上的方尖碑呢?那上面所镌刻的楔形文字,默默地注视着白云苍狗般的世态,已有多少岁月?巴士底广场啊,你那高耸的纪念塔上,展翅上跃的女神,象征着什么?而卢森堡公园里,潺潺不息的喷泉,又在絮絮地说着什么?还有那圆顶的先贤祠和伤残军人纪念院,那三角形屋顶的马德兰大教堂和高踞于蒙马特尔高地上的圣心大教堂,至今作为建筑艺术中的代表作,也值得重游吧?何况还可以再去巴黎公社纪念墙,缅怀那红旗指引下的殊死战斗;无妨再去那城郊的凡尔赛宫和枫丹白露宫,撷拾历史的教训;又怎能忽略巴黎那崭新的一面呢?蒙帕纳斯大厦、蓬皮杜文化中心、现代派艺术的展览馆……

巴黎,你包含着那么丰富的美,真不知该如何将你一而再、再而三地细细品味!

然而,我今天却"任凭弱水三千,只取一瓢饮"。我只漫步在你的街头,欣赏你那举世尽知的街头咖啡座——并将择其雅静者坐享之。

街头咖啡座,在几乎所有的欧美国家中,早已是一种最普遍的社会现象。不过,法国似乎是首创此风,而巴黎的街头咖啡座,至今似乎仍最具有代表性。

来法国之前,我曾想过,巴黎的街头咖啡座之所以那么普遍,大概由其人行道宽阔所决定。到法国后,漫步在巴黎街头,才知并不尽然。香榭丽舍那样的街道,人行道诚然宽阔整洁,并有高高的梧桐树绣出浓稠的绿荫,街头咖啡座自然是多的,且桌椅、伞篷、餐具乃至侍者的衣饰,都是华丽而讲究的;但就是相当狭窄的小街,就是很一般的门面外,也有街头的咖啡座,而那座上客的雅兴,似乎也并不亚于香榭丽舍大街上那些红男绿女。

瞧,我前面便出现了一处街头咖啡座,它正处于一条中等街道与一条小街的拐角。人行道并不宽阔，时值秋日，那街道树上只剩少量残叶，看去更觉简陋粗拙。那十几面小小的圆桌，直径不过半米而已，桌腿是塑料的，桌面上铺着粗麻布桌布，估计那桌体也无非是廉价塑料制品，而且很可能还是同桌腿一次模压成型的。有的桌旁已有顾客，有的空着，而在店铺大玻璃橱窗下，叠放着一堆塑料椅；显然，想找张桌子坐下，可以自取一张塑料椅过去。那些塑料椅我根据形态称它为"屁兜椅"，椅座恰可将人的臀部兜住，椅背恰可将人的脊背中部托住，一点多余的面积也没有，既省料也省工，看去也是一次模压成型，而且还可互叠在一起，不用时节余下大量的空间。我走过去，拿下一只"屁兜椅"，放到一张圆桌前，刚落座，便有一位侍者走到我面前，彬彬有礼地问我要用什么，我自然回答说："一杯咖啡。"

说是街头咖啡座，其实除咖啡外，也供应各种甜酒，以至威士忌、白兰地。有时还兼卖几种快餐食品和冷饮。规模大些的街头咖啡座，无异于街头餐馆，可以叫从沙拉到牛排的菜肴。不过，真正的大菜和正式的宴会，自然绝少在这种街头咖啡座出现。说到底，坐到这街头桌边的，还是喝咖啡的居多。

一杯热腾腾的咖啡，给我端上来了。杯子是有耳矮腰杯，下有托盘，杯中有小勺，托盘中有四块包在纸里的方糖。大一些的街头咖啡座，桌上有糖罐和牛奶壶，可以随意取用方糖和往咖啡中添加牛奶。这一家没有。

我把方糖丢进杯中，用小勺徐徐搅动着，朝四面张望。

街头咖啡座，好在哪里呢？好在廉价？那为何一位穿戴得颇为讲究的绅士，也坐在那圆桌边，一边呷咖啡，一边读着一份《费加罗报》。他身边还卧着一条毛色纯正、模样俊俏的大耳狗。也许是"天凉好个秋"的缘故吧，那狗还穿着一件料子极佳、缝制极精的坎肩。

巴黎有无数的咖啡厅。一般在街头咖啡座靠里的门面内，便是餐馆、酒吧或咖啡厅，我也都进去领略过，很少有满座的情况，可见街头咖啡座的出现，并非是因为里面爆满所致；那么，为什么似乎有更多的人在更多的时候，不愿待在屋顶下喝咖啡，而宁愿坐在街头，头顶青天，慢悠悠地啜一杯又黑又苦的咖啡呢？

其中显然自有奥妙。

我能意会，却不能言传。

那位只有一边耳垂上坠着耳坠的中年妇女，任咖啡杯中的热气旋着淡黄的圈儿散去不饮，只是一手托腮，一手用食指在桌布上画着什么。自然，她只有在这里，才能求得内心某种激荡着的感情的平息。相信即使是飘来浓雾，洒下细雨，降下夜幕，仅剩星光，她也会如此这般地坐在这里，久久不去……

另一位，看去还在妙龄，一头金而近白的长发，自自然然地披在肩上，上身只穿一件银灰色的宽松毛线衣，没有耳饰，没有项链，并且手上也没有戒指，倚在"屁兜椅"上，也并不去喝桌上的那一杯咖啡，只是拿着一本封面素雅的平装书，读着，读着……显然，她沉浸在某种奇妙的境界里。她读的是谁的手笔？罗伯·格里耶？玛格丽特·杜拉斯？抑或是一册译为法文的中国老子的《道德经》？

还有一个孤独的老人，一个瘦弱的老头儿，戴着一顶样式显然过时的帽子，竖起大衣的领子，双手捧住那无私地给予他温暖的咖啡杯，认认真真地，一小口一小口地啜着咖啡。他那双已经开始浑浊的眼睛，出神地望着对面。显然，他那视线的焦距并未对准什么具体的事物，他也许堕入了关于青春、爱情、一度成功的事业、已然消逝的友谊……的回忆。人们在天空下，比在屋顶下，更能享受那带苦涩味的"往事牌"醇酒，不是吗？

还有一个男人和一个女人，面对面坐在圆桌两边，把身子俯向一处，絮絮地低语着。是夫妻？是情人？是不涉及情欲的异性友人？是兄妹？姐弟？同僚同事？合作者？律师与求助者？……难以确定。但他们显然都很满意这街头咖啡座给他们提供的环境和气氛，看样子，他们的交谈短时间绝不会结束……

巴黎啊巴黎。巴黎有街头咖啡座。有街头咖啡座的巴黎，你真有韵味，真让人留恋。

……那边坐着一位令我双眼一热的顾客。为何双眼一热？他黄皮肤、黑头发……那颧骨，那鼻头，那嘴唇，那表情……不消说，是同种。

我们先用眼睛打了个招呼，接着相对微微一笑。

我想了想，便站起来，走了过去，同他坐在同一张圆桌旁。

为什么要想一想？因为在法国，在巴黎，你是不好轻易去同一位不认识的人讲话的——当然，问路除外。

他先用英文问我："日本人吗？"

不知为什么，在巴黎，我常被人这样询问。人们总是先问我："日本人吗？"及至我摇头后，才会问："中国人？"

我也用英文问他："日本人？"

我们两个都笑了。

"中国人。"

"中国人。"

乡音入耳，两个人都有点"惊呼热衷肠"的味道。

侍者走了过来："先生，要点什么？"

他先说："一杯'柯涅克'，不要加冰块。"

显然，他已经并非地道的中国人。地道的中国人在这种场合，是不会只为自己一个人要酒的。

我便说："一杯香槟，加冰块。"

我们各付各的钱，各喝各的酒，典型的欧美人交友方式。在中国，人们这样相处是要脸红的。但他很坦然，我便也坦然。

"从北京来？"他问我。

我点头。"你呢？"我问他。

他淡淡地一笑："我在此地定居。从国籍上说，我是法国人。"
原来如此。

我本有好多话要说，他这么一宣布，都挤在喉咙口，出不来了。法国人！对一位已经相识的法国人，你尚且不能向他打听他的历史、他的行踪、他经济状况和家庭状况，更何况是这样一位刚刚开始与之交谈的法国人。

我们沐着秋阳，各啜各的酒，沉默了一阵。

毕竟我们同种，我觉得问一问也无妨，"你过得好吗？"

"很好。"他毫不迟疑地回答。接着问我，"你对法国印象如何？"

"很好。"我告诉他，"尤其是巴黎，太美了，而且是一种充满文化气氛的艺术美。"

他忽然笑了。他告诉我："我前几天刚看到一篇小说，中国刊物上的小说。我常到大学图书馆去借看中国时下的刊物，包括文学刊物。那篇小说写的是两个我这样的人，跑到西方来，结果堕落了——女的沦落为娼妇，男的参加了贩毒集团。真是妙不可言！"

我不知他那"妙不可言"究竟是褒还是贬。

"是有这类的小说，"我说，"我好像也看到过。"

"那其实算不得小说，"他终于表露出他的好恶，"因为那不真实，也完全谈不上浪漫，那只是为了宣传一个干瘪的概念：西方不好。西方的确有说不尽的阴暗面，但是西方不是那位作家讲给读者的那么回事。别那么写东西，那对中国的读者没有好处。"

我只喝酒。我盼他再说。

他果然接着说了下去:"比如法国。一个中国妇女跑到巴黎,要当妓女,你以为容易吗?这里的妓女没有点办法的人是当不上的。你去过'红灯区'吗?你得知道,妓院都有法律管着,不许随便开业的,妓女……别的且不去说它,光身体检查,就严格得很,一点不合格,就要吊销资格的……而且在许多法国人眼里,当妓女同当公司职员、超级市场售货员、出租车司机……一样,无非是一种职业,而且是一种收入相当高的职业,并非就是堕落,能那么容易就让你一个新来乍到的外国妇女当上吗?好笑!……"

我仍旧沉默,姑妄听之。

"……至于贩毒,那就更不是一个新来乍到的外国男子所能荣幸承担得了的!就是一般的法国男子,想'堕落'到那集团中去,也谈何容易!人家会要我吗?——就算我想加入?那是一桩很大的事业,当然,是黑社会的事业,政府是禁止的,警察天天在跟他们斗法……不过,那位作家真该搞清楚,他笔下那个中国男青年,此地的黑社会是绝对不需要的……"

我啜香槟。我觉得他很滑稽。他似乎有一种优越感。他凭什么感到优越呢?就因为他成了法国人?

"啊,对不起,"他喝了一口"柯涅克",耸耸肩膀说,"我说得太刺激了吧?"

我笑笑说:"你批评了一篇小说,这篇小说我没读过,我无从判断。"

"是的是的,"他忽然又兴奋起来,引出新的话题说,"你坐过此地的地铁吧?"

我告诉他:"自然。这几天我净坐地铁,到巴黎各处去游览。"

他便说:"你对巴黎地铁印象如何?我以为美国诗人埃兹拉·庞德的那两句诗,最能体现出巴黎地铁的韵味:'人群中这些面孔幽灵一般显现,湿漉漉的黑色枝条上的许多花瓣。'你我便都曾是那花瓣之一，而且我恐怕还要一再地从那湿漉的黑色枝条上抖落下来……"

我不能共鸣。我说："我可毫无那样的感觉。我不是幽灵。我眼中的地铁车辆也引不出湿漉漉黑色枝条这类的联想来。"

他苦笑了一下。为什么苦笑，不知道。

"我过得很好。"他玩弄着手中的高脚酒杯，沉吟地说。

"很好吗？"我审视地望着他。

他眼睛朝着街那边，似乎是在凝望一个巨大的灯箱广告，那广告正宣传着某种化妆品。

"是的。我会法语。我英语也不错。我能干。我有固定的职业。我收入颇丰。我有比中国副部长更好的住宅，有私人汽车。花店一周给我送两次鲜花。我订的是郁金香，真正荷兰种的郁金香。夏天我去西班牙巴塞罗那海滩度假，冬天我去北非。我有妻子，也有情妇。我习惯这里的生活方式。我既去罗丹博物馆看高雅的雕塑，也去'红磨坊'和'丽多'那样的夜总会看袒胸舞、脱衣舞。我爱喝这'柯涅克'白兰地，但我一般并不加冰块喝。我有怪癖，爱听砸玻璃的声音。我这种癖好在这里能够得到充分的满足……"说着，他似乎便要把手中的玻璃杯朝地上掷去，但终于还是没有掷，只是把杯中的残酒泼掉了。

我不理解他。他是怎么跑到这个地方，当了外国人的？他要不说，我也不便问。

他接着往下说："别那么样地看着我。用你们习惯的语言说——我不是坏人。我是根据中国的政策，合理合法地到这里来的。我当过十五年的华侨。我出席每一次华侨总会组织的活动。我和你一样爱国，爱中国。可是在这里当华侨是很难的，除非很有钱，否则，就是入法国籍。因为不入法国籍，当侨民，要受许多限制，有的职业你就谋不上。当然入法国籍也不容易。好多北非人、阿尔及利亚人,就那么个悲惨处境,当侨民,人家讨厌,入法国籍,人家不要。有一种舆论,要把他们遣返回去,就是轰回去。有的华侨,穷的,处境也有点尴尬。我不尴尬。我成了法国人了,更不尴尬。我是'身在曹营心在汉'。不信吗?每一次中国的球队来此间比赛,我总是买票去捧场;每一个中国的艺术团体来此间演出,我总去看,还往后台送花篮……"

我不得不问他了:"你跟我说这些干什么呢?我并没有怀疑你,认为你不爱中国……"

他又要了一杯"柯涅克",边喝边说:"我们还是来谈小说。像那位作家,他如果想写得深刻他就该来了解我,写我……"

"你不是在此地生活得很好吗?"我问他,"人家是要揭露这里的问题,唤起中国读者的爱国之心;写你,说你在这里生活得很好,怎么能完成他的主题呢?"

"能,"他肯定地说,"能够的。"

我有点吃惊,他是什么意思呢?

"是的,我在这里生活得很好,但是我很苦闷。"

"为什么呢?法国人歧视你吗?——当然,你现在也是法国人,我的意思——"

"你不用解释,你的意思我明白。你是问这里金发碧眼的白种人歧不歧视我?法国很少有种族歧视。我没遇到过因为我的种族、肤色、长相歧视我的事情。这里的知识分子歧视没有文化教养的人,一般市民歧视没有钱的穷人,而我呢,应当说文化教养和金钱地位都不欠缺,因此也没遭过这样的白眼……"

"那么,你苦闷,是纯属私生活当中的因素了?"

"不,我的私生活大体上也不错,挺有滋味。"

"那么,我弄不懂了……"

"你们永远弄不懂,除非你亲自来试一试!"

"试一试？"

"对，来体验体验这种滋味。没有堕落，既没有当妓女，也没有当黑手党。没有对不起祖国的言论和行为，因此当然也没有相应的心理负担。没有受歧视，也没有贫困和沦落。总之，一切都挺好……"

"挺好，干吗还苦闷呢？"

"这种苦闷是无法排遣的。说起来也很简单，就是像我这样的一个人，无论如何是不能彻底融入到这个世界里来的。人家并不一定歧视我，可是我抬眼望去，满眼是不同种的人。你是来访问，你只觉得有趣。可你倒试试看——在这里生活10年、15年、25年、一辈子！你穿得跟人家一样，你话讲得跟人家一样，你派头也跟人家一样，人家对你也挺好，可你还是你那个种。一个人生活在不同种的人的包围里，再怎么也是苦闷的。不信你试试！试试！

我望着他。我可怜他。

"这还只是表面的一层。你抬脚走来走去，凯旋门，很雄伟，很美，但跟凯旋门相联系的一切，比如，那个赫赫有名的拿破仑，是人家那个种族的……你来参观，来游览，你当然兴致勃勃，异国风光嘛！可是我是法国人，我在此地定居，而我脚下的地面，这地面上的一切，却是人家那个种族长久享用的创造的，巴黎圣母院的钟声，凡尔赛宫喷泉，塞纳河的桨声灯影……对我来说永远只是一种血肉之外的东西；我现在所享受的一切，不是我自己的祖先创造的，它的历史与我的存在无关！这里再好，人们对我再客气，我也总还是一个异物，一个异类！啊，你要是能理解我的话就好了！……"

我理解。不过，我也不理解——我问他："既然如此，你为什么不回咱们中国去呢？"

他沉默了。隔了一阵，他干了杯，用一方手帕仔细地揩了嘴，所答非所问地说:"我并不是后悔。凡我做过的事,我从不后悔。"

他看了看表,立刻站起来,把小费掷到桌上,绅士风度地向我告别说:"谢谢你同我交谈。我走了。"

我便也笑着说:"也谢谢你同我交谈。我还要略坐一坐。"

他走后,我略坐了一坐,也便离去。我顺着那条街往下走,一路上都是街头咖啡座。

巴黎真美。街头咖啡座真妙。我一点也不苦闷。我知道这一切美的事物都是法兰西民族创造的。我是他们的客人。我愿常来做客。

可是我这次的访问就要结束了。我依依不舍,但又归心似箭。我长长地舒出一口气来,朝香榭丽舍的民航办事处走去。我要去办 OK 手续。我脑海中不知为什么浮现出了北京故宫的筒子河,以及紫禁城的那锯齿形城堞,还有城堞拐角处的角楼。我幸福地微笑着。

1984年夏写于北京劲松中街

非重点

高兴，真高兴。

就像当年自己考上了名牌大学一样。不，比那还高兴。就像当年自己的论文头一回在学报上变成了铅字一样。

半路上我拐进了邮局。真扫兴——这个邮局不管拍电报。买了张航空明信片，匆匆地给出差的妻写了这么两行："晶儿转学事全妥，释念。盼购港式双肩背书包归。"把明信片扔进邮箱后，嘘出一口气，搓了搓手，轻松地走出了邮局。

真巧，迎面遇上了老邹。老邹是我高中时的同学，他就在这附近一个什么单位工作。我们一年里偶然会在路上遇上几次，遇上了，便会谈一会儿，谈完了，互相约定："有空到我家来玩啊！"但我们双方都未践过约，看来并不是都绝对没有空，而是我们之间并不存在什么真正的友谊。虽如此，每到遇上时，总能推心置腹地聊上那么一阵。

"你这是去哪儿呀？"老邹关切地问。

"啊，去办点事。"我本想把晶儿转学成功的事告诉他，但话到嘴边又吞回去了。老邹的女儿早就在全市最好的重点小学上学了。记得老邹曾对我说过："不上重点不得了啊！从幼儿园起就得为孩子着想，不能掉以轻心！一定要上重点幼儿园，只有上了重点幼儿园，才能保证考上重点小学；只有上了重点小学，才能保证考上重点初中；只有上了重点初中，才能保证考上重点高中；只有在重点高中最后一年进了重点班，在高考前半年进了重点小组，才有可能考上重点大学的重点专业，将来才有可能考上研究生，成为重点培养对象，分配到重点科研单位搞重点工作……"他那一连串"重点"像鼓槌般敲击着我那不堪为鼓的心，曾使我为自己的儿子竟糊里糊涂地在非重点小学上到了五年级，而羞愧惶急达于极点。所以，即使我现在告诉他晶儿终于也转到"重点"去了，他也还是会用那鼓槌敲击我的心："晚了！晚了！……"

为了不让他问到我的孩子，我便抢先问他的夫人："……怎么样，工作调妥了吗？"

如果谈孩子上学的事是我的一块心病，那么他夫人调工作的事便是他的一块心病。他夫人的工作一直未能专业对口，评职称、调工资等方面都受影响。老邹一直在为她奔走，但总是功亏一篑。

"这回总算快成了，"老邹脸上现出几丝飘忽的喜色，"但愿下个月能具体落实。"

我便谈了些"这回肯定成功"之类的话，他应答着。后来我俩不约而同地都看了看腕上的表，于是同时告别：

"有空上我家玩啊！"

"有空去我家坐啊！"

和老邹分手后，我的心情愈加欢快起来，毕竟我儿子转学的事已完全办妥了，而他夫人调工作的事还有待具体落实。

当我把一切都告诉晶儿他们的何老师后，她以早已预料到的口吻说："啊，又要转走一个了。"

这位何老师才20多岁。她烫着发，打扮得相当入时。我知道她的来历，1972年初中毕业下乡插队，在农村当了两年代课教师，1976年回到城里，就分配在这所小学工作，这以后的几年她虽上过教师进修学校，又听过电视里的讲座，到底还是根基浅薄，她现在居然教着五年级，可见这所学校没有能人，就凭她这样的老师搞"近亲繁殖"似的教学，学生的水平怎么高得了？难怪有一回老邹跟我谈过："靠这样一些教师教学生，会引起'物种退化'的！"现在我面对着她，简直有，一种惊心动魄的感觉——我竟那么长时间地把晶儿交给了她！交给了非重点小学的这么个"低能"的老师！我的确对晶儿有罪！谢天谢地，我总算可以从此把晶儿带走了，带到离她远远的重点小学的优秀老师们那儿！

　　"那么，"何老师仰起脸问我，"您打算什么时候办手续，什么时候让陈自晶去那边上课呢？"

　　我俯视着她。非重点小学的老师，连个头都这么矮——我不禁这么想着，急切地说："手续最好现在就办。办完手续，我就想把陈自晶带走——今天先去跟那边老师见见面，明天就让他去那儿上课。"

　　"让他上完今天的课，不行吗？"何老师依旧仰着脸，问我。她语气里充满了那么多恳求的成分，我的心一动，然而，我瞬间又坚定起来，我用强调的声气说："我为陈自晶转学专请了一天假，我必须在今天一天里把事情办完！"

　　"那……好吧，"她低下了头去，不看着我，"您请吧……我带您办手续去……"

　　临跟她出屋的时候，我发现她两眼里似乎汪着一层泪水。我的心又一动。然而我不明白她这是为着什么？非重点小学的老师，感情也那么细腻吗？

　　手续其实很简单。

办完手续，何老师又仰起脸，几乎是哀求地问我："等下了课，再让陈自晶来吧？"

我也不知道当时为什么那么急切，竟生硬地问："还得多久才下这节课？"

何老师满脸涨得通红，垂下眼睛，看了看腕上的表说："快了。还差13分钟。"

13分钟！我不需要这么多的时间！

当时，我和何老师同在教师休息室。别的老师都上课去了，休息室里只剩下何老师一位老师。她请我坐，我没坐。她便缩到一角，坐到办公桌前，像是在批改作业，又像是拿着笔在发愣。我站在休息室窗前，不耐烦地朝外看。这所小学校原是一所庙宇，肯定不是"敕建"的大庙，而是一所普通的家庙，房屋陈旧，庭院狭小，虽然最近又进行过一次修整油饰，终究显得寒酸。我不禁拿眼前的景象同晶儿即将去的那所重点学校的校园相比，那是怎样的一种气派啊！高大敞亮的教学大楼，器械纷繁的宽阔操场，美丽的花坛，整齐的甬路……唉，我不禁又责备起自己来：你怎么竟忍心让晶儿在这么个地方一待就是五年！……

十三分钟，真长啊！我只能继续无聊地朝外面张望。当然，"麻雀虽小，五脏俱全"，我注意到，这所小学也有布置得很精心的壁报栏，也有小小的花圃和半截刷着白灰的杨树，以及音乐教室里传来的伴着风琴的合唱声……嗯，还有砖砌的、水泥面的乒乓球台，用白漆栏杆围着的小小的气象观测站，以及只露出一角的图画展览……

终于，下课铃响了，顿时，像变戏法一样，教室里忽然泻出来那么多活蹦乱跳的孩子，眨眼间，有的已经玩上了猴皮筋，有的已经玩上了拽沙包儿，院落里顿时充满了天真烂漫的喧哗声……

何老师不知什么时候已经把晶儿领到了我面前。窗外有些孩子好奇地趴着往里看，几位回到休息室的教师也注意着我们。

"小晶，给你办妥转学手续了，你跟我走吧！"我对晶儿说。

晶儿竟把一双眼睛睁得滴溜溜圆，仿佛在梦里一样。

我发现他是空着手来的，便命令他说："你怎么不把书包背出来？快去背书包，我这就带你走！"

晶儿仿佛听不懂我的话，他呆立在我面前，毫无反应。

"我去给他拿来吧。"何老师去了，我都忘记了跟她说声"谢谢"，我被晶儿那不中用、不争气、不领情、不知父母心的模样儿惹火了，禁不住瞪着他说："你怎么回事儿？不是早跟你说了，要给你转学吗？"

晶儿低下头，默默流泪。

顾不得许多，我就在那儿训斥起他来："你以为给你办成这转学的事容易吗？……费了多大的事！原来人家凡转学的先要考一考，不及格的还不要呢，我连这个也给你想办法免了，你享现成的就能从这非重点转到重点去，你还要怎么着？怎么这么死眉瞪眼的？话都不会说一句？你呀！……"

晶儿抬眼望了我一下，他的眼神透着无限的无辜，仿佛在问我："您要我说什么呢？"是呀，我究竟要他说什么呢？我也不明白，难道是要他对父母为他转学的奔波表示感谢？

何老师已经把他的书包拿来了。

我这才道了声谢，又命令晶儿向何老师告别："跟何老师说再见！"

晶儿机械地重复着："何老师，再见！"

何老师倒通达地拍着他肩膀说："陈自晶，再见！你去吧，那个学校是重点学校，比咱们学校好，那里的老师教学水平高，考重点中学把握大，你爸爸给你转学是为了你好，你到了那儿，要更努力地学习！"

晶儿听一句，点一下头，可他一点没有高兴的样子。何老师说完那些话,便急骤地转过身子,先往她办公桌那边迈了几步,突然又回身朝办公室外面去了,一群孩子马上围拢了她,大约是晶儿同班的同学,仿佛在叽叽喳喳地问着什么,她只是摆手,于是,像一颗彗星,拖着个扇面形的尾巴,她很快消失在我视线之外了。

上课铃响了。我把晶儿带出了学校。

得赶在一天之内把所有事办完。我领着晶儿往车站走,好搭车去那重点学校。晶儿的脚踝上仿佛拴着秤砣,每迈一步都那么费劲。

我急了,恨不能揪他的耳朵:"你怎么回事?磨磨蹭蹭的!"

"爸,"他哼哼唧唧地说,"今天……该我记温度呢……"

"什么,什么?"我不耐烦地拍着他脊背催他快走。他躲闪着,曲扭着身子,哀告地说:"我们气象小组……今天该我记温度……"

你看,一个非重点小学,还搞那么多名堂,由自然老师组织了一个什么气象小组,晶儿参加那个小组就是多余!怪不得他有时回家那么晚,一定是放学后还要在这种对升学绝对无用的什么气象小组中浪费时间!

"你不记自然会有别人去记,"我训斥他说,"这么个死心眼儿,怎么考得上重点中学?打今天起,你心眼得给我灵活点儿!"

"爸,"他竟仍然拖沓着步子,搂住书包说,"我借图书馆一本书,还没还呢……我们班星期六开花灯晚会,我跟刘哲做的那盏走马灯,还没完工呢……"

我急了,把他重重地一搡:"少废话!跟我走!"

他眼里噙着泪水,总算加大了步幅,随我朝远离这非重点的重点走去。

回到家里,我问晶儿:"你喜欢现在的这个学校吗?"

他微微点了点头。

吃完饭,他问我:"爸,我做哪个学校留的作业呢?"

"当然做新学校的,重点学校的。"

"可这些算术题我们早做过了。"

不知为什么，重点学校的算术课比那非重点学校的进度要慢一点。

"做过了重作！"我庄严地宣布，"你原来那些老师就知道赶进度，哪有人家重点学校教得扎实！"

晶儿在桌上铺开了作业本，心神不定地问我："爸，我以后还给刘哲补课吗？"

"谁是刘哲？"

"我们班同学。"

"不要再说'我们班'了。刘哲所在的那个班不再是你的班级了。你现在是重点小学五年级三班的学生。那个刘哲，你就不要再管他了。"

"我也不能再找他玩了吗？"

"你不用找他玩了,因为你有许多质量高的新同学可以做朋友了。"

"那，我能给他写信吗？"

这可是个古怪的问题。我愣了一下，便"嗯"了一声。

忽然有人敲门。

我去开门，是何老师。

晶儿像只鸟儿，忽地一下就扑到了何老师身边，仿佛离开她好久好久了，蹦着双脚叫："何老师！何老师！"

何老师抱歉地对我笑着，从她那式样新颖的人造革提包中，取出一沓本册来，解释说："陈自晶的作文本、算术本、美术本、大字本，都批改完了，我给他送来。"

晶儿兴高采烈地接了过去，一本本翻开，自豪地向我报告说："爸，全是五分呢！"

我毫不留情地泼冷水说："得什么意！非重点学校的五分，拿到重点学校去怕四分也不值！"

何老师明显地愠怒了，她扬起下巴，吃惊似的望着我。

我这才感觉失言，忙请她坐，补充道谢。

何老师定了定神，便在晶儿身边坐下，翻开作文本，对晶儿说："这回作文你虽得了五分，可写得没有张红松生动，你看，这一小段本来可以把那场面具体地描绘一下，你却干巴巴地交代过去了。"

晶儿马上问："张红松是怎么写的呢？"

何老师微笑了："我就知道你心里总跟他较着劲。这不，我把他的作文带来了，你就看看吧。"说着，取出了那张红松的作文，晶儿马上捧过去看了起来。

我去给何老师沏了杯茶，我发现，晶儿和她坐在一起，即使是看那个什么张红松的作文，也显得比跟我在一起活泼很多。

看完作文，晶儿把一本书取出来递给何老师说："咱们学校图书馆的书，我还想接着借呢！"那是一本《上下五千年》，显然，是一套连续性的多册读物。何老师把书接过去，按平边角，和蔼地对晶儿说："你那个新学校，图书馆收藏的书一定更多，你接着借下一本看吧！"

何老师没有喝我端过去的茶，她把那本书收进手提包，站起来，面对着我，没开口，脸先红了。这时候我更觉得她年轻、幼稚，而且从她那穿双高跟鞋，拼命想把自己的矮个子拔高的做派上，更觉得她浅薄、庸俗；她咽了口气，这才鼓足勇气，从兜里掏出个什么东西，生怕我拒绝地说："陈同志，我……我写了封信，是写给……写给陈自晶他那个新班主任的，我想让陈自晶明天上学的时候，给他那个新老师带去……您、您先看看，如果不合适……"她说不下去了。这是那种没见过大场面、没遇过大阵势的小人物常有的神情，我看不上眼，可又不忍心流露出轻蔑，于是便装作没发现她的神态异样，安详地说："啊，什么信？就给我先看看吧。"于是她把那封信递给了我。

那封信，除了开头、结尾的客气话，主要是交代我们晶儿的以下特点，提请新老师注意。

(1) 他做分数运算时，最后的得数如果是繁分数，他总容易忘记化简，这个毛病一定要给他重点纠正。

(2) 汉语拼音，他有时 l 和 n 这两个辅音分不清，要专给他出些有关的练习题，让他一定分清。

(3) 他的左胳膊似乎比右胳膊细一点，请转告体育老师，加大他左胳膊的运动量。

(4) 他最怕当着许多女生公开批评他。在这种情况下他很可能故意同老师顶嘴。这个问题应当怎么看，怎么解决，请您考虑。

(5) 听见老师讲到好笑的地方，他的笑声往往有点尖，那不是他故意出怪声，他的笑声就是那样，遇到这种情况请您原谅他。

(6) 思考问题的时候，他常不知不觉地用食指挖鼻孔，这是个坏习惯，希望您注意提醒他改正。

(7) 他吃饭总是很急。如果他到了您校还是带一顿中午饭去吃，请务必观察几次，督促他细嚼慢咽。

(8) 他喜欢读历史故事，能给黑板报、壁报画很精致的花边，这些特长，希望您帮助他进一步发挥……

没有看完，我的心就骚动起来，再不能平静。这真出乎我的意料，也真让我不能不感动。我拿信的手禁不住抖动起来。

"陈同志，这样写……是不是……不合适？"何老师并不知道我内心的反应，她提心吊胆地仰着脸问我。

"怎么不合适？"我急不择言地说，"你为什么那么想？你怎么会以为我认为它不合适？"

她的眼里涌出了一层泪花，但她竭力控制住自己，不让那泪花凝成泪珠儿滴落出来。她用痛苦的声调说："我知道，您看不起我，不只是您一个，也不只是看不起我一个……我们是非重点……"

我一时无言。我不能否认。

"可，"她仰着头，甩甩头发，忽然转而用一种抗辩的声调说，"可我爱我们学校！爱这个破庙改成的、小小的非重点学校！这也是我们社会主义祖国的小学校啊！我小学就是在那儿上的，别看那小小的校门，补过好多次的门板；别看那破庙堂改成的教室，那些旧得看不出清漆的课桌椅，我想起它们来，心里头就有说不出来的滋味……我们非重点学校也是学校，我们非重点学校的老师也有一颗忠于党的教育事业的心，我们非重点学校的学生也一样是祖国的花朵……"

"可你们的毕业生，有几个考得上重点中学呢？"我这话一出口，便自知残酷，可我不能不发这么一问，因为，归根结底，我给晶儿转学，不就是出于这个升学率方面的考虑吗？

她低下了头去，坦率地说："去年是百分之十一，今年倒降到了百分之九……这还只是考上了区重点中学，考上市重点中学的，一个也没有……恐怕好多年里，我们学校都会是这么个状况……"

我不好要再说什么，便把那封信递给了晶儿，嘱咐他说："明天给你的新班主任带去吧。何老师是为了你好，你要听新班主任的话，也好让何老师放心。"

晶儿接过信，两眼只望着何老师，嘴角扭动着。他一定明白何老师为什么这样难过，一颗稚嫩的心，正感受着生活中某种沉重的、无可奈何的境界。

何老师打算告辞了，她刚迈了一步，忽然又转过身，先望着晶儿，后望着我，犹豫地说："星期六晚上的花灯晚会，陈自晶是不是……"

"我要去！"晶儿蹦到我和何老师之间，几乎也用一种抗辩的声音叫喊起来，"我要去，要去！"

我心软了，便点了点头："去吧。不过，就去这一次。以后，你该参加新班级的活动了。"

晶儿高兴地拍起巴掌，何老师也仰起脸，感激地望着我。

晶儿做完了作业，又预习了语文，我催他洗脚睡觉，他却铺开一张纸，说要写信。

"对了，是该给你妈妈写封信，你要告诉她，你总算转到重点学校了，你一定不辜负她的期望，好好学习，明年一定争取考上市重点中学……"我命令着。

"嗯。"他答应着，埋下头，写了起来。

我洗了个脚，走过去，从他肩上望过去，检查他写得如何，只见他在那信纸上赫然写着：

刘哲：

你好！真想你，想咱们班的同学呀！咱俩做的那个走马灯，你一定要把最后的一面糊好啊！我再也不能给你补课了，再也不能和大家一起听何老师讲故事了，我心里很难过，我想哭，真的。

我始而大怒，继而心乱，看到晶儿写出的最后几个字，忽然禁不住鼻子酸了。

没想到在晶儿的心灵中，非重点不仅是重点，简直就是拴系他感情的全部。晶儿啊，你将背负着怎样的感情重担，走为父为母为你辛苦铺就的人生之路？……

1983年3月4日于北京垂杨柳

公路旁的仙女

　　班车驶出了新建的楼区，顺着铺得犹如一匹灰缎的新马路，朝城里机关驶去。在进城以前的十多里途中，有好几里公路的两旁，还是一派田原风光。正值盛夏，又是清晨，从车窗望出去，那长势旺盛的各色蔬菜拼成的深浅不一的绿色几何图形，那远远近近耸起的半透明的塑料大棚，以及那些有时离公路很近的残雾笼罩的苹果园，都显得如童话世界般美妙。

　　班车是一辆崭新的国产大轿车，外观十分气派。车内二十几个座席挤得满满的，还有几个人站在过道上。站立者中有电工小聂。小聂其实也不算小了。他的儿子都念到小学四年级了，但是人们习惯于这样叫他，从他刚到机关当电工叫起，一直叫满了二十年，并且在最近的将来，也还不存在改变称谓的可能。他们机关前些时才从新建楼区分到了半座楼的单元房，出动班车晨昏接送他们这些人，也不过才一个多月。开头人们没大注意，后来就发现，小聂即使来得较早,也总是不坐座位,而宁愿站在车厢当中。对他的这一作为,人们普遍表示了好感,然而唯有小聂自己,才知道究竟是什么吸引着他,使他乐于保持这么一种便于窥视班车前方景物的姿势。

说实在的,头一天登上班车时,小聂何尝不想坐个位子呢?须知班车来往于楼区与机关之间,要行驶四十来分钟,在车上站立这么久,并且为保持平衡,一只胳膊总得举起,用手握紧车顶把杆,实在很不舒服。然而头一天小聂登上车时,已是座无虚席,他便只好站在车厢当中,那天早晨雾比较大,他本是不在意地浏览着车窗外的景物,车行快至一半路程,接近一个丁字形的路口时,他猛地发现,在班车的正前方,一株雾气缭绕的古柳下,一个穿红布褂子的小姑娘,站在一个土坡上,犹如一朵烂漫开放的花儿,欠着脚,伸着双臂,分明向他们的班车招着手儿,那小姑娘的形象,深深地嵌进了他的脑海之中,事后回忆起来。就仿佛一幅令人耳目一新的图画,一个闪过难忘的电影镜头,或者说就如同一盏经他接通电源后陡然亮了的电灯,在他心中掀起了一股欢快的浪花儿。当天傍晚乘班车回家时,他便有意仍保持早晨来时的站姿,结果,他惊讶地发现,晚霞映照中,那古柳下、土坡上,依然站着那可爱的小姑娘,她先双手麻利地扔着一对布包儿,在那里玩,及至发现了他们的班车驶回,便又欠起脚儿,双手提着布包儿,伸臂朝他们车里的人挥舞着,他看清了她那近乎正圆的脸庞,两只闪亮的大眼睛,以及颊上的两个酒窝。

第二天,班车驶拢丁字路口时,他期待着,然而又有些怀疑,难道……啊,果真,又是她!那天早晨没有多少雾气,他注意到,古柳树后面,便是一个小巧的农家院落,八成新的瓦房和爬满豆蔓、茑萝的篱墙,以及高耸出瓦房顶的电视天线,显示着这一户菜农的富足;那小姑娘显然住在这个院里,估计她还只有五六岁的光景，似乎家里大人并没有让她过早地参加劳动，而是宠爱地给她穿上了鲜艳的净红的小褂，她头上的两个翘起的抓髻，也用红绒绳扎得整整齐齐。她家门前过往的车辆可谓多矣，然而她却偏对小聂他们乘坐的这辆班车感兴趣。小聂见她又欠起脚，稚气地向班车里的人们挥手，便忍不住欠身靠拢车窗，也朝她挥手致意，这么一来，小姑娘简直是双脚齐蹦，手挥得更起劲了。班车拐了弯，小聂还转动着身子望那小姑娘，那小姑娘，也还久久地挥动着双臂。当天傍晚路过那里，类似的情形又重复了一遍。

到第三天，小聂便忍不住向车里的人们宣扬开了："瞧，前头丁字口那儿，有个小仙女儿，红衣仙女儿，等着咱们的车过去呢……呐，那不是吗？她冲咱们招手儿呢，多可爱！"只有他身旁的几个人呼应了他，他们也觉得有趣，同他一起朝那小仙女招了手。

接连一个星期，早晚班车路经那丁字路口时，那小仙女总按时出现，有几回车里人还看见她从篱门里跑出来，跑上那古柳下的土坡，仿佛她掐算好了时间，在岗位上执行任务一般；还有一回傍晚她是端了一碗饺子，站在那土坡上吃，并且改挥手致意为举起一个咬了一半的饺子，得意地晃动着，仿佛在嚷："我吃饺子啦！"又仿佛在嚷："给你们饺子！"那模样、神态煞是可爱，渐渐地，欣赏她的，已远不止是小聂，而且以车厢中部的女同志们为最热情，十多天后，每当车过丁字路口时，车内的笑声、召唤声、议论声，总要爆发出一个高潮。

对这小仙女丝毫不感觉兴趣的，是坐在车前和车尾的两位男同志。小聂在心里把他们叫成"北极"和"南极"，视为两个"绝缘体"。"北极"是一位老技术员，戴着一副深度近视镜，他总是最早上车，占据最前面的一个单座，坐下以后，便打开一本外文业务书，钻进书里去，而不再顾及周围世界。有一回小聂劝他说："咱们住在一片灰色的楼区。工作又在一片灰色的城里，每天难得有这么两段穿越绿色地区的时间,你为什么不充分地利用一下,用绿颜色涮涮你的眼睛,醒醒你的脑筋呢?再说,丁字路口那儿还有个红衣小仙女,你看看嘛,保险让你高兴……""北极"听这番劝告时虽然谦和地点着头,用南方口音连连回答着"好的,好的……"可一上了车,却依然故我,对"万绿丛中一点红"之类的景象,绝对无动于衷。"南极"是机关里的人事干部,他长得面团团的,上车总往尽后头去,坐在最后一排的最边上,说是把好位子让给别的同志,自己反正是打瞌睡,后面的位子颠一点不要紧,只要把自己身体的摆动频率同车子的颠动协调起来,反倒利于打瞌睡。对于小聂他们"赤道地区"——即车厢中段——对红衣小仙女的"狂热情绪",他腹诽颇多,不过表面上持宽容态度。他只偶尔瞥见了小仙女一回,对身边一位同志发过一次议论:"这家人落实政策以前,不知道是个什么成分?"人家没有应声,他也便闭眼管自打瞌睡,从此再没有看那小仙女,也再没发什么议论。

到了机关,一下班车,各人有各人的一摊工作,就是小聂,也难得想起那公路旁的小仙女,他换上工作服,系上电工专用的附有工具套的宽皮带,忙完这里忙那里,大脑里关于红衣小仙女的信息,如同没有引入电器的电流,蓄在那里,既不发光,也不发热。进到楼区,回到家里,各人又有各人的家庭生活,小聂固然也对爱人——就在楼区的小学当老师——讲起过关于红衣小仙女的事,不过她从未目击过,无法共鸣,所以小聂也就没有多讲,而他们小小家庭本身的喜怒哀乐一旦攫住了他,那红衣小仙女对他神经元的刺激,也便暂时减退。然而,每天乘坐班车的路上,尤其是快到那丁字路口时,小聂的身心就不由得几乎全被那红衣小仙女占据,他的心脏会明显地加剧跳动,眼睛会格外贪婪地向外寻觅,一股难以解释和形容的欢乐情绪,会弥布于他整个灵魂。除了"北极""南极"以及某个偶尔搭乘一次班车的临时乘客,车上其余的人，渐渐也都不同程度地染上了小聂的癖好，一到那丁字路口，便活跃起来。就连司机老王，似乎每过那丁字路口时，也有意格外放慢速度，以使公路旁的小仙女和车上的人们，能从容招手致意。有一天清晨，阴云密布，下着雨，车近丁字路口时，小聂首先嚷了起来："看呀！咱们的仙女！"人们张望过去，不禁欣喜若狂——土坡上，小仙女依旧穿着她那特有的红布小褂，撑着一把杏黄的尼龙伞，脚上蹬着显然是家里大人的黑色半长统雨靴，笑眯眯地迎着班车招手。车过好久以后，人们还纷纷议论着，有的说她真像从童话书里跳出来的角色，有的说难得她那么小年岁就那么懂得珍惜感情，有的说冬天一片白雪，衬出她的红袄褂将更好看，有的说难道到了寒风凛冽的冬天，她也能坚持一天两回出来迎候吗？小聂高声议论着，仿佛在同谁打赌："她会坚持下去！""北极"仿佛一切事情都未发生，埋着头，翕动着嘴唇，读他的书；"南极"照例把头舒服地倚在人造革靠背上，闭目养神，嘴角挂出一个淡淡的既宽容又嘲讽的微笑……

日子就这么过去了。班车每天两次开过那丁字路口，直到我们开始提到那个早晨。那是一个风和日丽的早晨，大家的情绪都很好。小聂照例站在车厢当中，当班车接近丁字路口时，他不慌不忙地朝那古柳下的土坡望去，他的眼睛有点不大习惯——土坡上没有红颜色，没有小仙女。他想，肯定是当车子正好接近丁字路口时，从那篱门里会蹦出她来。然而车子已经驶近丁字路口，要拐弯了，并且司机也仿佛特意按响着喇叭，催促着小仙女按常规出现，那古柳后的篱门却并未打开，小仙女并未出现。小聂对此没有思想准备，他像触了电一样，全身微微一颤。车上的一些女同志忍不住问他："咦，今天怎么回事？""小仙女可是头一回没有出来！"仿佛他与仙女有着某种神秘联系似的。可是小聂回答不出。班车驶离丁字路口很远了，他仍呆呆地朝那古柳树的方位眺望着。没有一星半点红色出现，唯有古柳树庞大的树冠，静默地呈现着一派鲜绿。这天班车返回的时候，小仙女依旧没有出现。尽管这天的晚霞非常明丽，田野的风光格外旖旎动人，可是小聂的心头却浮动着一块粘滞的乌云。回到家里好久了，他还暗自揣测着那小仙女没有出现的原因，直到辅导起儿子的算术，才算暂时拂开了那块乌云。

接着两天，那小仙女还是没有出现。微风照常拂动着古柳那长长的枝条，土坡依旧静静地屹立在那里，古柳后的人家，篱上的豆角长得又大又紫，茑萝开得又红又艳，傍晚路过那里时，细心观察，可以看到农舍屋脊上的烟囱中，飘逸出淡淡的青烟，生活在依旧进行，然而小仙女却再不出现，是她的热情已经衰退，还是发生了什么妨碍她继续站出来的事情？

这两天里，每当班车经过那丁字路口时，车里的人们——主要是"赤道"和"温带地区"的女同志，便会七嘴八舌地议论起来。有的说，五六岁的小女孩，懂得什么？她的兴趣转移，是预料当中的事，有的说，咱们也太滑稽，何必把与这么个农村小姑娘的互相招手致意，看得那么重大？她不再出现，一笑了之便罢。有的又反驳说，到底这是一个多月以来每天少不了的一点感情生活，我们每天办公、做家务事之余，有这么一点富于童话色彩的情趣，确实值得珍惜，有的更指着小聂说，你看他那表情，如果他是丢了一大笔存款，大概倒不会那么难受，他把我也惹得有点不好过了……小聂沉默着，他那长方形的脸庞上，本来并不明显的抬头纹，这两天格外显著，他那厚厚的嘴唇抿得紧紧的，而浓眉下那双微陷的眼睛，每逢班车接近丁字路口时，便闪出一种异样的要攫取什么的光。回到家里，爱人发现了他的异常情绪，起初还以为他在机关里同谁闹了意见，经小聂细细一讲，才明白过来。便叹口气说："究竟是怎么回事呢？也许是感冒了吧？"小聂甚至在心里暗想过：哪天干脆自己去一趟小仙女家，问个究竟！但搬到这楼区以后，他们的自行车已经卖掉，而经过那丁字路口时新的公共汽车路线，又尚未通车，走着去则太浪费时间，也未免荒唐……

失去小仙女的第五个清晨，下着蒙蒙细雨，班车还没有驶拢丁字路口，就不得不放慢了速度，并且闪避开了公路上的一簇人群。班车上的人们都看出那是发生了一起车祸，大约是一辆130型卡车撞倒了一辆自行车，一些骑自行车的过往者不知是出于关切还是好奇，扶着自己的自行车，伸长着脖颈朝民警所在的方位望去。班车驶过那肇事地点以后，渐渐接近丁字路口，于是车里的人们自然而然地产生了这类的议论：那红衣小仙女，该不会……有一位花白头发的男同志，历数完最近知悉的车祸，最后归结到眼前的公路上，认为这条路流量猛增，而车子开到这一段穿过田原的公路上时，速度又必然加快，所以发生车祸几乎不可避免；另一位女同志则补充说，丁字路口那里的路面设计很不合理，许多车子在那里拐硬弯儿，因此最容易出事儿……这些议论像钉子般钉在小聂的心上。班车继续朝城里行驶，一些议论者的"意识流"又流到刑事犯罪上，还是那位花白头发的男同志，历数完最近知悉的刑事案件，最后又归结到眼前的公路上，认为这条路过往人等最杂，而这一段穿过田原的公路两侧坏人既易于藏匿又易于逃遁，所以发生刑事案件也几乎不可避免。那位女同志则补充说，丁字路口那家农户屋顶上的电视天线，未免太惹人注目，倘遇坏人抢劫，他们又无邻居，"啧啧啧啧……"小聂听到这里，猛然迸出一句："别说了！"人们才沉默下来。班车开到城边上，人们才又重新开始议论，然而都是与当天机关里的工作有关的事了。

这天下了班，搭乘班车的人们都上了车，小聂照例站在车厢当中，脸色极其严肃。班车刚开出城外，小聂忽然走到车厢最前面，俯身同司机老王谈了几句什么话，只听老王回答他说："大伙儿都同意,我就停车。"接着,小聂就转过身来,面对大家,大声地说:"我建议,一会儿路过丁字路口,停一下车,我代表大家,下去看看咱们的小仙女,看看她究竟是怎么了……"他话音没落,"赤道地区"就有好多声音附议:"好!""对!""赞成!"

因为小聂就站在"北极"的身边,向大家提建议时,无意中拍了一下"北极"的肩头,故而使"北极"的思路不由得从手中的书里滑了出来,他本能地抗议说:"不必要,不必要……时间是宝贵的!"他既然每天也坐这辆班车,尽管冷如北极,毕竟也还知道小仙女何所指,他由衷地觉得,为探听这么个小东西的下落而停车,是近乎胡闹的事。

"北极"的抗议立即被许多声音驳了回去,小聂弯下腰,这回是有意地拍着他的肩头,大声地对他说:"还有比时间更宝贵的东西!"

"北极"耸耸肩膀,眼光从厚厚的镜片上方斜睨出来,大声地还击小聂说:"小聂呀,这都是你看小说太多所致!"在"北极"的心目中,小说之类是最没有价值的东西。

小聂顾不得同"北极"争辩,因为这时候"南极"已从瞌睡中清醒了过来,并且在知道了事态之后,立刻高声发表意见说:"怎么能无缘无故地随便停车?这班车的行驶是有一定的规章制度的!"

"南极"的意见高声飘过了全车人的头顶,引来了一阵笑声,几个女同志扭过头反驳他说:"怎么是无缘无故?""停一会儿车能算违反规章制度吗?"……小聂大声地劝告"南极"说:"您继续养您的神吧,碍不了您的事!"

"南极"感到自尊心大受挫伤,一点瞌睡也没有了,满脸怒气,腰板离开靠背,继续反对说:"这是公车,无论开还是停,都得服从公事,不能拿来办私事用……"

他这条新的意见立即遭到了几个人的反驳,花白头发的男同志摇着头说:"这难道算办私事吗?倘若路上遇到个病人,急着要去医院,我们能因为他不是本单位的人,就不管吗?"他身旁的那位女同志附议说:"就是嘛,看看小仙女,也算是联系群众嘛!"

然而"南极"固执起来,真是寒冷如冰山,他竟朝前欠着身子,大声招呼司机说:"老王!我不赞成停车!谁要去看什么仙女仙男,让他自己找车子坐了去!"说完这话,把身子往后一靠,重新合上眼睛,心里暗暗嘀咕说:"小聂这号人真是无聊,低级趣味!小资产阶级思想感情!不健康!"

老王可没站在"北极""南极"一边,车子驶拢那丁字路口,他把车靠公路边停住了,小聂也不多说什么,车门一开就跳了下去。车上的人们议论纷纷。"北极"不理解地望着小聂的身影。"南极"知道自己失败了,便保持睡觉的姿势不变,心里头好生恼怒。

小聂几步就越过了土坡,他拂开长长的柳枝,来到了篱门前。这时夕阳映照着农家的院落,院里铺有砖道,院当中有个压水机,院子一侧种着几畦烟叶,另一侧有一排向日葵,还有一丛锦葵花,一群芦花鸡在大枣树下啄食,一时看不清猪圈在哪个部位,但是马上听到了猪吃食的呼噜声。他招呼了几声:"有人吗?"没人应声,他便拨开篱门,走了进去。院里三间正房,左右两间都装着大玻璃窗,窗上贴着半新的红纸窗花,透过窗玻璃,依稀可见屋里的摆设:大立柜、沙发椅、酒柜……似乎与城里人的家庭无异。小聂站在院里,迟疑着,为那异样的寂静而吃惊。这里仿佛什么事也没发生过,然而何以不见小仙女的身影?何以没有她的欢声笑语?那么,这里也可能发生过某些不该发生的事情……

终于听到了一种脚步声,绝不是小仙女的,因为是那么滞涩而缓慢,啊,原来是位老奶奶,穿着一身八成新的黑衣褂,从正房后面拐了出来,右手里提着个葫芦瓢,左手搭在眼眉上朝小聂张望着。小聂意识到,老奶奶一定是正在喂猪。他迎了上去,恭敬地招呼了一声:"老奶奶!"

那老奶奶上下打量着小聂,问:"你找谁啊?"

小聂一时不知该怎么回答,他想了想,决定老老实实地一五一十说个明白,于是,他就把自己是城里哪个机关的,住在哪个新楼区,每天怎么坐班车经过这里,怎么认识了那穿红褂子的小姑娘,这一连五天见不着她了以后怎么担心,全说了出来,末了问:"她没病吧?没出事儿吧?"

老奶奶大声回答他说:"敢情你是找我孙女小红啊,她呀,不在啦!"

"不在了?"一刹那间,小聂感觉到自己全身血管里的血都仿佛噎住了。

老奶奶并没有看出小聂的异常表情,她依旧甩着大嗓门说:"是呀,头些日子,她二姑把她接到密云去玩啦!"

"什么!"一刹那间,小聂又感觉到一种令他承受不住的松弛感,血管里的血,仿佛又过分自由地奔窜着……

原来一切是这么简单:小仙女有个姑姑,这姑姑家住在密云,五天前姑姑把她接到密云家里玩去了。

小聂立即告辞:"啊,那我们就放心啦。不打搅您啦,我走啦……"这回轮到老奶奶纳闷了,她望着小聂的背影,大声地喃喃自语说:"那么大个人,找我们小红!这是怎么说的……"

小聂回到车上,宣布了调查结果,立即爆发出一片欢笑声,有的人甚至于还拍起了巴掌。花白头发的男同志摇头摆脑地笑着说:"天下本无事,庸人自扰之!"他身旁的女同志嗔怪他:"就数你扰得厉害!"

"北极"头一回不能继续读他的专业书,他惊奇地望着小聂,以及与小聂共鸣着的同事们,开始思索某些他以往没有思索过的问题;"南极"却依旧保持睡觉的姿势,并在心里反反复复地宣布着自己的判断:"无聊,这真叫无聊……"

又过了五天,再一个清晨,当班车又经过丁字路口时,又是小聂,头一个发现了小仙女身影,显然她已经从姑母家里回来了,也许,姑母还要留她多住些时候,是她闹着要快些回来的吧?你看,她依旧穿着净红的褂子,站在那土坡上、古柳下,迫不及待地祈盼着小聂他们的班车,老远便欠着双脚,使劲地挥动着她的双臂……

老王按响着喇叭,放慢着速度,把班车开过了那丁字路口,而车窗里的欢呼声,几达于雷动的程度,许多只手臂,颇不得体地伸出了窗外,挥动着。

"北极""南极"呢?他们反应如何?没有人注意到他们。小聂更顾不得注意别人,他两只眼只注视着小仙女那可爱的身姿神态,一种甜蜜、幸福、神圣的感情,涌荡于他整个灵魂。

1981年10月13日写于北京垂杨柳

蓝玫瑰

阿芬敲击着"三星餐厅"的后门，门开了一条缝，露出的那张脸是她最不愿看见的。

那张刀把似的脸上，两只小眼睛像两只钉螺，毛蚶似的嘴巴里吐出她最不愿听见的话："又找阿胖！人家懒得见你！"

可是刀把脸立刻就被从背后蘸开了，这回露出的是阿胖本人。其实阿胖并不算胖。他和阿芬来自几千里外的同一村子，在乡村小学里互为"同桌的你"。村里都把阿胖叫作阿壮。自从阿胖进城谋事，一步步发展到在这"三星餐厅"打荷——打荷是行话，就是给大厨配菜——认识他的人就把他叫作阿胖了。这听来是个挺吉祥的称呼，因为阿壮的奋斗目标就是上灶当大厨，十厨九胖嘛，他倒希望自己早些个发起福来。

阿胖见是阿芬，问："什么事？"

阿芬便给他使眼色，阿胖于是走了出来，餐厅后门安有弹簧，砰地自动关上了。阿胖回头望望，凑近阿芬，再问："什么事？"

阿芬说："帮个忙……"一边说，一边把眼睛晃到餐厅后墙边。阿胖眼光随之游动，于是看见了一个大纸箱，纸箱表皮上印着"富士苹果"字样,阿胖估计那里头必不是苹果,他问:"什么东西?"

阿芬说:"是花,玫瑰花。"

阿胖"啊"了一声,问:"怎么又卖上花了?钟点工不做啦?"

阿芬也不细解释,只是说:"你给我保管一下!"

阿胖心上仿佛被阿芬的手指尖挠了一下。当年他们在一起时,阿芬常对他用这种命令的口吻说话,"阿壮,你的铅笔呢?给我!""阿壮,帮我家摘花椒去!"……村里孩子们做娶媳妇的游戏,大家公推阿芳扮新娘子,谁扮新郎官呢?正讨论或者说正竞争中,阿芬大声命令:"阿壮,你当新郎!"……

可是,他们近来的关系嘛,有点儿那个……阿胖家在村里从比较穷的变成了比较富的,阿胖本身在城里也算有了门技术,立住了足,可是阿芬家因为种种原因,成了比较困难的人家了,阿芬在城里也总没能找着个可心可意的,能较稳定地挣钱的事儿;今年过春节时,他们都回了家,阿壮家里,给他说了一门亲事,那也是当年他们的同学、玩伴,是村民委员会主任——也就是村长——的闺女;初六时,阿壮家摆了几桌酒,鞭炮放得满村的鸟儿散尽后三天不敢再进村……回城时,在长途汽车站,阿芬和阿壮遇上了,阿芬命令阿壮:"给我拎着包儿!"阿壮赶紧接过去,脸红得像喝醉了酒,讪讪地说:"我……我们,没扯结婚证呢……"阿芬白了他一眼:"谁问你了?!"

回到城里,他们再没见过。阿壮以为阿芬再不会主动找他来了,没想到现在阿芬活生生地站在了他的面前,要他代为保管那一纸箱的东西。

阿胖白天在餐厅厨房里干活,晚上食客散尽,把餐桌拼起来,就成为他和另外几个雇工的眠床;厨房,还有储藏间里,本来就堆放着许多杂物,特别是这类纸箱,很多,所以,替阿芬存放这么一个纸箱,没多大的困难。

只是阿胖不明白，玫瑰花应该赶紧卖掉啊，怎么要在他这儿存放呢？他问，阿芬反问他："哪天是情人节？"

阿胖还真答不出来。别看他混成了打荷的技术工，下一步就要上灶当厨，挣得挺不老少，可他没阿芬见识多。阿芬在不同的家庭里做过钟点工，其中很多雇主是知识分子，属于新派家庭，不用专门求教，耳濡目染之间，便积累了不少阿胖未能掌握的知识和讲究，比如，五天以后，也就是2月14号，是情人节，过这个节，最大的讲究，就是情人之间，一般是男士向女士，赠送玫瑰花，到那一天，品种最好的玫瑰花，能卖到六十块一枝，就是最一般的，常见的红玫瑰，也要十块钱一枝……所以，阿芬趁今天红玫瑰的批发价还是一百枝四十块，赶紧批出了这一纸箱——整一百枝；据说到明天再批，就要一百枝五十块了，后天则会涨到八十块，到情人节那天早晨，会涨到三百块，甚至五百块，而且还不一定能拿到货！……

"连这都不懂！"阿芬解释完，斜睨着阿胖，鄙夷地说，"你还打荷呢！"

阿胖顿时惭愧得脖颈痒痒。他迈步到那纸箱前，掀开盖头往里看，一百枝红玫瑰，大概每二十枝包成了一扎，体积只占了半纸箱，一点不显得多，不禁咂舌说："呀，到过那个节那天，这四十块就要变成一千块啦！……这么有赚头，你怎么不多批出些来？"

阿芬训斥他说："赚是要赚，不能往钱眼里钻！钻也要会钻，批多了，怎么保管？一个人在街上卖，又没有店，卖足这一百枝也就不容易，再多，当天卖不出，第二天只好三毛钱一枝处理掉——都怕没人要了！"

阿胖抱起那纸箱，"好轻！我往储藏室一放，神不知鬼不觉的……你十四号一早来取吧！"

阿芬急了："什么？放储藏室？那我用得着找你！……憨胖！……你要给我放冰箱里头，别放冷冻室，放最底下，平时你们放鲜菜的地方……懂吗？"

阿胖愣住了。实施这一任务顿时显得相当艰难……

"怎么，你不愿意？"阿芬问他。

阿胖忙说："我……怎么都愿意……你放心吧！……"

阿芬忽然低下头，两只手攥住垂在胸前的围巾头上的流苏……她对阿胖发命令轻而易举，想说出句道谢的话来却仿佛力不胜任，"阿胖……"她竟嗫嚅着，造不成句子了……阿胖抱着纸箱，站在她跟前，呆呆地望着她，等她把句子造出来……

阿芬抬起头，正视着阿胖，终于造出了句子："……等我有了自己的小花店……那时候，买个花卉保鲜柜……我们就不用……"

阿胖心里滚过一道暖流，忙接上去说："……就不用这么小打小闹地……光是一百枝了……冰柜我来投资！……"

阿芬一惊，瞪了阿胖一眼："你！谁要你来？"

阿胖委屈地说："你刚刚说过嘛……我们……"

阿芬心旌摇荡起来："我说过……吗？……你！……"

两个人都不记得是怎么分的手。

当天晚上，阿胖请刀把脸去附近康乐城打保龄球。刀把脸是餐厅的杂工，负责洗碗盘还兼搞厅堂卫生。他干活倒不惜力，也不嫌工资低，可是老板一直想炒他的鱿鱼，不为别的，就为他总是懒得搞个人卫生，一双小眼睛总是挂着眵目糊，一星期刷不了一回牙。老板最怕顾客看见他，逢到卫生检查，便把他提前轰出去，由他闲逛一时。刀把脸爱管闲事，说闲话，阿胖把阿芬的那些玫瑰花搁进冰箱后，别的同事都不会多嘴多舌，这几天估计老板来了也不至于遍查冰箱，所以重点是防范刀把脸。阿胖请刀把脸打了一小时保龄球，末后又请他坐到吧厅，让他点饮品，刀把脸点了一客名叫"红粉佳人"的鸡尾酒,没等酒来,更没等阿胖发话,他便主动拍着阿胖的肩膀说:"老弟,哥哥明白……我一朵花也没看见过哟!"

接下来的几个晚上,阿胖临睡前,总要打开冰箱,查看那些玫瑰花,并给各束花调换一下位置。到了十三号晚上,那一百枝红玫瑰大体还都完好,只是有一二十枝花瓣边缘似乎有些个蔫卷发乌,这一二十朵明天或者把它们卖得便宜点儿,按一千元算下来,损失的那部分钱他心甘情愿给阿芬补上,当然啦,阿芬是不会接受他的补偿的,不过,就是听阿芬拒绝时的那几句横话,似乎也成为一种甜蜜的期待……

那个节,那个他原来不甚清楚的节,终于随着天边一缕缕的朝霞来临了,那天一早,他蹬着三轮车去蔬菜批发市场为餐厅备鲜菜,朝霞用红玫瑰般的亮光罩住他,使他心里头仿佛也开放了许多艳红的玫瑰。他尽量地早去早回,并且嘱咐了工友们,倘若他还没回来时阿芬就来了,就请他们把那些寄存的红玫瑰交给她,并问清楚她将在什么地方卖那些花……

阿胖急蹬如飞地返往餐厅后门,一路上他注意观察,没什么情人成对成双地出动呢,这样早取出花去,是没必要的啊……他估计阿芬不至于已经来过并取走了花,想到会有跟阿芬见面的机会,能亲自把花交付给她,以及可以为有的花瓣边缘有些个蔫卷发乌而向她道歉,甚至当场兑现赔偿,他竟哼起了"爱江山更爱美人"的流行曲来……

可是刚拐到餐厅后门外,赫然映入眼中的,是老板的那辆黑色桑塔纳2000……老板今天怎么会一早就来视察?他心里咯噔一下,仿佛卡上了一根骨头……

阿胖从后门一进入厨房间,立刻看到案板上搁放着几束玫瑰花,老板站在一边,大厨和刀把脸几个人站在另一边,刀把脸正说着什么,一见他进来马上闭上嘴,老板则以一副心平气和的神态把目光迎向了他……

阿胖只觉得心里猛搁上了一客铁板烧,他两眼死盯着那些玫瑰花,惶急中,大声说:"不许动!……花是我的……都不许动!……"

老板微笑着,客客气气地问他:"阿胖,这算怎么回事,怎么可以在冰箱菜柜里存放你私人的玫瑰花?你这不是公然违反纪律吗?"

阿胖只觉得阿芬随时都会来敲门领花,不,他甚至觉得那敲门声已然响起来了,他伸手去归拢那些花,老板制止他,"这是要说说清楚的,究竟是怎么一回事?"

阿胖大喘气。

老板讲起了道理:"冰箱里的菜,是要给客人吃的,我们要对顾客的健康负责,这是政府所要求的,也是我们应当自觉遵守的职业道德。这玫瑰花看上去挺漂亮,其实,它上面恐怕携带了许多的微生物,还有细菌,只是我们肉眼看不见罢了,它会污染我们的鲜菜,当然啦,鲜菜在制作前,我们会用水漂洗,可那玫瑰花上所带来的有害的东西,沾染到鲜菜上以后,有的恐怕是冲洗不掉,甚至高温下也杀灭不尽的!最近有关部门还跟我们一再地强调……"

阿胖哪儿听得下去,他也不再说什么,转身搬过阿芬拿来的那只纸箱,要把案板上的花搁进去。老板再一次阻止他,脸色变得严肃起来:"这不可以!刚才他反映,这些花是别人拿来给你寄存的,这就更成问题了!……"

老板说的反映者,便是刀把脸,阿胖朝他恨视,刀把脸把两只钉螺般的小眼睛斜向灶台。

阿胖终于从火烧火燎的心窝里吐出了一串话来:"反正这花

我要还给我老乡……这花好得很，比人干净是真的……违反纪律，你扣我工资好啦！……这有什么了不起的！你干什么跟我过不去？……"

老板倏地拉下脸来，宣布："这餐厅是我的，餐厅的一切设备，包括冰箱，当然都是我的……这里我说了算！谁违反了纪律，我都不能姑息！这花未经我允许，搁进我这儿冰箱达数天之久，是严重的违纪行为！这花，我没收了！先搁我办公室去！"说着朝刀把脸一甩下巴，刀把脸朝阿胖看看，再朝老板看看，稍犹豫了一下，便动手把那些花敛作一处，阿胖一看急了，冲过去要抢，被身边大厨死死地抱住了……

阿胖在大厨胳膊里挣蹦着，直着脖颈嚷起来："好！那我不干了！我走！可花还得给我！"

老板却又面现和善，规劝地说："阿胖！我可并没有炒你鱿鱼的意思，你来我这儿以后，一直干得不错嘛！我只是不能不严肃纪律罢了……"

这时刀把脸已经把玫瑰花统统敛进了老板那间小小的办公室。阿胖痛不欲生，看样子简直要跟老板拼命，老板心下不免疑惑，这是怎么回事呢？平时没发觉这个阿胖如此富于反抗性啊！他摆摆手，进了他那办公室，把门反锁起来。

…………

晨光明艳时，阿芬从公共汽车上下来，欲往"三星餐厅"去取她寄存的玫瑰花，那个汽车站人很多，已然有情侣模样的人双双出现，阿芬一早因为跟她合租房屋的那个也是来自农村的姑娘病了，替她去药房买了一盒药，所以动身来这儿晚了。她正埋头往"三星餐厅"那个方向快步走，忽听有人唤她："阿芬！"她煞住脚，扭头一看，是阿胖。

"阿胖！你吓我一跳！你在这儿捣什么鬼？怪我总不露面，是吧？"

阿胖说："……我们……去银行吧！……"

阿芬听不懂："什么？去哪儿？……我的花呢？玫瑰花？……"她朝阿胖身旁身后看，没看到那个原来装富士苹果的纸箱，这倒没什么，也许还需要到那餐厅去拿……可那是什么？阿胖身后怎么有那么大两包东西？

阿胖说："阿芬，我对不住你，你的花我没能保住……我赔你一千块！走，我们去银行，我有折子，我取给你！再多赔我也愿意！……"

阿芬觉得情形很不对头，她先问："你身后是什么？铺盖卷儿？旅行袋？……你怎么回事，老板炒你鱿鱼了？"

阿胖说："不，我炒了他鱿鱼！……"于是把一早发生的事，详细讲给她听。

阿芬听着，先是怨怪阿胖太笨，听着听着，忽然觉得心里头有团什么东西，原来硬硬的，此时却渐渐化开了，丝丝缕缕地，渗出些复杂的滋味来……

一个还没发育充分的小姑娘，显然是刚进城来没多久的，端着小小一个纸匣，里头是一枝枝已经用玻璃纸分包好的红玫瑰，恰好游动到他们身边，顺便向他们兜售那玫瑰花："哎，情人节红玫瑰，十块钱一大枝！"

阿芬条件反射似的问她："你多少钱批出来的？"

那小姑娘望望他们，恍然大悟似的说："哼，原来……你们是买不……"说到最后她把"起"字吞了进去，转身要走。

阿胖唤住了她："别走！我都要！"

小姑娘回过身，半信半疑地望着阿胖。

阿芬拈出一枝，望了望，掷回去，鄙夷地说："这是最差的品种！我们不想买这样的！我们要买蓝玫瑰，听说过吗？法国人最会过这个节，他们把蓝玫瑰当成最珍贵的礼品送人……你有蓝玫瑰吗？……没有！哼，恐怕这满城里，也找不到十来枝呢！……"

小姑娘白了阿芬一眼，转身便走，阿芬在她耳后喊："你别在这儿卖啦！告诉你吧，这儿是孙大姐的地盘！……看她一会儿瞧见怎么收拾你！"小姑娘在人群中一溜烟跑没影儿了。

阿胖问："那……蓝玫瑰……真有那么回事儿？"

阿芬眉头一扬："怎么？你以为都像你，要么什么也不懂，要么就撒谎骗人？"

阿胖挨了她的训，心头才出现了一丝欢喜，嘿嘿地笑了。

阿芬叹了口气："算我倒霉！"眼望望低头憨笑的阿胖，问他，"你这可怎么办？其实我损失的，不过是四十块钱，你呢？可好，饭碗砸了！……原来听你说，你们那个老板，好像还过得去嘛……也难怪人家，都是我惹出的事……要去银行，那该从我折子上取，你说，提多少才赔得上你？……"

听了这些话，阿胖竟身心大畅，嘿嘿地笑个没完了。

阿芬跺了一脚："胖傻！你没心没肺啦？光笑，笑个什么？你打算怎么办？背着铺盖卷，提着旅行袋，你哪儿讨饭去？"

阿胖这才抬起头，望望太阳的位置，说："也没什么了不起的！哪儿讨不了碗饭吃！想起来了，我远房五叔在东郊大馆子里当二厨，先投奔他那儿，再说！"

……阿芬送阿胖去开往东郊的那路公共汽车的车站，去那车站必须经过"三星餐厅"的正门，刀把脸正把一个临时广告牌支在餐厅门外，瞥见他们移动过来的身影，慌忙龟缩到店内。阿胖肩上扛着铺盖卷，旅行袋他提一只耳朵，阿芬提另一只耳朵，并排说笑着前行，竟没去注意那支在餐厅外的临时广告牌，那牌子上写着：本餐厅今日特别供应情人节双人套餐，物美价廉，超值享受，凡双人情侣就餐者，特奉送新鲜荷兰红玫瑰一枝……

……到了那车站。阿胖要上车了，阿芬问他："憨胖，你那五叔……究竟在东郊什么鬼地方？"阿胖想了想说："你把手掌摊给我……"阿芬嘴里说着："捣什么鬼哟？"却乖乖地把手伸给了他。阿胖用左手抓住阿芬右手掌的指头，右手掏出一管蓝色圆珠笔，在阿芬掌上写下了一个电话号码，写完号码，居然不停笔，先在阿芬掌心画了一个正方形，又在那正方形里斜着画了一个正方形，又在里头那正方形里画了个三角形，再在那三角形里斜着画了一个三角形……随着那笔触，阿芬心里开出了一朵硕大的蓝玫瑰……她抽出手来，尖叫："轻点！我好痛！……"

阿胖携行李上了车。他没朝车外望，更没招手。阿芬则没等车开走，已然转过了身……阿芬把蜷成空心拳的右手，轻轻贴在胸前……

1998 年 3 月 6 日于绿叶居

深谷小溪默默流

蓝伊梅在画舫斋的画展厅里缓缓地走动着，她虽然不时停留在某幅图画的前面，却总是不能"入画"，她从画框的玻璃上看出了自己淡淡的面影，忍不住理一下鬓、扬一下眉……姑娘今天有心事，并没有把画展看完，她就步出展厅来到池边的回廊上，选了个清静的地方坐下，微倚着朱红的廊柱，望定一泓秋水中成扇面状聚拢的红鱼，爽性沉思起来。

蓝伊梅二十六岁了，看上去却仿佛才二十岁出头；谁也难以相信她是印刷厂胶印车间的老师傅，已经都带出了两个徒弟。今天她浓密的冷烫过的黑发因为已经长得齐肩，便用银色的横"8"字形发簪在脑后别成一朵墨菊；她那红润的鹅蛋形脸庞，春燕羽毛一般黑亮的秀眉下，同秋水可以媲美的一双杏核眼，都堪称美丽的楷模，唯有紧闭的双唇略显得厚了一些、大了一些，但跟她接触不久，人们也就会觉得那不但不是什么缺陷，恰恰是热情和开朗的象征。

蓝伊梅手中捻着一枚拾来的枫叶叶柄，默默地想她的心事。今天她休息，傍晚有个约会。本来她打算在家里洗洗衣服、看看书，到四点多钟再出来，可是实在忍受不了妈妈的质询和唠叨，只把几件内衣洗完晾好，她便跑出来了。这回的对象是厂医务室刘大姐给介绍的，已经见过一面。蓝伊梅同刘大姐约定暂不告诉妈妈。妈妈真是的，急得没个道理。蓝伊梅最听不得妈妈的这个逻辑："如今北京城里，你们这个岁数的年轻人女多男少，你就别挑肥拣瘦啦，思想正派、人老实就行啊，要不把你自己耽误了，后悔都来不及！"光是思想作风正派、人老实就行啦？去年二舅给介绍的那位银行职员不仅正派、老实，还是个先进工作者呢，可那份古板啊……蓝伊梅不喜欢，回到家里，刚宣布不想跟他好，妈妈和二舅就气得一个劲地数落，说她是"资产阶级思想"。蓝伊梅心中有数，自己绝不是那种单纯追求物质条件和外表的"高价姑娘"，但是找对象这个事儿它是非常微妙的，不合心意的人，凭什么非得勉强接受呢？

刘大姐这回介绍的是个小学教员。厂里的姑娘们看得起小学教员的没几个，原因很简单——小学教员社会地位低、福利差、工作苦。这真是一件奇怪的事，几乎谁也不会放弃上小学的权利，可是长大以后却大批地"忘本"，不愿意当小学教员，不愿意嫁小学教员。蓝伊梅可有主意，她不那么看问题。小学教员不也是知识分子么？她心下总想找个知识分子，倒不论这知识分子挣多少钱，她图的是那么一股子爱读书、讲礼貌、文质彬彬的劲儿。刘大姐生怕蓝伊梅不愿意见面，一再地夸赞那位名叫范铁雁的小伙子的优点，没想到蓝伊梅不等她说到最后便干干脆脆地表态说："赶明儿晚上在您家见见面吧！"

一见面，蓝伊梅就动了心。那范铁雁三十岁，除了皮肤黑，个头、长相、做派、谈吐上都令人满意，确有股子蓝伊梅暗中追求的"知识分子味儿"。

从刘大姐家出来，说是一块儿去搭111路电车，其实两个都故意绕着弯儿走。一路上谈到了业余爱好，范铁雁说最喜欢读唐诗，蓝伊梅不禁肃然起敬，她是有名的一九六九届初中毕业生，上中学的三年除了念语录、参加批斗会和劳动，几乎什么知识也没学到，后来她到黑龙江兵团时，也曾从同伴那儿借到过一本纸都发了黄的《唐诗三百首》，可是一多半都读不懂；到底人家范铁雁是"老高一"的，肚子墨水多点儿……他俩靠拢景山东街的大红墙走，在月光下、树影里，范铁雁把杜甫的《观公孙大娘弟子舞剑器行》给她背一句讲一句，什么"耀如羿射九日落，矫如群帝骖龙翔"，蓝伊梅既惊叹范铁雁对剑术的深有研究，又惊叹他知道那么多的典故，嘿，真有意思！当他们把整首诗欣赏完，已经都走到美术馆前头了。刘大姐还操什么心呢，他们不用中间人过话，自己就约定了二次会面的时间……

这二次会面就定在今天傍晚，地点是中山公园水榭。

离约会的时间还早得很。蓝伊梅出了北海公园，跨上自行车专往僻静的街巷骑。本来她是图离开繁华街道可以边骑车边想心事，可是，当她陡然骑进一条扫得干干净净的胡同时，一颗心却不由得咚咚咚加快了跳动，她这才发觉一种潜在的意识把她带到了什么地方——范铁雁就在这条胡同的那所小学里教书。

蓝伊梅忽然生出了一种浓烈的好奇心，她想看看范铁雁工作的那所小学校究竟什么样。她跳下自行车，装出仿佛车子出了什么毛病的样子，推着车朝前走去。近了近了，嗯，门口有好大两棵槐树，叶片还没完全变黄，显得枝叶扶疏有致，完全可以入画。踏过门口时她没好意思朝里张望——其实无论是胡同里的行人还是学校传达室里的老头，谁也没有注意到她。过了校门，忽然从高墙里传出了阵阵齐读英语单词的声音，这声音猛地激起了她心底的一股柔情，嗯！说不定这就是范铁雁在领着孩子们读呢……

再往前走几步，蓝伊梅发现学校的院墙有那么一截正拆了重修，形成个豁口，可以一直望到里面去。修墙的工人大约是打歇去了，墙豁那里并没有人，蓝伊梅可以尽情地朝里望……啊，那三层的红砖教学楼虽然已经破旧，倒也收整得清爽洁净；操场上有个班正在上体育课，男孩子们正嬉笑着在篮球场上打球，女孩子们站成一排，面对着一具长长的平衡木，轮流地爬上去过平衡木；一位体育老师穿着褪了色的枣红绒衣、蓝绒裤，背对着墙豁，正照顾着那些过平衡木的女孩。有个女孩非常胆小，一上平衡木就往脚底下绊蒜，紧张得小脸儿绯红，那体育老师非常耐心地伸出手去保护，引她从这一头走到那一头……蓝伊梅扶着自行车车把，在暖得痒人的秋阳中闲闲地望着这平凡而琐屑的景象，心弦本是松弛的，但是，陡地，她的心弦绷得飞紧，一颗心仿佛是掉进油锅的水点，几乎炸开……因为，当那体育老师转过身来，一张脸恰对着墙豁时，她清清楚楚地看出，那竟是范铁雁！

蓝伊梅不知道自己是怎么离开那个墙豁的，当她气咻咻地从自行车上跳下来时，才看出已经是东华门的筒子河边，她把自行车推到一棵叶片已经变成暗黄的垂柳树下，顺手捋下一把半干的黄叶，狠命咬着嘴唇，几乎要哭出声来……

最初的冲动，是在心里恨刘大姐，啊，敢情她是存心不把"体育教员"这个真相说出来。体育教员！那是些被人们视为"四肢发达，头脑简单"的人；就算范铁雁懂得唐诗，是个例外吧，可他整天在操场上跟孩子们打交道，风吹日晒都得忍受，天天回家一身热汗，他那衣服谁洗得起？他一年还不得穿破十二双鞋？本来小学教员待遇就比售货员还低，这下可好，体育教员！饭量大，衣服费，嫁给这样的人不更得受苦？犯得上吗……

电报大楼的大钟悠悠地敲了七下，橘红的残阳把中山公园水榭映照得格外幽雅美丽，那正是蓝伊梅和范铁雁原定的约会时辰；可是他俩谁也没有去，唯有水榭岸边的枫树忠实地守候在那里，不时坠下几片红叶，悠悠地飘落水中，仿佛是在发出一声又一声叹息……

范铁雁从平衡木旁转过身来时，恰好一眼便看见了墙外的蓝伊梅，虽然两个人的目光只有不及两秒钟的对接，但从蓝伊梅满眼的惊骇与满脸的失望中，范铁雁看出来，这回肯定是又"吹"了。

范铁雁努力压抑住心中涌荡的波涛，镇静地上完了这堂课。他回到家时已经六点钟。他的母亲——一位到了退休年龄却仍在教毕业班的中学语文老师——照例还没到家。范铁雁脱下汗湿的内衣，走到洗衣盆前，把它扔到了头天没来得及搓洗的棉毛衣裤旁边，然后匆忙地用自来水擦洗一下他那黝黑壮实的身子，便穿上绒衣，到厨房以最快的速度做起饭来。待到做好饭，炒好菜，他便把饭、菜都温在炉子上，回到屋里，坐到桌前，把肘支到桌上，两手十指不住地梳着那在风吹日晒中变得格外硬挺的粗发，心中飘过一团又一团的乌云……

范铁雁本是坚决反对刘大姐向所介绍的对象隐瞒他的具体身份的，但是刘大姐——他母亲早年所教过的学生之一——坦率地劝告他说："还是先达到见面的目的再说，见了面，人家看上你这一表人才了，你再一五一十把教的是什么跟她说清楚，她兴许就不嫌你是'露天作业'了……"这劝告确有一定道理，已经不止一次了，介绍人把范铁雁的相片拿去给人家看，人家总是先把眼睛一亮，然后，随着"他是个小学老师，教体育的"这句话一出，眼睛忽又一暗，客客气气地把相片退给了介绍人，竟根本不来见面。有一回总算见了面，也还谈得来，但女方有天早晨上班时，恰遇上范铁雁穿一身运动衣，吹着哨子，额头上沁出一片汗珠，正领着小学生在胡同里跑步，当时脸色就变了，第二天就取消了下一回约会，理由是:"我没想到当体育老师的天天都得这么现眼……"范铁雁母亲目睹儿子的这种遭遇,心中也划出了道道伤痕。但她毕竟是个有涵养的知识分子。从未在儿子面前流露出内心的痛苦与焦虑,每次总是淡然一笑,安慰儿子说:"事业为重,有晚福呢……"

范铁雁同蓝伊梅的头次会面,使他产生了由淡而浓的希望,他把见面的情况详细地同母亲谈了,包括那背诵唐诗的细节在内,母亲呵呵地仰笑在藤椅上,自信地说:"谁说天下就没有爱体育老师的姑娘呢?当年我不就是一个吗……"范铁雁没告诉母亲,他和刘大姐恰恰是暂时都没暴露体育老师这个身份。下午的那一幕,虽是一瞥,却看得出蓝伊梅被深深地刺痛了自尊心,她是百分之九十九不会再去水榭了;而范铁雁的自尊心何尝不被煎熬呢,他也不愿为了那百分之一的或然率,到水榭去"现眼"……

范铁雁抬起眼来恰恰看见桌上小镜框中父亲遗像,父亲是个在中学任教四十余年的老体育教师,去年才不幸因患癌症去世;是父亲鼓励他到小学去当体育教师的,从父亲的熏陶、指导中,他也的确体会到了体育教师的神圣职责和体育课中的诗意……

范铁雁在痛苦中瞥见了父亲遗像下压着一份请柬。那是父亲的学生某青年画家自己绘制的婚礼请柬,上面用热烈的词句邀请这位师弟范铁雁去参加他的婚礼。婚礼举行的地点是一个什么出版社的会议室。

玩味着这份请柬,范铁雁心里酸酸的。父亲的学生都已经成婚了,父亲的儿子却"男大未能婚"……

一瞥桌上的闹钟,范铁雁忽然紧张起来。母亲就要回来了。母亲知道今天他七点钟要到水榭去,倘若回来一见他这副模样,他一说明,该是一次新的更重的打击……不能!至少要缓冲一下!

范铁雁心血来潮,他抓起那份请柬,穿上外衣,出了屋。

范铁雁来到婚礼场上。新郎已经三十四岁了,确是画家风度,虽是新婚,却只穿着八成新的衣服,容光焕发的长方形脸庞上,抬头纹随着说话不住地抖动。他握住范铁雁的手,面对全体来宾,热情洋溢地说:"大家记得我画过的一幅画吧?一个孩子在床上,在一位慈祥健壮的体育老师指导下,正抱着膝盖在锻炼双腿……这幅画上的孩子就是我,那体育老师就是这位师弟的父亲——范醒中老师。那是我刚上初中不久,突然传染上了小儿麻痹症。住院治疗以后,双腿功能恢复很慢,父亲母亲每晚跪在床前给我按摩,效果不大,一天傍晚范老师来了,他说特意为我编制了一套体操,一边教我做操,一边根据我的反应修改操法,我父母在一旁感动得简直不知说什么好……这以后范老师每隔一天来我家一次,一直到我终于又能上体育课。到初中毕业时,我双腿完全恢复了正常,可以说成了个棒小伙子!后来我学画画,到处写生,来去轻松自如,连华山的'千尺幢'和'百尺峡',我都爬得上去!所以,在今天这个幸福的日子里,我不能不感念敬爱的范老师,没有他的帮助,我今天很可能还坐在手推车里哩!"

新郎的回忆让全场的人都感动了,打扮得华而不俗的新娘——出版社的一位文学编辑——热情奔放地举起高脚玻璃酒杯,杯中的葡萄酒在灯光下闪烁着奇妙的紫红光晕,她嫣然地提议:"为那些在我们童年和少年时代,用心血教育了我们的老师们,特别为那些老师中最容易被人们忘记的体育老师们,干杯!"

呼应声,笑声,碰杯的叮咚声,加上桌上的瓶花、屋顶上斜挂下垂的彩色纸条,以及主宾们缤纷的衣衫,使范铁雁心动神摇、眼花缭乱。说实在的,最初驱使他来到这个地方的因素,不过是一种苦闷中的冲动,然而这意外的待遇,却使他心中升腾起自豪的、高昂的感情。

当人们抓住一个什么机缘,对新娘和新郎发起新的"进攻",逼他们合唱《饮酒歌》时,范铁雁退到了室中的一角,心中的苦闷又开始雾似的弥散开来,猛地,他吃了一惊,真有点怀疑这是不是在做梦——越过几个人晃动的肩膀,他分明看见屋子另一隅的椅子上,坐着蓝伊梅和刘大姐!刘大姐正俯在蓝伊梅耳边,絮絮地说着什么,蓝伊梅眉尖微耸,眼珠游动,半咬着嘴唇,看得出心里很乱……

蓝伊梅也是在苦闷中不愿过早归家,才到这里来的。新娘子头些年下厂劳动的时候,恰同蓝伊梅在一台胶印机上干活,尽管比蓝伊梅大三岁,她称呼起蓝伊梅来,还得叫"蓝师傅"呢!蓝伊梅几天前就接到了新娘子热情的电话邀请……如果今天水榭的约会成了,她才不会来这儿呢,说实在的,她几个钟头前简直都把这个邀请忘记了,直到离开了东华门的筒子河沿,才想起这个邀请,并且产生了一种跑到这儿来的冲动……

可是,骑到接近出版社门口的地方,蓝伊梅又犹豫了,她跳下车来,拖着脚步,推着车走。自己不幸福,却去观看别人如何幸福,这不是太荒唐了吗?正当她掉转车头,打算干脆回家的时候,"小蓝!"一声充满惊讶的呼唤使她抬起眼来,啊,是刘大姐!新娘子下厂劳动的时候,跟刘大姐处得也挺不错,今天,她特地来参加婚礼,刘大姐对蓝伊梅出现在这么个地方,又惊又怨——从范铁雁上午打给她的电话里,她得知范铁雁和蓝伊梅晚七点要在中山公园水榭会面,现在快七点了,蓝伊梅却愁眉苦脸地在这儿,这是怎么回事咩?刘大姐自然赶紧拦住蓝伊梅一个劲地询问,蓝伊梅满腹怨气地挣脱了刘大姐,赌气推车冲进了出版社……

谁知刘大姐穷追不舍,到了婚礼场上,她偏凑到蓝伊梅身边坐下,单刀直入地说:"我猜着你干吗这样了,你准是打听出来了,铁雁是个教体育的,你怪我跟铁雁事先没跟你说清楚对不?其实这不是铁雁的主意,要怪,你就单怪我一个……"蓝伊梅还在气头上,理也不理,欠身从桌上抓了一把瓜子,管自嗑着、嗑着……

真是巧中还有更巧事，范铁雁突然出现在婚礼上，并且出现了那般热烈的一幕，刘大姐为这一幕暗暗叫好，蓝伊梅呢，她手中的瓜子不知不觉地全从指缝中漏了下去，这一幕在她心中激起了新的情绪、新的内心冲突、新的考虑与新的希望……

刘大姐环顾了一下四周，人们的注意力都集中在新郎和新娘身上，没有人关心她和蓝伊梅在干什么，这正是个做工作的好时机，得"趁热打铁"啊！她想了想，便凑拢蓝伊梅耳边说："说实话，开头我对体育老师这一行也不理解。有一天，我去看望范师母，只见铁雁坐在个小板凳上，膝盖上垫着块旧帆布，正用锥子、大针和麻线，在补破了的足球哩。我问他：'你这个体育老师还管干这个吗？'他笑笑说：'嗯。我还领着五年级学生，用稻草代替棕绒做成了垫子，还用废旧鞍马改造成了新"山羊"哩……多一样体育用品，就多一群学生锻炼啊！'这事给我留下了很深的印象。听说他还没有朋友，我就想：这么好的一个小伙子，我得帮他的忙啊！为这事，今年夏天我没少去他们家，每次总是他母亲在家，他呢？就是为了培训小足球队，住到学校去了。你看，别人暑假休息，他暑假倒比开学时候更忙！有天我到学校去找他，只见为了训练出足球新秀，他让那些个'左边锋''右边锋'一个个地冲上去射门，自己当守门员，扑跌滚跃，简直成了个泥人儿，可见了我还是笑，露出一嘴整齐的白牙，两眼里一股子自豪的劲儿……小蓝呀，体育老师这个职业确实平凡而不大被一般人重视，可是在我们国家里，闪光的应该不是职业本身，而是从事这个职业的人那种为祖国繁荣富强的献身精神！你想，铁雁那么爱工作、爱学生、爱学校，结婚之后，他一定会实心实意地爱妻子、爱孩子、爱家庭！要是因为跟他兴趣合不拢，不跟他好，那咱们另说，要是明明跟他兴趣爱好相近，又敬重他的为人，可就是嫌他的职业，我看哪，轻说也是舍本求末，毕竟你要找的是一颗美丽的心，而不是一个听着让人觉得'高级'的职业啊！"说到这儿，刘大姐拍拍蓝伊梅的肩膀，斜睨着她，观察和分析着她面部表情的细微变化：只见蓝伊梅顺下眼皮，睫毛微微颤动着……这当口，又有两个新的客人进得屋来，其中一个身如矫燕的小姑娘没等范铁雁发现她，便欢叫着抓住了他的胳膊，摇晃着，甩银铃般的嗓音说："范老师，您在这儿！多好呀多好呀……"

不待刘大姐提醒，蓝伊梅也就认出，这小姑娘是如今新起的体操明星之一，真没想到在这个婚礼上能见到她，更没想到她竟会对范铁雁那么热情。

蓝伊梅看到人们纷纷拥过去同体操明星打招呼，并一迭声地祝贺她在最近一次国际邀请赛中获得了平衡木冠军，那幸福的小姑娘双颊就像盛开的玫瑰花，她朗声对大家说："这不光要谢谢我们体操队的教练和同伴们，而且，头一个得谢谢范老师——六年前，我才三年级的时候，头一回上平衡木，害怕得就像有只小白兔在胸脯里乱扑腾，是范老师扶着我，从平衡木这头走到那头的……到了四年级，我对体操产生了兴趣，范老师在放学以后，就组织我们五六个爱好体操的男女同学练习。记得有一回范老师指导我练高低杠，我一个动作没做好，从杠子上掉了下来，范老师为了保护我，把手腕子戳了。当时我还小，不懂事，也没注意范老师的情况，跳起来握住杠子接着练，还叫范老师保护，范老师就咬着牙，一次次伸出手来接我下杠。后来我们一块儿去食堂吃饭，我才发现范老师的右手腕子肿得老粗，连碗都端不起来了……范老师，您还记得这件事吗？"

蓝伊梅听到这儿，不由得低下了头，周围人们欢闹声仿佛一下子全消失了。静，静得就像夕阳笼罩中的水榭……这是她屏息冥想的瞬间，下午她在校园墙豁外所看见的那个场面，犹如银幕上的慢动作分解镜头，生动地回到了她的心间，而这一组镜头，又衔接着想象中的范铁雁坐在小板凳上补球、为小足球队把守球门……啊,原来体育老师那平凡的工作里,蕴藏着那么多的光和热,那么多的诗与歌……

　　欢闹的声浪又回到蓝伊梅的耳朵里时,她抬头一看,人们已经围拢到屋角的画案旁——这原是一个别致的婚礼,它的节目包括新郎和来宾中的画家当场作画;因为范铁雁说还有事必得先走,新郎和几个画家便决定当场合作一幅水墨画,赠给他留作纪念。不一会儿那幅写意画已经完成:幽谷兰草丛中,一弯溪水从中流过。新郎在画上的题句是:"深谷小溪默默流,送我浪花赴大河。"新娘把画捧送范铁雁时,激情洋溢地解释说:"您的父亲,您,还有无数的小学、中学老师,就像这深谷中无人知晓的溪流,默默地工作着,把我们这些浪花,推送到生活的大海、大洋当中……我们来到了广阔的世界,可我们永远、永远也不能忘记源头,忘记教我们认头一个字、算头一道题、唱头一首歌、做头一节体操的那些伟大的启蒙者!"

　　人们觉得鼓掌和欢呼已经不能传达出内心的感情了,反而变得肃穆起来。这是多么优美、多么意外的一次婚礼啊,主人和来宾的心灵都飞扬起来,向着那崇高、温馨、道义的境界……

　　范铁雁手里轻握着那卷成一卷的宝贵的国画,行进在秋夜静谧的街头。忽然他发觉身后有半高跟敲击路砖的急促声响,转身一看,是蓝伊梅追了上来。他觉得又意外又不意外,一刹那愣住了。

　　"如果今天你觉得太晚了,那么,明天我们到水榭去怎么样?"一双似经过圣水洗涤的清澈的眼睛盯住他,充满了爱慕和期待。

　　范铁雁庄重地点了点头。

1980年1月

天伦王朝

他和她在天伦王朝饭店美食街的廊子里迎面相遇。

相对一笑。

他要了一客美式公司三明治套餐,她要了一客意大利通心粉套餐。

以粉红色为基调的厅堂很大,座位很多。尽管厅堂正中也食客寥寥,他们还是找了一个隐蔽的角落。

把盛套餐的托盘搁到淡灰色的桌面上,落座到粉红色的椅面,他们又相对一笑。

他吃他的公司三明治,照例狼吞虎咽。

她且不吃蚌形瓷盘里的通心粉,先小口小口地用叉子叉圆钵子里的蔬菜色拉吃。这是惯例。

他没有变。她也没有变。相互发现没有变。又都想到其实不该变、不必变,都想到根本就不该有那么个变没变的前提,于是,便又相对一笑。

他还没走成。她也还没走成。

他还是那个老问题：万事俱备，只欠东风——没弄到美国大学的全额奖学金，不敢轻易进秀水东街的美国领事馆。现在是拒签后要隔半年才能再去签。

她却有个新问题：原来联系的那所日本语言学校经调查确系注册在案的正经学校，但却陡增了学费，因而必须再紧急筹款，不过，这也并非始料所未及。

他并不怎么着急。

她也并不怎么着急。

他和她又相对一笑。

他和她协议离婚已经三个多月了。

名副其实、货真价实、地地道道地好谈好散。

三年多的婚姻算什么？一场梦？不。他们的婚姻没有梦，不是梦。什么也不算。不好算。

都快吃完了。他们相对一笑。

他父母都是部里的干部。父亲正局级，母亲正处级。最大的社会存在优势是住房。在京城二环路边上最佳地段的宿舍楼的最佳层次、最佳方位，他父母分到相靠的两个单元，一个大三居的单元父母自己住，一个独居的单元供他娶妻成家。有哥哥、姐姐，但他们都自己有住房、有配偶、有子女，有他们自己的生活，加以离得远，所以除电话联系和逢年过节的探视外，已是彻底同这个家断裂开的生命体。

他却一直没同父母分离。尤其是同好几年前就到了年龄，说要退休，但据说是工作需要，其实是需要工作的母亲，他们的娘儿两个实在是难舍难分。结婚以后，他依然到大单元的厅里去同父母一起吃饭。妻子也乐得吃现成饭。但妻子偶尔想跟他单独做饭吃，"做着玩儿嘛！"却几乎总不能实现——头一个他反对。他说自他住进那独立单元后，他那个厨房除了烧开水，就从未让油烟熏过,何必"破戒"。更何况父母那边还有保姆。保姆不光管做他们两老两小的饭,也管洗他们两老两小的衣服——先在洗衣盆里用肥皂搓一遍领口袖口,再开动洗衣机,最后管晾、管收,甚至还管把晾干的衣服叠成两摞——大单元的一摞,小单元的一摞,偶尔弄混,老两口和小两口里阴性的一方便总免不了要责备保姆几句。但总体而言,他们那两个单元里五个人的生活,应当说是满打满算的小康,从外人的眼光看去,实在是没有道理不和谐。

她的父母都是出版社的编辑。父亲是副编审,也有三室一厅的大单元。一间十二平方米的住房是她这个独生女儿的"终身居室",即使她出嫁了,成了那一家的妻子和儿媳了。这边的闺房却没有丝毫的变化,无变化还并不是指的室内家具物品情调氛围没有变化——而是闺房主人的出入率、入住率同未嫁时相比,实在是并没有减少到质变的程度。她一周里总有两三天要回家。"娘家"这个词语在她父母心中口中,已淡到不能再淡的地步,她自己的心中口中则简直没有此二字的踪影。倘若她对同事说:"我回家。"那么便意味着她要回到这个出嫁前的父母的安乐窝中来。她对回到婚后的那个独立单元去,使用的语汇是:"今天我过那边去。"

她父亲不坐班,常常是一个人在家里审阅稿件,眼睛看累了,便站起来走动走动,走动的路线,照例是弯进女儿的闺房,进到闺房,摸摸这儿,弄弄那儿,特别是望望墙上女儿小时在公园中搂住他肩膀笑成一朵花的大照片,便觉得身心大畅,比吸食了一管北京蜂王精或中华乌鸡精或太阳神口服液或振华851营养液或昆明宏达田七口服液都要提神。他常常习惯性地把女儿床头柜上的一个六年前他从香港带回来的银苹果形带金叶子装饰的零食罐揿开看看,倘若发现里面空空的,便会连连摇头,嘴唇喷喷出声,心中不免责怨老伴和自己竟如此粗心、如此渎职,没有及时给爱女往里头装填她最喜欢吃的美国大杏仁和开心果！

美国大杏仁和开心果离这楼不远的稻香村食品店就有零售的，差不多四十元人民币一市斤，虽然贵，女儿在婚前便已嗜之成癖。女婿也一样。小两口也并不都依赖老四口供应。小两口的经济状况不错。在"那边"，女儿女婿象征性地交六十块钱，便算既付了饭费，也付了房租、水电费，也付了保姆费，而到这边，女儿是回家，女儿又不是外人，所以一概白吃白喝白拿。女儿女婿的工资不高，但乱七八糟的外快不少。女婿为出国已辞去了铁饭碗，辞职后到一家旅行社"帮忙"，收入反比捧铁饭碗时多；女儿是一家报社的"开发部"的成员，"奖金"很不少；他俩婚后从未将各自工资合起来过，但也并没产生多少经济上的矛盾——小单元里的组合柜呀、席梦思床呀、转角沙发呀、彩电呀、冰箱呀以及吊灯、床头灯、茶具、酒具乃至壁毯、高级艺术风铃……都是老四口加上其他亲友为之置办、馈赠的，小两口自己出资的只有壁纸、地板砖、组合音响三大项的若干小项目；结婚以后他们的香巢是应有尽有，毋庸再增添什么大件的东西，双方的收入最大的份额便是置衣帽鞋袜，而他们也确实相敬如宾，钱虽不合到一处，但你赠我一件高档羊毛衫，我赠你一双合资厂的半正宗耐克运动鞋，这类的事经常出现；倘若一方想买更昂贵的东西，如她想买一套爱德康的新潮套服，他想购一身真正从德国运来的阿迪达斯运动衫，钱不凑手，一声"借我点"，便可立即得到响应，而且贷方会忘记催索，可当借方归还时，贷方倒也不辞，多一点少一点也不细点，相对一笑。所以说她自家闺房床头柜上银苹果零食盒的空虚，她自己发现时也并不会责怨父母，恐怕只会责怪自己怎么忘了补充——而父母，特别是满头银发但颜面红润的父亲一见零食盒空虚便立即前往稻香村去买来美国大杏仁加以充实后，她懒洋洋地回到家中，恹恹地往床上仰面一倒，抓过银苹果掀开盖子用食指和拇指一摸，感到美国大杏仁充沛得捉一得二时，也便只当是自己什么时候又买回来一些装进了一把，她原并不在乎父母的这一类"小意思"，可她父母特别是父亲这些年来对她的"小意思"，简直是有增无减，愈演愈烈。父亲到稻香村买来美国大杏仁和开心果填满那苹果后，气喘吁吁地坐回到书桌前，心里甜滋滋的，渐渐气平，再看那摊开的稿子，原来只觉得平庸，此刻却感到别有意趣，璞玉天成！

他和她在结婚三年多以后却离婚了。

他和她的同事、朋友们都不理解。

有种种猜测。

性生活不谐调？从三年多不生育这一表象来看，似症结在此。其实不然。他们相互性要求不那么强烈，但绝无不谐调的问题，更无不育症的问题。他们是主动地、自觉地避孕。他们不想在三十岁以前要孩子。结婚时他们才一个二十七，一个二十五。他们想快活几年再说。甚至永远不要孩子他们也愿意——不愿意的是老四口，他们原答应在三十岁以后生育，更多的是出于"为他们老家伙生一个"。但后来双方都想"出国深造"，不生育的理由便更充分了，老四口也都不再提及——起码是在把他们双双送出去以前。第三代婴洛生在"几耐特司代茨奥弗阿美利加"那就好了，二十年以后便天然是一条美国好汉。总之他和她的离婚同性生活呀、生育呀，诸如此类的问题完全无关。

感情不和？性格冲突？有"第三者"插足？也不是。他和她两人之间直接性的感情冲突，细想起来竟一次未曾发生过。要说性格，那就不仅毫无冲突，简直极为投契。小两口在各自单位下班前常常电话约定，不回他父母那个家吃饭，也不回她"自己家"吃饭，而一起到外面吃饭——高档的正宗饭店他们吃不起，低档的个体小饭馆他们要么嫌脏、嫌差，要么嫌没有情调、没有特色，他们总是约在西式快餐店见面，一同吃西式快餐。

"加州牛肉面大王"的牛肉面很好吃，相对也便宜，才三块八毛钱一碗；厅堂布置得也雅气，但食客如云，有时要在门口排队等，因而为他和她所不取。对他们来说，厅堂雅致和氛围轻松第一，食品口味可屈居第二，而价格略高则在所不惜。

他们常去的有：前门或东四的美国肯德基快餐店；宣武门内的加拿大邦尼炸鸡店和绒线胡同口内的义利快餐厅，还有香港大快活快餐店和555快餐厅以及红宝石西饼屋；崇文门的日本三宝乐集团开设的西式快餐厅；王府井的美尼姆斯法式快餐厅；隆福寺街东口的汉堡包大王店；东直门外的必胜客美式意大利比萨饼店；建国门外美丽华美食城翠亨村茶寮旁边的山姆叔叔快餐店……后来他们又发现一些豪华大饭店附设的快餐厅不仅价钱并不像原来所想象的那么吓人，而且往往厅堂装潢得更其洋味十足，更其雅致，遮蔽光配合着遮蔽音响喇叭传送出的淡淡浪漫抒情曲，营造出一种特有的情调和氛围，更为可爱；因为座位一般永远不满，一份快餐吃毕后，再要上一杯咖啡红茶或一客冰激凌椰子汁，便可以在那里对坐很久，无论喁喁谈心，还是商议私事，都方便而舒适。就以爱到西式快餐厅消磨时光这一点而言，他和她的性格之相契合便充分地显现出来了。他和她思想上都很开放，他常同旅社的年轻女同事谈谈笑笑乃至打打闹闹，她即使遇上也见怪不怪，她在报社堪称一枝花，风过生香，自然有蜂来蝶往的情形，她便主动得意地讲给他听，讲时她咯咯地笑，听毕他也笑，也颇得意。真正的"第三者"，无论阳性或阴性，并没有在他们之间出现过。

然而他们结婚三年后离婚了。

离婚以后，他们都依然爱吃西式快餐。所以会在天伦王朝美食街的快餐厅里邂逅。

他吃完那份美式公司三明治套餐，又去取了一杯热咖啡。

她没把那份意大利通心粉快餐吃完，不吃了，却又去取了一份双味冰激凌。

对坐着，他和她相对一笑。

"我真受不了你妈！"她说。

"我真受不了你爸！"他说。

还说这个干什么？她自问。

怎么又说这个？他也自问。

总算离开你妈了！她想。

总算离开你爸了！他想。

对望。

合算我是跟你妈离婚。

合算我是跟你爸离婚。

谁是第三者？

合算是我？

合算是我？

可笑！

他妈的！

她用小勺小口小口地吃冰激凌。

他喝了一大口咖啡。

相对一笑。

她受不了他妈，受不了、受不了、受不了……受、不、了！

一般的受不了，就不去谈它了。那回，那一回……天哪！

那是一个星期天。头天晚上她和他去了必胜客，吃了奶酪丝和番茄酱热喷喷发出浓烈气息的比萨饼，喝了蓝带牌罐啤，后来又去了卡拉OK歌厅；回家后他们轮流洗了澡，上床后他们有过几乎可以称作是最成功、最尽兴、最曼妙的一夜……当天光从窗帘缝中斜射进来，映到他们那张雅致的大床上时，他俩仍然紧偎着酣睡，如同两朵含露的玫瑰花蕾……

然而睡意未消的懵懂中，她感到有一个肥胖的物体移到了床前，并且听到一种令她惊异的声音：

"胖胖！什么时候了！还只管睡懒觉！你怎么搞的！怎么昨晚上又忘了吃药！"

她揉开双眼，惊异地看到是婆婆正站在他们小两口的床前，身上系着围裙，手里拿着个药瓶子，满脸慈爱的笑容，又夹杂着真诚的责怪，双眼的视线焦点正落在揉眼的丈夫脸上……

天哪！她是他的妈，她并不以为他娶进妻子来以后，她同他的关系便需进行某些调整，她仍掌握有一把开启他们这个独立单元的钥匙，并且她在这个早晨毫无心理障碍地打开了他们这个单元的大门，又大摇大摆地走进他们小两口的卧室，并且毫不犹豫地走拢他们的床前，她满心里只有她的小儿子，尽管这个儿子早已超过了法定的自主年龄，不仅有独立的公民权，而且也已大学毕业，走上工作岗位，而且已经娶妻成家，甚至除了有一床大鸭绒被遮挡住，是赤裸裸地成双成对地拥卧在一起……但她却只觉得他是她的儿子，就同当年她走拢他的幼儿床，看见他光屁股拥抱着绒毛小狗熊时，那心情并没有什么不同；她总大惊小怪、咋咋呼呼地对待他在餐桌旁出现的几声咳嗽，她给当年的中学同学如今中医学院的一位权威打了很长时间的电话，遵那权威之嘱去王府井那家最权威的百草中药店，买了最权威的厂家所出品的最权威的一种纯生物原料的片剂，连续若干天地督促她的宝贝儿子吞服……尽管儿子已经这么大了，而且如今也并非当年的小胖子那种体形，她却仍然叫起来左一声"胖胖"，右一声"胖胖"！

"您！您……出去！请出去！"她忍不住坐起来，扯过一件衬衣遮住胸部，红着脸对婆婆嚷："您怎么跑到这儿来了？请出去！"

他也坐了起来,并且也很尴尬,他也恳求地说:"妈,您瞧您!我们还没起啦!您先出去嘛!"

他那妈妈却并不吃惊,并不生气,尤其对他——她后来理解,婆婆的不对她生气,就如同不会对当年胖胖拥在怀里的小绒熊生气一样,甚而有时也还会用手指头刮刮小绒熊的鼻子,笑眯眯地说一声:"好乖哟!"

婆婆望了她一眼,说了声:"你也小心冻着!"便又双眼只盯着她的胖胖,絮絮叨叨地敦促他漱完口以后便立即服药,因为她计算过,倘若胖胖再过半小时还不服药,那距昨天吃药就超出十二小时了。而据那位权威叮嘱,这药只有按时连续服十天作为一个疗程,使其在血液中保持一定的浓度,才有真正的疗效……

后来婆婆走了。她同他大吵。他试图向她说明,他也不喜欢他妈这样,但他妈确实没有恶意也没有邪念……她吵累了,便一摔门回自己家了。在自己家里她不便于说出心里不痛快的原因,而偏她爸爸妈妈又看出来她不痛快,又偏想问明白她为什么不痛快,仿佛他们真能赴汤蹈火为她排除掉那不痛快似的,结果弄得她更不痛快,大不痛快,她又在家里大吵了一通,还摔了爸爸从景德镇带回来的青花瓷瓶……

她受不了他妈!她知道,即便他顺利地办成了出国手续,真出去了,他心里头最当成一桩大事的,便是接他妈去那边"探亲",他们母子确实是情深似海,难分难舍……他还并没有走成,还没有弄到全额奖学金并且还根本没希望得到签证,他妈妈便已经开始唉声叹气,开始声称胸闷气促、心肌梗塞……餐桌边常常停筷哀鸣:"胖胖你真走了,我非倒下不行!"胖胖便说:"那我不走不就结了吗?"她也故意说:"他走了,不还有我吗?"人家却只沉浸在自己的思绪中,对这些话充耳不闻,倒是她老伴一旁说出的话一针见血:"她是又想吃鱼,又想吃熊掌!"

……她终于做出了决定：跟他离婚。

他原来并不想跟她离。

但经历过半年前那桩事后，他也便做出了离婚的决定。

确实，非离不可！他妈的！

……那天是她的生日。婚后，她的两次生日，他都依她和她父母的意思，去她家陪她过生日。但那天他实在没有兴致去她家。他头几天就对她说了："你已经结婚了，你有自己的家庭了，你的生日应当在自己的家里同丈夫一起过了。"她对这道理倒并不反感，但她歪歪嘴角，冷笑说："话倒不错。可我们真能两个人一起过吗？到头来恐怕还是成了你爸你妈——特别是你妈掺和进来的一件事儿。我都能想象出来，就算生日蛋糕是为我定做的，上头都用红奶油浇出了我的名字，可你妈切下第一块以后，一定忍不住还是要往你跟前的盘子里搁——那叫作惯性作用，对吗？"他便建议："我们就干脆在外头过。我有个好主意，你开名单，不要超出十个人，我跟红宝石饼屋的老板谈谈，让他们给个特价优惠，到那里给你搞个生日派对，如何？"她一听挺有趣，便点头应允了。

谁知生日前一天，她父亲便打电话来，先是打到他们所在的旅行社，让他们两口子一定要"回家给甜甜过生日"。说是他已从美尼姆斯西餐馆订了一个拿破仑式蛋糕，也买好了三打彩色生日蜡烛，并且"她妈妈还准备了几台中西合璧的好戏"，等等，任凭他怎样推辞、解说、恳求乃至哀求，都不能让那位岳父改变主意。当晚又把电话打到他父母那里(他们小两口房间有分机)，纠缠不休。他父母对媳妇的生日本来没有很高的热情，当然支持亲家的安排。好在她自己接过电话筒冲着父亲撒了一顿火，告诉那边第二天红宝石饼屋的派对都邀好人而且也交了订金了，她都这么大了难道就不能自己过回生日吗？难道后天再回家吃那拿破仑蛋糕就不成吗？……但是她从撒火、撒浑渐渐变为了撒娇和讨饶，因为，据接过电话筒的她母亲谈，他父亲因为恼怒、失望和伤心，心脏病发作，已脸发白、嘴唇哆嗦，简直要晕死过去了！

她终于让步，并动员他让步，把那派对改在了生日之后的第一个星期天，得罪了人（因为改期的通知来不及使所请的朋友都及时知悉了，还浪费了钱（饼屋扣下了三分之一订金），她同他到"自己家"过了那个生日。拿破仑蛋糕确实棒极了。岳母烧出的那满桌生辉的中西合璧生日餐也确实令人叹为观止。大舅子、大姨子两家打来的祝福电话也确实情深意切。她也确实很快活。他却满肚子不高兴。他尤其看不惯岳父，无论是那言辞还是那神态表情。左一声"甜甜"，右一声"甜甜"，二十八岁的小媳妇了，当着她丈夫，怎么还这么样地叫唤奶名？灌了几盅白酒，那两眼便总直勾勾地盯住女儿，满脸堆出不得体的笑容，倒好像罗密欧在望着朱丽叶似的！她一口气吹灭了蜡烛，欢呼一声犹可说，怎么就可以一把将她揽进怀里，脸挨脸地眯眼亲热，虽说你是她父亲，可旁边坐着的是堂堂的丈夫！

……使他终于忍无可忍的是，当他也喝得半醉，决定留宿时，岳父却吩咐他睡在厅里的长沙发上！连她也觉得吩咐是无效的，招呼他去她的闺房，并且对那满头白发满脸赤红的父亲说："爸，您别管了，我能安排！"而那位父亲却莫名其妙地阻拦到底，手舞足蹈地说："不行！不行！不能去甜甜的屋子！就在这厅里，这沙发一放倒靠背就是张很舒服的床，就在这儿……"

结果是两个喝得半醉或者说差不多都是全醉的男子大吵起来，他愤怒地冲进妻子的闺房，把床上的一个枕头朝着进来的岳父脸上扔过去，大声地吼："你给我滚！她是我老婆！"……后来四个人全吵起来，乱成一团，其情景不堪回想。

这样，他和她很快便达成了共识——他们必须离婚。

"怎么样？"他问。

"咱们离成了，最高兴的是我爸。"她说，"他庆幸我终于又回到他身边。"

"那你当然知道，你走了，最高兴的是我妈。"他说，"她庆幸不再有人夺走她的爱，或者说，至少不再有人分享她的爱。"

"可我爸真是个好人。"她说，"一个世界上最慈祥的父亲。"

"没错，"他说，"我妈也真是个好人，一个世界上最富爱心的母亲。"

他们相对一笑。这一回相对的时间和笑的时间最久。

天伦王朝饭店在北京灯市口大街西口路南，是一家四星级豪华大饭店。它的二层楼面有号称亚洲第一阔大的内庭——确实，即使是有周游列国经验的洋人，一迈进那高大开阔、中间绝无撑柱、穹隆上的玻璃棚罩壮丽辉煌的内庭。也不禁要发出喝彩：真了不起！

这家饭店的名字也真好——天伦王朝。

1992年1月13日写毕于北京安定门绿叶居

月亮对着月亮

1

我在什么地方？说出来你别瞪眼——在破庙里。

别瞎猜，我可不是和尚。不跟你绕弯子了，直说吧，我是在我们厂的库房里值班。

我们这个厂子是由破庙改造成的。这库房据说原是庙里的什么"须弥殿"，你瞧那几根柱子，透着古色古香。

是呀，我们厂的厂房够寒碜的，可我们的产品就高贵了。凡是世界上最讲究最豪华的屋子里，大概都少不了这玩意儿，那就是——地毯。

我今年二十二岁，分到这么个厂子当洗涤工，转眼就四年了。我那活儿又累又枯燥。不过，下班出了厂门，一瞧见那么多待业青年在卖大碗茶，炸麻花，咱也就知足。

说实话，我还没谈上恋爱，那滋味儿留着以后再尝，反正我年岁确实也还小。我的生活乐趣是交朋友。友谊啊友谊，你们懂得这玩意儿吗？那滋味儿咱好有一比，比作回民饭馆里的一样名菜："它似蜜"！

眼下是春节，正该找朋友们痛玩一场。咳，厂里非排我大年初一到这库房里值班不可。得从这早上七点钟，值到晚上七点钟！值班表一排出来，我就满厂子转悠，求爷爷告奶奶地请人家替我一回，你想正赶上这么个节骨眼儿，谁肯替换我呀？

算我倒霉。我带上袖珍半导体，一大沓《大众电影》，坐到这儿值班来了。厂子里除了传达室和党支部办公室还有人值班，大概就没有别的人了。我们这三个值班的各据一方，连隔窗对望的机会也没有，真闷得慌！厂子里静悄悄，可厂外的街巷不时传来噼噼啪啪的爆竹声，搔得我心里好痒痒。

看看表，才七点四十。我怎么就跟在这儿待了一个世纪似的！时间这东西真古怪，人的心情能使它快如火箭，也能使它慢如蜗牛，乃至于凝固不动。

俗话说"每逢佳节倍思亲"，我可并不思念我家里的人。来值班以前爸爸妈妈还在唠叨我："心里要用到厂里的正事上，别总跟那些三朋四友闲逛荡……"教中学的姐姐也凑热闹，居然威胁我说："你那个'大拇哥'究竟是啥样的人？有工夫我们得仔细了解一下！"唉，我是"每逢佳节倍思朋"，而最令我自豪的朋友就是"大拇哥"。让他们了解去吧……

2

回想起结识"大拇哥"的经过来，真像吃烤鸭子似的有滋有味。那是头年秋天。那天刮着风沙，我竖起皮夹克的领子，手里举着三毛钱，站在某个礼堂的门外，不顾沙子灌进嘴里，顽强地向每一个迎面而来的人询问着："您有富余的票吗？您票有多的吗？……"

礼堂里要演"内部参考片"。什么名儿不清楚，反正"内部参考片"总比"外部片""神"。咱没门路，又实在想看，只好用这法子来弄票了。

谁理咱们呀！我把手里的三毛钱换成五毛钱，又换成了一块钱，最后举起来高声地嚷："我买退票！我买退票！"还是白搭。

正当我陷入绝望的时候，突然，一张红通通的脸晃到了我的眼前，咦，这不是中学时候的同学"小驹子"吗？

"你有票退？"我喜出望外地往他手里塞钱。

"小驹子"把我的手推开，咧开大嘴一乐，问我说："你小子想看呀？怎么着，还在地毯厂当毯匠吗？"

我一个劲点头，只问他要票。

"要看电影还不容易，来来来，我给你介绍个朋友——""小驹子"把我手一拉，领我来到一个细高个面前。他看上去比我们顶多大个三四岁，戴着副变色"蛤蟆镜"，那上头还保留着外国字的商标。只见他右手不住地往嘴里扔瓜子儿。嘿，他可真有本事——他能在嘴里完成嗑瓜子全过程，舌头尖不停地出瓜子壳儿来！

"你小子叫谭景风？咱们交个朋友，乐意吧？"他笑吟吟地说，"他们都管我叫'大拇哥'。"

"他就是这个！""小驹子"竖起大拇指，兴奋地对我说，"他什么'内参片'的票都能弄来！"

果然，"大拇哥"把左拳一松，只见有五六张票夹在他的食指与中指之间。他抽出了一张递给了我："你先进去吧，我们再等几个哥们儿。"

我高兴得闭住了气。我一边连说"谢谢"，一边把钱递过去，让"小驹子"一巴掌险些打落到了地上："去去去！散了场，你还在这儿等着我们就行！"

我入场了。十排三号，乖乖，多好的位子！而且，令我先是大吃一惊而后无比自豪的是，我瞧见了著名的大导演谢添，就是会表演"变脸"的那个鼎鼎大名的谢添……谢添的位子在哪儿呢？哟，二十三排边上，挨着通向厕所的太平门！

瞧，我能让谢添陪着我参考"内部电影"！电影稀里糊涂地就演完了，亮灯后，我见谢添直揉脖子，我是满脑瓜莫名其妙。我拿眼一扫，哟，"大拇哥"他们位子更好：七排当中！

不能不佩服"大拇哥"呀。跟他认识了没有两个月，我就从他那儿得到了不少方便，尝到了不少甜头。就拿过新年来说吧，澡堂子一大早前厅里就挤满了人，洗澡得排队等候，可"大拇哥"能带着我和"小狗子"穿过排队的人群，大摇大摆地在开业前走进门里去——原来澡堂子里的服务员"萝卜须子"也是他的朋友。"萝卜须子"让我们哥们儿几个在刚换了水的池子里痛痛快快地洗了头轮澡，还不收我们的洗澡票。当我们斜倚到位置最好的卧榻上打扑克牌时，又有"大拇哥"在食品店里的朋友"阿臭"带来了一提包杂拌糖，我们每人分到一斤。我打开纸包一看，不禁目瞪口呆了：几乎全是三块四一斤的高级糖和裹着全银纸的巧克力。怎么一斤才收我们一块八毛钱呢？细一问，敢情是这么回事："阿臭"他们店里的杂拌糖，是由他们售货员头一天按比例用两三种高价糖和四五种中等、低等价糖混合配成。"阿臭"利用工作的方便，先用两三种高价糖配成几斤，留给我们这伙哥们儿，其余的再加以混杂，用以第二天卖给顾客，这样最后回收的糖钱，并不会出现亏损。我们出了澡堂子又直奔菜市场，大棚里买鱼的队真称得上是"九曲回肠"。我们照例不用排队，"大拇哥"把我们领到菜市场侧门。运鱼的冷冻车来了，从车上扔下了冻成一方一方的大黄鱼。菜市场里管把冻鱼方子运进棚里的"二拐子"也是"大拇哥"的朋友。他二话没说,扔了一方给"大拇哥"。"大拇哥"给了他二十斤的钱,便把冻鱼方子夹到自行车的后座上,然后我们笑骂着骑车来到"小驹子"家。在他家把那冻鱼方子劈开分了——其实足有三十斤。不过不要紧,"二拐子"他们收进的款子也不会亏损。他们只要给二三十个排队买鱼的顾客每人少称上一两,也就把差额找补上了——大年过节的,买上鱼就是美事,有几个顾客真到"公平秤"那儿验分量去?我把糖和鱼拿回家去,只说是排队买的,妈妈、爸爸、姐姐哪想得到这里头有"猫腻"?还直夸我比以前勤谨,有耐心。

先头,我还当"大拇哥"是个干部子弟呢,后来从"小驹子"那儿问出来,不是。"大拇哥"的父母也就是一般的职员,"大拇哥"本身工作的厂子也平常,他无非是个普通工人。

我对"大拇哥"可算是服了。有回我们都随"大拇哥"去参加一个文艺团体的舞会,因为女伴不够,"大拇哥"就带着我跳慢四步,一边旋转着一边对我说:"美滋滋吧?跟我交朋友有香的吃。记着我的话吧:有朋友走遍天下!可得注意,别交那没用的朋友!"

轻柔的乐声飘荡在耳畔,变幻的彩色灯光使我目眩神驰。我觉得从"大拇哥"那里听到一条深刻的人生真理。

3

正当我斜倚在值班的床铺上,一边听着收音机里的舞曲,一边想念着"大拇哥""小驹子"他们的时候,忽然有人叫我。

隔窗一望,原来是同厂的片剪工韩玉朴。他跟我同岁,阔脑门,大眼睛,头发天然带卷儿,长得挺帅。他这人人缘挺好,好说话。

一见是他，我就蹦起来去开门，欢天喜地地说："救星来了！你快帮我值这一天的班吧，明天你要我怎么报答都成！"

他哼着歌进了屋，眉开眼笑，用《送你一枝玫瑰花》的调子唱着说："帮你值班，不用报答……"

我欢呼着抓住他胳膊，简直不知道用什么语言来赞美和感谢他。

谁想他把我的手推掉，又用《花儿为什么这样红》的调子唱着说："今天我实在替不了你，替不了你呀……"

我后退一步，气得不行，把手一摔说："你干吗跟我开心？那你干什么来了？"

他这才解释说："今天我得跟长海研究个新的地毯纹样，要参考《文物》杂志。可我把去年《文物》杂志的合订本锁在那里头了……"说着一指屋里靠墙的小柜，便走过去用钥匙开锁。

他们片剪工序就在这库房的空当里进行，所以这儿也就算是他们那个班组的车间。他们每人都有一个装自己工具衣物的小柜，钥匙由自己掌握。

韩玉朴取出《文物》杂志合订本，锁好小柜，哼着歌就要出屋。我挽留他说："你替不了我，陪我杀一盘象棋再走也行呀。传达室于老头那儿就有棋，我去取还不行？"

他笑着指指屋外说："长海等着我呢，我们刚一块看完《泪痕》，这就要去他家研究新纹样……"

我朝门外一看，可不是，他那个好朋友侯长海立在门外等着他呢。侯长海个子又瘦又小，真是名副其实的猴儿！这还不说，他还架着一只拐，据说他小时候得过小儿麻痹症，捡回了命落下了残。侯长海见我看他，便对我微笑着点头，我只是冲他撇撇嘴。

没法了，我只好放走了韩玉朴，眼见着他和侯长海哼着《心中的玫瑰》，亲亲热热地走了。

我仰面朝铺上一倒，长叹了一声，同时心里涌出了这样的想法：真古怪，韩玉朴干吗要交侯长海这么个没用的朋友呢？

侯长海真是那种横着拧、竖着绞也滴不出油水儿的角色。他爸是个扫街的清洁工人，他妈是个街道工厂的辅助工，他本人分到装订厂专管检查成品盖戳儿。我原先以为，大概因为韩玉朴是个书迷，所以他才找了这么个朋友，好从侯长海那儿弄点子并没有毛病的"处理书"。后来我在新华书店遇上他俩花钱买《莎士比亚戏剧故事集》，还听侯长海拍着书皮儿说："这书是我们那儿装订的。"才知道他俩是一对呆鸟。

当然啦，我知道他俩是邻居，打小就认识。上小学的时候，侯长海的腿架拐也走不动，上学校时韩玉朴常背着他来来去去。可这么多年过去啦，大伙儿都进入了社会，以韩玉朴的条件，交上比"大拇哥"更神通广大的朋友也不难呀，可他业余时间里，总还是跟侯长海腻在一块儿，你说这不亏得慌吗？

有一回，我跟"大拇哥""小驹子"他们从一家甲级餐馆出来，那一顿我们起码扫荡了十多样菜，可才花了五块钱——服务员"大锁眼"是"大拇哥"的朋友，"大拇哥"帮"大锁眼"弄到过香港流行曲的录音带，所以"大锁眼"采取一种从规章制度上解释得通的计价方法，便宜了我们这么一顿，还给我们提供了本来专供外宾使用的雅座。那天的五块钱是我付的，花五块钱就能让哥们儿打着饱嗝儿剔牙，喷着酒气儿逗贫嘴开心，也算是够值当的了！

正当我们嘻嘻哈哈地从餐馆出来要上车（不是公共汽车，是"大拇哥"的司机朋友开来的"小面包"）的时候，我一眼瞧见韩玉朴和侯长海。他们俩各背一个写生的画夹，兴致勃勃地边聊边走呢。我就横过去拦住他们说："嘿！往哪儿蹓跶呢？"

韩玉朴扶住我的肩膀说："瞧你醉的。我们要去看出土文物展览，打算临摹一点古代器物上的花纹。"

真是稀奇古怪的爱好！我扬起眉毛扮了个鬼脸，讽刺他们说："你们这是'古典式'的友谊，早该成文物啦！瞧我们，讲究现代派的味儿——用友情使自己生活得更快乐！"

韩玉朴微微一笑说："酒肉之交古已有之，算不上现代派。我倒觉得我和长海的业余生活挺有现代化的味道。不过咱们都别忙作结论吧，祝你得到真正的快乐！"说完冲侯长海把头一摆，侯长海朝我腼腆地一笑，两人便继续走他们的路了，倒弄得我有点下不来台。

"大拇哥"他们早已坐上了"小面包"，"小驹子"他们一迭声地催我快上车。上了车，"大拇哥"问我："二位是谁呀？"

我说了名字。"大拇哥"又问他俩的具体情况。听完侯长海的情况，"大拇哥"把头一摆说："没戏！"听完韩玉朴的情况，他倒挺感兴趣，"他爸是果品公司的头头？认识认识他倒不错。说不定什么时候就有用。"

可是后来有一天中午在食堂吃饭，我跟韩玉朴说起"大拇哥"，建议他下班后跟我去看个"内参片"，顺便跟"大拇哥"见面聊聊，他却一点兴趣也没有，并且开口又是他那个侯长海："我们俩约好了去图书馆，借《中国美术通史》看。"

他们俩不知被什么迷住了心窍，搞上了地毯纹样设计。我们这个地毯厂是个小厂，自己没有设计师，织毯子就用大厂子设计室提供的现成纹样。那些个纹样反正也能销出去，出不出新纹样并不影响我们厂完成任务。可是韩玉朴把他和侯长海设计出来的"螭龟卷草纹"地毯图样拿出来以后，厂领导挺重视，织毯车间的老师傅们也愿意试织。结果，织出来的样毯在同行业各厂中引起了震动，负责地毯出口的土产畜产进出口公司还把样毯拿去给外国商人看了，外国商人也是大惊小怪，一下订了上百张的货。可这又算得了什么呢？韩玉朴只得了三十块钱的奖金，侯长海只得了封我们厂写给他们厂的感谢信，如此而已！他们俩用韩玉朴那点奖金，坐首都汽车公司的旅游专车去清东陵玩了一趟，回来后侯长海说得好像多了不起似的。其实要跟我和"大拇哥"他们得到的快乐、见到的场面、收取的实惠比起来，可真是小菜一碟了！

可他俩研究地毯纹样的兴趣还不见衰减。瞧，这不接茬又研究上了，大过年的也不消停消停。

一阵清脆的爆竹声打断了我的思路，使我痛切地感觉到厂墙外就有活跃热烈的节日生活，我多么想投入进去，同"大拇哥"他们狂欢一番啊！可是看看表，停走了吧——怎么才八点二十？把表贴到耳朵上，坏小子，它就是那么慢慢悠悠地"嘀嗒"着。

4

我翻了一气《大众电影》，也还是提不起兴致。难熬呀！

可是，到八点五十左右，奇迹出现了——你猜怎么回事儿？"大拇哥"找我来了！

他进了屋，先用舌头尖顶出一些个瓜子壳儿，然后便打个榧子，哈哈地笑着说："你们传达室那老头儿真逗呢，盘问我个没完，我总算把他给唬住了——我说我是你舅舅，中国评剧院乐队的，赶明儿能送他《三看御妹》的票，他才把我放进来……"

我高兴之余，也不免有点惊讶——"大拇哥"背着老大一个大提琴盒！他这是打哪来，背这玩意儿干吗啊？

"大拇哥"把大提琴盒搁到一沓卷好的地毯上，端详着库房四面，一边用他特有的方式嗑着瓜子儿，一边问我："你今儿个就跟这些个毯子做伴呀？"

我说："可不是闷得慌！多亏你来看我。你陪我玩会儿吧，咱们是杀棋还是跳舞——收音机里这时候准有舞曲。"

"大拇哥"摆着头，他的注意力全集中到了四壁挂着的一些挂毯上——那是我们厂的一些重要产品：有波斯式的几何图案，有传统的"和合万蝠""岁寒三友"等图样，也有仿国画的花鸟山水，还有个别仿油画的现代题材挂毯……大的十多平方米，小的不足一平方米。"大拇哥"边看边赞叹："不赖呀！够意思！"

　　我说："别看我们厂是所破庙，这破庙里织出的毯子专登大雅之堂，纽约联合国大厦，巴黎总统府，东京都市政厅……全铺得挂得有哩！"

　　"大拇哥"看完一圈，走到我那值班床上坐下，掏出包进口的"三五"牌香烟，动作优雅地递给我一支。我抱歉地对他说："我们这个地方不许吸烟，怕把地毯点着了。"他吹了声口哨，把香烟抛起来又接住，揣回兜里，倚到床上的被子摞上，双手交叉枕在脑后，两腿交叠，尖头皮鞋一晃一晃地对我说："景风，我要借块挂毯，你小子可别含糊！"

　　我坐在床边上，揉揉他的腿说："开哪门子玩笑！坦白坦白你们今儿个撇开我打算怎么玩？"

　　"大拇哥"原来并不是开玩笑。他重复地说："借我一挂地毯，我准在你七点交班以前送回来。"

　　我愣了。这怎么行呢？我们厂的制度绝对不允许啊！再说万一被人发现了可怎么得了？我不愿让"大拇哥"觉得我太"教条"，就退一步说："借，你也运不出去呀，挂毯又不是一根针一杆笔，揣兜里就能带走。你抱着毯子卷往外走，传达室的于老头准截住你。"

　　"我干吗抱着毯子卷走？""大拇哥"坐起身来，指指大提琴盒说："卷起来搁那里头不就得啦！"

　　我过去掀开大提琴盒一看，原来里头是空的！敢情"大拇哥"带它来就是为了装挂毯啊！

　　撂下盒盖，我心里乱营了。

"大拇哥"拍着我肩膀说："你以为我会拐骗一块挂毯，拿走独吞了吗？放心，绝没那个意思。我只是要你小子帮我个小忙。"

我挠着头："咱哥们儿，别说帮小忙，帮大忙也是义不容辞的事儿，你要我个人的东西，任啥我也能给你，可这挂毯是公家的不是我私人的啊……"

"大拇哥"用手托托我下巴颏说："你先别发怵。咱们好商量。小天鹅，你知道吧，上月舞会上跟你跳探戈的那主儿……"

我说："知道知道，'小子'早告诉我了，你们对上象了。她长得可真够天鹅的份儿啊，听说她家老头是个厂长哩，祝贺你啦！"

"大拇哥"推我一把说："别光说好听的！现在是你该拿出实际行动的时候啦！听着，今天下午她和她妈、她姐姐要来相我。这三位女士全是金眼皮，喜欢个荣华富贵。所以，我已经从我们厂弄出一小桶汽油，说动'小驹子'他三叔借了我一套刚分得还没搬进去的房间，又靠'二拐子'和'大锁眼'给我准备了一桌酒席，'阿臭''萝卜须子'他们给我借了个四喇叭的三洋收录机和唐三彩瓷马摆设，加上我自己早就制备好的沙发、立柜、落地灯、活动式酒柜……配上拐几道弯弄来的花格子地席、蝶式吊灯、出口茅台酒和金鱼酒心巧克力，估计准能把他们唬住，席上就把事儿定下来，初五办事处一开门我跟'小天鹅'就去登记……可是我那墙上还缺样挂的，这不轮着该你成全我的好事了吗？"

说完这番话，他就站起来，一边嗑瓜子儿一边绕看四壁挑选挂毯。他挑中了一块根据东山魁夷画织出来的横式挂毯，指着说："就借我这块吧，这色调正配我那全堂的布置——我搞的都是暖色！"

我犹豫不决，结结巴巴地对他说："这……这样好吗？'小天鹅'不是早晚也得知道……知道这好些东西……连房子全是借的吗？"

"大拇哥"转身望着我，满不在乎地说："当然早晚她得知道。

可登记完了她就是我的人了，我鼻子底下长的什么？不会慢慢跟她解释？她会相信我的能力的。今天我需要借的东西，只要我不断地走门子，一两年里我们就会全有的。别忘了她家老头是厂长，那厂子你和'小驹子'他们不是都想转过去吗？人家比你们这集体所有制的福利高，有我这么个关系，今后你们到了那儿准能分上甜活！快把挂毯借给我吧，我可已经跟'小天鹅'吹出去有挂毯了……你小子不愿投资，光想中彩，那怎么成呢？"

对这么个局面，我可是一点思想准备也没有。我想起"大拇哥"早就对我说过的"至理名言"："别交那没用的朋友！"过去我总以自己为本位来看待这句话。是哇，"大拇哥"这个朋友用处多大呀，没有他，我能看上那么多"内参片"吗？我能参加那么多的宴会和舞会，得到那么多便宜和乐子吗？可是，直到今天我才懂得，还应该以"大拇哥"他们为本位来看待这句话。他们跟我交朋友，也是为了图我的用处啊。我的用处体现在哪儿呢？显然，一块儿上餐馆开宴，撒出点钱去，那是够不上"有用的"……怪不得有时候"大拇哥"在闲聊中过细地问我们地毯厂的各种情况呢！前几天我就说起今天要值班的事，他把值班的地点、人数、环境……全打听到了。我当时没在意，现在才猛丁醒悟，他是早就计划好要用我了——是啊，"别交没用的朋友！"难道他给我那么多的甜头，单单是因为我能叫他声"大拇哥"吗？

我的心就像被两个球拍推来挡去的乒乓球，脑子里的念头就像"儿童运动场"里的转椅般旋转不停。答应"大拇哥"吧，又觉着实在不该犯纪律，拒绝"大拇哥"吧，又觉着实在欠他的情。唉，友谊啊友谊，这回你可不像"它似蜜"了，你像涩柿子般麻口哩！

"大拇哥"坐到床铺上，毕毕剥剥地嗑着瓜子儿，眼珠在变色"蛤蟆镜"后转悠着，耐心地等待我做出决定。

我低头用手指头抠着床单上的玫瑰图案，倒好像那都是些污垢似的。

"大拇哥"等得有点不耐烦了，他啐了几个瓜子皮儿到我脸上，"开导"我说："瞧你这份窝囊相！友情为重嘛！你琢磨琢磨，'朋友'的'朋'字怎么写的？月亮对着月亮，互相借光嘛！如今要生活得幸福，快乐，不就得靠多交有用的朋友，多借光吗？你赶明儿用得着我'大拇哥'的时候多着哩……咱们又不是犯法，咱们就是互相借借光嘛！"

他这么一说，我眼前仿佛真出现了个"朋友"的"朋"字，这"朋"字越胀越大，果然是两个下弦月互相对着……

可我还是下不了决心。我第一次感到了"借光"的苦味。"借光"真的永不犯法吗？借来借去，这不已经快要"过线"了吗？怎么是好？"大拇哥"见我皱着眉头不言语，便站起身看看表说："是呀，你小子还嫩。就让你想想吧！我先到西单再办点事儿，提琴盒撂这儿，十一点我再来，到那时候你要还这么窝囊，咱们先把账算清，完了就谁也不认识谁！"

他走了。

我在库房里坐也不是，站也不是，走动着也难受。我时不时瞥一眼那大提琴盒，黑色的盒身让我联想起一团盘着的大蟒。

我不住地看表。时间啊，你为什么忽然又走得这么快？你这是跟我开的什么玩笑哟？怎么不知不觉就已经十点了？

5

谁的脚步声？难道是"大拇哥"提前回来了？

瞧清楚了来人，我的神经才松弛下来，那是韩玉朴。

他照例哼着歌，手里抱着沉甸甸的《文物》杂志合订本，见了我便笑嘻嘻地说："解放你来啦！找你的'大拇哥'，他们'蓬叉叉'去吧！"

见我满脸惊奇，他便解释说："长海他们家来了亲戚，长海得跟他们聊聊玩玩，我们的设计工作暂停。我不愿意回家，乱哄哄的容不得我看书，所以来这儿顶你的班。咱们一举两得，你得了热闹，我得了清静。赶明儿轮到我值班也不用你再替我。怎么样，下巴颏该乐掉了吧？"

我可乐不出来。我斜眼望望一旁的大提琴盒，这就引起了韩玉朴的注意，他瞪着眼大笑起来："哈哈……这是你变的魔术吗？怎么库房里添了这么个庞然大物？"

我怕他去揭盖儿看，忙拦到他身前说："我的一个朋友，评剧院搞伴奏的，刚才路过这儿，说暂存一两个小时，等会儿他就来取走……"

韩玉朴点着头说："原来如此，你放心走吧。你把他名字告诉我，等会儿他来了，我问清楚了让他背走就是。我给看着，丢不了！"

我当然并不离去。韩玉朴上下打量着我，到这会儿他才稍微感觉出我有点反常。

我忙掩饰地说："还是等他来了我再走吧……你坐下呀，我一个人闷得慌，有你来聊会儿也真不错。"

韩玉朴从兜里掏出一张歌片来，兴致勃勃地说："咱们一块儿学这首歌吧，旋律忒美！"

我把他拿歌片的手打到一边："我可不是歌迷。你坐下，跟我聊会儿比什么都强。"

他和我都坐到了床铺上，我提起话茬儿说："你是个大学问的人。你谈谈，朋友的'朋'字究竟是什么意思？"

韩玉朴嘻嘻哈哈半正经半逗趣地讲解开了："'朋'字有好几种意思。一个意思是同一个老师教的弟子，引伸开就是相好的意思，古书上有这样的话：'同门曰朋，同志曰友'。另一个意思是当'比较'的'比'用，比如有个成语叫'硕大无朋'，就是大得没法子比的意思。古时候还有把'朋'当量词用的。当时贝壳就是货币，五个贝壳叫'一朋'。《诗经》里说'锡我百朋'，那就是五百个贝壳，多阔气，够买一台高级'三洋'录音机的了！另外，'朋'还被用来形容风声……不好的意思是'朋比'的'朋'，《唐书》上说：'趋利之人，常为朋比，同其私也'。你可别跟趋利小人一块儿'朋比'去啊，哈哈……"

我知道他是无意，可这话直刺我心窝，我的脸色变得很难看。因为韩玉朴笑到半当间自己止住了，眨眼望着我。我就单刀直入地问他："有个说法，'朋'就是月亮对着月亮，就是为了互相借光，只有这样才能生活得幸福，生活得快乐！你说说，你同意这种说法吗？"

韩玉朴重复着"月亮对着月亮"那几句话，微笑了："真新鲜！头回领教！月亮自己并不发光，要说借光，那是借的太阳光啊……"

"谁要你讲天文学！"我生气了，"你跟我直说吧，你跟长海泡在一块儿，究竟图个什么？"

真没想到，他脸红了，降低声音对我坦白说："我们想编本《京式地毯图谱》，还想写本《中国地毯史》……你可别给我们往外乱说啊！"

咳，这对我来说算什么答案呀！我刨根问底地问："写这书又图个什么呢？稿费？出名？"

韩玉朴"扑哧"乐了，当胸杵了我一拳："你净想好事儿！我们八字还没一撇呢！"

我还是不罢休："你这个大月亮对着他那个小月亮，他净借你的光了，你不觉着亏得慌吗？我不懂，你们这号友谊究竟是怎么回事儿？"

韩玉朴不乐了，他的表情变得严肃起来。我想起了他在团支部里的职务：宣传委员。他是不是要摆出个团支部的架势，给我上政治课呀？我先给他打了"预防针"："你甭给我来一套一套的理论，你给我说点心里头的真实想法！"

他倒又被我逗得微笑了。想了想，他诚诚恳恳地说："我觉得，友谊，这也是一种高级的精神生活。它应当是高于人与人之间的物质关系的。我跟长海打小一块儿长大，我们谈得来，都爱好工艺美术，迷上了地毯设计……要比成月亮对着月亮，那我们就是两个人造月亮——同步卫星——我们愿意绕着地球母亲，一块儿钻研学问，一块儿发明创造、为祖国为人类做出贡献……我们在一块儿看展览、旅行、写生、看电影、看戏、弹琴唱歌、下棋练字、讨论问题、钻研学问……觉着特别幸福，特别快乐。跟你说吧，我们都起过誓，就是将来有了对象，成了家，我们也要一直好下去！当然啦，我们也吵过架……"

我忙追问："你们也吵架？是你问他要什么他舍不得给你吗？"

韩玉朴把眉毛一扬："我干吗问他要东西呢！是这么回事，那回我们一块儿去图书馆，我借的那本书有点开线，那里头有幅插图把我迷得简直丢不开手。我看呀摸呀，忍不住就想把它扯下来夹到我的笔记本里去。长海看出了我的心思，瞪了我几眼才把我止住。出了图书馆，他斥我说：'多没教养，起那号念头！'你想我受得了吗？我就脱口而出地说：'你文明，你是瘸腿博士！'他登时变了脸儿，咯噔咯噔点着木拐飞快地离开我，一个人去赶公共汽车了。我赌气站在那儿没动弹，看见他没人搀着，好费劲地才上了公共汽车，车窗里闪着他变了样的脸，我这才悔得不行……晚上，我到他家跟他认了错，承认自个儿修养不够。他拿本书遮住脸，变了嗓说：'我也不该那么说你，说得太重了……'我把他手里的书推开，他眼里转着泪花儿呢。你不是问什么是朋友吗？全部的答案我也说不出来，可我觉着，在一起能使自己变得更纯洁更高尚，这才叫真正的朋友……"

听了韩玉朴这番话，我心里涌起一股说不出来的复杂滋味，我又服气又不服气，又羡慕又嫉妒，又后悔又想挺住，又想再跟他深谈，又怕再往深想，又舍不得他离开又怕他留下……

终于，我粗鲁地对他说："行了行了，你走吧！我不用你替，反正今天我认倒霉了，这个班，我就值到底吧！你请吧请吧！"

韩玉朴微微偏着头，眉头抖动着，默默地望着我，显然是在琢磨：这是怎么回事呀？

我不能让他留在库房琢磨我，再说，十一点眼看就要到了，万一"大拇哥"跟他碰上可就麻烦了。我站起来先拉后推，由命令而恳求地对他说："你走吧你走吧，现在我想一个人清静清静！"

韩玉朴抱着他那《文物》合订本，依我的请求，哼着《友谊地久天长》的曲子走了。临走他亲切地对我说："景风，我希望过完节后，能再跟你讨论关于友谊的问题。"我使劲地点头，真心实意地答应了他："准的！我主动找你！"

韩玉朴的身影消失以后，我一看手表：十点三十二分，离"大拇哥"回来不到半小时了。我望望那大提琴盒，心头就像被人揪了一把。我双手插进裤兜，低着头来回地在大提琴盒面前疾走着。我感到自己正处在人生的一个二岔路口上，面前两个路口都立着月亮对着月亮的路牌：一条路上是"大拇哥"他们在对我招手，发散出烟酒茶饭的香味，回响着流行曲和笑声；另一条路上可以看到韩玉朴和侯长海携手同行的身影，他们前方是一座闪着光芒然而陡峭险峻的修养和事业之峰……

啊！请你们帮我来决定吧：该往哪边迈步？

快点回答我吧，现在还来得及！

1980年4月写于垂杨柳

竹里馆

他从街上捡回一只小猫,紧毛的,白底子上面有麻色花斑,小脸挺俊,鼻子和腮帮都是白的,眼睛周围与额头的麻灰色毛跟脊背上的连成一片,抱回家往沙发上一放,灯光下仔细看,很乖。

按说野猫都很脏,但他摩挲那猫,不由得说:"乖乖!你为什么一点都不脏呢?"

猫用幽绿的眼睛看了看他,就低头舔身上的毛。

"你饿了吧?"他问猫,"吃不吃鱼片?"他一个人过日子,常常晚上就用面包夹鱼片当一顿饭。

他拿出一点鱼片当一顿饭。

他拿出一点鱼片,送到猫嘴跟前,猫居然让开,不吃。

"怪猫!别以为我会专门给你弄猫食!"

他自己吃了鱼片三明治,喝了一大杯咖啡,便坐到电脑前写东西。

猫跳到电脑旁,伸颈看显示屏。

"去!"他推猫,"我有两件事绝对不允许别人在一旁观看,一是拉屎,二是写作!"

猫跳回到沙发上，可两眼闪闪地望着他。

他也望着猫，对望了好一阵。

他忍不住对猫说："你这猫好玩儿！你有名字吗？我给你取一个吧！"

他还没想出来，就听那猫说："我有名字，我叫不喂。"

他笑了，"原来如此！我倒省事了！"

"我喜欢你这儿，你没有电视。"

"啊！"他不由得惊喜，因为已有无数朋友或算不上朋友的人到了他的房间，在发现他没有电视机以后，那反应都与此猫相反。

"你为什么也不喜欢电视？"他离开电脑，坐到沙发上，摩挲着那猫，想跟猫好好聊聊。

"喵——"

这声音把他吓了一大跳。

"你为什么不说话了？"他有一种被戏弄了的感觉，瞪着那猫，愤愤地命令，"说话！"

"喵——"

他不禁举手拍打那猫，猫却在他手落下之前跳到地板上，并以迅雷般的速度蹿到了书架顶上。

他和猫对望，猫两只绿眼一眨一眨，他两只眼睁圆，不眨。

"你怎么回事？！"他质问，"你开什么玩笑？！"

猫沉默。

"你以为我非要跟你说话！"

他回到电脑跟前，想继续往下写。

那是一篇小说，照例写些爱与死之类的东西，少不了撒些个哲理的胡椒面，自然采用"语言颠覆"的"本文"，特新潮。

有点写不下去，都怪猫，人类的文学大业如因此受损，唯此猫是问！

"你写的一点意思都没有。"

他惊喜地扭头,猫又回到了沙发上。

"是没意思,"他说,"你怎么批评都行,只是再别喵喵怪叫了!"

"别写了,出去玩玩儿吧!"

"到哪儿去呢?……"他笑了,"是不是你施个魔法,让我闭上眼睛,你吹口气,或者你让我喝点什么东西,我就到了一个不可思议的地方,并且变得跟你一样小呢?你以为那对我就有意思了吗?"

猫摇着尾巴,笑而不语。

这时他听见沙沙沙的声响,原来窗帘自动开启了,外面透进蛋青色的天光。

"你的本事也不过是让早晨提前到达罢了,这有什么稀奇?"

"到阳台上去,好吗?"猫一跳跳到通向阳台的窗门把手,猫没能出得去。

猫抬头看了他一眼,他原以为猫会弓起身子,抖起胡须,朝他呼呼发怒,没想到猫只是耐心地等他开门,他有点感动,不过忍不住说:"你那么大本事,还非要我开门才出得去吗?"

他开了门,和猫来到阳台上。

猫跳到阳台拦板上,建议说:"我们一起跳下去!"

他生气了:"你有九条命,我可只有一条!"

说着用手去拍猫的脊背,谁知他的手刚沾到猫,猫便趁势一滚,他来不及反应,已经跟着猫从十四层楼的阳台朝下面跌落……

那跌落的过程极为甜蜜,只可惜太短暂。

……一条小河,他和猫在河这边,那边有更广阔的草地,草地尽头有一片树林……

"你既然那么大的本事,为什么不把我带到更神奇的地方去?"

"喵——"

"咦?!"

但是太阳从天边的树林后面升起来了,一刹那之间,他意识到那就是他渴望已久的神奇。

那些颜色,那光泽,那跃动感,那气息,那围裹到身上并往肌肤里钻的滋润劲儿,那撞击到心尖上的顿悟……全都莫可名状;确实,人类所赖以自诩为文明并作为交流手段的语言和文字,不仅苍白、幼稚、偏狭、混沌,而且简直荒谬绝伦!

写什么小说!说什么话!读什么书!聊什么天!

从云翳中跳脱而出的并非正圆的太阳,是那么陌生,又那么亲切!

"这是你第几回看日出?"

"当然不是头一回,"他告诉猫,"我在泰山和北戴河都看过日出。"

"挤在好多游人当中,作为一种追求,一种任务,一桩大事……生怕云散不开……那跟这可不是一回事。"

"唔……"

"人至少能活七十岁,太小不算,从十岁算起,也有两万多个早晨,可是人到死的时候一算,能这么安安静静、随随便便地看看日出的,一般来说,大概也就几十个早晨……"

"你都说多了,一般恐怕不到十次!"

"看月亮要多些。"

"也未必。"

"多些。"

"大概是多些。中国人有月亮节,吃月饼;为什么中国人没有太阳节,不吃太阳饼?"

"喵——"

"你又来了!不要总在这种时候反常!"……忽然觉得已是夜

里,周围都是竹林,小风习习,凤尾摇曳,猫竖起身子,打挺儿,眼睛闪着磷光……

"这又到了哪儿?"

"竹里馆。"

"这哪儿像竹里馆!"

"竹——里——馆——"

还是没懂。

猫连后腿也立起来了,前肢弯曲,前掌按到腰上,伸长脖子,吟诵起来:

独坐幽篁里,

弹琴复长啸。

深林人不知,

明月来相照。

"啊啊,王维的《辋川集》里的《竹里馆》!"

猫姿态优雅地坐下了,是一种禅定式的趺坐,双掌相合。

"琴在哪儿呢?"他对猫的附庸风雅有点不以为然。

猫朝他身后努嘴。

他扭头一看,石案上放着焦尾琴,旁边还点着一炷香,案前有高矮恰适合于他的石凳。

"亏你想得出!现在有几个中国人会弹这样的琴?"

话音未落,原有的都消失了并立即变成了一架钢琴、一个西洋式落地大烛台和一个琴凳。烛台上插的淡紫色蜡烛伸着金叶般的火焰。

"倒也无妨一弹!"

他便坐过去,弹起贝多芬的《月光奏鸣曲》。

猫静静地聆听着;一阵风吹过来,幽篁婆娑起舞,烛焰跳荡;他久不练习,指法生疏,不断出错,未能终曲,便戛然而止。

"真美！"猫喝彩，并鼓掌；但猫掌劲鼓而声仍微。

烛焰灭了，几近漆黑。他刚想问："为什么没有月光？"立即悟到是没有长啸。

只觉得胸中有一团早就闷在里面的东西，忽然挣扎得厉害，从喉咙里往外涌，便仰头伸颈，一吐为快地从单丝到喷束、从小呻到壮吼、从矜持到放纵地长而又长地啸叫起来……

而猫也加入了纵情长啸，当然是人那样的声音……

天上有月光慷慨地泻下，每片竹叶都显出自身的妩媚，簌簌轻抖；月光吻着他，也吻着跳到他怀里的猫，他搂着猫，用他至真的感情吻猫的额，在莫可名状的月之精的沐浴下，憬悟地喃喃自语："亲爱的我明白了，你的名字不是'不喂'，而是'不为'；你拒绝回答每一个'为什么'，你是对的！"

此后朋友都知道他养了一只猫，一只很普通的猫；有时朋友或拉稿的编辑去他家，便可以看到那只猫懒洋洋地趴在高高的书架上，眼睛似睁似闭；在人们谈话的时候，猫会偶尔打个哈欠，然后叫一声：

"喵——"

1993年2月11日于北京绿叶居

最后一只玉鸟

我还不知道有这样的忧伤,
当我们在春夜里靠着舷窗。
月光像蓝色的雾,
这水一样的柔情,
竟不能流进你
重门紧锁的心房……

戴帆随口吟着这样的诗句,推开纱门,走上阳台。

夏日的午后,从这五楼的阳台望下去,碧润园的一角恰似一幅色调凝重的油画,几株麟躯虬臂的古松,伟岸地挺立着,它们后面,是一片混杂的阔叶林,榆、柳、枫、槐交相杂错,或离或聚的树冠,虽然都是绿色的,但在偏斜的日光照射下,呈现着不同的绿感,不但有浓淡深浅之分,也有燥湿厚薄之别,而微风拂过,种种绿色都在晃动起伏之中，映入眼帘，沁入心窝，唯有"诗意"二字，差可概括。

忽然，一声极婉转的脆鸣，从林中飞出，旋即断续起落着圆润嘹亮的鸣声，时远时近，时高时低，时快时慢，时沉时飘……

那金阳照映下的树林如是诗歌，这鸟鸣便是"诗眼"。诗歌评论家戴帆倚着阳台的栏杆，闭眼陶醉在这浓郁醇厚的诗境之中……

　　我为你扼腕可惜
　　在那些月光流荡的舷边
　　在那些细雨霏霏的路上
　　你拱着肩，袖着手
　　怕冷似的
　　深藏着你的思想……

戴帆脑海中漂过这些诗句，犹如褐色的、补缀过的风帆，缓缓地移动在灰蓝色的、镜面般的闽江之上。月是故乡明，水是故乡清，帆是故乡美，人是故乡灵。一个月以前，他返回闽南时，在盛开着白玉兰花的大树下，同写出这些迷人诗句的诗人交谈过，那诗人其实是个刚刚二十多岁的南国姑娘。他给她打气说："别怕人家说你诗里有淡淡的哀愁，哀愁虽圣贤亦难排除，只要不是食利者攫取不得的哀愁，都有其合理性……"女诗人弯腰拾起一朵滋润芳馥的玉兰，递给他，微笑着说："哀愁，也是一种人情美，对吗？"

戴帆倚在阳台上，微微地点着头。在故乡，在那他觉得变得狭窄、变得古旧了的小巷里，在走过卖鱼丸和卖沙茶面的小摊以后，在杧果树和月桂树弥散出的气味里，在三角梅从围墙里溢出的拐弯处，他意外而又切盼地遇上了她……

的确是她。她的头发竟已花白，额上细细的皱纹高耸着，然而她的眼睛仍旧那么明亮："啊呀，是戴帆——你！"

当然是他——戴帆。那时候，他们同在一个中学上学。刚解放，他戴着八角帽，她穿着列宁装，他们在打腰鼓的行列里，始终排在一个横面上。后来他们一块儿报名参了军，却被分配在两支进军方向完全不同的队伍中。离别时，他和她去游了鼓山。鼓山灵源洞的山涧中没有流水，然而涧外的松涛代替波声激荡着他们的心。在那隐秘的角落，那里有一株山兰艰难地从石罅中生长了出来，伴着一株柔弱的勿忘我；一只奶黄的蝴蝶从他们头上静悄悄地飞过，他望着她，她也望着他，他们就那么对望着。他讲到参军的事，她也讲到参军的事，他又讲到参军的事，她也又讲到参军的事……涌泉寺的钟声响了，他们从那隐秘的地方走了出来。他们就那么分手了。一分手就是三十年。他打听过她，她也打听过他。都得到过消息，都曾想提笔写信，却都不曾写出。他结了婚，她也结了婚，他们都有了自己的事业，自己的家庭，自己的后代，都有缠绕在自己周围的蛛网般的人事关系，都有万千与对方无关的极其浓烈的喜怒哀乐。他几乎忘记了她，她也几乎忘记了他。他们相互没有必须承担的义务，他们相互也没有应当偿还的感情。然而在那个平凡的、由琐屑的生活景象构成背景的傍晚，他同她相逢了……

她问他怎么出现在这里？"来开个诗歌座谈会。顺便到少年时代生活过的街巷走走。"他问她正往哪儿去？"正从教书的中学出来，回家去。"他望着她，她也望着他，他们就那么对望着，他讲到开座谈会的事，她讲到学校里的事，他又讲到开座谈会的事，她又讲到学校里的事，难道他们非讲这些不可吗？他们忽然都闭嘴不讲了。杧果树和月桂树的气味更加浓郁，传来卖鱼丸和卖沙茶面的摊贩的吆喝声，他们身侧的围墙上，茑萝藤倔强地攀缘着，似乎想同墙内溢出的三角梅枝条会合……她没有请他去家里做客，他也没有请她去招待所会面，他们就这么客客气气地分手了。然而他忘不了她，她也忘不了他。在这个复杂的、喧腾的、流动的世界上，他和她都只能生活一回，他们的生活轨迹，难得交叉一次，然而他对于她，她对于他，有着不可磨灭的意义。

清亮的鸟鸣，一声接着一声。这是心灵的回响。啊，淡淡的哀愁……

我已经忘却了

忘却了

黄潭河边我的小路

春天的山茶飘香

冬日冰凌满树

板桥下有

嶙峋的怪石

喧闹的飞瀑……

戴帆不知不觉地下完了最后一级楼梯。他抛开了书桌上平摊的稿纸，他卸下了对约稿者的承诺，他的潜意识支配着他，他要到楼后去，到树林中，找到那只给了他心灵那么多感受的小鸟，他只求那小鸟让他看上一眼，哪怕仅仅是一眼。它有着怎样的翅膀？怎样的胸脯？怎样的眼和怎样的喙？……

他刚刚迈出楼门，突然，他险些被滑得屁股着地，当他从趔趄中稳住自己后，低头一看，才看清原来踩着了一块已经有点干缩的西瓜皮。这个趔趄使他心中洋溢的诗意顿时减少了一半。他用脚把西瓜皮踢到单元门一侧的垃圾出口处，于是楼墙上歪歪扭扭的粉笔字赫然落入了他的眼中："打倒小羊子！""张红超是我儿"……他叹了口气，忙把眼光移开，这一移，就移到了上面，于是他比以往更加痛楚地注意到，凡处于楼道位置的玻璃窗，几乎没有一扇是完整的。

他就住在这样的楼里。这里是华夏大学最令人羡慕的一角，是一般教职工宿舍中质量最高的单元楼所在地。他缓缓地踱着步子，绕过楼角。他又一次想到，这座楼里，真正处于教学第一线的中年教师并没有几家，大多数都是行政部门的干部，他们当然也应该有较宽敞的住房，但作为一所学府，应当优先照顾的，究竟该是哪一种人呢？他注意到楼上的阳台，有一半以上已经用各式各样的方法，改造成了有窗的小屋。他想起了从部队里一起考进大学的战友小马，小马考取的是清华大学的建筑系，现在已经是建筑设计院的一个室主任了。他不明白，小马他们为什么要固执地这样设计楼房？人们目前不可能做到都爱惜公用过道的玻璃窗，你们就该改变刻板的设计方案，不要再在公用过道设计上玻璃窗；人们目前也不可能做到都把阳台当作真正意义上的阳台使用，你们就该干脆把阳台设计成与单元相连的小屋；你们明知人们还远不能普遍地使用带红外线烘干设备的洗衣机，那就该在阳台上设计出晾晒衣物的支架，以免像现在这样逼得住户用各种方式"自力更生"，把丑陋的木条或树棍粗野地捆扎在阳台栏杆上……

一阵风吹来，带来了啁啾的鸣声，这鸣声使戴帆止住了绝无诗意的思绪，一颗心重新变得温柔起来。他款步朝前面的树林走去。

那是华夏大学历尽沧桑后仅存的一些树林。多么可贵的树林啊！这碧润园墙外的小河沟，原来每逢夏日便长出绿盾牌般的慈姑叶，沟坡上的草丛中这里那里蹿出蓝白粉紫的野花，虫儿跳着，蝶儿舞着，人从沟边走过，青蛙便扑通扑通跳进墨绿的水中，小孩子可以从沟里钓到小鱼，有时甚而能捉到通体透明的小灰虾。

然而十多年过去，小河沟里的水已变成了一种赤红色，泛着一种发出恶臭的泡沫，那是附近一个什么化工厂排出的废水。沟坡上残存的杂草永远蒙着一层灰尘，消失了最后的一些诗意。碧润园附近的一处树林，前几年被砍伐一空，在那里盖起了一个名字很长的机构大楼，不知为什么，那机构已经开始办公很久了，而建筑过程中堆积的渣土与锈铁烂木，还有一些或大或小的预制板与水泥管，总搁在那里没有人收拾，每逢雨季之后，人们就在墨浆般的泥泞之中搁上一溜红砖，小心翼翼地踮着脚尖踩踏而过。人们埋怨着、咒骂着，有的因而还给报纸写了信，而且被郑重其事地刊登了出来，好心的编者，还给加了语气很重的按语，然而那里的景象，至今仍无根本性的变化。道旁栽上了一些杨树，但附近农民的山羊啃，过路的汽车刮，顽皮的孩子揪住树身打秋千，活过来的只剩下一半，瘦骨伶仃，实在没有些许的诗味。如果能乘飞机从空中鸟瞰这一带地方，那么，碧润园显然形同沙漠中的绿洲。小鸟不就是一架自然界的飞机吗？它一定惊奇地发现了这些可贵的绿洲，因而落在了林子中，婉转娇啼。它打算在这里营巢常住吗？啊，小鸟，你在这里常住，你就把葱茏的诗意，持久地维系在了我的心中……

　　我的快乐是阳光的快乐
　　短暂，却留下了不朽的创作
　　在孩子双眸里
　　燃起金色的小火
　　在种子胚芽里
　　唱着翠绿的歌
　　我简单而又丰富
　　所以我深刻……

那鸟，是一种什么鸟呢？戴帆蹑步进入树林，循声求迹。啊，从那株垂柳之中，小鸟一闪而出，又一闪而没入那边的槐树之中。它有着莹黄的胸脯，淡绿的翅羽……它是云雀？是百灵？是黄鹂？是歌鸲？戴帆对于鸟的常识，主要来自诗歌，而不是来自生物学书籍，而生物学家们经常地指责着诗歌作者：画眉不可能出现在你写的地方，夜莺的鸣声绝不优美……可是戴帆听着那鸟儿撩拨人心弦的鸣声，并不想去翻查生物学辞典，他只想任自己心头自然而然涌出的诗意，泛滥、泛滥……

那莹黄的胸脯，像玉石般光润闪亮，我就叫它玉鸟吧！碧润园多年没飞来过这样的鸟，没有过这样的啭啼了！戴帆深呼吸着，享受着每一声脆鸣，期待着下一声接应。人在世界上需要诗，需要诗情、诗意、诗境、诗的韵律与音响……在鼓浪屿的海滨，在棕榈树的荫庇下，戴帆和那年轻的女诗人讨论过这个问题。他正在写一篇评论她的诗作的文章。有人批评她的诗："太朦胧，令人气闷的朦胧！"就算渴求明朗永远是正确的吧，然而朦胧也并非错误。在感情的透明度上，应当没有对错之分，只有清浊浓淡之别。戴帆忆起了他平生第一次感情经历。那是一次强刺激。还是上初中的时候，他读了一本四十年代很流行的长篇小说。他被书里女主角的悲惨命运深深地打动了。那时他才十四岁。他产生了一种模模糊糊的冲动，他觉得自己应当在生活中发现这样的弱女子，爱她，并且像骑士般地去解救她。而这样的女子竟然真的出现在他眼前了——班上新来了一个英语教师，她长得并不美丽，矮矮胖胖的，并且架着副眼镜。至今他仍旧搞不清她当时有多大年龄。十四岁的少年是不会推测别人的年龄的。她脸色总是那么苍白，讲课时，每领读完一个单词，总要微微咳嗽着，用同样苍白的小拳头揉揉她的胸口。每当她提出问题，回答者胡乱回答时，她便脸红起来；而当荒唐的回答引起哄堂大笑时，透过她的镜片，竟可以看出她眼眶里闪着泪光。戴帆因此努力地学好英语，主要是为了她，特别是为了主动回答好她提出的每一个问题。有一天的英语课，她突然没有出现。有消息说她病了，而且病得不轻。放学了，戴帆心里形容不出的惆怅。他走到闽江边上，望着那些破旧的、拥挤的篷船，泊在污浊的紫水中，喘息般地颠簸着，心头便浮现出一幕比一幕凄惨的画面，大体上按那本小说的情节发展，但女主角，一律是英语教师的形象。他对她有说不出的爱怜，他觉得他应当承担一种义不容辞的责任。他把作小职员的父母难得给他的一点零花钱，积攒了许多天，本是为买另一册小说的，全数拿出，才买了一个北方运来的鸭梨，用手绢包好，鼓起勇气，按打听到的地址，找到了英语教师的家中。门打开了，他被引进了一个摆着花盆的天井，旋即又被引过一间小巧整洁的客厅，拐了个弯，才进入了英语教师卧床静养的寝室，他大吃了一惊，因为映入他眼帘的一切：家具、蚊帐、摆设，完全不符合他的想象，与他自己家里比，要阔气多了；而最触目惊心的，是床边小机上的果盅中，赫然叠放着许多的鸭梨，每一个都比他带去的大，也都比他带去的光洁……英语教师对他的出现也很吃惊，当他颤抖着，把那个鸭梨从手绢里解脱出来，递过去时，英语教师不是流着眼泪感激，而是快活地笑了，她的身边忽然出现了好几个人，至今回忆起来，戴帆仍弄不清那究竟都是她的什么人，丈夫？父亲？哥哥？弟弟？姐姐？母亲？保姆？……朦胧，非常朦胧，戴帆不记得他们的数目、面貌和言谈，只记得他们传看着那个鸭梨，笑着，赞叹着。英语教师脸色很红润，没有戴眼镜，两只眼睛鼓出来，完全没有了逗人爱怜的神韵。她似乎说了些感谢的话，鼓励的话，或者还有别的什么话，反正，就是没有戴帆期望过的那些话……戴帆不记得自己是怎么被送出那个家庭的了，更加朦胧，朦胧到晦涩的地步,直到街灯燃亮,戴帆才意识到自己已经沿江走了很远,而手中,仍是一个鸭梨,那是英语教师从果盅中取出来,送给他的鸭梨,比他买的那个鸭梨大,而且更黄润,发散着淡淡的梨香……原来她很幸福,有许多人爱护着她,她并不需要骑士,甚至不需要一个用手绢细心包裹好的、带着骑士体温的鸭梨!痴痴地伫立在闽江边上,望着点点渔火,戴帆把那个鸭梨抛到了水中,鸭梨在空中划出了一条优美的弧线,在河中激起了一圈又一圈闪着银斑的涟漪……就这样,戴帆埋葬了自己的第一次感情体验,这是什么感情?爱情?同情?友情?师生之情?永远说不清。朦胧,然而并不令人气闷。在这无法翻译的鸟鸣声中,回忆起少年时代的这种往事,也是一种诗。倘若把这一切都驱赶出诗的领域,诗坛该多么单调!

    我真想聚集全部柔情,
    以一个无法申诉的眼神
    使你终于醒悟;
    …………
    我真想,真想……
    我的痛苦变为忧伤,
    想也想不够,说也说不出。

  脚底下被什么东西硌了一下,戴帆低头一看,是一个被抛弃了好久的果汁罐头筒,一半已经被埋进了松陷的泥土中。啊,真不该低头,这里竟有着那么多的垃圾:撕破的、被雨水淋过又被阳光晒过的报纸,不知道属于什么玻璃器皿的闪光的碎片,沾满泥点横卧在落叶中的空啤酒瓶,一张变了形的红桃 K 扑克牌,以及许许多多发了霉的果核和瓜子皮……这唯一的一片绿树林,本应让它保持纯洁、美丽,是谁,使它也蒙上了污垢?不懂得诗的人们啊,你们悔改吧!戴帆抬起头,小心翼翼地绕过那些垃圾,继续寻找着那只玉鸟。玉鸟为什么不再鸣叫?是因为疲劳,还是因为惊警?

忽然,戴帆听到了一种刺耳的声音,那声音足以使世界上所有的诗歌魂飞魄散。他为那声音而脸红,而且恳挚地祈望这树林,这玉鸟,能够谅解人类心灵的不平衡状态——

"丫头养的,跑哪儿去了?"

"你个傻蛋!在那边呢!"

一瞥之中,他看出是两个小伙子。都是同他住在一栋楼里的。他们似乎都已经有了职业,并不是那些令人无限同情的"待业青年"。其中矮胖的一个,穿着一条绝对不适合他身材的深橘红色的喇叭裤;而另一个身材适中的,戴着一副"蛤蟆镜",原是相当漂亮的,一张开嘴,却闪现着一排发黄的牙齿。也许,那林中"野餐"的痕迹,便是他们留下的吧?他们又来了,他们今后还会常来。世界原不是单属于诗人和诗歌爱好者的。他们愿意漂亮,这本可以成为一种诗情诗意的发端,然而他们却不懂得量体穿衣,不懂得刷干净牙齿,不懂得谈吐和风度的文雅才是真正意义上的漂亮。

离他们远一点吧。或者,他们不过是偶然窜进了树林,晃晃就走……戴帆朝前快走了几步,又一回头——啊,他呆住了。他的心狂跳起来,他全身的血液都涌向了太阳穴,他分明看见,那两个小伙子手里,都拿着一支打鸟的气枪!

原来,不止他一个人在寻觅玉鸟,人家,那两个猎人,也在寻觅玉鸟!他要寻诗,人家要杀诗!

他跟跟跄跄地迎着那两个小伙子走过去,气喘吁吁地说:"你们……你们……别……别!"

两个小伙子打量着他,像打量一个怪物,一个小丑,一只沾满污泥点子的空啤酒瓶，或者类似的什么可笑而又无用的东西，一齐怪笑起来。胖小伙子一边笑一边提裤腰，另一个小伙子笑时把一口脏牙毫无保留地全部展览出来。

"你们……别，别打那只玉鸟！"戴帆几乎是哀求地望着他们。人和人为什么有时绝对不能沟通心灵？那两个小伙子，为什么对他连一丝一毫的理解也没有？

两个小伙子怪笑得更厉害了，简直是前仰后合。

"不许笑！"戴帆全身震颤着，发出了类似惨叫的一种吼声。

两个小伙子刹那间愣住了，张着嘴巴瞪住他。

"你们不能打那玉鸟！"戴帆声色俱厉地宣布，"那，那是诗！懂吗？诗！"

胖小伙子朝伙伴挤挤眼睛，他的伙伴朝他撇撇嘴巴。

"碰见个疯子！"胖小伙子对伙伴说。

"少说也是个半疯！"胖小伙子的伙伴对胖小伙子说。

说完，他俩便大摇大摆地绕过戴帆的身子，继续朝树林里走去。

戴帆气得发抖。他手心里攥出了冷汗。

他听见背后传来更加恶劣的声音：

"——什么玉鸟，丫头养的鸟！"

"——什么湿的干的，臭大粪！"

他背对他们站着，整个灵魂被他们窸窣的足音熬煎着。他该怎么办？他如果要使他们理解自己，要让他们能以同一种语言与他交谈，他大概就得给他们补上一百堂课、一千堂课！从何补起？他们自己并不觉得应当补这些课！痛心啊，他们还非常非常年轻，他们构成着我们这个民族非常非常重要的一部分，他们要在这片大地上一天又一天地活动下去，他们还必得在这片大地上繁衍后代……

此时此刻，他们要搜寻、杀死那只玉鸟，并不是要制作一具有永久保留价值的标本，甚至并不是为了练就一种准确的枪法，而纯粹是因为烦闷无聊，因为一种破坏和杀灭的兴趣，因为愚昧与野蛮……

戴帆渐渐从狂怒的亢奋状态中松懈下来。他想，有刚才的喧嚣，玉鸟一定已经飞走了。飞走吧，亲爱的玉鸟，到更隐秘的地方去落脚吧，到没有愚昧和野蛮的地方去鸣叫吧……

忽然，他惊骇而痛苦地听到了玉鸟的鸣声，那玉鸟竟没有飞走，而且，这般烂漫地啭啼了起来！

戴帆猛地扭过身子，朝树林深处望去，那两个小伙子，正双双举起气枪，朝一株大榆树的高处瞄准着！戴帆想喊，喊不出来，他拔脚朝那两个小伙子跑去，可是，刚迈出几步，就听见气枪响了，那响声并不尖锐，然而玉鸟的鸣声立即中止了，并且可以看见，从榆树上纷纷扬扬落下了一些东西……戴帆一阵晕眩，他赶紧扶住身边的一株槐树，他觉得映入眼中的每一片槐叶，都是一滴翠绿的眼泪……

他耳里被强灌进了一种尖厉、放纵的笑声。他模模糊糊地感觉到，那两个屠杀诗歌刽子手从他身边晃了过去。他闭眼前的一瞬，分明看见那胖小子手中，提着那只被红血染污了胸脯的玉鸟……而令他痛苦万端的，是当他挣扎着回到楼门口时，发现被杀害的玉鸟，已经被扔到了垃圾出口处下面，与那片业已干皱的西瓜皮，紧挨在一起！

    不是一切大树
    都被暴风折断；
    不是一切种子
    都找不到生根的土壤；
    不是一切真情

都流失在人心的沙漠里；
不是一切梦想
都甘愿被折断翅膀……

　　静静的夏夜。戴帆含着眼泪，伏案疾书着他的评论文章。在台灯照出的光区里，有一只原来盛放工艺品的锦匣，里面是那只牺牲了的玉鸟。
　　这很可能是来到碧润园的最后一只玉鸟。不过，这并不是最主要的。最主要的是，这应当成为牺牲于愚昧与野蛮的最后一只玉鸟！
　　诗，不仅应当继续有愤懑与呐喊，欢笑与鼓动，幽默与讽刺，不仅可以容纳淡淡的哀愁，以及朦胧然而优美的意念与情感，诗，更应当唤醒蒙昧者，在人们的心灵里，催升起无愧于在世为人的理性曙光……

我的悲哀是候鸟的悲哀
只有春天理解这份热爱
忍受一切艰难失败
永远飞向温暖、光明的未来
啊，流血的翅膀
写一行饱满的诗
深入所有心灵
进入所有年代……

1980 年 11 月 20 日于北京垂杨柳